KB015539

송명신언행록 4

宋名臣言行錄

Song Ming Chen Yan Xing Lu

지은이

주희(朱熹, 1130~1200) _ 시호는 文公이며 字는 元晦, 호는 晦庵. 남송의 대 유학자이며 성리학의 집대성자이다. 原籍은 江東의 徽州 婺源縣(현재의 江西省)이지만 福建 南劍州에서 출생하여 후에는 주로 福建의 建寧府(현재의 武夷山市)에서 활동하였다. 19세이던 高宗 紹興 18년(1148)에 진사과에 합격했으며, 知南康軍・浙東提擧常平茶鹽公事 등을 역임하였다. 『四書集注』, 『伊洛淵源錄』, 『近思錄』, 『資治通鑑綱目』, 『朱子語類』 등 수많은 저서가 있다.

이유무(李幼武, 생존연대 불명) _ 字는 士英으로 江西 吉州 廬陵縣 출신이다. 주희의 外孫으로서 남송시대 전반기(四朝) 名臣들의 嘉言懿行을 輯錄하여, 『皇朝名臣言行續錄』(8권), 『四朝名臣言行錄』(上下 각 13권), 『皇朝道學名臣言行外錄』(17권)을 저술하였다.

엮고옮긴이

이근명(李瑾明, Lee, Geun-myung) 서울대학교 동양사학과와 동 대학원 졸업(문학박사). 현재 한국외국어대학교 인문대학 사학과 교수로 재직 중이다. 주요 저서로 『왕안석 자료 역주』(HUiNe, 2017), 『남송시대 복건 사회의 변화와 식량 수급』(신서원, 2013), 『사료로 보는 아시아사』(공저, 위더스북, 2014), 『아틀라스 중국사』(공저, 사계절, 2007), 『송원시대의 고려사 자료』 1・2(공저, 신서원, 2010), 『동북아 중세의 한족과 북방민족』(공저, 동북아역사재단, 2010) 등이 있다.

송명신언행록宋名臣言行錄 **4**

1판 1쇄 인쇄 2019년 2월 19일 **1판 1쇄 발행** 2019년 2월 25일

지은이 주희・이유무 **엮고옮긴이** 이근명 **펴낸이** 박성모 **펴낸곳** 소명출판
출판등록 제13-522호 **주소** 서울시 서초구 서초중앙로6길 15(란빌딩 1층)
대표전화 (02) 585-7840 **팩스** (02) 585-7848
이메일 somyungbooks@daum.net **홈페이지** www.somyong.co.kr

ISBN 979-11-5905-349-8 94820
ISBN 979-11-5905-345-0 (전 4권)

값 27,000원

이 번역도서는 1999년도 정부재원(교육인적자원부 학술연구조성사업비)으로 한국연구재단의 지원에 의하여 연구되었음.

송명신언행록 宋名臣言行錄 4

주희 · 이유무 지음
이근명 엮고옮김

◈ **일러두기**

1. 이 책은 『宋名臣言行錄』(朱熹·李幼武 撰)을 발췌・번역한 것이다.
2. 번역의 底本은,
 1) 朱熹, 『五朝名臣言行錄』(『前集』, 朱子全書本, 上海 : 上海古籍出版社, 合肥 : 安徽教育出版社, 2002),
 2) 朱熹, 『三朝名臣言行錄』(『後集』, 朱子全書本, 上海 : 上海古籍出版社, 合肥 : 安徽教育出版社, 2002),
 3) 李幼武, 『宋名臣言行錄 五集』(『續集』·『別集』·『外集』, 宋史資料萃編本, 臺北 : 文海出版社, 1967)이다.
3. 譯註를 붙이는 데 있어 다음과 같은 서적들을 참고하였으나 일일이 附記하지 않았다.
 1) 『宋史』(標點校勘本, 北京 : 中華書局)
 2) 『中國歷史大辭典 宋史卷』(上海辭書出版社, 1984)
 3) 譚其驤 主編, 『中國歷史地圖集 第六冊 宋・遼・金時期』(地圖出版社, 1982)
 4) 龔延明, 『宋代官制辭典』(北京 : 中華書局, 1997)
 5) 臧勵龢 等編, 『中國古今地名大辭典』(上海 : 商務印書館, 1931)
 6) 史爲樂, 『中國歷史地名大辭典』(北京 : 中國社會科學出版社, 2005)
 7) 『アジア歷史事典』 全10卷(東京 : 平凡社, 1962) 등

책머리에

이 책은 남송의 대 유학자 주희(朱熹, 1130~1200)와 그의 외손자인 이유무(李幼武, 생존연대 불명)에 의해 편찬된 책이다. 주희는 두말할 나위 없이 성리학의 집대성자인 주자를 가리킨다. 뒤에 나오는 해제(『宋名臣言行錄』의 編纂과 後世 流傳)에 적혀 있듯, 이 책은 주희와 이유무가 직접 저술한 것은 아니다. 각종 서적에 기록되어 있는 내용 가운데 편찬 취지에 맞는 것을 가려 뽑아 모은 것이다. 그 각종 서적이란 것도 대단히 다채로워서, 관사찬 사서(史書)로부터 문집, 필기사료(筆記史料), 행장(行狀)과 일기, 어록 등에 이르기까지 실로 각양각색이라 하여 지나침이 없을 정도이다.

주희는 북송 시대에 살았던 명신들의 행적 가운데 후세의 귀감이 될 만한 것을 가려서 두 권의 책(『五朝名臣言行錄』과 『三朝名臣言行錄』)으로 엮었다. 그리고 그의 외손자였던 이유무가 그 뒤를 이어 대략 남송 시대에 활동한 인물들의 행적을 세 권의 책(『皇朝名臣言行續錄』, 『四朝名臣言行錄』, 『皇朝道學名臣言行外錄』)을 만들었고, 후일 이것이 주희의 저서에 덧붙여져 마치 하나의 책인 양 전해지게 된 것이다. 주희와 이유무 저술 사이의 터울도 수십 년에 달하고, 또 두 사람의 저술은 그 성격이나 완성도 면에서 상당한 차이가 있다. 그럼에도 불구하고 두 저술이 하나로 묶여 『송명신언행록』이라 명명되고, 그것이 후세에 전해지게 되었던 것이다.

처음 주희가 이 책을 만든 목적은 '세상의 교화'를 위해서였다. 하지만 유의해야 할 점은 '세상의 교화'라 할 때 그 대상은 독서인층 내지 사대부에 국한되어 있었다는 점이다. 한번 쭉 훑어보면 단번에 알 수 있듯, 이 책 가운데 일반 백성의 일상생활에 참조가 될 만한 내용은 거의 없다. 농민들의 가정생활이나 생산 노동은 물론이려니와, 도시민의 일상생활에 관련된 내용도 없다. 언행의 주인공이 '명신(名臣)'일 뿐만 아니라, 그 채록된 언행의 내용 또한 사대부들의 행동에 귀감이 될 만한 것들뿐이다. 우선 '명신'이라 해도 거의 대부분 재상이나 부재상 등 고위 관료가 태반이다. 재상이나 부재상 등이 아니라면 적어도 대간관(臺諫官)이나 명장(名將) 정도는 되어야 입전(立傳)의 대상이 된다. 또한 후세에 귀감이 될 만한 언행이라는 것도, 남다른 치적이라든가 올곧은 정치 주장의 피력, 혹은 관직생활에 있어서의 청렴 결백 등이 대부분이다.

사실 그 시각이나 관심 대상이 이렇듯 독서인 내지 사대부층을 향하고 있다는 점은 비단 이 책에만 그치지 않는다. 주희를 위시한 송대 성리학자들의 교화나 훈도 자체, 철저히 독서인층을 대상으로 한 것이었다. 성리학에서 향당(鄕黨) 질서의 순화를 위해 도입한 질서인 향약(鄕約)까지도 그 구체적 행동 규약을 보면 사실 일반 백성은 관심 대상이 아니다. 오로지 향촌의 지도자인 독서인과 사인(士人)만이 향약 덕목의 적용 대상이었다.

이 책에서 입전하고 있는 인물, 즉 명신은 재상이나 부재상, 명장 등의 고위 관료가 주류를 점하고, 그 수록 내용 역시 정치적 행적이 대부분이다. 따라서 주희에 의해 창안(創案)된 '언행록'이란 장르는, 기전체나 편년체 등과는 다른 또 하나의 역사 서술 형식이란 평가를 받아왔다. 명신, 즉 조야에서 높은 명망을 얻고 있는 인물만을 입전하고 있으므로,

그 수록 내용(언행)이 한 시대의 역사 사실을 빠짐없이 포괄할 수는 없다. 또 명신의 행적이라 해도 그것이 귀감이 될 만한 것이 아니라면, 그 역사적인 비중이 아무리 크다 할지라도 제외시킨다는 입장을 취하고 있다. 이를테면 어느 시대 명신이 아닌 재상이 주도한 일로서 대단히 역사적으로 중요한 사안이로되 바람직스럽지 아니한 것이 있을 수 있다. 그러한 경우라면 그 권신의 정책에 대해 비판적 입장에 서있는 인물이 명신으로 선정되는 것이고, 그 명신의 언행을 통해 해당 내용에 대한 평가와 서술이 진행되는 것이다. 마찬가지로 명신의 행적으로서 귀감이 될 만한 것은 아니로되 역시 중요한 사안이라면, 그것에 대해 비판적 입장에 선 다른 명신의 항목에서 서술되는 경우가 많다.

이러한 연유로 '명신언행록'은 시대의 역사 전개를 새로운 시각과 기준에 의해 재구성한 역사서라 할 수 있다. 따라서 주희는 『오조명신언행록』과 『삼조명신언행록』의 편찬을 통해 '언행록체'라는 새로운 형식의 역사 서술 체례를 만들었다는 평가를 받아왔던 것이다. 뿐만 아니라 주희는 『자치통감강목(資治通鑑綱目)』의 저자이기도 하다. 그리고 『자치통감강목』은 '강목체(綱目體)'라는 새로운 역사 서술의 효시였다. 또한 그는 『근사록(近思錄)』의 편찬을 통해 학술사의 새로운 지평을 연 학자였다. 주희는 중국 역사상 가장 중요한 철학자 가운데 한 사람이었지만, 동시에 역사학자로서도 결코 무시할 수 없는 입지를 가지고 있는 인물이라 할 수 있다.

주희는 자신의 저서(『五朝名臣言行錄』과 『三朝名臣言行錄』) 서문에서 교화의 목적으로 저술하였다고 술회하고 있지만, 그렇기 때문인지 그 내용 가운데는 다소 과장된 내용이 적지 않다. 아니 때로 동일 인물의 행적으로서 전후의 서술이 모순된 경우도 적지 않다. 또 중국적 과장 내지 수사(修辭)의 경향이 지나친 내용도 여기저기서 산견된다. 이를테면 어느 명신의 청렴을 강조하는 내용이 수록되어 있지만, 동일 인물 행적으로 뒷부분에 그것과 정면으로 배치되는 것이 등장하는 사례 등이 그것이다. 때로 강직하고 엄정한 행적을 강조하다가 그 뒷부분에는 그와 전연 어울리지 않는 내용을 부주의하게 소개하는 경우도 있다. 나아가 과연 청렴함이나 관대함으로 보아야 할지, 아니면 무신경이나 무관심으로 해석해야 할지 모를 정도의 내용이 등장하는 수도 있다.

더 흥미로운 것은 상투적인 과장과 수사적 서술이다. 이러한 경향은 청렴이나 강직, 부모나 군주에 대한 충효, 덕정(德政)의 시행 등을 강조하는 부분에서 두드러진다. 이를테면 부모 상을 당하여 슬픔으로 수척해졌다든가, 혹은 하도 슬프게 통곡하여 주변 사람들이 눈물을 훔쳤다든가 하는 내용 등이 그것이다. 군주에 대한 걱정과 충정 때문에 병을 얻었다는 내용도 여기저기에 등장한다. 또 내외의 압력과 악조건을 이기고 황정(荒政)을 효과적으로 펼쳐 수십만의 생령(生靈)을 구조하였고, 그래서 목숨을 건진 사람들이 그 은혜에 감복하여 울며 고향으로 떠나갔다는 기록도 적지 않다. 나아가 어느 명신이 임기가 만료되어 이웃 지방으로 전근가는 것을 두 지방 백성들이 가로막으며, 그 선정을 흠모한 나머지 서로 자기네 지방장관이라고 우겼다는 내용이 두어 차례나 나오는 대목에 이르러서는 실로 어안이 벙벙해질 정도이다.

이러한 상투적 과장 내지 수사적 서술은 대외 관계에서 더욱 두드러지게 나타난다. 그러한 서술 경향은 대외전쟁이나 사신의 접대, 외교적 절충 등을 가리지 않고 빈번히 등장한다. 이를테면 서하나 거란, 금과의 전쟁 장면을 보면 대단히 기이하면서도 이해 못할 대목이 적지 않다. 송측의 군대가 외국과 전쟁을 벌여 패전할 때는 통상 몇 가지 불운이 겹쳤기 때문이라 적고 있다. 또는 효과적으로 전투를 수행하다가 갑작스레 사소한 계기로 말미암아 무너지는 듯 적는 경우도 많다. 도대체 왜 송측의 군대가 패전을 맞이하게 되는지 이해하지 못할 기술 태도를 보이는 것이다.

또한 거란이나 금측의 사신을 맞이할 때 명신들은 대단히 중후한 군자라든가, 혹은 사직과 군주를 온 몸으로 지키기 위해 충정을 불사르는 우국지사와 같은 모습으로 묘사되고 있다. 외국 사신은 이러한 명신을 경애와 흠모의 대상으로 우러러 보았다고 한다. 한 걸음 더 나아가 명신이 외국 사신을 이적(夷狄)으로 대하지 않아 그들로부터 감동을 샀다고 말하기도 한다. 때로는 거란이나 금의 조정에서, 도리로써 그들을 회유하고 선무하여 마침내 신의를 모르는 금수와 같은 그들을 설복시켰음을 소개하기도 한다. 또 '송조의 황제는 남북의 백성 모두를 불쌍히 여기므로 거란과 전쟁을 애써 회피하는 것이다'라고 말하기도 한다.

나아가 전연(澶淵)의 맹약 당시 송이 거란에 커다란 은혜를 미쳤다는 내용도 도처에 등장한다. 당시 송의 군사력이 거란을 압도하는 상태였고 거란 군대가 고향을 멀리 떠나와 거의 무너지기 직전 상태였지만, 그것을 공격하지 않고 짐짓 맹약을 체결해 주었다는 것이다. 또 맹약의 체결 이후에는 일부 신하들이 돌아가는 거란 군대를 공격하여 궤멸시키자 하였지만, 진종이 그걸 만류하여 마침내 거란 군대가 탈 없이 귀환할 수 있었다고 한다. 사실 1004년 전연의 맹약은 송조로서 어쩔 수 없어 막대한 대가의 지급을 조건으로 거란의 남침을 막은 것이었다. 거란의 남침 소식이 전해지자 송 조정은 가위 공포의 분위기에 휩싸여 버렸다. 그래서 진종에게 강남이나 사천으로 도망가자고 권유하는 인물도 적지 않았다. 그런데 명신의 언행에서는 이러한 사실 관계가 완전히 송조의 편의대로 도치되어 버리는 것이다. 심지어 정강(靖康)의 변(變), 즉 북송의 멸망 이후에는 더 심각한 인식이 등장하기도 한다. 즉 고려·발해·몽골 등에 사신을 보내게 되면, 그들이 송조의 덕(德)을 흠모하여 부모와 같이 우러르고 있기 때문에, 다투어 원군을 내어 송을 도와 줄 것이라 말하기도 하는 것이다. 사실 이러한 중국 전통 사서의 자아도취적 기술은 『송명신언행록』이나 송대의 저작에만 국한되는 것이 아니다. 정도의 차이는 있을지언정 이러한 소아병적 자기중심 태도는 사서(史書)나 문집, 그리고 이른바 명신이나 범용한 관료를 가리지 않고 공통적으로 드러나는 현상이기도 하다.

이렇듯 『송명신언행록』은 '교화'란 목적 아래 저술된 책이기 때문에 그 서술 내용에는 문제점과 약점이 적지 않다. 이 책을 토대로 송대의 역사상, 혹은 송대 지식인의 모습을 재구성하는 것에는 상당한 주의가 필요하다. 다만 주희와 이유무가 이 책을 편찬할 때 의거하였던 서적 가운데 상당수가 현재는 전해지지 않고 망실된 상태이다. 그리하여 원 저작이 사라진 관계로 현재 이 책에서만 보이는 내용 내지 항목도 제법 많다. 이러한 점을 고려하면 사료적 가치란 면에서는 상당한 중요성을 띠고 있다고 하겠다.

이 책은 『송명신언행록』 가운데 일부의 내용을 발췌하여 역주한 것이다. 번역 대상 내용의 선별에 있어서는 가능한 한 상투적이고 의례적인 것은 제외하고, 송대의 역사상 이해에 효용이 되는 항목을 택한다는 자세를 취하였다. 역주는 내용을 매끄럽게 이해할 수 있도록 가능한 한 상세하게 붙이려 하였다. 그러나 기본적으로 이 책은 일반 독자가 읽기에는 너무도 난삽하고 지리한 내용으로 되어 있다. 필시 중국사 연구자, 그것도 송대사 내지 중국 중세사 전문가가 아니면 독서에 엄두를 내기 힘들 것이라 여겨진다. 어쩌면 송대사 전공자라 해도 전체의 내용을 차분히 읽어내려 가기는 힘들지도 모른다. 이 책에서 한글 전용 원칙을 취하지 아니하고 한자를 병용한다거나, 혹은 역주에서 대단히 전문적이면서도 세밀한 내용이나 고증을 가한 것도 그러한 이유에서였다.

이 책의 번역에는 많은 시간과 노력이 소요되었다. 특히 후반부(『속집』, 『별집』, 『외집』)는 한적본 이외에 근대적 배인본(排印本)도 부재한 상태라서 구두점 찍기부터 시작하여야 되었다. 중국과 일본에는 『송명신언행록』이란 명칭의 번역서 내지 편역서가 몇 종류 존재하지만, 그 모두 주희 편찬 부분에 대한 것일 뿐이다. 이유무가 편찬한 부분에 대한 번역은 이 편역서가 그 최초의 시도라 할 수 있다.

이 책의 번역 작업을 시작하게 된 것은 서울대 동양사학과에 재직하셨던 이성규 선생님의 권유와 도움 때문이었다. 이성규 선생님은 이 책의 번역에 대해서 뿐만 아니라 역자가 지금껏 공부를 해 오는 데 있어 많은 도움을 베풀어 주셨다. 온후한 인격과 세심하고 따듯한 지도에 깊은 감사와 존경을 표한다.

2019년 2월

편역자 씀

송명신언행록 4_ 차례

송명신언행록 전체 차례

송명신언행록 4

송명신언행록 별집 하

宋名臣言行錄 別集 下

권3

張燾

金側에서 劉豫가 廢位되었음[1]을 알리는 使臣[2]을 보내와 宋 조정에서 和議를 의논하게 되었다. 和議는 秦檜가 주도하였는데 이에 대해 조정에서 異議가 분분하였다. 그때 張燾가 朝臣에게 和議의 可否를 물어보

1 紹興 7년(金 天會 15년, 1137) 11월 18일의 일이다.

2 紹興 8년(1138) 5월의 일이다. 당시 金側의 使臣들은 紹興 7년(1137) 12월 宋에서 파견한 王倫의 歸路에 同行하였다. 王倫은 紹興 7년 正月 宋側에 전해진 徽宗 및 寧德皇后 鄭氏의 崩御 소식에 따라 명목상 그 梓宮의 送還을 교섭하기 위한 목적을 띠고 迎奉梓宮使로 파견되었다. 하지만 高宗은 紹興 7년 2월 王倫을 金에 파견할 당시 金과의 講和方針을 내심 굳히고, 王倫에 대해, "帝使倫謂金佐副元首昌曰 河南地 上國既不有與其付劉豫 曷若見歸?"(『宋史』 권371, 「王倫傳」)란 전갈을 전하게 한바 있었다. 金은 이에 화답하는 형태로 劉豫를 廢한 이후 王倫에게, "倫再使將還 金人新廢劉豫 撻懶送倫曰 好報江南 自今道途無壅 和議可成"(『宋史紀事本末』 권72, 「秦檜主和」)이란 메시지를 宋에 전하게 하였고, 宋側에서는 王倫이 귀국하자마자 즉시 재차 金에 파견하여 講和를 타진하였던 것이다. 金側의 사신들이 王倫과 함께 宋에 入國하는 것은 王倫의 두 번째 파견 때였다.

자고 주청하여, 高宗은 侍從과 臺諫들에게 명하여 즉시 각자의 의견을 상주하라 하였다. 장도는 수백 글자의 상주문을 올렸는데 그 大要는 다음과 같다.

"지금 하늘이 우리 宋朝를 도우려 하고 있으니 마땅히 우리는 스스로 다스림에 힘쓰며 天時를 기다려야 합니다. 무릎을 굽혀 남을 섬겨서는 안 됩니다."

장도는 또 侍從들과 함께 和議의 부당함을 극력 諫言하였다. 그러다 한 번은 御史中丞 勾龍如淵[3]을 面前에서 질책하며,

"그대가 천거했던 7인은 이전에 모두 張邦昌을 섬기지 않았었소? 지금은 서로 무리지어 떠들면서 和議에 찬동하고 있으니 이는 오랑캐의 책략대로 되는 것이오. 훗날 그대들은 君王을 배반하게 될 것이 분명하오"라고 말했다.

監察御史 施庭臣이 侍御史로 발탁되었고 府丞 莫將은 賜出身[4]으로서 起居郎에 超拜[5]되었다. 이들은 모두 上書하여 秦檜의 和議에 영합한 자들인데 吏部로부터 갑작스런 승진의 詔令이 내려진 것이다. 이에 대해 장도가 상주하여, '예로부터 관원의 승진에 이와 같이 파격적인 유례가 없습니다'라고 말하며 극력 두 사람을 비난하였다. 그리고는 병을 핑계

---

3 당시 秦檜를 도와 和議를 추진한 인물의 하나. 그가 이때(紹興 8년, 1138) 御史中丞의 지위에 오른 것도 秦檜의 和議에 附翼하였기 때문이다. 이에 대해 『宋史紀事本末』에서는, "乃始出文字 乞決和議 然猶以群臣爲患. 中書舍人勾龍如淵爲檜謀曰 相公爲天下大計 而邪說橫起 盍不擇人爲臺諫 使盡擊去 則事定矣. 檜大喜 卽擢如淵爲中丞 劾異議者"(권72, 「秦檜主和」)라 기록하고 있다.

4 비과거 출신인으로서 重職에 특채된 인물이거나 혹은 大臣의 子弟에게 주어지는 지칭이었다.

5 통상적인 승진을 뛰어넘는 數階 내지 數官 이상의 파격적인 발탁. 超授라고도 칭한다.

로 집안에 칩거하였다.[6] 그런데 秦檜는 평소 장도를 매우 敦厚하게 여기고 있어서 樓炤에게 명하여 문병하게 하며 直翰苑의 官爵을 제의했다. 장도는 이에,

“지금 관직의 승진과 좌천 권한은 비록 남에게 있을지라도 進退의 여부를 결정하는 것은 나이다. 나는 관직에서 물러나련다”라고 말했다.

그러자 진회는 다른 사람들에게,

“張子公[7]은 올곧게 관직을 지키는 사람이니 그를 종내 움직이게 할 수 없을 것이다”라고 말했다.

和議가 성사되어 河南과 陝西의 境土를 수복하였다.[8]

紹興 9년(1139) 正月 高宗은 祖宗의 陵寢이 오랫동안 金의 영역에 있었던 까닭에, 장도를 同光山軍節度使 判太宗正事에 임명하여 士㒟와 함께 脩奉[9]하고 掃除하고 오게 하는 한편, 이들에게 각각 銀과 絹을 하사하였다.

장도 등은 二月 己巳에 떠나서 武昌과 新陽을 거쳐 蔡州 및 潁州로 들어갔다. 五月 丙戌에는 永安軍에 이르렀으며, 戊子에는 드디어 諸陵에 朝謁할 수 있었다. 이후 庚寅에는 脩奉을 마치고, 辛卯에 鄭州로부터 汴州・宋州・宿州・泗州와 淮南을 거쳐 돌아왔다.

---

6 이때의 정황에 대해 『宋史』에서는, “燾既力詆拜詔之議 秦檜患之 燾亦自知得罪 託疾在告”(권382, 「張燾傳」)라 기록하고 있다.

7 自公은 張燾의 字.

8 紹興 8년(1138) 12월에 일단 합의된 宋金間의 和議를 말한다. 이 和議는 紹興 12년(1142)에 최종적으로 타결된 이른바 ‘紹興和議’에 대하여 ‘第1次 紹興和議’라 불린다. 南宋이 金에 대해 稱臣하고 매년 銀과 絹을 각각 25만 냥, 25만 필씩 金側에 歲幣로 바치며, 金은 河南과 陝西 地方을 宋에 반환하고, 徽宗의 梓宮 및 韋太后를 送還한다는 내용으로 되어 있었다.

9 陵墓에 대한 修繕과 供奉.

그리고 6월에 고종을 알현하여 장도가 말했다.

"오랫동안 陵墓 아래 골짜기에 물이 말라 있었다 하는데 저희들이 도착하자 예전처럼 물이 다시 흘렀습니다."

고종은 한참이나 놀라워하였다.

이어 장도는 임무 수행 과정에서 견문한 10여 가지를 아뢰었다.

"劉豫가 처음 廢해졌을 당시 민심이 흉흉하였는데 우리의 정보가 뒤늦어 아쉽게도 그만 좋은 기회를 놓치고 말았습니다. 지금 河南 일대에 있는 酈瓊의 부대는 모두 西邊의 勁兵들로서 마땅히 우리가 받아들여야만 할 것입니다. 또 새로이 수복한 지역에서는 이미 租賦를 감면조치하였지만, 나아가 관원들로 하여금 민간에 적절히 재정적 지원을 하도록 해야 합니다. 아울러 추후에도 조세의 징수는 전란시의 특례에 따라 감면해야 할 것입니다. 그러는 한편 불가피한 일이 아니면 민간의 사역을 줄여서 民力이 회복되도록 해야 합니다."

고종은 이 의견을 그대로 받아들였다.

장도가 陵寢에 朝拜하러 가자 백성들이 길을 메우고 소리치며 그 일행을 맞았다. 그리고 栢城에 들어서서는 가시덤불을 헤치고 거친 나뭇가지를 밟으며 길을 헤쳐 나아갔다. 돌아온 이후 장도가 상주하여 말했다.

"陵寢 아래의 골짜기는 靖康 年間 이래 물이 말라 있었다 하는데 우리 두 使者가 도착하던 날 물이 크게 흘렀습니다. 이를 보고 父老들이 놀라서 中興의 祥瑞라 말했습니다."

고종은 陵寢들의 상태가 어떠한가를 물었다. 이에 대해 장도는 대답을 피하며, '이 賊黨들을 萬世토록 잊어서는 안 된다'고만 말했다. 고종은 아무 말이 없었다.

장도가 상주하였다.

"金側에서 和議를 주도한 자는 撻懶이지만 이번에 그 조카인 兀朮에 의해 誅殺되었으니 필시 저들이 盟約을 깰 것입니다."

장도는 이후 東京과 洛陽, 關陝을 거치며 두루 지리 형세를 살폈다.[10] 그리고 利州西路 鳳州의 河池縣으로 胡世將[11]을 찾아가 함께 변방의 방어책을 의논하였다. 장도는 胡世將에게,

"和尙原이 가장 중요한 요충지입니다. 거기로부터 남쪽은 四川으로 들어가는 길이니 그곳을 잃어서는 四川도 지켜낼 수 없습니다. 지금 여러 부대들이 陝西에 주둔하고 있는데 군수물자 보급에 약간의 어려움이 따를지라도 四川의 어귀에 군대를 집중 배치해야만 합니다. 그리고 錢 500緡을 차용하여 유사시에 대비한 자금으로 비축해 두도록 하십시오"라고 말했다. 胡世將은 모두 그 제안대로 따랐다.

장도는 紹興 10년(1140) 봄에 益州에 당도한 이후에도 胡世將과 서신을 주고받으며 방어의 형세를 같이 의논하였다. 이해 여름 과연 金軍이 盟約을 어기고 사천 지방으로 남침해 왔다. 吳璘과 楊政, 郭浩가 이에 맞서 金軍을 대파하고 만여 명을 포로로 잡았다. 그후 장도는 사천 지방을 떠나게 되었는데, 蜀人인 唐文若이 制誥를 草하며,

"사천을 보위해낸 功이 크도다. 마치 占을 친 것마냥 賊黨의 침공을 미리 알아 대처하였도다"라고 적었다.

---

10 張燾는 紹興 9년(1139) 10월 知成都府兼成都府路安撫使로 임명되어 현지로 부임하는 도중이었다.

11 胡世將은 吳玠가 사망한 직후인 紹興 9년(1139) 7월 四川宣撫副使에 임명된다. 文官인 그는 도임 직후 諸將들에게, "謂諸將曰. 世將不習騎射 不習虜情 朝廷所以遣來者 襲國家故事 以文臣爲制將耳. 軍事一無改吳宣撫之規 各推誠心 共濟國事可也. 諸將皆服"(『宋史紀事本末』 권69, 「吳玠兄弟保蜀」)이라는 입장을 천명하고 있다.

鄭瑴

정곡이 御史中丞에 임명되었다. 당시 苗傅・劉正彦의 두 凶黨이 멋대로 殺戮을 자행하는 한편 날마다 都堂[12]에 드나들며 朝政을 裁斷하고 있었다. 이에 정곡은 상주문을 올려 말했다.

"苗傅 등에게 일러서, 휘하의 士卒들에게는 軍法을 재량대로 시행할 수 있으나 그 나머지는 마땅히 朝廷에 上聞함으로써 담당 관원에게 회부하여 규정대로 처리해야 한다고 주지시키십시오. 또 근래의 인사 명령은 대부분 苗傅・劉正彦의 두 사람 뜻대로 행해지고 있습니다. 그들은 하루도 빠짐없이 번갈아 都堂에 출입하고 있는데, 그들이 감히 그러할 수 있는 것은 휘하에 강한 군대를 거느리고 있기 때문입니다. 하지만 옛날 王莽의 군대 또한 강하였지만, 昆陽에서 한 번 패배한 연후에는 왕망 자신도 죽음을 맞이하지 않았습니까? 苗傅 등에게 일러서 마땅히 朝廷의 典章을 따르게 하십시오."

그런데 이 상주문은 殿中에서 朝廷으로 내려오지 않았다. 정곡은 이를 三省에 회부하여 시행할 것을 간청하며 말했다.

"亂臣들이 害를 가할 지라도 臣은 직분을 지키며 죽을지언정 피하지 않겠나이다."

상주문이 조정에 내려오자 苗傅 등은 과연 정곡에 대해 원한을 품으며, '자신들을 王莽으로 간주하였다'고 말했다. 하지만 이렇게 원한을 품었을지언정 그들의 방자함은 조금 수그러들었다.

---

12 尙書省의 청사. 元豊改制 이후 政事堂의 직능을 수행하였다.

苗傅・劉正彦의 두 凶黨이 呂頤浩를 簽書樞密院에 임명하고 張浚을 禮部尙書에 임명함으로써 중앙으로 소환하고자 하며 또 張俊의 군대를 나누어 500명만 남기고 張俊을 陝西로 보내고자 한다는 소식을 들었다. 그런데 張浚이 그 명령을 받아들이지 않자 散官을 주어 郴州에 謫居하게 하고, 張俊 또한 군대를 나누려 하지 않자 節度使의 직위를 주어 知鳳翔府로 임명하였다.[13] 정곡은 이러한 조치들이 모두, 조정의 명령을 빌어 바깥에는 强兵이 없도록 하고 또 안으로는 變亂을 꾸며 자기들 멋대로 하고자 하는 苗傅・劉正彦 등의 간교한 음모임을 알았다. 그래서 상주문을 올려, 呂頤浩를 그대로 知金陵府로 유임시키는 한편 張浚을 유배시켜서는 안 된다고 주장하였다.

정곡은 휘하의 심복인 謝嚮을 장사치로 변장시켜 도보로 平江까지 가서 張浚 등을 찾아가게 하였다. 그리고 그 편에 臨安 내부의 사정을 통지하고, 張浚 등에게 兵備를 엄중히 갖춘 다음 그 軍勢를 내외에 떨침으로써 苗傅・劉正彦 등이 스스로 도망가게 해야 한다고 말했다. 그것이 바로 臨安 城內에 변고가 발생하지 않고 또 三宮을 驚動시키지 않을 수 있는 최선책이라고 전하게 했다.

그 한편으로 杜鵑의 詩 네 구절을 지어 친히 적은 다음 謝嚮에게 그것을 휴대하고 가서 張浚 등에게 바치게 함으로서 징표가 되게 했다. 그 詩는 이렇게 되어 있었다.

"두견새가 깃들 둥지도 없이 이리저리 나부끼는도다.

둥지를 틀고 새끼를 낳으면 百鳥들이 그것에 기대살 수 있을 텐데…….

---

13 당시 張俊은 浙西의 吳江縣에 주둔하고 있었는데, 苗傅・劉正彦 등은 그를 멀리 秦鳳路에 있는 鳳翔府로 보냄으로써 勤王軍의 軍勢를 약화시키려 했던 것이다.

꽃 밭의 두견새, 밤낮으로 울고 있네.

언제나 百鳥들을 만나 둥지로 돌아갈 수 있을까?"

이 詩는 杜甫가, 蜀의 天子가 두견새로 변했는데 새끼를 낳자 百鳥들이 둥지를 돌보았다고 말했던 것[14]에서 본딴 것이었다. 두견새는 天子를 상징하고 百鳥는 百官을 비유함으로써, 內外의 百官이 마땅히 한 마음으로 힘을 합하고 노력하여 天子를 다시 皇帝位에 복귀시키고 皇宮에 들게 해야 함을 말했던 것이다. 謝嚮이 平江에 이르러 이 詩를 張浚 등에게 바치니, 읽고 나서 모두 다 정곡을 칭찬하며 서로 간 난국을 헤쳐 갈 결심을 새로이 다졌다.

王庶

高宗 建炎 2년(1128) 王庶가 知延安府 겸 陝西 일대의 군대를 총괄하는 節制陝西六路軍馬가 되었고 曲端이 그 都統制로 임명되었다. 그런데 왕서는 政事가 엄격하여 將士들을 많이 誅殺하였다. 한번은,

"설령 曲端이라 할지라도 잘못을 범하면 마땅히 참수될 것이다"라고 말했다.

曲端은 이말을 듣고 원한을 품으며 가능한 한 왕서 앞에 나아가지 않으려 했다. 그러던 차에 金軍이 갑작스레 延安으로 공격해 왔다.[15] 당시

14 杜甫가 「杜鵑行」에서, "君不見昔日蜀天子 化作杜鵑似老烏. 寄巢生子不自啄 群鳥至今與哺雛"라 읊었던 것을 말한다.

延安에는 군대가 불과 2만 명밖에 없어서 왕서는 주변 각 지방에 통지하여 군대를 불러모았으나 아무도 오지 않았다. 곡단 또한 지원하러 오지 않았다.[16] 왕서는 어쩔 수 없이 龍坊으로 물러나 주둔하였고 金軍은 그 틈에 延安府를 함락시켰다.

그 후 수일 만에 곡단이 와서 군대로 왕서를 호위하게 하고 말했다.

"節制는 어찌하여 이리로 와 있는 것입니까? 節制는 자기 몸을 사리는 것만 알 뿐 天子를 위해 城을 지켜야 하는 것은 모르는 것입니까?"

"나는 수차례 군대 동원령을 내렸지만 너는 따르지 않았다. 누가 진정 몸을 사리는 자인가?"

곡단은 화가 나서 軍中에서 즉시 왕서를 살해하려고 했다. 그는 군대를 모아 왕서를 구금하고 절제의 印章이 어디 있는지 물은 다음 빼앗으려 하였다.

그때 마침 朝廷으로부터 서하에 파견된 사자 謝亮이 도착하였다. 곡단은 밤중에 謝亮을 찾아가 말했다.

"延安은 西北 일대의 咽喉와 같은 곳인데 이미 失陷되었습니다. 그러니 『春秋』에서 말하는 大夫가 出疆한 국면이라 하겠습니다. 出疆한 大夫는 재량에 따른 처결[17]이 가능하니, 使者께서는 남쪽으로 조정에 돌아가거든 敗將 하나가 주살되었다고 보고하십시오."

이에 謝亮이 말했다.

"使者는 天子의 勅旨만 받들 뿐이오. 人臣으로서 바깥에서 멋대로 誅

---

15 王庶가 節制陝西六路軍馬에 임명된 것은 建炎 2년(1128) 6월의 일이며, 金軍이 延安府에 침공해 온 것은 이 해 11월이었다.

16 당시 曲端은 이 일대 최고의 精兵을 거느리고 延安으로부터 남방으로 약 200km 가량 떨어진 耀州 淳化縣에 주둔하고 있었다(『宋史』 권369, 「曲端傳」).

17 『春秋』 莊公 19년조에 대해 『公羊傳』에서, "大夫出疆 有可以安社稷利國家者 則專之可也"라 釋明하고 있는 것을 가리킨다.

殺하는 것은 跋扈요. 그대가 그리하고 싶으면 마음대로 하시오. 나와는 무관한 일이오."

곡단은 어쩔 수 없이 왕서를 풀어주고 갔다. 왕서는 이로부터 곡단에게 忿心을 품고 죽이려 하였다.

왕서는 興元府 및 洋州, 그리고 三泉의 强壯한 자들을 파악[18]하여, 每戶마다 兩丁이 있으면 그 가운데 하나를 징발하고 三丁이 있으면 둘을 징발하였다. 그리고 그 戶의 物力錢[19] 200貫을 면제해주었다. 이렇게 만들어진 군대를 '義士'라 부르고 50명을 단위로 조직하여 知縣은 그 軍正으로 삼고 縣尉는 軍副로 삼았다. 이들 義士는 날마다 각각의 縣에서 무예를 연마하게 하였으며 한 달에 한 번은 州로 소집하여 그 상태를 점검하였다. 이렇게 하여 반년 만에 군사 수만 명이 확보되었다. 州에 소집하여 그 무예를 점검할 때는 배불리 먹이는 한편 상태에 따라 상을 내리기도 하였다. 또 教閱이 우수하여 戰場에 내보낼 수 있는 상태가 되면 담당 縣尉를 京官으로 改官[20]시켜 주었다. 張浚은 이러한 상황을 조정에 보고하였다. 그 후 興州와 興元府, 洋州, 三泉 등 四郡의 義士는 모두 7만여 명에 달하게 되었다.

---

18 王庶는 紹興 5년(1135) 知興元府兼利夔路制置使에 임명된 상태였다.

19 戶等 劃定의 근거가 되는 기준. 産錢, 物力, 혹은 家業錢이라고도 불렀다. 物力은 田畝物力과 浮財物力 두 종류로 나뉘어진다. 이 가운데 田畝物力은 소유 田地의 면적과 肥瘠을 고려하여 평가한 것이고, 浮財物力은 기타의 재산, 즉 가축과 농기구, 가옥, 부동산 등을 평가한 것이다. 物力은 모두 錢으로 표시되기 때문에 物力錢이라 불렀다. 物力錢은 戶等 산정의 기준이 되었으며, 뿐만 아니라 役錢과 和買, 均糴 등도 이에 의거하여 부과되었다.

20 選人(대부분 幕職州縣官)으로 근무하다가 일정의 근무 연한을 채운 후 保擧의 과정을 거쳐 京官으로 승진하는 것을 가리킨다.

왕서가 知荊南府兼湖北經略安撫使가 되었다. 당시 그는 이미 年滿[21]하여 天下의 일에 대해 두루 견식을 지니고 있는 상태였다. 왕서는 고종을 알현하고 말했다.

"지금 가장 큰 문제는 병사들의 사기가 위축되어 있는 점입니다. 명망 있고 기개 있는 장수를 선발하여 지휘하게 하면 군대의 사기는 곧 높아질 것입니다. 또 국가의 安危는 修己에 달려 있고 정치의 治亂은 어떻게 政事를 펼치는가에 달려 있으며, 만사의 成敗는 用人에 달려 있습니다."

고종이 이 말에 수긍하였다. 그러자 왕서가 다시 말했다.

"臣이 정작 가슴에 담고 있는 말은 아직 다 아뢰지 못했습니다. 원컨대 臣이 폐하께 자세히 아뢸 수 있게 해주십시오."

고종이 이에 燕見[22]하자 왕서는 무릎을 꿇고 더욱 간절한 어조로 말했다.

"폐하께서 江南만을 지키고자 하신다면 더 말씀 드릴 것이 없습니다. 하지만 만일 大業을 이어 옛 영역을 회복하시려 한다면 반드시 荊州에 도읍을 하셔야만 합니다. 荊州는 左로 兩浙一帶와 右로 사천 지역을 거느리고 있으며 南海[23]의 이익을 모두 집약하고 있는 곳입니다. 또 그 앞에는 江漢平原이 가로놓여 있으며 三川을 가로질러 大河[24]를 건너면 바로 中原을 도모할 수 있습니다. 저 옛날 曹操가 關羽를 두려워하였던 것도 바로 이 때문입니다."

고종이 왕서의 그릇을 매우 범상치 않게 여겼다.

---

21 紹興 6년(1136) 王庶(?~1142)는 知荊南府, 즉 知鄂州가 되었다.

22 帝王이 退朝 이후 閑居하며 臣僚를 召見하거나 接見하는 것.

23 남중국해.

24 황하.

당시 荊南은 여러 차례 도적들에 의해 약탈을 당해 피폐해져 있었다. 왕서는 이곳에 당도한 이래 財源을 끌어모아 士卒들과 함께 가시덤불을 헤치며 복구에 나서서, 성벽과 해자를 보수하고 府庫와 관아의 건물들을 수리하였다. 또 기왓장을 구워 민간의 가옥 짓는 일을 지원하였으며 평상시와 마찬가지로 시장을 개설하여 사방의 상인들이 도래하게 하였다. 그러한 연후에 令을 내려, 관아 소유의 황무지를 원하는 자들에 내주어 경작하게 하고 조세를 면제해 주었다. 또 관아의 돈을 가져다 쓰고 利息을 지불하고자 하는 자들에게는, 그 利息의 규모 및 대출 기한 등을 고려하여 官職을 포상으로 주었다. 그러자 武吏들이 다투어 응했기 때문에 府庫가 매우 충실해져서 그것으로 養兵費를 대었다. 그 결과 武備가 대단히 견고해졌으며 荊州는 천천히 大藩으로 성장해 갔다.

酈瓊이 반란[25]을 일으켰을 때 張俊은 멋대로 주둔지 盱眙를 버리고 남하하였다. 당시 諸將들은 이처럼 멋대로 횡행하고 있었다.

그러던 중 紹興 8년(1138) 왕서에게 命하여 江淮 일대의 군사를 총괄하게 하였다.[26] 왕서는 본디 위엄이 있어서, 근무지로 향하기에 앞서 都敎場에서 군대를 점검하며 치하하였는데 군대의 陣營이 嚴整하기 이를

---

25 紹興 7년(1137) 8월에 발생한 이른바 淮西의 兵變을 가리킨다. 紹興 7년 3월 宋 조정은 前年 10월 劉豫의 僞齊軍이 남침했을 때 劉光世가 주둔지 廬州를 버리고 長江 이남으로 퇴각했던 책임을 물어 파면하였다. 아울러 그때까지 劉光世가 지휘하던 부대를 張浚 휘하의 都督府에 직속시키고, 그 지휘관으로 王德을 都統制에, 酈瓊을 副都統制에 임명하였다. 그런데 王德과 酈瓊 사이에 알력이 생기자 宋 조정에서는 副都統制인 酈瓊을 파면시키고 사형에 처하려 했다. 하지만 이러한 정보가 酈瓊側에 흘러들어가 酈瓊이 반란을 일으킨 것이다. 酈瓊은 반란을 일으키고 나서 當地에 파견되어 있던 兵部尙書 呂祉 등을 살해한 후 군사 4만을 이끌고 劉豫의 僞齊에게 투항해 버린다.

26 이때의 조치에 대해 『宋史』에서는, "議者乞遣重臣行邊 遂命庶措置江淮邊防"(권372, 「王庶傳」)이라 기록하고 있다. 당시 王庶는 兵部尙書 겸 樞密副使의 직위에 있었다.

데 없었다. 그는 便服[27] 차림으로 壇上에 앉고, 나머지 모두는 비록 三衙[28]의 大將이라든가 使相[29]의 직위에 있는 사람일 지라도 예외없이 戎服[30]을 입은 채 걸어서 轅門[31]으로부터 都教場으로 향하였다. 이곳에서 朝廷의 命을 엄숙히 전달받으며 왕서의 앞을 지나쳐 갔는데 아무도 감히 고개를 들어 쳐다보지 못하였다. 靖康 年間 變故가 발생한 이래 이러한 일은 일찍이 없었다.

27 便衣, 즉 평상복.

28 송대 禁軍의 최고 지휘기구인 殿前司, 侍衛親軍馬軍司, 侍衛親軍步軍司의 合稱.

29 從一品의 寄祿官인 開府儀同三司의 簡稱. 開府・儀同三司・開府儀同・儀同 등이라고도 稱한다.

30 軍服. 戎衣라고도 칭한다.

31 兵營.

권4

葉夢得

蔡京은 다시 宰相職에 복귀[1]하자 자신이 도입하였다가 그 간 폐지되었던 法度들을 모두 부활시켰다. 이에 葉夢得이 徽宗을 알현한 자리에서 말했다.

"『周官』의 太宰는 八柄을 장악한 채 천자를 보필하고 群臣들을 統御합니다. 하지만 賞罰을 폐지하거나 설치하는 권한은 어디까지나 천자에게 속해 있습니다. 太宰는 천자를 도울 뿐이지 멋대로 專權을 행사할 수는 없습니다. 그런데 폐하께서 이전에 선포하였던 法度들은 폐하께서 직접 결정하신 것입니까? 아니면 大臣인 蔡京이 결정한 것입니까? 그것들을 폐지하였다가 부활시킨 조치 또한 폐하께서 결정하신 것입

1 徽宗 大觀 元年(1107) 正月의 일이다. 蔡京은 崇寧 5년(1106) 2월 罷相된지 10개월 만에 宰相職位에 복귀한 것이다.

니까? 아니면 대신인 채경이 결정한 것입니까? 지금 일개 대신이 나서서 옳다고 하면 그에 따라 法度들이 제정되고, 일개 대신이 나서서 안 된다고 하면 그에 따라 폐지되고 있습니다. 그러니 폐하께서는 명확한 주견을 갖고 계시지 않은 것이고 따라서 폐하에 의해 결정된 것이라 할 수 없을 것입니다. 원컨대 그 법도들 가운데 폐하께서 가히 부활시킬 만하다 여겨지는 것들은 부활시키시고, 폐지되어야 한다고 판단되는 것들은 폐지해 주십시오. 그래야만 천하가 올바로 다스려질 것입니다."

채경이 童貫을 陝西宣撫使로 삼아 靑唐을 공략하려 하였다. 엽몽득이 이 소식을 듣고 채경에게 말했다.

"童貫은 큰 은혜를 입어 節度使에 除授되었는데 이미 이것조차 祖宗의 法度에 어긋난 것이었습니다.[2] 그런데 한 걸음 더 나아가 執政의 임무[3]를 주어 靑唐의 공략을 맡기려 하고 있습니다. 靑唐의 공략은 금번에 조정에서 반드시 성공시키려 하고 있는 사업입니다. 그런즉 만일 그 공략이 성공한다면 이제 童貫에게 어떠한 직위를 주시렵니까?"

채경은 부끄러운 기색을 보였다.

靑唐의 공략이 성공한 다음 엽몽득은 다시 채경을 찾아 뵙고 말했다.

"이제 무엇으로써 童貫에게 상을 주시렵니까?"

채경은 심사숙고하였으나 종내 대답하지 못했다.

---

2 환관 출신으로서 節度使 직위에 오른 것은 徽宗 大觀 2년(1108) 童貫이 처음이었다. 節度使가 되기 이전에도, "擢景福殿使襄州觀察使 內侍寄資轉兩使自玆始"(『宋史』 권468, 「宦者傳 三」 「童貫」)라 하듯 환관 출신으로서 任官의 새로운 典例를 만든 바 있었다.

3 宣撫使의 職位는 現任의 執政에게만 수여되는 것이 慣例였다. 이에 대해 葉夢得은, "夢得見京問曰 祖宗時 宣撫使皆是見任執政 文彦博 韓絳因此軍中拜相 未有以中人爲之. 元豊末 神宗欲命李憲 雖王珪亦能力爭 此相公所見也"(『宋史』 권445, 「葉夢得傳」)라 말하고 있다.

"절도사의 위에는 오직 開府儀同三司[4]가 있을 뿐입니다. 朝廷에서 종내 이를 동관에게 수여할지도 모르겠군요."

"아마 그렇게까지는 못할 것이오." 채경이 말했다.

"그렇다면 참 다행입니다. 바깥의 사람들은 동관에게 필시 이 직위를 수여할 것이라고들 믿고 있습니다. 저는 근심스러워 잠을 못이룰 지경입니다. 이전에 동관이 節度使로 임명될 때에는 제가 制書의 草를 담당[5]하지 않아서 뭐라 말을 할 수 없었습니다. 이제 만일 그가 使相의 직위에 승진하여 제가 그 制書의 草를 맡게 된다면, 저는 결단코 그것을 거부하겠습니다. 그리고 기꺼이 流謫의 처벌을 받겠습니다. 그렇게 되면 필시 嶺南 地方으로 流謫될 터이니 相公께서는 미리 저를 위해 적당한 유배지를 물색해 두십시오."[6]

이에 채경이 웃으며 대답했다.

"그대는 염려가 너무 지나치오. 이 사람 또한 어찌 衆論을 거스릴 수 있겠오? 그대와 같이 생각하는 사람들이 많은데 그것을 거스른다면, 내 어찌 장차 禍가 있을 것이라 걱정되지 않겠소?"

"다행히 그렇게 되지 않는다면 그만이지만, 설혹 그렇게 된다면 반드시 그 衆論을 거스른 禍를 입게 될 것입니다. 지금이 아니라 훗날에 그렇게 된다 해도 마찬가지입니다."[7]

---

4 文散官 29階 가운데 최고위로서 從一品. 통상 재상에게 부여되었다.

5 童貫의 靑唐 공략이 행해지던 大觀 2년(1108) 당시 葉夢得은 內制의 草를 담당하는 翰林學士의 직위에 있었다.

6 당시 葉夢得은, "蔡京猶未愜意 乃與其客强浚明 葉夢得 籍宰執司馬光 文彦博 呂公著"(『宋史紀事本末』 권49, 「蔡京擅國」, 482쪽)이라거나, "殿中侍御史毛注言 京擅持威福搖動中外 以翰林學士葉夢得爲其腹心 交植黨與"(『宋史紀事本末』, 권49, 「蔡京擅國」)라 하듯 蔡京과 매우 긴밀한 관계를 맺고 있었다.

7 政和 6년(1116) 9월 童貫은 종내 開府儀同三司가 된다(『宋史』 권21, 「徽宗 本紀 三」).

엽몽득은 조정에 있으며 채경의 잘못을 여러 차례 바로잡아 주었다. 채경은 처음 엽몽득에게 다른 의도가 없음을 알고 그의 의견을 대부분 받아들였다. 간혹 받아들이지 않는 경우도 있었는데 그것은 남의 생각을 아랑곳하지 않는 채경의 외고집 때문이었다. 채경은 그러한 경우,

"그것은 잘못되지 않았소. 뜬 소문에 겁을 내서 가볍게 따라 움직여서는 안 되오"라고 말했다.

그런데 石公弼이 張康國과 鄭居中 등에게 附會하여 채경을 공박하기 시작[8]하면서 엽몽득에게도 잘못된 인사를 추천하였다고 힐난하였다. 하지만 엽몽득은 단 한 사람도 결코 자신의 黨與를 만들기 위해 추천한 적이 없었다.

채경이 다시 재상으로 복귀하자 엽몽득이 찾아 뵙고 말했다.

"조정에 돌아오신다면 어떤 것부터 착수할 예정입니까? 인재는 누구를 쓸 예정입니까? 公이 天下로부터 비난을 받는 이유는, 너무 큰 권한을 행사했고 또 한편으로 의욕이 지나쳐 너무 과단성이 있었기 때문입니다. 뿐만 아니라 개인적인 喜怒에 따라 남의 능력을 규정지었고 또 私的인 恩怨關係에 따라 승진과 貶黜을 행하였습니다. 그래서 公이 재상의 자리에 있을 때에는 남들이 하루도 빠짐없이 다투어 아부하였던 것입니다. 그런 상황에서 어찌 감히 公의 뜻을 거역할 수 있었겠습니까? 다행히 지금까지 해를 넘기며 바깥에 계셨으니[9] 公이 스스로 들은 것도 적지 않을 것입니다. 앞으로는 허심탄회하게 남들의 옳은 비판을 받아

---

8 대략 大觀 元年(1107) 閏10月 이래의 일이다. 이러한 정황에 대해 『宋史紀事本末』에서는, "復以鄭居中同知樞密院事. 居中既怨蔡京 遂陰與張康國比而間京"(권49, 「蔡京擅國」)이라 전하고 있다.

9 蔡京은 大觀 4년(1110) 2월에 罷相되었다가 10개월 만인 政和 元年(1111) 正月에 宰相職에 복귀한다.

들이시기 바랍니다.

그리고 현재 큰 근심거리가 하나 있습니다. 바로 童貫이 國政을 장악[10]한 이래 天下의 권한 가운데 그 절반이 환관에게 들어가 있는 것입니다. 이제는 梁師成과 楊戩 등 수십 명이 童貫을 따라 부상하고 있습니다. 심지어 宰執의 任免도 이들 무리에 의해서 결정될 지경입니다. 公이 먼저 이러한 상황을 바로잡아 국가의 실권을 朝廷으로 되돌려 놓지 않으면, 公의 喜怒와 恩怨도 힘을 잃어 종내 더 이상 통하지 않게 될 것입니다. 그렇게 되면 누가 환관의 무리에게 달려가지 재상과 일을 도모하려 하겠습니까? 公은 이러한 정황을 면밀히 살피어 무언가 계책을 세우셔야만 할 것입니다."

채경은 얼굴색을 고치며,

"정말로 그렇소. 일이 점점 커져서 이 지경에까지 이르렀소이다. 여기에는 내 잘못도 없다 할 수 없을 것이오"라고 말했다.

그리고 이어 兪㮚의 사람됨에 대해 얘기하며, '그가 매우 학문이 깊고 원대한 기개가 있으며 目前의 사람들과는 상당히 다르다'고 말했다. 그러자 채경이 말했다.

"나 역시 그것을 잘 아오. 이제 재상에 복귀하였으니 兪㮚을 中丞으로 발탁할 생각이오."

兪㮚은 이후 '六弊'의 제거를 개진하며 거침없이 발언하였다. 그는 이어 劉炳이 擧子였을 때 富人인 杜盥에게 불법적으로 代筆을 해주고 거금

---

10 당시 이러한 童貫의 用事에 대해 『宋史』에서는, "政和 元年 進檢校太尉 使契丹. 或言以宦官爲上介 國無人乎? 帝曰 契丹聞貫破羌 故欲見之 因使覘國 策之善者也. 使還 益展奮 廟謨兵柄皆屬焉. 遂請進築夏國 橫山 以太尉爲陝西 河東 河北宣撫使. 俄開府儀同三司 簽書樞密院河西北兩房. 不三歲 領院事. 更武信 武寧護國 河東 山南東道 劍南東川等九鎭太傅涇國公. 時人稱蔡京爲公相 因稱貫爲媼相"(권468, 「宦者列傳 三」 「童貫傳」)이라 기록하고 있다.

을 받았던 일을 지적하고 나섰다.[11] 劉炳은 拱州를 지나가다 채경을 찾아가, 채경에게 鄭居中의 黨與를 모두 제거하라고 사주하였다. 채경은 이후 法度와 是非의 일체를 불문하고 劉炳을 다시 불러들여 戶部尙書에 앉히고 자신의 腹心으로 삼았다. 이로 말미암아 당시 산적했던 현안 문제들의 해결은 다시 뒷전으로 밀리고 말았다. 이에 엽몽득이 蔣猷에게 말했다.

"전에는 石公弼 등에게 가로막혔었고, 이제는 兪㮚을 천거했다가 두 번째로 내 의도가 실패로 돌아가고 말았소."

이 말은 蔣猷를 통해 劉炳의 귀에 들어갔고, 이렇게 엽몽득이 자신을 싫어한다는 것을 알자 劉炳 등은 무리를 지어 채경에게 악의적으로 말하였다.

"엽몽득은 본디 자신을 따르는 黨與를 만들고자 하였을 따름입니다. 그가 언제 公이 하는 일을 옳다고 한 적이 있습니까?"

이후 劉炳과 그 동생인 劉煥, 蔣猷, 翟汝文, 蔡靖, 毛友 등 과거 鄭居中에 의해 내쫓겼던 수십 명은 앞서거니 뒷서거니 중앙으로 다시 불려왔으나 엽몽득만은 소환되지 않았다.[12]

方臘의 亂이 발생하여 江浙 地方의 諸州가 심대한 피해를 입었을 때 그 稅賦를 감면해 주었기 때문에 군사비가 부족해졌다. 이에 發運使인 陳亨伯으로 하여금 東南 一帶의 經制使[13]를 겸하도록 한 바, 陳亨伯은

---

11 劉炳(후일 劉昺으로 改名)은 당시 蔡京의 心腹 역할을 하며 그 반대파들을 공박하고 있는 상태였다. 이러한 정황에 대해 『宋史』에서는, "昺嘗爲京劃策 排鄭居中 故京力援昺 由廢黜中還故班. 御史中丞兪㮚發其姦利事 京徙㮚他官"(권356, 「劉昺傳」)이라 기록하고 있다.

12 葉夢得은 徽宗 大觀 3년(1109) 知汝州로 내려갔다가 落職된 이래 간혹 지방관으로만 재기용될 뿐 중앙관직으로는 발탁되지 못하였다.

東南 7路의 財源으로 군사비 부족을 해결하자고 청원하였다. 그는 比較酒務를 설치하고 酒 전매수익의 비율을 증대시켰으며, 商稅額 역시 1할을 增徵하였다. 또 契紙[14]를 發賣하는 한편 官衙에서 財源을 出納할 때매 緡 당 23文을 부가[15]하였다. 이러한 수익금들을 총칭하여 經制錢이라 불렀는데, 欽宗 靖康 年間에 폐지되었다.

그런데 이때에 이르러 엽몽득이 말했다.

"經制錢은 酒 전매익금을 늘리고 상세액을 증징하며 契紙를 發賣하는 등의 수익금입니다. 모두 민간에서 필요로 하는 것에 의거하여 재원을 확보하되, 민간에서 원하지 않는 것을 억지로 강요하는 것은 아닙니다. 따라서 經制錢의 부과로 酒價가 높아지기는 하나 정부에서 술을 사마시라 강요하는 것은 아닙니다. 상세액의 부과 또한 늘어나기는 하지만 억지로 장사하라 시키는 것은 아닙니다. 그 나머지들 또한 다 이러한 것들입니다. 바라건대 다시 시행하도록 하십시오."[16]

---

13 神宗 熙寧 연간 熙河經略을 위해 최초로 도입하였던 기구. 軍馬에 대한 招募와 통제를 담당하였다.

14 계약서.

15 이를 頭子錢이라 한다. 頭子錢이란 官衙에서 租稅를 징수할 때 및 민간에서 交易을 행할 때 부과하는 일종의 附加稅이다. 이 頭子錢의 沿革에 대해『建炎以來朝野雜記』에서는, "頭子錢者 唐 德宗除陌錢之法也 五代國初 亦取之以供州用 其數甚鮮. 康定元年 始令具數申省 不得擅支. 政和四年 又令給納係省錢物 每貫收五文. 及亨伯爲經制 遂令凡公家出納 每千收二十三文"(甲集, 권15, 「經制錢」)이라 기록하고 있다. 頭子錢은 훗날 高宗 紹興 5년(1135) 總制錢이 징수되며 10文이 늘어나고, 秦檜 집권 시기 다시 經制錢額이 13文 증징되어 도합 每貫當 46文에 이르게 된다.

16 欽宗 靖康 年間에 폐지되었던 經制錢이 부활되는 것은 高宗 建炎 2년(1128) 10월의 일이었다.

程瑀

金軍이 燕山을 점령하고 이어 太原까지 점령한 다음 宋朝를 질책하는 國書를 보내왔다. 그러자 朝廷에서는 金側에 사신을 파견하여 和議를 추진하기로 결정하였는데 모두들 핑계를 대며 몸을 사릴 뿐 아무도 가겠다고 나서지 않았다. 이러한 상황에서 程瑀만이 홀로 상주문을 올려 敢然히 가기를 청하였고, 그리하여 마침내 金軍이 주둔하고 있는 河東으로 가게 되었다. 이를 보고 누군가 정우를 어리석다고 책망하자 그는 정색을 하고 말했다.

"이렇듯 조정이 위태로운 순간에 처하였는데 진실로 국가를 이롭게 하는 일이라면 비록 목숨을 던지는 일일지라도 마다하지 않을 것이다."

그가 막 사신으로 河東에 가려할 때 徽宗이 퇴위하고 欽宗이 즉위하였다. 金軍은 이 소식을 듣자 서로를 돌아보며 놀라 안색이 달라질 정도였다. 이후 金軍은 비로소 강화를 맺으려는 생각을 갖게 되었다. 그런데 金軍이 황하를 향해 진군하였을 때, 宋側의 군대가 다리를 불살라 버리고 싸우지도 않은 채 달아나 버렸다.[17] 이에 京城에서는 크게 놀라 내밀히 江南으로 도망가고자 하는 논의가 일어났다. 그런데 右丞인 李綱이 강력하게 都城을 지켜야 한다고 주장하여 都城 사수의 방침이 정해졌

---

17 欽宗 靖康 元年(1126) 正月 金軍이 황하에 접근하자, 황하의 방비를 책임지고 있던 河北河東路制置副使 何灌 이하의 宋軍들이 奔潰하며 교량을 파괴하였던 것을 말한다. 이러한 정황에 대해 『宋史紀事本末』에서는, "威武軍 梁方平帥禁旅屯於黎陽河北岸 金將迪古補奄至 方平奔潰. 河南守橋者 望見金兵旗幟 燒橋而遁. 河北 河東路制置副使何灌帥兵二萬保滑州 亦望風迎潰. 官軍在河南者 無一人禦敵. 金人遂取小舟以濟 凡五日 騎兵方絕 步兵猶未渡也. 旋渡旋行 無復隊伍. 金人笑曰 南朝可謂無人 若以一二千人守河 我豈得渡哉. 遂陷滑州"(권56, 「金人入寇」)라 전하고 있다.

다. 이러한 정황에서 金의 사자가 와서 大臣을 파견하여 講和를 논의할 것을 요구하였고, 조정에서는 李梲과 鄭望之를 보내 강화조건을 절충하게 하였다. 그렇게 하여 강화에 필요한 金銀과 비단의 액수[18]가 결정되었으며 그밖에 三鎭[19]을 金側에 할양하기로 합의하였다. 조정에서는 정우와 秦檜에게 명하여 河中에 있는 金軍의 진영으로 가서 강화를 최종적으로 타결짓게 하였다. 이러한 勅旨를 받고 정우는 상주하여 말했다.

"臣 等은 다만 강화를 완결짓기만을 바랄 뿐 땅을 할양하는 것은 거부하겠습니다."

하지만 이러한 주장은 받아들여지지 않았다. 정우는 吳敏[20]을 찾아가 그러한 주장을 개진하였지만 吳敏 또한 받아들이지 않고 강력히 반대하였다.

정우는 使行 길에 나서서 밤에 金側의 진영에 도착하였는데 단 한 사람 그를 보살펴주는 士卒이 없었다. 겨우 簽書樞密院使인 路允迪[21]이 자신이 깔고 앉아 있던 毛氈을 그에게 빌려주어 그것을 바닥에 깔고 잠을 잤다. 이튿날 새벽, 말을 타고 북으로 향하여 저녁 때쯤이 되자 장막이 초원을 뒤덮고 있는 지역에 다다랐다. 정우의 일행은 이곳에서 수일 동안이나 머물게 되었는데, 갖고간 양식이 떨어져 죽을 쑤어 한 사발씩 나누어 먹어야 했다. 그러한 끝에 中山에 도착하자 金側에서는 부대 하

---

18 그 구체적인 액수는 金 500만 냥, 銀 5,000만 냥, 牛馬 1만 頭, 表段 100만 필이었다. 송조에서는 이러한 물량을 확보하기 위해 궁성의 재물을 모두 수합하고 심지어 도성 내 민간으로부터도 金銀을 염출하였지만 겨우 金 20만 냥과 銀 400만 냥 정도를 확보했을 뿐이었다. 이러한 정황에 대해서는 『宋史紀事本末』 권56, 「金人入寇」 참조.

19 河北東路의 河間府(오늘날의 河北省 河間市)·河北西路의 中山府(오늘날의 河北省 定州市)·河東路의 太原府(오늘날의 山西省 太原市)를 가리킨다.

20 당시 吳敏은 門下侍郎 兼 親征行營副使의 직위에 있었다.

21 路允迪은 程瑀 등에 앞서 河東에 주둔하고 있는 宗望(斡离不)에게 사신으로 파견되어 있는 상태였다.

나를 파견하여 정우와 함께 성 아래로 나아가게 하였다. 그런데 中山의 諸將들은 이미 조정으로부터 성을 金側에 넘겨주지 말라는 密諭를 받은 상태여서 방비가 심히 엄중하였다. 金側에서는 다시 王汭를 보내 城 아래로 가서 성의 양도를 권유하였지만 諸將들이 받아들이지 않았다.

정우는 결국 金軍들과 함께 燕山으로 갔다가 宋朝로 귀환하였다. 그때가 欽宗 靖康 元年(1126) 4월이었다. 朝廷의 諸公들은 정우가 돌아왔다는 말을 듣자 笏을 들어 경하해 마지않았다.

紹興 年間의 초기에 정우는 高宗을 알현하고 상주하여 말했다.

"金人들이 난리를 일으킨 지 지금까지 7년째입니다. 그 사이 폐하께서는 南京 應天府로부터 維揚(揚州)으로 피난하셨으며 다시 維揚으로부터 會稽로 피난하셨습니다. 오로지 앞을 다투어 피난하기에 급급하셨던 셈입니다. 이는 저들 오랑캐들이 진실로 강하여 대적하기 어려웠기 때문이 아니라 우리 스스로가 그들과 맞서 싸울만한 능력이 없었기 때문입니다."

이어 정우는 10가지의 대책을 상주하였다. 志氣를 드높이고, 황제 스스로 勤儉의 모범을 보이며, 賢才를 찾아 등용하고, 將帥들을 발탁하며, 紀律을 엄정히 하고, 財政을 바르게 운용하며, 병사들을 널리 召募하고, 해군을 양성하며, 명령을 분명히 하고, 명실상부하게 賞罰을 행하는 것 등이었다.

덧붙여 다음과 같이 上言하였다.

"폐하께서는 朝夕으로 政事에 몰두하시며 한시 바삐 전쟁을 끝내려 언제나 근심하고 계십니다. 그러나 돌아보면 여러 폐단이 산적해 있습니다. 공문서는 번다하게 쌓여서 처리가 지체되고 관료들은 奔競[22]의 폐습에 젖어 있으며, 업무처리는 그저 전례대로만 고식적으로 안일하게 행해지고 있고 財用은 심각하게 낭비되고 있습니다. 또 관료들은 아래에서 농간부리는 것을 그대로 좌시하며 長厚하다 여기고, 업무를 내팽개치고는 簡靖하다고 말하고 있습니다. 이렇게 하여 眞譽가 毁失되고 사사로움에 치우쳐 본질을 해치고 있습니다. 바라건대 大臣들에게 下詔하여 庶政을 一新하도록 하십시오. 그렇게 하면 장차 이 衰亂의 국면을 헤쳐나갈 수 있을 것입니다."

22 選人이 改官할 때 신원을 보증(保擧)해 줄 고위관료(擧主)와 연줄을 대기 위해 다각도로 운동하는 것.

권5

廖剛

廖剛은 建康을 經營하고 이곳을 중심으로 하여 金에 대해 방어책을 세우자고 上言하였다.[1] 이어 '帝王의 學問은 文士의 그것과는 다르다'고 말하고, 『孟子』를 인용하여 말했다.

"天下를 다스리는 근본은 修身에 있습니다. 『大學』에서는 말하기를, '治國과 平天下의 시작은 正心과 誠意에 있다'고 했습니다. 바라건대 無益한 末學을 버리고 이러한 길을 따라 나아가시면 가히 群生들을 복되게 할 수 있을 것입니다."

---

1 高宗 紹興 元年(1131) 10월의 일이다(『續宋編年資治通鑑』 권3, 「宋高宗」 3). 당시 高宗은 兀朮이 이끄는 金軍의 공격을 피하기 위해 建炎 4년(1130) 正月 浙東의 台州와 溫州까지 피난하였다가 建炎 4년 4월부터 越州에 駐蹕하고 있는 상태였다. 高宗이 越州로부터 臨安으로 옮겨가는 것은 紹興 2년(1132) 2월의 일이며, 그때까지 朝廷에서는 駐蹕의 장소를 둘러싸고 여러 논의가 행해지고 있었다.

秦檜가 집권하여 자신의 黨與를 요소에 배치함으로써 지위의 공고화를 꾀하고, 또 한편으로 臺諫[2]의 힘을 빌려 자신과 뜻을 달리하는 사람들을 내쫓으려 하였다. 廖剛은 본디 진회의 추천을 받았지만 言路[3]에 居하게 되자 의연히 正道를 지키며 누구의 압력이나 지시에도 따르지 않았다. 그리고 臺諫으로서의 직무를 수행하며, 上言할 때는 언제나 君子와 小人의 朋黨을 분별하여 원칙에 입각하여 잘못을 바로잡으려 하였다. 이를 보고 秦檜가 사람을 보내 견제하려 하자 이렇게 말했다.

"言官으로서 그 諫言하는 것이 받아들여지지 않으면 물러날 뿐이다. 기개를 굽히며 남을 따르는 것은 내가 할 수 없는 바이다."

그때 마침 옛 從官[4] 하나가 일찍이 叛臣 劉豫의 朝廷에 人質로 잡혀있다가, 秦檜와 인척관계인 연고로 해서 金國의 영역으로부터 돌아와 資政殿學士提擧醴泉觀使에 임명[5]되어 朝請[6]을 받들게 되는 일이 생겼다.[7] 이에 료강은 그 잘못을 강력히 지적하며 상주함으로써 더욱 秦檜의 노여움을 샀다. 또 한 번은 조용히, '옛 宰相 가운데 人望이 있는 사람을 재차 기용하여 王畿 지역의 重鎭을 맡기자'고 건의하였다. 진회는 그 소식을 듣고,

"그렇다면 나를 어떻게 만들자는 것이냐?"라고 말했다.

---

2 諫官인 御史臺官의 총칭. 臺臣·御史·臺憲·臺官 등으로도 불린다.

3 廖剛은 紹興 9년(1139) 이래 御史臺의 長官인 御史中丞의 직위에 있었다.

4 鄭億年을 가리킨다. 鄭億年은 徽宗 연간 宰相을 역임한 바 있는 鄭居中의 아들로서 북송 말 侍從官 직위에 올랐었다. 『宋史』 권351, 「鄭居中傳」을 참조.

5 이러한 秦檜와 鄭億年 사이의 관계 및 鄭億年의 履歷과 관련하여 『宋史』에서는, "脩年 億年 皆至侍從. 億年遭靖康之難 沒入于金. 後遣事劉豫 晩得南歸 秦檜以婦氏親 擢爲資政殿大學士 位視執政"(권351, 「鄭居中傳」)이라 기록하고 있다.

6 朝란 諸侯가 春季에 天子를 朝見하는 것, 請이란 秋季에 朝見하는 것을 말한다. 이로부터 정기적으로 朝會에 참가하는 것을 奉朝請이라 칭하게 되었다.

7 高宗 紹興 10년(1140) 正月의 일이다. 『宋史』 권29, 「高宗紀」 6 참조.

결국 진회는 그간 쌓인 노여움을 터뜨려 료강을 御史臺로부터 내쫓았다. 이 일로 인해 료강의 이름이 천하에 알려졌다.

胡舜陟

靖康 2년(1127) 高麗로부터의 使臣이 來貢[8]하였다. 胡舜陟이 말했다.

"政和年間(1111~1118) 이래 高麗의 使臣이 매해 오는 까닭에 淮浙 地方에서는 그로 인해 심대한 어려움을 겪고 있습니다. 더욱이 지금 高麗는 金國에 臣事하고 있으니 틀림없이 우리의 虛實을 염탐하여 오랑캐들에게 알려줄 것이 분명합니다. 바라건대 그들로 하여금 다만 表만 보내고 그 使臣은 그냥 돌아가도록 하십시오."

호순척이 上言하였다.[9]

"현재 오랑캐가 침범하여 國勢가 큰 위기국면에 처해 있습니다. 하지만 어찌 가만 앉아서 망하기만 기다릴 수 있겠습니까? 저 옛날 湯武와 高光[10]은 賢才를 구해 보좌를 받았던 까닭에 帝王의 偉業을 이룰 수 있었습니다. 그런데 지금 폐하께서 등용하고 있는 자들은 모두 제대로 된 인물들이 아닙니다. 唐恪은 俗吏이고 耿南仲은 腐儒이며, 何㮚은 狂生

8 『九朝編年備要』에서는 以下와 같은 胡舜陟의 발언이 靖康 元年(1126) 11월에 있었다고 기록하고 있다(권30).

9 『九朝編年備要』에서는 이때의 上言을 靖康 元年(1126) 11월에 登載하고 있다(권30).

10 商의 건립자인 湯王과 周의 武王, 그리고 前漢의 高祖와 後漢의 光武帝를 가리킨다.

이고 聶昌은 凶人입니다. 李回가 조금 낫다고 하나 그 역시 迂闊합니다. 오직 陳過庭과 孫傅만이 충직하나 그들 역시 천하를 다스릴만한 그릇은 되지 못합니다. 지금 이 敗亡의 국면을 돌려 功業을 이루기 위해서는 모름지기 人材를 가려쓰는 일을 시급히 해야만 합니다."

또 上奏하였다.[11]

"현재 邊境의 방어대책을 살펴보건대 兵士는 가히 훈련시킬 수 있으며 軍糧 또한 가히 마련할 수 있습니다. 하지만 將帥만은 마땅한 인물을 찾을 수 없습니다. 대저 軍事에 있어서는 將帥가 무엇보다 중요하되 마땅한 사람을 구하기는 극히 어려우니 심사숙고해야만 합니다. 우리 宋朝는 童貫이 軍權을 장악한 이래 장수를 선발할 때 그 家老 중에서만 뽑았습니다. 그 나머지는 모두 뇌물로 승진하였던 까닭에 뇌물이 공공연하게 횡행하여 童貫의 문 앞이 시장바닥 같았습니다. 譚稹이 軍事를 주도할 때가 되어서도 그 역시 모두 童貫이 하던대로 본받았습니다. 이렇게 하기를 20년, 將帥가 모두 이렇게 선발되었으니, 어찌 천하의 유능한 人材를 얻을 수 있었겠습니까? 바라건대 詔令을 내려 宰執과 侍從으로부터 省臺[12]와 寺監,[13] 그리고 監司[14]와 郡守, 將帥의 관료에 이르기까지, 文武官의 자질을 겸비하여 將帥의 직위를 감당할 만한 인재가 있으면 모두 그 숫자에 구애됨 없이 朝廷에 상주하도록 하십시오."

---

11 欽宗 靖康 元年(1126) 6월의 일이다(『靖康要錄』 권6 참조).

12 三省, 臺省이라고도 칭했다.

13 太常寺·宗正寺·光祿寺·衛尉寺·鴻臚寺·大理寺·太僕寺·司農寺·太府寺의 九監과 國子監·少府監·將作監·軍器監·都水監의 五監을 말한다. 元豊官制改革 이전에는 九監은 동일하되 秘書監·少府監·將作監이 설치되어 九寺三監 체제를 이루고 있었다.

14 路 단위에 설치된 官員에 대한 총칭. 安撫使·轉運使·提點刑獄·提擧常平使 등이 그것이다.

衛膚敏

宣和 6년(1124) 徽宗은 衛膚敏을 金國 황제의 生辰[15]을 축하하는 生辰使에 임명하자 위부민이 말했다.

"오랑캐 측의 生辰은 天寧節[16]의 닷새 다음 날입니다. 현재 오랑캐들이 아직 사신을 보내지 않고 있는데 우리가 먼저 보내는 것만도 위엄에 중대한 손상을 초래하는 일입니다. 그런데 만일 저들의 사절단이 오지 않기라도 한다면 조정에 큰 수치가 될 것입니다. 바라건대 燕山까지만 가서 기다려 보았다가 저들이 오지 않는다면 幣物을 국경에서 전달하도록 해 주십시오."

휘종은 이 말이 옳다고 여겼다. 이후 실제로 金人들이 오지 않아 위부민은 幣物을 국경에서 전달하고 돌아왔다.

宣和 7년(1125) 위부민은 다시 金國에 사신으로 가게 되었다. 그 도중 賀嗣位使[17]로 파견되었던 許亢宗을 만났는데, '오랑캐들이 장차 크게 남침하려 한다'고 말하며 위부민에게 가지 말라고 하였다. 위부민은 그 말을 듣지 않고 燕山에 이르니 상황을 전하는 보고가 더욱 급박해져서, 같이 따라온 무리들이 두려워하며 감히 앞으로 가려하지 않았다. 이를 보고 위부민이 꾸짖었다.

"使節行은 君命이다. 어찌 중도에서 그만둘 수 있겠느냐?"

---

15 金代와 元代를 통해 天子의 생신은 공히 天壽節이라 칭했다.

16 宋 徽宗의 生日. 10월 10일이었다.

17 許亢宗은 徽宗 宣和 6년(1124) 7월 金 太宗의 즉위를 축하하기 위한 賀嗣位使로 파견되었다(『宋史』 권22, 「徽宗紀」 4 참조).

金의 영역에 들어서니 이미 오랑캐들은 盟約을 어기고 전쟁을 도발한 상태였으나 위부민은 전연 위축되지 않았다.

오랑캐들은 答書를 주며 印章 대신 押字[18]하고자 했다. 이에 위부민이 말했다.

"신하에게 주는 문서라면 押字도 괜찮다. 하지만 어찌 이웃 나라에 보내는 문서에 押字를 할 수 있는가?"

그가 押字의 문서를 거부하고 수령하지 않자 金側에서는 마침내 璽印을 찍은 문서로 바꾸었다. 문서를 수령할 때 金側에서는 위부민에게 두 무릎을 꿇을 것을 요구하였다. 위부민이 다시 말했다.

"이것은 北朝의 禮法이다. 어찌 다른 사람에게 적용하려 한단 말인가?"

이 말을 듣고 오랑캐의 수령이 대노하자 이를 보고 송 측의 사람들은 두려워 다리를 부들부들 떨었지만 위부민만은 태연하였다. 오랑캐들은 결국 위부민의 뜻을 꺾지 못했다. 이로 인해 위부민은 그들의 노여움을 사서 반년 동안이나 金에 구류되었다.

이후 귀환길에 오른 위부민이 涿州[19]에 이르렀을 때 斡离不을 만나게 되었다. 斡离不은 사람을 보내 위부민에게 만나자고 청하였지만 거절하면서, '만날 때의 예법을 어떻게 할 것이냐?'고 물었다. 오랑캐들은 관례대로 할 것이라고 대답하였다. 위부민은 비웃으며 말했다.

"이른바 관례라는 것은 伏羅拜[20]가 아니냐? 斡离不이 皇子로서 비록 貴人이기는 하나 역시 人臣이다. 使者인 나는 비록 지위가 賤하지만 마찬가지로 人臣이다. 양국의 신하가 서로 만나는데, 斡离不이 참람되게

---

18 手決, 즉 사인.

19 오늘날의 河北省 保定의 涿州市. 燕山(현재의 北京)으로부터 南方으로 60km 정도 떨어진 지점에 위치한다.

20 엎드려 拜禮하는 것.

군주의 예법을 요구하는 것은 한 나라에 두 군주가 있다는 것이니 심히 좋지 못한 일이다."

위부민은 결국 斡离不을 만날 때 長揖[21]하며 들어가 앉았다. 斡离不이 그에게 宋金間의 맹약서를 보여주자, 그가 말했다.

"저는 만리 바깥에 사신으로 파견되어 왔고 더욱이 조정을 떠난 지 오래라서 이 문서의 眞僞를 모르겠습니다."

이후 두 사람의 대화는 軍事 문제에 미치게 되었는데, 위부민은 계속하여 오랑캐 측의 뜻을 거슬러 거의 다시 구류될 뻔하였다. 위부민이 귀환하였을 때는 淵聖皇帝가 즉위한 이후였다.

建炎初에 위부민이 말했다.[22]

"현재 兩河의 諸郡들은 다행히 다 굳건히 지켜지고 있습니다. 이들 지역에 내밀히 帛書를 보내서 그 世封을 허락함으로써, 그 지역인들로 하여금 자신들의 땅을 지키게 하고 그리하여 적들에 의해 점령되지 않도록 하십시오. 또 陝西와 山東, 淮南 지역에 대해서는 성벽을 보수하고 해자를 준설하도록 하고 아울러 그 지역민들을 훈련시키도록 하십시오. 그리고 大臣을 선발하여 보내서 그들을 鎭撫하십시오. 그리고 車駕는 잠시 建康으로 행차하여 만전토록 해야 할 것입니다. 현재 北狩中인 두 황제가 돌아오지 못하고 계십니다. 폐하께서는 마땅히 宮室과 服食의 비용을 痛烈히 절약하여 비록 郊廟[23]의 경우라도 音樂을 사용하지

---

21 略式의 儀禮. 두 손을 마주잡고 앞으로 올렸다 내리는 인사.

22 高宗 建炎 元年(1127) 6월의 일이다(『中興小紀』 권1, 建炎 元年 6월 丁亥).

23 제왕이 天地에 제사 드리는 郊壇 및 조상신에게 제사드리는 宗廟. 郊廟에 제사드릴 때는 『文心雕龍』에서, "暨後漢郊廟 惟雜雅章 辭雖典文 而律非夔曠"(권2, 「樂府」 7이라 하듯 음악을 곁들이는 것이 통례였다.

말아야만 할 것입니다. 그렇게 정성을 들여야만 天地를 감동케 할 수 있을 것입니다."

邢煥이 皇后의 부친이라는 연고로 徽制[24]에 除授되고 孟忠厚가 太后의 조카라는 연고로 顯直[25]에 除授되었다. 이에 위부민은 典例에 어긋난 것이라고 강력히 주장하였다. 그래서 邢煥은 얼마 후 觀察使로 자리를 옮겼지만 孟忠厚는 그대로 그 자리를 유지하였다. 그리고 위부민은 갑자기 諫省[26]으로부터 자리를 옮겨 舍人[27]에 除授되었다. 위부민은 자신의 諫言 때문이라고 의심하여 신관직을 拜受하지 않고 집에 머물렀다.[28] 그렇게 한 달이 지난 후 孟忠厚가 承宣使로 轉職되자 마침내 집을 나서서 신관직을 받아들였다. 그는 中書가 政事의 근본인 까닭에 命令 가운데 不當한 것이 있으면 즉시 封還하였다. 이러한 그의 기개가 한동안 정가의 분위기를 일신시켰으나 재상은 몹시 좋지 않게 여겨 좌천되었다.[29]

---

24 徽猷閣待制의 簡稱.

25 顯謨閣直學士의 簡稱.

26 諫院의 別稱. 諫署라고도 칭했다. 衛膚敏은 建炎 元年(1127) 당시 右諫議大夫兼侍講의 직위에 있었다(汪藻, 『浮溪集』 권25, 「尙書禮部侍郎致仕贈大中大夫衛公墓誌銘」 참조).

27 中書舍人의 簡稱.

28 이때의 간언 내용에 대해 『宋史』에서는, "言. 事母后莫若孝 待戚屬莫若恩 權臣下莫若賞. 今陛下順太母以非法非所謂孝 處忠厚以非分非所謂恩 不用臣言而遷其官非所謂賞 一擧而三失矣"(권378, 「衛膚敏傳」)라고 적고 있다.

29 이러한 사정에 대해 『宋史』에서는, "以集英殿修撰提擧洞霄宮. 或謂膚敏在後省論事爲黃潛善 汪伯彦所惡 故因事斥之"(권378, 「衛膚敏傳」)라 기록하고 있다.

陳公輔

徽宗 政和 3년(1123) 陳公輔가 入仕하여 平江府教授를 初任職으로 맡았다. 당시 朱勔이 徽宗의 총애를 받아 관료들이 마치 奴僕이 주인 섬기듯 하였지만 그만은 朱勔과 가까이 하지 않았다. 朱勔이 兄喪을 당하자 諸生들은 다투어 찾아가 問喪하였지만 그때 역시 진공보는 아는 척하지 않았다. 그러자 朱勔이 더욱 좋지 않게 여겨서 權要에게 부탁하여 사위인 周審言으로 하여금 平江府教授職을 대신하게 하고 진공보는 越州로 보냈다.

진공보가 처음 館閣에 들어갔다. 그때 蔡京과 王黼가 정권을 잡고 있었지만 진공보는 그들에게 잘 보이려 들지 않아서 한 번도 그들의 집 문 앞에 간 적이 없었다. 欽宗 靖康 年間의 初, 國家가 극히 난국에 처해 있는데 二府에는 아직도 宣和時代의 옛 인물들이 남아 있어서 그들의 議論이 새로운 執政들과 많은 불협화음을 빚었다.[30] 진공보는 분격해서 상주문을 올려 황제의 알현을 청하였다. 흠종은 저물 무렵 그를 불렀는데 그의 上言은 대부분 흠종의 뜻에 부합하는 것이었다.

高宗은 진공보가 올린 靖康 年間의 上奏文들을 읽고 그를 늦게 만난 것을 매우 아쉬워하였다. 진공보가 말했다.

---

30 『宋史』에서는 이러한 정황 및 그에 대한 陳公輔의 上言에 대해, "靖康初 二府多宣和舊人. 公輔言 蔡京 王黼用事二十餘年 臺諫皆緣以進 唐 重師驥爲太宰李邦彥引用 謝克家 孫覿爲纂修蔡攸引用 及邦彥作相 又附麗以進. 此四人者 處臺諫之任. 臣知其決不能言宰相大臣之過"(권379, 「陳公輔傳」)라 기록하고 있다.

"中興의 정치로는, 효성을 다함으로써 天意를 얻고 精誠을 다함으로써 民心을 얻는 것보다 더 긴요한 것이 없습니다."

고종은 크게 감동하여 그가 올린 상주문이 실로 諫臣의 본분을 다하고 있다는 詔令을 내린 후 尙書省으로 하여금 그 상주문을 정서하여 표구하도록 했다. 이를 걸어놓고 朝夕으로 보기에 편하도록 하기 위함이었다. 진공보는 이렇게까지 高宗의 知遇를 입은 것에 감동하여 더욱 충성을 다 바치고자 하였다. 그는 建康에 駐蹕함으로써 국가의 부흥을 도모해야 한다고 강력히 청하였고, 이어 王安石 학문의 폐단을 논하며 그것이 후진을 그르치고 있다고 上言하였다. 程頤의 학문을 떠받드는 당시의 풍조에 대해서도 논하였다. '程頤의 문장이란 鄙言怪語일 따름이며 또 程頤의 행동이란 현실과 동떨어진 高視闊步임에도, 사람들은 그러한 程頤의 문장을 외우고 아울러 程頤의 행동을 따라함으로써 훌륭한 사대부가 될 수 있다고 생각한다'고 비판하였다.[31] 高宗은 그의 상주문에 다음과 같은 批語를 붙였다.

"卿의 상주를 보니 진실로 근래의 학문풍조가 우려되는도다. 마땅히 內外의 학자들로 하여금 孔孟의 학문을 본받도록 해야 할 것이로다."

"臣이 듣건대, '天下와 國家란 公卿 및 士大夫에 의지하여 유지되며, 公卿 및 士大夫가 天下와 國家를 유지할 수 있는 것은 그들이 節氣와 忠義를 지녔기 때문'이라고 하였습니다. 우리 宋朝는 거의 200여 년에 이를 정도로 길이 升平을 누리며 천하가 安富하였습니다. 그러다 하루아침에 夷狄이 中原을 侵寇하면서 세상이 어지러워져 지금까지 다시 회

---

31 陳公輔는 『宋史』에서 "維不右程頤之學 士論惜之"라고 기록하고 있듯 道學에 대해 비판적이었다(권379, 「陳公輔傳」).

복되지 못하고 있습니다. 이렇게 된 것은 무엇 때문인가요? 모두 公卿과 士大夫에게 節義가 없어 천하를 유지할 수 없었기 때문입니다. 돌아보면 崇寧과 大觀, 宣和 시기에 인재가 가장 많았지만, 그 대부분은 모두 畏懦하고 柔弱하며 卑汚하고 천박하였습니다. 그 사이에 약간이나마 기개가 있어 비판을 제기하는 인물이 있으면, 다른 이들이 모두 그를 증오하고 원수처럼 대하여 그 뜻을 좌절시켜 버렸습니다. 반면 淸廉을 모르고 수치심이 없어 부귀만을 탐하는 무리들이 뜻을 얻었습니다. 그리하여 習俗은 날로 지리멸렬해져서 어찌할 도리가 없는 지경에 빠지고 말았습니다. 蔡京과 王黼가 정권을 잡아 멋대로 姦欺를 일삼자 公卿과 士大夫들은 그 잘못됨을 감히 한마디도 제기하지 못하였습니다. 이처럼 平時에도 忠言으로써 直道를 가는 신하가 없는데, 어찌 위급한 국면에서 죽음으로써 節義를 지키는 선비가 나올 수 있었겠습니까? 이런 까닭에 徽宗 治世의 말년에 禍亂이 드세지자, 大臣들은 뿔뿔이 흩어지고 使者는 君命을 욕되게 하였으며, 省官[32] 가운데는 天子를 버리고 달아나는 자도 생기고 卿監[33] 가운데는 심지어 官物을 훔쳐 도망가는 자까지 생겼습니다. 그 후 다행히 賊兵이 물러가 京師가 평안을 되찾자 사람들은 제각각 다른 마음을 품어 公道가 행해지지 않았습니다. 그러다 金寇가 다시 쳐들어오자 將相들은 마침내 아무런 대책이 없이 大禍를 초래하고 말았습니다. 또 張邦昌은 重臣이면서도 참람되이 僞位에 올랐으며,[34] 廷臣들은 그것을 권하며 稱賀하고 아무 거리낌 없이 北面하여 그에게 臣事하였습니다. 전연 부끄러움을 알지 못했던 것입니다. 그런

---

32 館職의 별칭. 三館學士, 學士 등으로 불리기도 했다.

33 寺監의 長官.

34 1127년 靖康의 變 이후 金에 의해 張邦昌이 황제위에 오르게 된 것을 가리킨다.

지경이었으니 당시의 公卿과 士大夫들을 보건대 節氣와 忠義가 과연 어디에 있었겠습니까?"

陳戩

童貫이 五路宣撫使가 되어 기세가 드높아지자 그 권세에 기대 승진하고자 하는 자들이 많았다. 하지만 한편으로 조금이라도 그를 거스르면 禍辱이 뒤따랐다. 이에 部使者[35]가 童貫에게 진전을 추천하였으나 진전은 병을 핑계로 나가지 않았다. 그러자 누군가 진전에게 童貫을 한번 만나 禍를 피하도록 하라고 권하자 이렇게 말했다.

"내시가 총애를 믿고 권세를 부리는 것에 대해 나는 이를 갈며 원통해 하고 있다. 그런데 어떻게 그 얼굴을 보란 말이냐?"

朝廷에서는 이 말을 듣고 가상히 여겼다.

진전이 車駕를 따라 永嘉[36]에 이르렀다.[37] 그는 이곳에서 기탄없이 政

---

35 安撫使・轉運使・提點刑獄・提擧常平使 등 路 단위 지방장관에 대한 별칭. 監司・外臺・臺府 등이라 칭하기도 한다.

36 浙東의 溫州.

37 高宗 建炎 4년(1130) 正月의 일이다. 建炎 3년(1129) 10월 이래 兀朮이 이끄는 金軍의 남침으로 말미암아 臨安을 떠나 越州에 이르렀다가, 11월 越州를 떠나 12월 明州를 거쳐, 이듬해인 建炎 4년(1140) 正月에는 다시 台州와 溫州에까지 피신하였던 것이다. 高宗은 溫州에 行次한지 두 달여 만인 建炎 4년 3월에 溫州를 떠나 4월에 越州에 당도한다.

事를 논하여 上奏하였다. 그 大要는 다음과 같다.

"현재 兵權을 장악하고 있는 자들은 모두 용렬하던가 혹은 그렇지 않으면 跋扈하고 있습니다. 마땅히 紀律을 엄정히 해서 부대를 통솔하여 움직일 때에는 반드시 조정의 명을 받들도록 해야 합니다. 그렇게 한즉 오랑캐들을 가히 깨트릴 수 있을 것입니다. 또한 현재 각처의 守令들도 제대로 된 인물들이 아니어서, 뇌물을 받아 정사를 그르치거나 혹은 어리석어 직무를 감당하지 못하거나 혹은 功을 탐하여 紛亂을 빚고 있습니다. 원컨대 앞으로 각처에 守臣들을 임명하거나 면직시킬 때에는 모두 引對하도록 하십시오"

高宗이 받아들였다.

권6

張闡

秦檜가 정권을 장악한지 오래되었다. 진회는 臺諫을 임명할 때마다 반드시 자신의 耳目 역할을 하는 심복들만을 썼다. 그는 張闡이 오랫동안 동일한 직위[1]에 머물러 있었으며 또한 政事를 논하기 좋아한다는 사실을 알고, 어느 날 넌지시 장천에게 御史臺에 들어가는 것이 어떻느냐고 물었다. 이에 장천이 말했다.

"丞相께서 진실로 알아주시기만 한다면 늙어죽도록 秘書省에만 머무는 것에 만족합니다."

---

1 張闡이 秘書郞의 직위에서 파직되는 것은 紹興 14년(1144) 9월의 일이었다(『建炎以來繫年要錄』 권152, 高宗 紹興 14년 9월 丙子). 張闡이 秘書郞職에 머물던 저간의 정황에 대해 周必大는 그 神道碑에서, "召對召試 入省. 凡五年 同僚或自臺察驟用 或由著作爲左右史. 其下亦不失尙書郞 而相國兄梓子熺 又相繼爲之長. 他人附麗不暇 公獨介然其間"(『文忠集』 권61, 「龍圖閣學士左通奉大夫致仕贈少師謚忠簡張公闡神道碑」)이라 적고 있다.

진회는 아무 말도 하지 않았다. 장천은 일찍이 席益에게 辟召된 바 있었다.[2] 그런데 진회가 처음 宰相職에서 罷職될 때 席益이 상당한 역할을 하였던 까닭[3]에 진회는 장천에게 크게 원망을 품고 있었다. 여기에 덧붙여 장천이 臺諫이 되는 것을 거절하자 마침내 臺臣 汪勃로 하여금 탄핵하게 하여 마침내 장천을 落職시켰다.

金의 海陵王이 죽고 新主인 世宗이 들어서서 다시 講和를 요청해왔다. 이에 따라 조정에서는 金側에 사신을 보내는 문제를 논의하게 되었다. 孝宗은 下詔하여 이에 대한 百官들의 의견을 구하였다.[4] 그 詔令의 내용은 대략 다음과 같았다.

"敵人들은 舊例대로 할 것을 요구[5]하고 있는 바, 그것에 따르자니 차마 그 굴욕을 견딜 수 없고 그렇다고 따르지 않자니 전쟁이 계속되어 邊境의 근심이 그치지 않을 것이다. 또 中原으로부터의 歸正人을 받아들이자니 동남 지방의 財力으로 그들에게 資給하기 힘들고[6] 또 거절하자니 朝廷의

---

2 『宋史』 권381, 「張闡傳」에서는 이에 대해, "李回帥江西 席益帥湖南 皆辟置幕下"라 기록하고 있다.

3 高宗 建炎 4년(1130) 10월 南宋으로 귀환한 秦檜는 이듬해인 紹興 元年(1131) 2월 參知政事에 올랐다가 8월에는 마침내 宰相인 尙書右僕射同平章事에 올랐다. 그런데 그 한 달 후인 9월 재상에 임명된 呂頤浩와 알력을 빚으며 권력쟁탈전을 벌이다 마침내 紹興 2년(1132) 8월 재상직에서 파직된다. 이때 呂頤浩는 秦檜를 罷職시키기 위해 席益에게 도움을 청하였고 이에 응하여 席益이 상당한 역할을 하였던 것이다. 이에 대해 『宋史』 권473, 「秦檜傳」에서는, "頤浩問去檜之術於席益. 益曰 目爲黨可也 今黨魁胡安國在瑣闥 宜先去之"라 기록하고 있다.

4 紹興 32년(1162) 9월의 일이다(『建炎以來朝野雜記』 甲集 권20, 「癸未甲申和戰本末」 참조). 이 해 6월 高宗이 퇴위하고 孝宗의 즉위한 상태였다.

5 紹興 32년(1162) 金과 南宋 사이의 강화 교섭이 시작될 당시 金側은 紹興和議 때 결정된 貢禮(宋의 稱臣 및 歲幣 제공)를 그대로 할 것을 요구하였다.

6 歸正人이란 金의 영역에서 남송으로 귀환한 자. 관료의 경우 原職으로 회복시켜 주었으며 일반민의 경우에는 官田을 지급하였다.

政治에 向化하고자 하는 民心을 절단하는 결과를 낳을 것이다. 宰執과 侍從, 臺諫들은 면밀히 이들 문제를 의논하여 上聞토록 하라."

장천은 다음과 같이 上言하였다.

"將帥들을 가려뽑고 병사들을 훈련시킨다면 이번에 굴욕적으로 講和를 맺지 않아도 장차 名分을 바로잡을 수 있을 것입니다. 또 江淮 地域의 田土를 歸正人들에게 지급한다면 中原으로부터의 遺民들을 모두 招納할 수 있을 것입니다."

이러한 主調의 上奏文 수백 字를 적어 올렸다.

겨울이 되자 다시 10가지 사안에 대한 상주문을 올렸다. 첫째는 國勢를 강하게 하는 것, 둘째는 안이하고 고식적인 관행을 更革하는 것, 셋째는 臺諫을 중시하는 것, 넷째는 賞罰을 분명히 하는 것, 다섯째는 號令의 권위를 세우는 것, 여섯째는 奔競을 억제하는 것, 일곱째는 軍政을 엄정히 하는 것, 여덟째는 貪吏를 제거하는 것, 아홉째는 財用을 절약하는 것, 열째는 민간에 대한 수탈을 금하는 것이었다. 장천은 虛文이 아닌 實事를 지적하여 개혁을 제기하였으며 또 황제 주변의 姦臣들을 배척해야 한다고 말하는 등 上言에 아무 거리낌이 없었다. 효종은 크게 가상히 여겨 상을 내렸다.

장천이 상주하였다.[7]

"臣이 지난 겨울 兩淮 地域의 방비를 주장한 바, 폐하께서는 봄이 되면 실행에 옮겨 여름과 가을 사이에 마칠 것이라 말씀하셨습니다. 지금이 그때 말씀하신 시기입니다."

---

7 이 上奏文이 올려진 것은 孝宗 隆興 元年(1163)의 일이다. 『宋史』 권381, 「張闡傳」 참조.

그리고 孝宗을 알현하고 세 가지 대책을 陳言하였다. 張浚 휘하의 都督府를 揚州로 옮길 것,[8] 兩淮 일대의 城壘를 增修하는 것, 그리고 山水寨의 民兵 및 전사자의 가족을 優恤하여 백성들이 兩淮 一帶로 이주하는 것을 권고하는 것이 그것이었다.

이에 孝宗이 말하였다.

"지금 江淮 一帶의 일은 모두 張浚에게 맡겨두고 있으며, 짐은 그를 마치 長城처럼 의지하고 있소이다."

그때 마침 都督府에서 蕭琦의 투항을 받아들이고자 했다.[9] 孝宗은 장천을 불러 이 문제를 물었으나, 그는 병에 걸려 宮中에 들어가지 못하고 대신 상주문을 올려 그 투항을 받아들이는 것이 좋겠다고 답하였다. 그 직후 조정의 군대가 靈壁과 虹縣을 수복했다는 소식이 전해졌다. 장천은 大將인 李顯忠과 邵宏淵이 援軍도 닿지 않는 곳으로 너무 깊숙히 진군하는 것이 아닌가 우려되었다. 그래서 상주문을 올려 援軍을 파견함으로써 엄호하여야만 한다고 말했다.

얼마 후 과연 宋朝의 군대는 실패하였다. 그러자 다들 전쟁의 수행방식 자체가 잘못되었다고 공박하였다. 장천이 상주하였다.

"군대를 내어 진군할 때 적군의 투항을 받아들이는 것은 옳은 일입니다. 다만 諸將들이 지시를 제대로 지키지 않았으며 또 援軍이 없어 패배한 것일 따름입니다. 이러한 잘못들은 향후 고쳐야만 할 것입니다. 하지

---

8 孝宗 隆興 元年(1163) 正月 都督江淮東西路軍馬에 임명된 張浚은 建康에 開府한 상태였다.

9 金의 將帥 蕭琦가 北伐軍의 총지휘관인 招撫使 李顯忠에게 투항한 것은 隆興 元年(1163) 5월의 일이다(『宋史紀事本末』 권77, 「隆興和議」). 그런데 蕭琦는 전쟁 개시 전 李顯忠에게 內應을 약속하였다가 背約한 바 있었다. 이러한 정황에 대해 『宋史』에서는, "顯忠陰結金統軍蕭琦爲內應 (…中略…) 四月 命顯忠渡江督戰. 乃自濠梁渡淮 至陡溝 琦背約 用拐子馬來拒 與戰, 敗之"(권367, 「李顯忠傳」)라 기록하고 있다.

만 군대 전체를 문책하여 銳氣를 꺾어서는 안됩니다."

효종은 命을 내려, 御前軍이 보유하고 있는 器甲을 諸軍에게 내주라 하고 親札로 都督 張浚의 노고를 치하하였다. 이에 군대의 사기가 다시 떨치게 되었다.

당시 臺諫을 자주 바꾸어 장천이 그 잘못을 陳言하였다. 또 마침 太白星[10]이 낮에 나타나자 효종은 近臣들에게 조령을 내려 政事의 得失을 上言하라고 하였다. 이에 장천이 말했다.

"근래 災異가 자주 나타나고 있습니다. 지난 봄에는 溫州와 台州에 폭풍이 불어 만여 채의 집들이 무너졌고 또 兩浙에서는 메뚜기 떼가 들판을 뒤덮었습니다. 올해 여름과 가을에 걸쳐서는 홍수로 물이 넘쳤으며 米價가 앙등하였습니다. 또 일식 현상이 일어나고 별자리가 일그러졌습니다. 그러니 마땅히 實事를 추구하고 虛飾하려 해서는 안 됩니다. 그런데 요즈음 言官들이 쉽게 교체되고 政令이 경솔하게 내려지며, 君子는 등용되지 않고 小人들이 官界를 채우고 있습니다. 또 朝廷에서 지침을 내려 弊政의 내용을 지적하라 하고서도 실제 정치에 반영하지 않으며, 監司와 守令에 대해 考課를 행하기만 할 뿐 그것에 따라 상벌을 내리지는 않습니다. 외양만의 허식이 이와 같으니 변고가 일어나는 것은 당연하다 하겠습니다. 나아가 가까이 荊襄과 江淮 一帶의 방비는 허술하기 짝이 없으며 멀리 사천 지방에서는 해마다 군사를 일으켜 민간이 심히 피폐해져 있습니다. 그럼에도 폐하께서는 毬馬[11]에 몰입하여 매일

10 금성.

11 擊毬와 騎馬. 孝宗은 이러한 張闡의 지적에 대해, "疏入. 上召公 以擊毬非朕所好 邊陲未靖 欲便習鞍馬耳"(周必大, 『文忠集』 권61, 「龍圖閣學士左通奉大夫致仕贈少師諡忠簡張公闡神道碑」)라 변명하고 있다.

흉포한 무리들이 禁苑에 어슬렁거리고 있습니다. 이러하니 어찌 垂象[12]이 재삼 경고를 보내지 않을 수 있겠습니까?"[13]

宰執이, '金國의 紇石烈之寧이 서신을 보내와 通好를 요청하였다'고 상주하였다.[14] 이에 朝廷에서는 盧仲賢을 使者로 보내 강화조건을 협의하게 하였다. 논의 대상이 된 것은 세 가지였는데, 國書를 바로잡는 것[15]과 歲幣의 액수는 모두 타결되었으되 唐州·鄧州·海州·泗州의 처리 문제는 합의되지 않았다. 王之望과 龍大淵을 通問使로 파견하는 것을 앞두고 衆論이 紛紛하였다.[16] 孝宗은 侍從과 臺諫 등에게 명하여 의견을 결집하도록 한 바, 尙書로부터 아래에 이르기까지 그 말하는 바가 제각각이었다. 이러한 정황에서 장천이 말했다.

"四州를 저들에게 내주지 않고도 通和할 수 있습니다. 우리의 방침을 먼저 확정 짓고 난 연후에 使臣을 파견하도록 해야 합니다. 지금 和好의 논의에 있어 저들은 客이고 우리가 주도권을 쥐고 있습니다. 더욱이 저들은 잔혹하게 우리 백성들을 학대한 반면 우리는 仁義로써 天下를 어루만지고 있습니다. 또 현재 오랑캐들의 기세는 이미 사그러들고 있습니다. 그런데 어찌 우리가 먼저 약한 모습을 보인단 말입니까?"

朝野의 議論이 이러한 장천의 말을 옳다 여겼다.

---

12 하늘이 미리 보여주는 조짐.

13 이 上奏文이 올려진 것은 孝宗 隆興 元年(1163) 7월의 일이다(『宋史』 권381, 「張闡傳」 및 권33, 「孝宗紀」 1, 隆興 元年 7월 乙巳 참조).

14 孝宗 隆興 元年(1163) 8월의 일이다(『宋史紀事本末』 권77, 「隆興和議」 및 『建炎以來繫年要錄』 甲集 권20, 「癸未甲申和戰本末」 참조).

15 종전의 紹興和議에서 결정된 金宋 兩國 皇帝間의 위상을 君臣關係에서 叔姪關係로 조정하는 것을 말한다.

16 戶部侍郎 王之望을 通問使로 知閤門事인 龍大淵을 副使로 金國에 파견한 것은 孝宗 隆興 元年(1163) 12월의 일이다(『建炎以來繫年要錄』 甲集 권20, 「癸未甲申和戰本末」).

朱文公은 「戊午讜議序」[17]에서 이렇게 말하고 있다.

"靖康의 禍亂으로 두 황제가 북으로 끌려가자 신하들은 痛憤해 하면서 萬世의 끝까지라도 반드시 그 원수를 갚겠다고 다짐하였다. 그 후 太上皇帝[18]가 受命하여 國家를 中興시키고 父兄의 치욕을 갚기를 맹세하였다. 紹興 年間의 초기가 되자 賢才들이 널리 임용되어 綱紀가 다시 바로 세워졌으며 한편으로 諸將들이 거듭 승리를 거두어 國運 회복의 형세가 열에 여덟 아홉 정도는 달성되었다. 그러자 오랑캐들이 和親의 議論을 일으킴으로써 우리 宋朝의 大計를 저지하고자 하였다. 또 재상 秦檜가 오랑캐의 땅으로부터 돌아와 和議를 강력히 추진하였다. 하지만 당시 人心은 올바르게 세워져 있었고 人倫 또한 분명히 확립되어 있어서, 천하의 사람들은 현명한 자나 어리석은 자, 그리고 지체 높은 자나 비천한 자를 가리지 않고 입을 모아 한 목소리로 和議가 不可하다고 말하였다. 오직 頑愚하고 이익만을 좇으며 부끄러움을 모르는 일부 士大夫들 몇 무리만이 和議에 동조하였다. 이에 대해 朝野의 淸議는 용납하지 않았다. 그들 和議를 주장하는 무리들을 저주하고 욕하며 그들의 고기를 씹고 그 피부를 벗겨 이부자리로 삼고자 하였다. 그러한 즉 秦檜에 대해서는 어느 정도였겠는가? 그렇지만 진회는 梓宮을 奉還한다는 것을 핑계로 하여 여론을 물리치고 主君의 귀를 현혹시켰다. 그리고 나서 이른바 和議란 것이 불현듯 결정되어 어찌할 도리가 없이 되어버렸다.

이로부터 20여 년이 되자 우리 宋朝는 원수인 오랑캐를 망각하고 무사안일의 즐거움에 탐닉하게 되었다. 진회는 이에 편승하여 朝廷의 권

---

17 『朱熹集』 권75에 실려 있다(「戊午讜議序」).

18 高宗을 말한다. 이 「戊午讜議序」가 쓰인 것은 孝宗 乾道 元年(1165) 6월의 일(『朱熹集』 권75, 「戊午讜議序」)의 일이며, 당시 高宗은 孝宗에게 讓位한 이후 德壽宮에 거주하고 있었다.

세를 장악하고 主君의 권한을 훔쳐 자신의 姦謀를 관철시켰다. 그러자 지난날 淸議에 맞서 진회에게 영합했던 이들은 누구를 막론하고 부귀영화를 누리게 되었으며 그중 몇몇은 진회와 함께 조정의 권세를 잡았다. 이로 인해 君臣과 父子 사이의 大倫이라든가 天經 및 地義, 그리고 이른바 인간의 도리(民彝)라는 것들이 搢紳들 가운데 다시 들리지 않게 되었다. 사대부들은 積弱의 세태에 익숙해져서 한갓 국가에 큰 일이 없는 것에만 안도하였다. 또 진회와 그 무리들은 모두 아무 근심 없이 자신들의 음모가 성공한 덕을 누리며, 원한을 잊어버리고 굴욕을 참았던 것에 대해 아주 올바른 판단이었다고 생각하였다. 和議에 동조하였던 자들은 모두 진회처럼 顯貴해지기를 바랐으며 또 바깥의 놀며 떠드는 사람들은 그 무리처럼 되기를 바랐다. 누군가 먼저 큰 목소리로 唱導하면 나머지 사람들은 모두 그것에 화답하는 형국이었다.

隆興 元年(1163), 和議 문제를 둘러싼 논의가 조정에 가득하였지만, 오랑캐들이 代代의 원수이니 강화를 맺어서는 안 된다는 사람은 오직 張公(張闡)과 胡公(胡銓) 뿐이었다. 그 밖에 혹시 和議가 不可하다고 말하는 사람이 있기는 하였으나 그들의 주장은 모두 사실상 人倫의 원칙에 입각한 것이 아니었다. 그리고 그 나머지는 비록 평소 明賢한 士大夫라 일컬어지며 奮然히 6,000리 바깥의 원수에게 부려지는 것을 한탄하던 자들도, 하루아침에 廟堂에 서게 되면 마치 취했거나 잠에서 덜 깬 듯 멍하게 예전에 자신이 한 말을 잊어버렸다. 누군가 그것을 지적하면, '그것은 책임 없는 處士의 큰 소리였다'고 말했다. 嗚呼라, 秦檜의 죄는 위로 하늘까지 통하여 설령 만 번 죽는다 해도 씻을 수 없는 것이도다. 실로 그 처음에인즉 邪慝한 음모를 唱導하여 國事를 그르쳤으며, 그 중간에인즉 오랑캐의 세력을 끼고 군주를 협박함으로써 人心이 바로 서지

못하게 하고 人倫 또한 흐려지게 하였다. 급기야 그 末流의 폐단은 君主를 저버리고 어버이를 내팽개치게 하여 隆興 年間이 되면 이러한 지경에까지 이르게 하였던 것이다.

무릇 三綱이 바로 서지 않으면 사람들의 뜻을 한 군데로 모을 수 없으며 위에서 정치하는 사람 또한 어떻게 治世로 이끌어 갈 방도가 없게 된다. 이것이야말로 뜻있는 선비들이 밤낮으로 골몰하며 두려운 마음으로 그렇게 되지 않기를 바라는 것이다. 그런데 저들은, '어디 衆論이 어떠한지를 따져서 事理의 옳고 그름을 결정하자'고 말한다. 오늘날의 사대부들 가운데 和議를 옳다고 여기는 자들이 많아서, 紹興 年間에 화의를 옳지 않다고 여기는 사람이 많았던 것보다 그 大勢가 크기 때문이다. 그렇지만 과거에는 옳지 않았던 것이 어찌 오늘날에는 옳을 수 있으랴. 오호라, 그렇게 말하는 것은, 紹興 연간에는 人倫이 분명하게 확립되어 있었으되 오늘날에는 흐려져 있다는 것 그리고 紹興 연간에는 人心이 올바르게 서 있었으되 오늘날에는 그렇지 않다는 것을 모르는 소치이다. 또한 만일 사람 숫자의 많고 적음으로써 勝負를 결정짓는다면, 이른바 士大夫 가운데 和議를 옳다고 여기는 자의 숫자와 六軍 및 만백성들의 숫자를 비교하여 무엇이 많겠는가? 지금 六軍 및 만백성들은 모두 張公(張闡) 및 胡公(胡銓) 두 사람의 말을 옳다고 여기고 있다.

대저 君臣과 父子 사이의 大倫이라든가 天經 및 地義, 그리고 이른바 인간의 도리(民彝)라는 것들은, 시대에 따라서 밝게 빛날 때도 있는 반면 쇠미해질 때도 있고 또 사람에 따라 누구에게는 있고 누구에게는 없기도 한다. 이런 까닭에 그것들이 비록 무너지고 헤진 나머지 邪慝한 議論이 온통 아무 기탄 없이 들끓을지라도 그것을 자르고 녹여서 아예 없어지게 할 수는 없다. 어찌 이러한 점을 돌아보지 못하고, 도리어 지난날 이른바 頑愚하고 이익만을 좇으며 부끄러움을 몰랐던 士大夫들의 잘못으로 빠져버렸던 것인가? 이것이 바로 三綱이 이미 무너진 나머지 다시 떨칠 수 없게 되어버렸기 때문이며, 萬事가 이미 그르쳐져 道理를 다시 세울 수 없게 되었기 때문이다. 그리하여 위에서 정치하는 사람 또한 종내 治世로 이끌어갈 아무 방도가 없어져 버린 것이다."

王縉

東南 地方에 큰 가뭄이 닥쳤다. 江湖 지방의 상황이 특히 좋지 않았다.[19] 王縉은 판단하기를, '振恤이란 것은 寃罪와 濫罰을 풀어주고 罪人의 收監을 관대히 하며, 無名 科斂의 부과를 금지하고 조세 미납분의 독촉을 느슨히 하며, 穀稅를 감면하고 米穀船의 왕래를 권장하며, 들판의 시체들을 매장해 주는 것이 要諦이다'라고 하고, 소상히 그 방도를 상주하였다.

그는 또 다음과 같이 上言하였다.

"常平倉의 法은 이름만 있을 뿐 실체는 남아 있지 않습니다. 常平倉의 곡식을 다른 용도로 전용한 후 반환하지 않으며, 다른 지방으로 옮겨 사용하고 나서 원래대로 납입시키지 않기 때문입니다. 그리하여 凶荒을 당해서도 바라만 볼 뿐 구제할 수 없는 것입니다. 이러한 문제들의 근본

---

19 高宗 紹興 5년(1135) 여름의 일로서 당시 王縉은 殿中侍御史의 직위에 있었다. 이에 대해서는, 『南軒集』 권38, 「王司諫墓誌銘」을 참조.

적인 해결을 위해, 大臣들에게 명하여 政事에 정진하도록 하고 자신에 대한 修己에 힘쓰도록 해야 합니다."

그의 所論은 극히 적절한 것이었다.

臨安에 地震이 발생했다. 이에 왕진이 上言하였다.[20]

"人君이 머무는 곳에 지진이 발생한 것은 어찌 天心이 仁愛로움을 보여 陰氣가 盛하다는 사실을 깨우치는 것이 아니겠습니까? 女子와 小人, 夷狄, 그리고 盜賊 등은 모두 陰氣를 지닌 부류들입니다. 女子와 小人을 멀리하고 夷狄과 盜賊에 대비함으로써 하늘의 이치에 합일해야 합니다. 이것이야말로 先哲의 王者들이 中興을 이룬 방도입니다. 폐하가 즉위하신지 10년, 아직 軍政이 확립되지 않았으며 國用 또한 節儉과는 거리가 멉니다. 마땅히 大臣들에게 詔令을 내려 祖宗의 救濟를 참작하여 매해 예산 출납의 액수를 정하고 그것을 절감시킴으로써 백성들의 부담을 줄여야만 합니다."

兵部尙書 呂祉가 淮西에서 諸將들을 統制하게 되었다.[21] 왕진은, '都督府[22]의 屬官 중에서 軍事를 잘 아는 자를 뽑아 呂祉를 돕게 하고, 또 그를 軍中에 머물게 하여 훈련 상태를 점검하도록 하고 아울러 그를 통해 장수 및 병사들의 여론을 수렴하도록 하자'고 청하였다. 얼마 후 酈瓊이 반란을 일으켜 여지를 살해하였다.[23] 당시 張浚은 宰相의 직위에 있었는데,

---

20 高宗 紹興 6년(1136) 6월에 있었던 일이다. 『南軒集』 권38, 「王司諫墓誌銘」을 참조.

21 呂祉가 淮西軍의 통제를 위해 廬州로 부임한 것은 紹興 7년(1137) 6월의 일이었다(『宋史』 권28, 「高宗紀 五」). 酈瓊의 반란, 즉 淮西의 兵變은 그 2개월 뒤인 8월에 발생한다.

22 宰相 겸 知樞密院事인 張浚이 都督諸路軍馬의 직함을 띠고 高宗 紹興 6년(1136) 10월 江上에 부임하여 개설한 官衙를 말한다.

23 紹興 7년(1137) 8월 초 廬州에서 발생한 淮西의 兵變을 말한다. 이에 대해서는 본서 3

臺諫들은 그에게 장수 선발을 잘못했다는 책임을 물어 탄핵하고자 하였다. 이에 왕진이 말했다.

"言官들이 그 직임을 제대로 수행하지 못하는 것이 아니가? 이런 일로 大臣의 進退를 결정한다는 것은 잘못이다."

왕진은 이런 내용의 상주문을 수차례나 올렸다. 또 다음과 같이 주장하였다.

"劉光世가 淮西에 주둔할 때 그 휘하의 士卒들이 수만 명에 달하였지만 그 가운데 오직 王德이 지휘하는 一軍만이 충성스럽고 용맹하였다. 그 나머지는 모두 게으른 데다가 기율이 없어 쓸모가 없었다. 그런데 王德으로 하여금 劉光世의 뒤를 이어 군대 전체를 지휘하게 하자 酈瓊 등이 그의 위엄을 두려워하여 조정에 탄원하였다. 조정에서는 이로 인해 당초의 방침을 바꾸어 酈瓊 등을 행재로 소환하려 하였다. 그러자 그들이 의심을 품고 서로 무리지어 북으로 달아난 것이다. 그런즉 그들이 반란을 모의한 것은 오래 전부터였을 것이다. 張浚에게 그 책임을 물어 파직시킨다면, 지금 바야흐로 오랑캐들의 내습을 대비해야 하는 긴박한 시기인데 이미 두 大將들이 조정에 들어와 있는 상태[24]에서 宰相마저 없게 된다면 장차 어떻게 할 것인가"

이런 내용을 상주문으로 재차 올렸지만 받아들여지지 않았다.[25]

책, 259・260쪽, 주 13・4책, 32쪽, 주 25 참조.

24 韓世忠 및 張俊이 주둔지를 떠나 朝廷에 들어와 있던 것을 말한다. 『建炎以來繫年要錄』에서는 이러한 정황에 대해, "時已詔韓世 忠張俊入見 議移屯 故縉言及之"(권113, 紹興 7년 8월 丙辰)라 기록하고 있다.

25 결국 張浚은 이 일로 인해 한 달여 만인 紹興 7년(1137) 9월 宰相職에서 파직되고 그와 더불어 都督府 역시 해체되기에 이른다(『宋史』 권28, 「高宗紀」 5).

杜莘老

高宗 紹興 25년(2255) 혜성이 보여, 臣下들에게 詔令을 내려 정치의 득실을 기탄없이 지적하라고 하였다. 두신로가 上奏하여 말했다.[26]

"혜성은 어그러진 기운에서 생겨나는 것입니다. 史書들을 두루 살피건대 대부분 전쟁이 일어날 조짐이었습니다. 우리 朝廷은 백성들을 위해 전쟁을 중단하였는데 그 결과 將帥들은 안일하고 士卒들은 게을러져 軍政이 엄정하지 못한 상태입니다. 이제 하늘의 깨우침에 따라 政治를 추스러서 장차 도래할 患亂을 시급히 예방하여야만 합니다."

오랑캐의 사자가 도착하여 欽宗의 崩御 사실을 알리면서, 兩淮 地域과 漢水流域 일대의 割讓, 그리고 大臣의 파견을 요구하였다.[27] 그 書信의 어투는 방자하기 이를 데 없었다. 高宗은 장차 그들이 분명히 盟約을 배반할 것이라 판단하고 親征을 결정하였다. 두신로는 상주문을 올려 고종의 의지를 더 굳건히 하였다. 그 大要는 다음과 같다.

"天下를 잘 다스리는 자는 無事할 때 미리 깊이 근심하되 有事時에는 오히려 두려워하지 않습니다. 무사할 때 깊이 근심한 까닭에 미리 방비

---

26 本文의 紹興 25년(1125)은 26년(1126)의 잘못이다. 『宋史』 권31, 「高宗紀」 8(紹興 26년 6월 丁未) 및 『建炎以來繫年要錄』 권173(紹興 26년 6월 丁未), 『中興小紀』(권37, 紹興 26년 7월 丁未) 등이 모두 紹興 26년의 일로 기록하고 있기 때문이다. 당시 杜莘老는 禮兵部主管架閣文字의 직위에 있었다(『中興小紀』 권37, 紹興 26년 7월 丁未 참조).

27 高宗 紹興 31년(1161) 5월의 일이다(『建炎以來繫年要錄』 권190, 紹興 31년 5월 辛卯). 이때 金側이 제시한 요구사항의 구체적 내용에 대해서는 1074쪽의 주 5)를 참조. 金의 海陵王은 1149년(紹興 19)년 즉위하여 1153년 燕京으로 遷都한 이래 南宋에 대한 전쟁의 준비를 진행시킨 바 있었다. 海陵王의 南侵이 정식으로 시작되는 것은 紹興 31년 9월이었다.

할 수 있으며, 유사시 두려워하지 않는 까닭에 功業을 이룰 수 있는 것입니다. 지금 오랑캐들이 하늘을 속이고 盟約을 배반했으니 바로 폐하께서 두려워하지 말아야 할 때입니다. 원컨대 剛大한 마음을 지니시고 細細한 利害라든가 異議에 의해 흔들리지 말아야 합니다. 또 아첨을 돌아보지 말아야만 人心이 믿고 따르게 되며 군대의 사기도 진작될 것입니다."

黃龜年

아직 과거에 及第하지 못했을 때 황구년은 심히 貧寒하였으나 그 가난을 태연히 받아들이며 살았다. 이후 鄕擧[28]에 응시하여 引保[29]가 있던 날, 考官은 막 縣尉가 된 사람이었는데 황구년의 생김새를 보고 매우 마음에 들어하며 은밀히 말을 건넸다.

"참으로 잘 생긴 남아로다. 앞으로 내 門下에 출입하도록 하게나."

황구년이 이 鄕擧에 합격하자 縣尉는 기뻐하며 자신의 딸을 그에게 주기로 약속하였다. 그는 이후 과거에 급제하여 고향에 돌아왔는데, 縣尉는 이미 세상을 떠나고 그 妻子들이 상여를 메고 지나가는 것과 우연

28 省試에 앞서 지방의 각 州府에서 3년마다 시험을 치러 解額에 따라 합격자를 선발하는 것. 이 합격자들이 省試에 응시하게 된다.

29 송대 과거제도와 관련한 규정의 하나. 應擧人을 什伍의 隣保 조직으로 편성한 후 引見하여 大逆罪人의 親屬이나 불효자 및 不悌者, 그리고 僧道로서 還俗한 자 등을 가려내는 것을 말한다.

히 마주치게 되었다. 그는 통곡하며 여관 하나를 잡아 그 주인에게 사정을 설명하고 처음 약속한대로 그 딸과 혼인식을 올리려 하였다. 이러한 그에게 縣尉의 미망인이 사양하며 말했다.

"지나간 일을 다시 말해 무엇하겠습니까? 俸祿도 보잘 것 없었던 데다가 縣尉께서 淸貧하였던 까닭에 돌아가신 후 거의 남은 재산이 없었습니다. 나는 이제 남은 열 식구들을 데리고 서쪽의 고향으로 돌아가려 합니다. 그런데 남은 옷가지들도 이미 헐 값에 팔아넘긴 터라 어떻게 갈 수나 있을지 모르겠습니다. 그건 그렇고, 이제와서 돌아가신 남편과 약속한 혼인에 얽매일 필요 없습니다. 하물며 黃進士께서는 이제 갓 과거에 급제하신 젊은이인데 좋은 집안과 인연을 맺어야 할 것입니다. 나는 이제 떠나가겠습니다. 내 말대로 하는 것이 좋을 것입니다."

황구년은 눈물을 흘리며 말했다.

"이미 약속을 하였는데 縣尉께서 돌아가셨다 해서 저버린다면, 나는 어떤 사람이 되어 버리겠습니까? 부인께서 죽은 사람의 말에 개의치 말라 하시는 것은 나를 世俗의 경박한 사람으로 치부하는 것과 다를 바 없습니다. 나는 약속을 지켜야 한다는 생각에 추호의 흔들림이 없습니다. 감히 말씀대로 따르지 못하겠습니다."

마침내 황구년은 이렇게 우연히 마주친 노상에서 혼인을 하고 그 일행과 통곡하며 헤어졌다.[30]

秦檜의 罪를 논한 첫 번째 상주문에서 황구년은 다음과 같이 말했다.[31]

---

30 이렇게 혼인한 黃龜年의 부인 某氏에 대해 『游宦紀聞』에서는, "某氏從公貴 能執婦道 琴瑟在御 沒齒無間言"(권4)이라 전하고 있다.

31 高宗 紹興 2년(1132) 7월에 올려진 것이다. 이에 대해서는 『宋史』 권473, 「秦檜傳」을 참조.

"臣은 듣건대, 君王을 섬기는 道를 忠이라 하고 人臣의 罪 가운데 君王을 속이는 것보다 더 큰 죄가 없다고 하였습니다. 또 輔政의 道를 公이라 하는 까닭에 宰相의 죄 가운데 사사로움에 치우치는 것보다 더 큰 것이 없다 하였습니다. 재상이 사사로움에 치우친즉 형벌과 포상이 사사로이 행사되고 爵祿이 사사로이 수여되어 그 주변에 黨與를 맺기에 이릅니다. 그리고 이들 黨與와 함께 人主의 耳目을 현혹하면서 멋대로 君王을 속이게 될 것입니다.

삼가 살피건대 진회는 오랑캐들로부터 돌아온 지 1년이 채 안 되어 관직을 건너뛰어 宰輔의 직위에 이르렀습니다.[32] 그러니 그는 이러한 恩遇에 身命을 다해 보답해야 할 것입니다. 하지만 그는 종내 자기 일신의 사사로움만을 돌볼 뿐 급박한 國事는 돌아보지 않았습니다. 형벌과 포상을 사사로이 행사하고 爵祿을 사사로이 수여하였습니다. 王仲山은 秦檜의 장인입니다. 그는 일찍이 知撫州로 있을 때 金의 오랑캐 군대가 城에 다가오자 친히 그들을 영접하여 犒饋[33]하였다가 除名되어 編置된 바 있습니다.[34] 그런데 진회는 처음 宰輔에 오르자마자 상주하여 그의 編管 상태를 풀어주었습니다. 무릇 刑罰은 天下의 公器입니다. 그런데 진회는 사사로움에 얽매어 그것을 무너뜨린 것입니다. 또 王昞은 진회의 妻族입니다. 그를 起居舍人으로부터 中書舍人 직위로 승진시켰다가 직무를 감당하지 못하자 즉시 待制에 除授하였습니다. 이래서야 어찌 합당한 인사라 할 수 있겠습니까? 대저 官爵은 天下의 公器입니다.

---

32 秦檜가 金으로부터 귀환한 것은 高宗 建炎 4년(1130) 10월의 일이며, 이듬해인 紹興 元年(1131) 2월에는 參知政事에 올랐다가 8월 宰相에 임명된다.

33 高宗 建炎 3년(1129) 11월에 있었던 일이다. 『建炎以來繫年要錄』 권29, 建炎 3년 11월 丁卯 참조.

34 編置는 編管. 편관에 대해서는 본서 3책, 299쪽, 주5 참조.

진회는 姻戚의 사사로움에 얽매어 멋대로 형벌과 포상을 휘둘렀습니다. 또 나아가 천하를 다스리는 폐하의 지극한 권한까지 盜用하였습니다. 그의 뜻이 과연 무엇에 있겠습니까?"

辛次膺

당시 諸大將들은 각각 重兵을 보유하고 있어서 조정에서 그들에 대해 감히 어떻게 할 수 없었다. 右正言으로 있던 신차응이 말했다.

"현재 조정에서는 東南의 財富를 모두 동원하여 養兵하고 있지만 軍政은 날로 느슨해져 국가 재정의 좀벌레와 같이 되어버렸습니다. 지난날 淮西의 군대에 대해 將帥를 한 번 바꾸자 全軍이 반란을 일으키고 金側으로 넘어가 버렸습니다.[35] 이러하니 어떻게 통제할 방법이 없습니다. 더욱이 禁衛軍은 單弱하여 국가의 근본이 허술하기 짝이 없습니다. 원컨대 王室의 군대를 증원하고 將帥와 士卒들의 재능을 판별하여 친히 揀拔하도록 하십시오. 그리하여 恩威의 권한이 모두 조정에 歸一되도록 함으로써 모든 이들로 하여금 조정의 尊貴함을 알도록 하십시오."

高宗이 신차응에게 물었다.

"朕은 두 나라 사이의 和好를 이루고자 하오. 그리하여 北으로 끌려

---

35 高宗 紹興 7년(1137) 8월에 발생하였던 酈瓊 주도의 이른바 淮西兵變을 가리킨다.

간 두 황제가 하루 빨리 돌아오도록 하고 또 한시라도 빨리 母后를 모셔 와 봉양하고 싶소. 백성들에게도 빨리 베게를 높이하고 편안히 잠잘 수 있도록 해주소 싶소이다. 어찌하면 좋겠소?"

신차응이 대답하였다.

"옛 사람들은 평안시에 위태로움을 미리 대비하라 했는데, 폐하께서는 위급시에 평안을 구하고 있으니 臣은 더 이상 드릴 말씀이 없습니다."

僞齊가 廢하여지고 兀朮이 직접 東京에 주둔하였다.[36] 또 당시 막 和議가 진행되고 있었다. 신차응이 上訴하여 말했다.

"劉豫 父子가 廢해지자 모두들 '경탄스러운 일이다'라고 말하고 있습니다. 하지만 臣은 삼가 그러한 인식이 걱정스럽습니다. 이전까지는 逆臣인 劉豫 父子가 割據하여 人心이 그에 따르지 않았습니만, 이제 오랑캐들이 직접 東京 一帶에 있게 되면 우리의 북방은 모두 곧바로 强敵과 이웃하게 되는 셈입니다. 저들은 헤아리기 힘든 흉측함을 지니고 있으니 한시 바삐 대비하지 않으면 안 될 것입니다. 또 저들은 승냥이와 같은 野心을 지니고 있는 데다가 본디 信義가 없습니다. 원컨대 大臣들에게 명하여 면밀한 대책을 講究함으로써 江淮 일대를 굳건히 지키도록 하십시오. 諸將들에게도 신중하게 방비하면서 각처에 間探者를 배치하여 저들의 헛점을 엿보라 지시하십시오. 그와 동시에 모든 식량을 미리 확보하여 관할함으로써 혹시라도 저들이 침공하여 民間의 곡식을 군량으로 쓰지 못하도록 해야만 합니다. 이렇게 한다면 싸우지 않고도 敵을 굴복시키는 데 그보다 쉬운 방도가 없을 것입니다."

---

36 紹興 7년(1137) 11월의 일이다.

또 다음과 같이 上奏하였다.

“삼가 듣건대 韓世忠의 군대를 장차 楚州로부터 鎭江으로 옮길 것이라 합니다.[37] 臣이 생각하기에 朝廷에서 그와 같은 조치를 취하려 하는 데는 세 가지 우려 때문일 것입니다. 우선 하나는 山陽[38]은 四面이 水澤으로 둘러싸여 있어서 자칫하면 외부와 두절되어 고립될 地勢이기 때문입니다. 두 번째로는 만일 오랑캐들이 輕騎로 淮陽에 내려와 楚州를 견제하면서 精兵을 내어 盱眙를 거쳐 眞州와 揚州를 침공한다면 韓世忠의 군대는 앞뒤로 적을 맞이하게 될 것입니다. 세 번째로는 皇帝의 車駕가 建康에 머물 것에 대비하여 軍勢를 전후로 연결시켜 서로 상응하는 형세를 이루려 하는 것입니다. 그렇기 때문에 輕兵을 淮南에 두고 重兵으로 하여금 長江을 지키게 함으로써 天子가 머무는 建康을 보위하려 하고 있습니다.

하지만 臣의 판단으로는 면밀히 재고해야 할 점이 다섯 가지가 있습니다. 무릇 오랑캐들이 감히 경솔하게 진격하지 못하는 것은 바로 韓世忠의 군대 때문입니다. 그런데 지금 아무 까닭 없이 물러난다면 적들에게 우리를 침범할 수 있도록 길을 그냥 열어주는 셈입니다. 이것이 그 不可한 첫 번째 이유입니다. 淮南 地方은 오래 전부터 諸將들을 보내 방비하면서 城을 건설하고 軍糧을 비축해 둔 곳입니다. 그러한 조치들을 위해 투여된 노력과 경비도 심대합니다. 그런데 갑작스레 그러한 곳을 버려두고 돌아온다면, 이전의 노력은 모두 허사가 될 뿐만 아니라 그 우수한 시설들이 다 오랑캐들의 차지가 되어버릴 것입니다. 이것이 그 不

37 高宗 紹興 7년(1137) 12월 이러한 조치가 내려졌다. 이에 대해서는, 『續宋編年資治通鑑』 권4, 「宋高宗」 4 및 『宋史』 권28, 「高宗起」 5를 참조.

38 淮東의 楚州.

可한 두 번째 이유입니다. 兩淮의 州縣들은 韓世忠의 대군으로 말미암아 두려움이 없이 생활할 수 있었습니다. 그런데 지금 갑자기 그 군대가 남으로 철수한다는 소식을 듣게 되면, 주민들은 불안하여 살던 곳을 버리고 사방으로 흩어져 버릴 것이 분명합니다. 이렇게 되면 兩淮의 땅을 무단히 내버려서 적들로 하여금 줍게 하는 꼴이 될 것입니다. 이것이 그 不可한 세 번째 이유입니다. 우리 宋朝의 鹽 전매 수익은 매해 그 수입이 千萬緡에 달하는데 그 대부분 通州와 泰州에서 산출됩니다. 만일 楚州에 주둔한 대군이 방패막이가 되어주지 못한다면 通州 및 泰州의 소금 산지도 지켜낼 수 없을 것입니다. 이것이 그 不可한 네 번째 이유입니다. 그리고 우리 조정은 이미 江南 地方을 근거지로 삼고 있습니다. 그런데 兩淮 地域에 대한 방비를 철폐한다는 것은 마치 울타리를 걷어버리고 도둑을 꼬이는 것과 진배가 없는 일입니다. 이것이 그 不可한 다섯 번째 이유입니다. 하물며 지금 山陽에 있는 韓世忠의 군대와 襄漢에 있는 岳飛의 군대는 우리의 양 날개나 마찬가지입니다. 그런데 난데 없이 그 가운데 하나를 꺾어버려서야 되겠습니까?"[39]

신차응이 또 上言하였다.

"王倫 등이 金에서 돌아와, '劉豫가 이미 廢해졌으며 粘罕의 무리들은 모두 誅戮되었다. 오랑캐들의 國勢가 점차 쇠미해지고 있다'고 말하고 있습니다.[40] 하지만 삼가 생각하기에 金人들은, 안으로는 股肱之臣들에 의해 발호하던 무리들이 誅殺된 것[41]이며, 바깥으로는 마치 담소

---

39 이와 같은 반대에 직면하여 결국 宋朝는 韓世忠 군대의 鎭江 이전 계획을 취소하고 종전과 같이 楚州에 주둔시키기에 이른다. 『宋史』 권28, 「高宗起」 5 참조.

40 高宗 紹興 7년(1137) 12월의 일이다. 『宋史紀事本末』 권72, 「秦檜主和」 참조.

41 당시 金 내부에는 粘罕과 宗幹 · 兀朮을 중심으로 하는 일파와 宗磐 · 撻懶 중심의 일

하듯 하며 僞齊를 폐지한 것입니다. 그러니 어찌 國勢가 쇠미해졌다는 말이 사실이겠습니까? 그것은 빈 소리를 퍼트려 우리의 대비를 느슨하게 함으로써 장차 江淮 일대를 공략하고자 하는 노림수에 불과합니다. 또한 宣和 年間의 海上之盟이나 靖康 年間의 城下之盟을 보면 그 약속이 얼마 되지도 않아 저들 오랑캐들이 침범해 내려왔습니다. 지금은 마땅히 저들의 사특한 음모를 깨닫고 방비에 만전을 기해야 할 때입니다. 그 연후에 저들이 내려오면 맞서 싸우고 물러가면 방어 진지를 구축해야 할 것입니다."

高宗이 宣諭하여 말했다.

"朝廷을 위하는 卿의 생각이 심히 깊도다."

그 무렵 秦檜가 樞密使에 임명되어 王仲嶷의 관직을 회복시켰다.[42] 신차응은 왕중의를 탄핵[43]하여, 그가 知袁州 시절 오랑캐들에게 투항했던 罪[44]로 인해 처벌을 받아 아직 사면을 받지 않은 상태라고 지적하였다. 왕중의는 진회의 妻叔이었다. 또 知撫州 王曉을 탄핵하여, 그가 官田을 請佃한 후 賦租를 납입하지 않았다고 上奏하였다. 또한 王曉의 부친

파가 대립하고 있었다. 僞齊 정권은 이 가운데 撻懶 진영의 주장에 의해 건립된 것이었다. 이 양 파벌은 女眞 舊俗의 유지 여부, 그리고 남송에 대한 和戰 등의 문제를 둘러싸고 첨예하게 맞섰다. 그런데 金 熙宗 天會 10년(南宋 紹興 7년, 1137)에 이르러 粘罕이 병사하면서 세력 균형이 무너져 점차 宗磐·撻懶 일파가 득세하기 시작하였다. 그러다가 1139년에 이르면 재차 정세가 변화하여 宗幹과 兀朮 일파가 熙宗의 지원 아래 宗磐·撻懶 등을 살해하고 정권을 장악하였다.

42 高宗 紹興 8년(1138) 正月의 일이다. 『資治通鑑後編』 권112, 「宋紀」 112. 秦檜는 紹興 2년(1132) 8월 宰相 직위에서 罷職되었다가 4년여 만인 紹興 7년(1137) 正月 樞密使에 임명됨으로써 宰執에 복귀한 상태였다. 秦檜가 재차 宰相이 되는 것은 紹興 8년(1138) 3월의 일이다.

43 辛次膺은 이때 言官인 右正言의 직위에 있었다. 『宋史』 권383, 「辛次膺傳」 참조.

44 이에 대해서는, 『建炎以來繫年要錄』 권29, 建炎 3년 11월 丁卯 참조.

王仲山은 이전에 知撫州로 재직시 오랑캐들에게 비굴하게 무릎을 꿇은 바 있는데, 王�이 그 뒤를 이어 무슨 면목으로 撫州 吏民들을 대하느냐고 공박하였다. 王瞻은 진회의 손위 처남이었다. 이러한 상주문들은 留中[45]되고 밖으로 나오지 않았다. 신차응은 다시 상주를 올려 말했다.

"앞서 臣이 상주하여 王仲嶷와 王瞻을 탄핵하였는데 兩人은 아무 일 없이 勅旨로 관직을 除授받았습니다. 이는 모두 진회가 극력 그들을 구하고 또 폐하께서는 그의 뜻대로 따른 까닭이 아니겠습니까? 이처럼 기강이 바로 서지 않는대서야 어떻게 천하를 대하겠습니까?"

兩淮 一帶는 오래도록 淸野策을 쓴 까닭에 기름진 땅에 잡초만 가득하였다. 신차응이 상주하였다.[46]

"지금은 바야흐로 파종할 때입니다. 流民들을 불러모아 兩淮 一帶에서 농사를 짓게 한 다음 官에서 종자와 소를 빌려주도록 하십시오. 또 兩淮에 주둔하는 大軍으로 하여금 형편에 따라 농사를 짓게 한다면 식량도 풍족하게 하면서 군대의 방비도 튼튼히 할 수 있는 훌륭한 계책이 될 것입니다."[47]

어느 臣僚가 상주하였다.

---

45 臣僚들의 上奏文을 禁中에 留置하고 밖으로 내보내 처리하지 않는 것.

46 紹興 32년(1162), 孝宗이 즉위한 이후의 일이다. 당시 辛次膺은 御史中丞의 직위에 있었다. 『宋史』 권183, 「辛次膺傳」 참조.

47 兩淮 지역의 營田은 紹興 2년(1132) 시작되었으나 『中興兩朝聖政』에서 "淮南營田四五 年間 不聞獲斗粟之用"(권16, 紹興 4년 9월 乙卯)이라 하듯 몇 해 동안 그다지 실효가 없었다. 그러다 紹興 5년(1135) 이후 조정의 강력한 추진으로 체계화되어 간다고 말해진다. 이러한 兩淮 營田은 孝宗 시대에 들어 군대가 경작의 주력이 되는 屯田으로 변모하였다고 한다. 하지만 위 상주문은 孝宗의 즉위 초 兩淮 營田이 여전히 부실한 정황에 있었음을 잘 보여준다.

"選人이 改官[48]할 때 앞으로는 추천장이 아니라 연공서열에만 의거하도록 하십시오."

조정에서는 侍從과 臺諫으로 하여금 그것을 의논하게 하였다. 신차응이 상주하였다.

"앞으로 選人이 九考와 十考[49]에 이르면 그에 따라 擧主의 인원수를 줄이고, '누구는 廉吏이다. 무슨 일을 통해 그 청렴함을 알게 되었다. 누구는 能吏이다. 무슨 일을 통해 그 유능함을 알게 되었다'라는 등으로 그 추천장에 그 實績을 명확히 적도록 하십시오. 그렇게 한다면 무능한 무리들이 걸러질 것입니다."

신차응은 聲色을 가까이 하지 않았으며 夫人에게도 마치 賓客처럼 敬待하였다. 光堯[50] 또한 매번 그 淸修한 행동거지를 칭찬하였다. 그는 혼자 편안히 기거할 때조차 안색을 엄정히 하고 바르게 앉았으며 말도 조심스레 하며 晁文元公과 司馬文正公[51]의 인격을 흠모하였다. 그는 늘 禮로써 자신을 지키며 의심스러운 것을 잘 분별해 내었고, 비록 奴僕들이라 할지라도 衣冠을 바르게 하지 않고는 만나지 않았다. 한 번은 鄱陽의 守臣 程邁가 白金으로 된 궤짝에 과일을 담아 보내온 일이 있었는데 그는 과일만 받고 궤짝은 돌려보냈다. 그는 아무리 어렵고 힘든 일을 당해도 마음가짐을 흐트러뜨리지 않았고 국 한 사발이라도 망령되이 받

48 選人이 磨勘을 거쳐 京官이 되는 것. 改秩이라고도 한다.

49 考란 官員의 근무를 평가(磨勘)하는 단위. "天下諸色官屬 依舊三年替移 仍一年一考 是非 三考然後升降 有績者賞 無勞者罰"(『宋朝諸臣奏議』 권72, 「上太宗乞天下官屬三年替移一年一考」)이라 하듯, '1年 1考'가 원칙이었다.

50 高宗이 退位하고 太上皇이 된 이후의 칭호. 孝宗이 즉위하여 '光堯壽聖憲天體道性仁誠德經武緯文紹業興統明謨盛烈太上皇帝'라 尊號했던 것에서 유래한다.

51 晁文元公은 晁迥(951~1034), 司馬文正公은 司馬光(1019~1086).

지 않았다. 孝宗은 그를 면대하여, '卿이 청렴하다는 명성은 너무나 잘 알고 있다. 士大夫들이 모두 그렇게 말한다'고 칭찬한 바 있다. 복건에 있을 때는 俸祿을 받지 않은 적이 있다. 이에 대해 그는 상주하여,

"臣은 빈한히 살다 入仕하였습니다. 그러니 어찌 俸祿을 사양할 까닭이 있겠습니까? 다만 받아서는 안 될 것을 감히 받지 않은 것일 따름입니다"라고 말했다.

언젠가 高宗이 말했다.

"사람들이 다 卿과 같다면 천하에 무슨 근심이 있겠으며 또 어찌 태평하여 지지 않겠소?"

권7

汪藻

왕조가 다음과 같이 논하였다.[1]

"지금 諸大將들이 重兵을 거느리고 있으며 顯貴한 位秩을 수여받고 있습니다. 子女와 玉帛[2]이 넘치니 富貴가 이미 극도의 상태에 있다 하겠습니다. 또 그들은 서로 간 지원하며 점차 조정보다 外臣이 강력한 外重의 형세를 만들어 가고 있습니다. 이러한 상황을 타개할 수 있는 방안은 셋입니다. 첫째는 國法으로 처리하는 것이고, 둘째는 이동시킴으로써 약화시키는 것이고, 셋째는 서로 간 떼어놓음으로써 고립시키는 것입니다."

이러한 주장은 10년 후 마침 그대로 실행되었다.

---

1 高宗 建炎 年間(1127~1130)의 일이다. 당시 汪藻는 翰林學士의 직위에 있었다. 『宋史』 권445, 「汪藻傳」 참조.

2 여기서 子女는 男女 노비의 의미.

왕조가 또 다음과 같이 말했다.

"지금 우리 宋朝의 영역은 수십 개 州에 불과합니다. 그러니 財源의 조달도 이들 지역으로부터 나와야만 하니 수십 개 州의 백성들이 어떻게 감당할 수 있겠습니까? 바라건대 軍中이라든가 禁中의 지나친 財源 요구를 단호히 삭감하여야만 할 것입니다. 臣은 또 걱정스러운 바가 있습니다. 自古以來로 兵權이 너무 오랫동안 人臣의 손 안에 있게 되면 문제가 되지 않았던 적이 없습니다. 현재 諸將들이 교만하여 제압하기 어렵습니다. 그 副將들 가운데 필시 하나 둘씩은 훌륭한 인재들이 있을 것이니 그러한 인물 십여 명을 선발한 다음 각각 수천의 군대를 주어 폐하께 직속시키도록 하십시오. 그렇게 한다면 이들 군대가 도합 수만 명에 달할 것인즉, 이를 통해 점차 諸將들의 권한을 삭감해 갈 수 있을 것입니다. 이것이야말로 훗날을 위한 대책이 될 것입니다."

왕조가 말했다.

"淮南은 번번히 오랑캐들의 침략 경로가 되어서 백성들이 本業을 버린 까닭에 경작하지 않는 땅이 千里나 주욱 이어져 있습니다. 현재 이곳을 떠난 流民들 또한 쉬이 돌아오지는 못할 상태입니다. 그런즉 朝廷에서 淮南을 지키고자 한다면 屯田 이외에는 방법이 없습니다. 바라건대 봄이 되면 劉光世나 呂頤浩를 파견하여, 招安한 人馬를 거느리고 그곳에 건너가 寨柵을 건설한 다음 땅을 나누어 주어 경작시키도록 조치하십시오. 이렇게 한다면 그 屯田이 장차 行在의 든든한 울타리가 될 것이고 또한 東西의 群盜를 없애는 시발점이 될 것입니다. 바로 지금이야말로 그 절호의 때입니다."

왕조가 말했다.

"宣和 年間에 諸臣들은 富貴를 나누어 갖고 主上의 恩賞制를 어지럽혀 散官의 品位가 銀青光祿大夫에까지 이른 자도 있었습니다. 이에 臺諫들이 강력히 그 잘못을 지적하여 지나친 爵位 남발을 조정하였습니다. 하지만 그 조치의 墨痕이 사라지기도 전, 建炎 年間이 되어 다시 恩宥가 과도해졌습니다. 爵位 수여는 祖宗의 法度에 따라 中大夫까지만 수여해야 할 것입니다."[3]

朝野의 여론이 이러한 주장을 옳다고 여겼다.

왕조가 또 말했다.

"徽宗 元符 年間 이래로 日曆[4]이 작성되고 있지 않으니 가히 잘못이라 하지 아니할 수 없습니다. 예로부터 國家가 있으면 반드시 역사 서술에 관한 제도가 있었고, 그러한 역사 서술의 제도가 있으면 또 반드시 史官이 있었습니다. 이를테면 漢代의 法制에 따르면 太史公은 그 지위가 丞相의 위에 있어서, 天下의 計書[5]는 먼저 太史公에게 올려진 다음 이어 다음으로 丞相에게 전해졌습니다. 唐으로부터 本朝에 이르기까지도 또한 마찬가지로 역사 서술이 국가의 중대사인 까닭에 재상으로 하여금 총괄 감독하게 하였습니다. 폐하께서 돌아보아 주시기 바랍니다."

高宗이 이를 흔쾌히 받아들였다. 이튿날 輔臣들이 그 구체적인 시행

---

3 散官이란 관원의 등급을 표시하는 호칭. 文官의 경우 從1品(開府儀同三司)으로부터 從9品下(將仕郎)까지 29官階로 되어 있었다. 이 가운데 본문에 나오는 銀青光祿大夫는 從3品, 中大夫는 從4品下였다.

4 宰相이 작성하는 時政記와 起居郎・起居舍人이 작성하는 起居注를 종합하여 편찬하는 편년체의 역사서. 日曆所에서 관장하며 후일 實錄 및 國史 등을 편찬할 때 기본적인 근거자료가 된다.

5 지방의 州郡에서 연말에 조정에 올리는 재정결산 보고서.

방향을 上聞하자, 高宗은 왕조의 말을 그대로 따르라고 지시하였다.

孫覿이 말했다.[6]

"建炎 年間과 紹興 年間을 통해 大盜가 中原을 점거하고 또 여러 사악한 무리들이 무리지어 횡행함으로써 四海가 모두 도적의 소굴이 되었다. 이러한 때에 高宗이 慨然히 칼 하나에 의지하여 전장터를 누비고 다니면서 殘暴한 무리들을 제거하고 불쌍한 백성들을 구제해 내셨다. 그 힘겹고 거친 노력 끝에 中興의 위업을 이룰 수 있었다. 바로 이러한 때, 汪藻는 翰林學士로서 그 무렵의 거의 모든 詔令들을 작성했다. 諸將들을 지시한다거나 戰士들을 격려하는 것, 그리고 각급 관원들을 訓勅하는 것에 이르기까지, 高宗의 이름으로 내려진 모든 詔令 속에는 백성들에 대한 연민의 정이 절절히 배어 있었다. 또한 고종의 의도를 잘 살펴서 명백하게 표현하였기 때문에 그 조령을 받는 사람들이 직접 천자를 뵙지 않고도 天威가 지척에 있는 듯 여겼다. 이렇게 해서 고종은 行在에 있으며 전국 구석구석을 坐照하였던 것이다. 당시의 士大夫들은 왕조의 문장을 傳誦하며 그것을 唐代 陸宣公[7]과 비교하기도 하였다.

그 얼마 후 權臣이 자신의 黨與를 심으면서 자기에게 들붙지 않는 사람들은 모두 제거했다. 왕조 또한 죄를 받아 永州[8]에 謫居되었다. 그러기를 12년, 그 사이 고종이 네 번이나 사면을 내렸지만 진회로 인해 京師로 귀환할 수 없었다.

왕조는 永州에 있으면서 勝日[9]을 만나면 幅巾과 葛屨 차림[10]을 하고

---

6 『鴻慶居士集』 권34, 「宋故顯謨閣學士左大中大夫汪公墓誌銘」에 실려 있다.

7 陸贄(754~805). 그 저작으로 『陸宣公奏議』(『翰苑集』이라고도 함)가 남아 있다.

8 荊湖南路 南部에 위치. 오늘날의 永州市. 湘水와 愚溪, 瀟水가 합류하는 지점에 위치한다.

西山에 올라 鈷鉧潭을 둘러보기도 하고 때로는 愚溪를 따라 湘水까지 내려가면서 산천 경개를 즐겼다. 그럴 때마다 문장을 지어 古人들을 애도하였는데, 그의 나이가 많아지며 문장은 더욱 기묘해지고 시는 더욱 정교해졌다. 그 詩文의 華妙하고 精深하기가 수백 년 전의 柳儀曹[11]와 견줄만 하였으며 문장의 格力 또한 비슷하였다. 그 어찌 盛事라 할 만하지 않은가?"

綦崇禮

기숭례가 上言하였다.

"폐하의 車駕가 臨安에 머물러야 합니다. 그리하여 浙西를 근본의 땅으로 삼는 한편 江淮 一帶의 방비를 엄중한다면 그 연후에 가히 中原의 회복을 도모할 수 있을 것입니다. 또 西蜀 一帶는 만 리 바깥의 먼 지역이니 마땅히 그 지방의 士大夫를 召用함으로써 그 지역 민심을 달래야만 할 것입니다."

이밖에 諸路의 監司들이 朝廷의 명령을 가볍게 여기는 잘못에 대한 엄중한 대처라든가, 諸將들에 대한 포상의 감축, 관원 승진의 졸속함에 대한 개선, 冗兵의 裁減, 재정 낭비의 절감 등의 奏請은 모두 당시 쉽게

9 날씨 좋은 날.
10 한 폭의 천으로 지은 두건과 칡넝쿨로 엮은 신발. 隱士의 차림을 말한다.
11 柳宗元(773~819)의 별칭.

제기할 수 없는 것들이었다.

秦檜가 상주문을 올려 사직하였다.[12] 이후 고종이 기숭례를 불러 진회가 올렸던 두 가지 獻策을 보여주었다. 그 내용은 대략, '河北 사람들은 金國으로 돌려보내고 中原 사람들은 劉豫에게 돌려준다'는 것이었다. 고종이 말했다.

"진회는, '남쪽 사람들은 남쪽으로 돌아가고 북쪽 사람들은 북으로 돌아가야 합니다'라고 말했소. 朕은 북쪽 사람인데 그럼 어디로 가야 한단 말이오? 또 진회는 말하기를, '臣이 몇 달만 재상직을 수행하면 가히 천하를 놀라게 할 일을 이룰 수 있습니다'라고 하였소. 하지만 지금껏 아무 일도 없었소."

기숭례는 진회에 대한 파직의 制詞를 草하면서 이렇게 적었다.

"詭計로써 정권을 잡아, '천하를 놀라게 할 업적을 이루겠다'고 호언하였다. 하지만 지금껏 재상직에 있으며 고작 한 일이라곤 이른바 두 가지 獻策을 발의함으로써 國綱을 어지럽힌 것 뿐이다."

劉豫가 金國을 선도하고 入寇하여 揚州와 楚州 일대가 큰 혼란에 빠졌다.[13] 고종은 친히 軍裝을 하고 平江府로 나아가 전쟁을 지휘하였다.[14] 당시 기숭례는 近臣으로서 知紹興府의 직위에 있었는데 상주하여 다음과 같이 말했다.

"浙東 지역은 行都의 겨드랑이에 해당하는 요지이니 대비가 엄밀하

12 紹興 2년(1132) 8월 宰相職에서 罷職된 것을 말한다.

13 高宗 紹興 4년(1134) 9월의 남침을 가리킨다.

14 당시 高宗은 紹興 4년(1134) 10월 平江府로 行次하여 다음 해 2월까지 머물다 臨安으로 복귀한다.

지 않으면 안됩니다.”

그리고 조정에 은밀히 상주하여 절동 일대에 대한 포괄적인 재량권을 획득하였다. 이를 바탕으로 그는 성곽을 보수하고 군대를 조련하였다. 또 錢帛을 내어 군사들의 보수를 증대시키고, 戰艦을 건조하여 설비함으로써 海道를 통한 공격에 대비하였다. 그는 밤낮으로 근심하며 이러한 대비를 서두르느라 거의 침식도 거를 정도였다. 다음 해 봄이 되자 고종은 平江으로부터 臨安으로 돌아왔다. 그 사이 浙東 7州 수십 개 縣의 주민들은 평상시와 다를 바 없이 편안히 생활하면서, 변경에 급박한 전황이 전개되는 것조차 모르고 지냈다. 이는 다 그의 공으로 인한 것이었다.

呂本中

六飛[15]가 平江에 行次하여 장차 建康으로 향하려 하고 있었다.[16] 여본중이 상주하여 논하였다.

“자고로 創業 및 中興을 이룬 군주에게는 모두 다 根本을 이루는 땅이 있어 이를 기반으로 사방의 땅을 제압하였고, 또 根本을 이루는 군대가 있어 이를 통해 사방의 군대를 제압하였습니다. 현재 우리 조정이 근본으로 삼고 있는 땅은 兩浙과 江東·福建이지만, 이들 지역은 모두 피폐

15 천자의 御駕. 황제의 車駕를 六馬가 끌어 나는 듯 달렸던 것에서 유래한 용어이다.
16 高宗 紹興 6년(1136) 11월의 일이다. 熊克, 『中興小紀』 권20, 紹興 6년 11월 丙申 참조.

한 상태입니다. 그리고 근본으로 삼아야 할 군대는 禁衛軍이지만 單弱하여 부릴 수 없습니다. 大臣에게 명하여 널리 인재를 구한 다음 먼저 이 두 가지 다급한 일부터 처리하도록 하십시오."

利州路의 監階州倉草場인 苗亘이 貪贓으로 인해 黥罪에 처해졌다. 이에 여본중이 상주하여 말했다.[17]

"요즈음 많은 관리들이 犯贓으로 인해 黥罪에 처해지고 있습니다. 하지만 士人들을 처벌할 때에는 마땅히 신중해야만 합니다. 하물며 드넓은 四方에서 설혹 어느 곳에 잘못이 있다 한들 어찌 모두 알 수 있겠습니까? 그리고 만일 성급히 이 黥罪에 처했다가 다음에 그 無辜함이 밝혀지기라도 한다면 아무리 후회한들 소용이 없을 것입니다. 이 형벌이 계속 사용되다가는, 훗날 불행히도 姦臣이 정권을 농단하게 되었을 때 그것을 아무 잘못 없는 사람들에게까지 자행하지 않을까 걱정스럽습니다. 祖宗 이래 만일 이 형벌이 시행되었다면 紹聖 年間 간사한 자들이 권력을 장악[18]하였을 때 搢紳들이 이 형벌을 받아 거의 씨가 말랐을 것입니다. 원컨대 상벌의 시행을 심사숙고하여 폐하의 仁厚함에 걸맞게 고쳐주시기 바랍니다."

이러한 상주문이 거듭 올라가자 받아들여졌다.

高宗의 車駕가 建康으로 행차하였다. 여본중이 상주하여 말했다.[19]

"현재 가장 시급한 문제는 중원 회복을 위한 일에 전념하는 것입니

17 고종 소흥 6년(1136) 11월의 일이다. 위와 같다.

18 哲宗 紹聖 연간 新法黨인 章惇·蔡卞 등이 정권을 장악하고 元祐 시기의 舊法黨 인사들에 대해 대대적인 탄압을 가했던 일을 가리킨다.

19 高宗 紹興 7년(1137)의 일이다. 『宋史』 권376, 「呂本中傳」 참조.

다. 그리하여 저들 오랑캐의 헛점을 살피다가 움직여야만 합니다. 만일 다만 恢復의 의지만 있을 뿐 실행에 옮기지 않는다면 장차 더 근 환란을 불러일으킬 것입니다. 지금 江南과 兩浙 지방은 課賦가 실로 繁多하여 閭里의 백성들이 고통을 호소하고 있습니다. 마땅히 유념하여 개선을 명령해야 할 것입니다. 만일 水旱의 재해라도 닥친다면 식량이 떨어져 도적이 일어날 것입니다. 서둘러 대비책을 강구해야만 합니다."

권8

王居正

왕거정은 어려서부터 학문을 좋아하여 주야로 쉬지 않았기 때문에 얼마 되지 않아 단연 두각을 나타내게 되었다. 이후 太學에 가서 공부하게 되자 諸生들이 그 명성을 듣고 다투어 사귀기를 희망하였다. 그런데 神宗 熙寧 연간 王安石이 『三經新義』[1]를 세상에 반포하고, 그 뒤를 이어 章惇과 蔡京 등이 권력을 잡으면서 천하의 선비들에게 왕안석의 학설만을 따르게 하였다. 그 나머지는 어떠한 학자나 宿儒의 학문일 지라도 모두 曲學이라 규정하고 배척하였다. 왕거정이 太學에 다닐 때에 이르면, 內外의 교관들은 『三經新義』와 『字說』[2]이 아니면 책상 위에 올려 가

1 熙寧 8년(1075) 6월에 頒行된 왕안석의 三經에 대한 새로운 해석서. 『詩義』『書義』『周禮義』를 합한 것이었다.

2 王安石이 찬술한 文字學의 저작. 『三經新義』, 『字說』의 편찬 및 그 횡행에 대해 『宋史』에서는, "初安石訓釋詩書周禮 旣成 頒之學官 天下號曰新義. 晩居金陵 又作字說 多

르치지도 않았다. 나머지 책들은 세상에 거의 나돌아 다니지도 않았고 통용된다 해도 불과 몇 책 정도였다. 왕거정은 부친의 명으로 인해 어쩔 수 없이 자신의 뜻을 굽혀 과거에 응시하였으나, 마음속 깊이 그러한 풍조에 대해 불만을 품고 있었으므로, 합격에 필요한 답안지를 작성하려 들지 않았다. 따라서 10여 년 동안 進士가 되지 못하고 낙방을 거듭하였다. 이를 보고 친우들이 그에게, '조금만 뜻을 굽히는 것이 어떠한가?'라고 말하자, 이렇게 대답했다.

"이것은 하늘이 나를 궁박하게 하는 것이다. 사람의 탓이 아니다. 과거에 붙고 못붙고는 시절을 타고난 운수 소관일 뿐이다. 마음속의 옳고 그름에 대한 판단을 어떻게 바꿀 수 있겠는가?"

왕거정이 말했다.[3]

"지금 有司에서는 불과 數路의 소출을 가지고 과거 173년 동안 해온 일들을 하나도 빠트리지 않고 다 하려 하고 있습니다.[4] 실로 이른바 時變을 모르는 소치로서, 무릇 시세에 따라 일을 裁減해야 하며 또 일에 따라 비용을 裁減해야 한다는 사실을 모르는 것입니다. 오늘날 경비의 절반을 줄여야 한다는 말이 자주 제기되는 것은 이 때문입니다. 하지만 현재 그 근본 문제는 헤아려 대처하지 않고 다만 지엽말단만을 손대고 있습니다. 이를테면 國初에 進士를 합격시킬 때는 매 회 수십 명에 불과했지만 지금은 400~500명에 이르니 그에 따른 비용은 대폭 늘었습니다. 그런데 시험을 치룰 때 보면 가관입니다. 전에 臣은 考官이 된 바 있었는데 有司

穿鑿附會 其流入於佛老. 一時學者 無敢不傳習 主司純用 以取士 士莫得自名一說 先儒傳註 一切廢不用"(권327, 「王安石傳」)이라 기록하고 있다.

3 高宗 紹興 2년(1132) 5월의 일이다. 『建炎以來繫年要錄』 권54, 紹興 2년 5월 丙戌 참조.

4 여기서 173년이란 북송 건국(960) 이래 高宗 紹興 2년(1132)까지를 가리킨다.

가 고작 불켜는 초 반 挺[5]을 주며, '비용의 절감을 위해서 그렇습니다'라고 말하는 것이었습니다. 오호라, 이 얼마나 졸렬한 일입니까?"

왕거정이 상소하여 말했다.[6]

"臣은 삼가 폐하의 자애로운 은혜를 입어, '王安石 父子의 발언 가운데 道에 합치되지 않은 것들을 집록한 臣의 저서를 정리하여 올리라'는 분부를 받았습니다.[7] 이에 따라 총 42편을 7권으로 정리하여 바칩니다. 그 첫째는 君臣關係를 멸시하여 恩義를 훼손시킨 것들이며, 둘째는 聖人도 아니면서 天道를 泯滅시키고 孔子와 孟子를 욕하며 불교와 도가를 숭상한 것들입니다. 셋째는 言官들을 징발하여 天子가 알지 못하도록 한 것입니다. 넷째는 儒家에 가탁하여 간사한 행동을 하며 또 그것에 의지하여 자신의 사사로운 뜻을 행한 것입니다. 그럼으로써 經典의 뜻을 어지럽히고 천하를 속였습니다. 여섯째는 先儒를 배척하고 자신의 經術을 뽐낸 것입니다. 그들은 新奇한 것만을 추구하며 義理를 돌보지 않았습니다. 일곱째는 『三經新義』와 『字說』 가운데 내부적으로 상충되는 것을 정리한 것입니다. 이러한 것을 모아 『辯學』이라 이름 붙였습니다."

고종은 詔를 내려 秘書省으로 보내라 하였다. 왕거정이 다시 진언하여 물었다.

---

5 量詞. 통상 봉이나 초와 같이 기다란 물건이나 막대기 형상의 물건을 헤아릴 때 사용한다.

6 高宗 紹興 5년(1135) 3월의 일이다. 『建炎以來繫年要錄』 권87, 高宗 紹興 5년 3월 庚子 참조.

7 王居正 자신 王安石의 잘못에 대해 정리하여 올리겠다고 奏請하여 이를 허락한 것이다. 『建炎以來繫年要錄』에서는 이러한 정황을, "兵部侍郎王居正獻辯學四十二篇. 居正嘗入見 請以舊所論著王安石父子平昔之言 不合于道者爲獻. 上許之"(권87, 紹興 5년 3월 庚子)라 기록하고 있다.

"폐하께서도 왕안석의 학문을 심히 싫어 하십니다. 그 잘못이 무엇이라 여기시는지요?"

"왕안석의 학문은 覇道가 뒤섞여 있어 商鞅의 부국강병설을 취하였소. 靖康 年間의 變亂에 대해 사람들은 한갓 蔡京과 王黼가 잘못한 때문이라고만 알 뿐, 사실상 천하의 變亂이 왕안석으로부터 비롯되었다는 것을 모르고 있소이다."

왕거정이 대답하여 말했다.

"진실로 폐하의 가르침대로입니다. 하지만 왕안석의 학문이 萬世토록 죄를 지은 것은 비단 이 뿐만이 아닙니다."

그는 왕안석이 經典을 訓釋한 것 가운데 아비도 없고 君王도 없는 것 한두 개를 적시해 아뢰었다. 그러자 고종은 얼굴색이 달라지며 말했다.

"이것은 名教를 해치는 정도가 아니라, 孟子가 말했던 邪說 바로 그것이오 그려."

왕거정은 물러나 고종이 말했던 것을『辯學』의 序文으로 적어 바쳤다.

처음 秦檜가 參知政事가 되었을 때[8] 왕거정과 매우 사이가 좋아 이따금 같이 천하사를 논하기도 하였다. 당시 진회는 金에 대한 의기가 매우 굳세었다. 하지만 재상이 되자 이전에 한 말은 모두 내팽개쳐 버렸다. 왕거정은 그 거짓에 기가 질려 고종에게 다음과 같이 말했다.

"진회는 일찍이 臣에게, '중국 사람들은 옷을 갖춰 입고 밥을 먹어야만 한다. 함께 中興을 도모하자'고 말한 바 있습니다. 당시 臣은 진회의 그러한 말에 매우 信服하여, '中興에 뜻을 둔다면 모름지기 이래야 한

8 紹興 元年(1131) 2월의 일이다. 이후 秦檜는 그 6개월 후인 8월에 宰相으로 승진한다.

다'고 말했습니다. 그리고 또, '진회가 재상이 되기만 하면 수개월 내에 필시 천하를 깜짝 놀랄만한 일을 이룰 것이다'라고 생각했습니다. 하지만 지금은 예전의 그러한 말들을 다 헌신짝처럼 버렸습니다. 원컨대 폐하께서는 臣으로부터 들은 말을 진회에게 묻고 그 소행을 보아주시기 바랍니다."

진회는 이 소식을 듣고 격노했고 이로 인해 이전의 좋았던 사이는 끝나버렸다. 이후 진회가 國政을 전횡하게 되자, 왕거정은 자신이 더 이상 받아들여지지 않을 것임을 알고 知溫州로 있은 지 반년 만에 병을 핑계로 祠祿官[9]을 청하였다. 그리고는 常州의 陽羨縣으로 돌아가 진회로부터의 해코지를 피하여 깊이 은거하였다. 이후 그는 시국에 대해서는 한마디도 입에 올리지 않았다. 손님이 찾아오면 조용히 앉아 종일토록 經史만을 얘기할 따름이었다. 이렇게 祠祿官으로 12考를 보내는 동안 유유자적하였고, 다른 사람들은 그 속내를 엿보지 못했다. 진회는 만년이 되자 권세가 더욱 강해졌고 좋은 사람들에 대한 기피도 더욱 심해졌다. 그리하여 크게 탄압을 일으켜 誅殺과 貶謫으로 海內에 위세를 떨쳤다. 그로 인해 매일같이 사건이 벌어지고 누군가 연루되었다. 이에 왕거정은 병을 칭하며 문을 걸어 잠갔지만 결국 徽猷閣待制의 관직을 삭탈당하였다. 하지만 그는 榮華와 辱됨에 달관하여 편안한 모습을 보일 뿐이었다.

9 道觀인 宮觀을 관할하는 宮觀使, 혹은 宮觀官의 다른 칭호. 실제의 差遣은 없이 俸祿만을 수령하므로 祠祿官이라 불렀다.

潘良貴

向子諲이 고종을 알현하고 해가 저물도록 물러가지 않았다.[10] 이에 반량귀가 건너가 큰 소리로 말했다.

"상자인이 아무 쓸 데 없는 말로 폐하를 귀찮게 하는도다."

반량귀는 이렇게 두 번씩이나 물러가라고 꾸짖었다.[11] 고종이 이 말을 듣고 깜짝 놀라서 노여움에 그를 법에 따라 처벌하려 했다. 그런데 御史中丞 常同이 반양귀에게 역성을 들면서 상자인을 공박하고 나서자,[12] 고종은 더욱 노하여 常同까지 함께 파직시키려 했다.

이튿날 禮部侍郎 張九成과 侍講인 金華가 함께 그 일을 고종에게 상언하였다.

"臣等은 반량귀가 조정에서 상자인을 꾸짖었다는 말을 듣고 심히 놀라서 그에게 자초지종을 물어보았습니다. 그랬더니 반량귀는, '당시 더위가 한창 심한데도 상자인이 오래도록 알현하는 바람에 폐하께서 식사도 못하시고 땀을 흠뻑 흘리고 계셨다. 나는 상자인이 폐하를 고단하게 할까 걱정이 되었고, 마음속으로 그 생각만 가득 차 자신도 모르게 큰 소리를 질렀다'고 말했습니다."

고종이 말했다.

"반량귀의 마음 씀씀이가 그런 정도였더란 말이오? 그렇다면 두 사

---

10 紹興 8년(1138) 6월의 일이다. 『建炎以來繫年要錄』 권120, 紹興 8년 6월 壬午 참조.

11 『宋史』 권377, 「向子諲傳」에서는 이때의 정황을, "良貴徑至榻前厲聲叱之曰 子諲不宜以無益之談 久煩聖聽. 子諲欲退 上謂良貴曰 是朕問之也. 又諭子諲款語. 子諲復語 久不止 良貴叱之退者再. 上變色 欲抵良貴罪"라 기록하고 있다.

12 당시 常同은, "御史中丞常同 奏良貴疾子諲曼詞 衆以爲直 不可罪之 願許子諲補外"(『建炎以來繫年要錄』 권120, 紹興 8년 6월 壬午)라고 발언하였다.

람의 평소 사이는 어떠했소이까?"

張九成이 대답했다.

"臣은 전에 상자인의 이름을 들어보지 못하다가 그가 지난번에 館職에 임명되고 나서야 알게 되었습니다. 그때 반량귀는 少監이었는데 제가 언젠가 元帥府의 日錄에 상자인의 이름이 있길래, 반량귀에게 상자인이 어떤 인물이냐고 물어 보았습니다. 그랬더니, '좋은 士人입니다'라고 대답하였습니다. 또 현재 臣이 살고 있는 곳은 상자인이 사는 곳과 가깝습니다. 그런데 어느 날인가 상자인이 臣의 집에 들러, '子賤을 조정에 추천하고 싶다'고 말하였습니다. 子賤은 반량귀의 字입니다. 이로 미루어 두 사람은 나쁜 사이가 아닌 것을 알았습니다."

고종의 마음이 조금 풀려 마침내 두 사람을 모두 파직시켰다.[13]

晦翁은 반량귀의 文集에 序를 지으며 다음과 같이 썼다.[14]

"天地의 造化는 어떤 것이든 포괄하지 않는 것이 없으며 그 運行이 無窮하다. 하지만 그 發現의 근거가 되는 것은 一陰과 一陽 兩端일 뿐이다. 또 陰陽은 각각 動과 靜, 屈과 伸, 往과 來, 開와 閉, 升과 降, 浮와 沈의 性을 지니고 있어서 비록 하루라도 서로 반대되지 않는 적이 없으나 또 한편으로는 하루라도 서로 없어서는 안 되는 것이다. 聖人께서 『易』을 지어 우리로 하여금 神明한 德을 알도록 하고 萬物의 情을 분류할 수 있도록 하셨지만, 그 말씀하시는 것도 사실 이러한 것일 따름이다. 그런데 陰과 陽이 사람에게 미쳐서 여러 形容을 만들어낼 때에는, 항상 陽은 君子가

---

13 이때 두 사람 뿐만 아니라 御史中丞 常同까지도 함께 파직되었다. 『宋史』 권377, 「向子諲傳」 참조.

14 『朱熹集』 권76, 「金華潘公文集序」에 실려 있다.

되어 부추겨 昌盛하도록 하고, 陰은 小人이 되어 꺾고 억눌러 위축되게 한다. 무릇 陽의 德은 굳세고(剛) 陰의 德은 부드럽다(柔). 굳센 것은 항상 공평하며(公) 부드러운 것은 항상 사사롭고(私), 굳센 것은 항상 밝으며(明) 부드러운 것은 항상 어둡다(暗). 굳센 것은 바르지(正) 아니한 적이 없으며 반면 부드러운 것은 사악하지(邪) 아니한 적이 없다. 또 굳센 것은 일찍이 크지(大) 아니한 적이 없으며 부드러운 것은 작지(小) 아니한 적이 없다. 그리하여 公明正大한 사람이 세상에 쓰이게 되면 천하가 그 福을 나누어 받고, 사사롭고 암울하며 사악하고 偏僻된 사람이 그 뜻을 펴게 되면 천하가 그로 인한 재앙을 받는다. 이는 필연의 이치로서, 비단 『易』에서만 그렇게 말하는 것이 아니라 무릇 자고로 여러 전기에 나오는 성현들의 발언 또한 모두 굳센 것(剛)을 좋아하고 부드러운 것(柔)을 싫어하는 것이다. 이를테면 夫子께서는, '이른바 굳센 것(剛毅)은 仁에 가깝다'[15]고 하시면서 굳센 사람이 세상에서 보이지 않는 것을 깊이 탄식해 마지않으셨다. 또 누군가에게 대답하실 때도 棖이 굳세지 못한 단점을 지니고 있는 것에 대해 아쉬워하셨다.[16] 夫子께서는 굳센 것이야말로 君子의 德이라 여기셨던 것이다. 오호라, 반량귀와 같은 사람은 참으로 孔子께서 말씀하셨던 세상에서 잘 보이지 않는 자로다.

반량귀는 평생토록 청렴함을 잃지 않았다. 젊을 때로부터 노년에 이르기까지 徽宗과 欽宗, 高宗의 三朝에 출입하면서도 관직에 있었던 것은 불과 860여 일 정도였다. 그의 거처는 겨우 비바람을 막을 수 있는 정도였으며 그 외에는 한 뼘의 땅조차 없었다. 經界法[17]이 시행될 때 그는

15 『論語』 제13, 「子路」에 나온다. 원문은 "剛毅木訥 近仁."

16 『論語』 제5, 「公冶長」에 나온다. 棖은 공자의 제자인 申棖을 가리킨다. 원문은 "子曰. 吾未見剛者 或對曰 申棖. 子曰 棖也慾 焉得剛."

17 남송 시대에 시행된 토지 조사 사업. 조세의 불균형을 시정하기 위한 목적에서 시

다만 선영으로 인해 비단 수 척을 납입했을 뿐이다. 그의 淸貧과 節儉은 무릇 다른 사람이라면 견딜 수 없는 지경이었지만 초연히 생활하였다. 그는 또 조금도 秦檜에게 굴종하지 않았다. 진회의 아들 秦熺가 갑자기 顯貴해져서 그 권세가 內外에 드리워졌을 때에도 그는 秦熺와 通問조차 하지 않았다. 항상 君子가 지녀야 할 세 가지 警戒[18]를 돌아보며 깊이 그에 따르려 노력하였다. 그리하여 잠깐 동안이라도 一言과 一行에 조심하며, 무릇 친구를 맞이하고 子弟를 가르칠 때에조차 孝悌忠信 및 절검과 정직의 미덕으로 임하였다. 그러면서 防微謹獨[19]을 행동의 준칙으로 삼았다. 독서에 있어서는 거울을 닦는 것에 비유하여 중도에 학문을 그만두는 것에 대해 통렬히 경계하였다. 이러한 비유는 당시에 널리 전해질 정도였다. 그는 또 汲長孺와 蓋寬饒[20]의 사람됨을 흠모하며 본받고자 하였는데 그 자신이야말로 그들이 지닌 청렴과 剛毅를 체현하고 있던 인물이었다. 대저 夫子께서는 三代의 聖人이 다스릴 때에 굳센 자가 나타나지 않았음을 탄식하셨던 바 있다. 그런데 百世의 후에 다행이 반량귀와 같은 인물이 출현했던 것이다. 하지만 아쉽게도 그 뜻을 조금도 펴지 못하고 세상을 떠났다.

반량귀가 남긴 상주문들은 세상에 큰 가르침이 되어 후세의 모범이 될 만하지만 그 스스로 불태워 없애어 얼마 남아 있지 않다. 그가 평생

행되었다. 紹興 12년(1142) 李椿年의 발의로 浙西 平江府에서 최초로 도입되어 남송 치하의 대부분 지역으로 확대되었다. 후일 朱熹 역시 光宗 紹熙 연간 知漳州가 되어 經界法을 실시하고자 진력하였으나 결국 실패하고 만다.

18 女色과 爭鬪, 금전(得). 『論語』 제16, 「季氏」에 나온다. 원문은, "君子有三戒. 少之時 血氣未定 戒之在色. 及其壯也 血氣方剛 戒之在鬪. 其老也 血氣既衰 戒之在得."

19 防微란 시초 단계에서 잘못이나 실패를 방지하는 것. 謹獨이란 홀로 있을 때 나태하지 않고 근신하는 것으로 愼獨이라고도 한다.

20 汲長孺는 漢武帝 시기의 인물인 汲黯(?~前 112), 蓋寬饒(?~前 60)는 前漢 말기의 인물.

동안 남긴 문장은 대단히 많았을 터이지만, 현재는 賦詠과 서간 등을 제외하면 백수십여 편에 지나지 않는다. 후세의 君子들은 이를 통해 반량귀가 살았던 시대에 대해 알기를 기대하며, 또 이 얼마 되지 않은 문장이나마 무궁토록 전해지기를 바라 마지않는다."

권9

吳玠

오개와 曲端은 涇原路에서 군사를 일으켰다.[1] 그들은 함께 流民과 潰卒들을 불러모아 金軍에 맞섰는데, 지나가는 사람들로부터 군량과 짚 등을 제공받아 군대를 유지하였으며 군대의 기율이 엄정하여 길에 떨어진 것도 줍지 않을 정도였다. 용맹한 군사가 수풀처럼 많았으며 중무장한 군대가 들판을 가득 메우다시피 하였다. 전투가 벌어지면 반드시 먼저 필승의 지역인 高原을 점령하였으므로 패배한 적이 없었다. 그리하여 金軍이 북으로 물러가게 되었고 이후 그들의 군대가 河東을 지키자 金軍은 감히 황하를 건널 엄두를 내지 못하였다.

---

1 高宗 建炎 2년(1128) 2월의 일이다. 당시 曲端은 涇原路 經略司의 都統制 직위에 있었으며 吳玠는 그 副將이었다. 『宋史』 권366, 「吳玠傳」 및 권369, 「曲端傳」을 참조.

張浚이 秦州에 이르러 오개와 얘기를 나눈 후 크게 기뻐하며 그를 知鳳翔府에 임명하였다.[2] 당시는 전쟁이 계속되는 와중이라서 오개는 鳳翔府에 도임하자 백성들의 安集에 노력하였고 이러한 정책은 민심안정에 크게 주효하였다. 최초 오개는 青溪嶺에서 전투를 벌인 적이 있는데 오개가 지휘하는 군대는 모두 潰散해 버린 바 있었다.[3] 知鳳翔府가 된 다음 오개는 군대를 재점검하였다. 그는 潰卒들을 모두 다시 불러모은 다음 자신이 직접 몇 차례 심문하여, 혐의가 없는 자 5, 6명을 가려내 돌려보내고 그 나머지는 모두 참수해 버렸다. 그러자 온 군대가 모두 두려워 벌벌 떨었고 그 이후는 전투가 벌어질 때마다 모두 사력을 다해 싸워서 다시는 潰卒이 발생하지 않았다.

張浚이 川陝 일대의 군대에 대한 지휘의 재량권을 부여받고 諸路의 장수들에게 통지하여 金軍과 大戰을 벌이기로 하였다.[4] 張浚은 曲端과 오개를 불러 방책을 문의하였다. 먼저 곡단이 말했다.

"10년 동안 병사들을 조련한 다음에나 정벌의 군대를 일으킬 수 있습니다."

다음으로 오개가 말했다.

"이 일대는 높은 산과 험준한 협곡이 있는 곳이라서 우리 군대가 주둔하며 방어하기에 아주 적합합니다. 적들이 비록 날래고 용감하며 기병대와 武裝이 훌륭하지만 우리의 방어선을 뚫을 수는 없을 것입니다.

---

2 高宗 建炎 4년(1130) 3월의 일이다. 『建炎以來繫年要錄』 권32, 建炎 4년 3월 乙巳 참조.

3 高宗 建炎 2년(1128) 4월의 일이다. 이에 대해서는 『建炎以來繫年要錄』 권15, 建炎 2년 4월 丙寅 참조.

4 高宗 建炎 3년(1129) 5월의 일이다. 당시 張浚은 宣撫處置使로 임명되어 四川・陝西・京西・湖南・湖北 지역의 군대에 대한 '便宜黜陟' 권한을 부여받았다. 『宋史』 권25, 「高宗紀 2」를 참조.

지금은 우리가 정벌에 나설 때가 아니라 험준한 지세에 의거하여 關輔[5]를 점유하고 있는 형세를 갖추어야 할 때입니다. 그렇게 한다면 적들이 비록 날쌔나 우리의 땅을 한 뼘도 빼앗지 못할 것입니다."

이 말을 듣고 宣撫司의 幕僚들은, 어떤 이들은 迂闊하다고 말하고 또 어떤 이들은 나약하다고 말했다. 결국 오개의 말은 받아들여지지 않았고 오개 역시 장준의 휘하에서 중용되지 못하였다.

군대가 富平에 이르자 都統制 이하의 諸將들이 모여 다시 전략을 논의하게 되었다. 이곳에서 오개는 또 다음과 같이 말했다.

"군대에게는 기동성이 중요한데 지금의 地勢는 우리에게 불리하다. 그러니 어떻게 싸운단 말인가? 마땅히 군대를 옮겨 높은 언덕에 주둔시켜서 적들의 기마병을 방어할 수 있도록 해야 한다."

諸將들은 이를 부정하며 말했다.

"우리 군대는 적들의 몇 배나 된다. 그리고 우리 앞에는 갈대 늪이 있지 않은가? 그 늪은 적의 기병대들에게 불리한 곳이다."

이렇게 오개의 말을 듣지 않고 전투를 벌이다 금군의 습격을 받아 대패하고 말았다.[6]

이 패배로 말미암아 사천 일대는 크게 동요하였다. 오개는 군대를 정비하여 大散關의 동쪽으로 가서 지키며 말했다.

"和尙原은 군량이 충분하며 잘 훈련된 병사들이 있는 곳이다. 더욱이 거기에는 寨柵이 잘 건설되어 있다."

이에 대해 누군가 말했다.

---

5 關中과 三輔, 즉 京畿 일원을 가리킨다. 三輔란 右扶風과 左馮翊・京兆尹으로서 경기 일대를 다스리는 세 관직.

6 建炎 3년(1129) 9월 富平戰鬪의 대패를 가리킨다.

"마땅히 漢中으로 물러나 그곳에 주둔하면서 사천의 땅을 지켜야만 합니다."

그러자 오개가 말했다.

"적들은 우리를 격파하지 않고는 감히 함부로 전진하지 못할 것이다. 우리가 견고한 柵壘에 의지하여 重兵을 유지하면서 雍甸[7]을 굽어보고 있으면 저들은 분명 두려워할 것이다. 우리는 이렇게 하며 저들의 허실을 엿보아 습격하고 또 저들의 뒤를 뒤쫓아야만 한다. 이것이야말로 사천 땅을 보위하는 최선책이다."

金의 장수 沒立이 정예병을 이끌고 和尙原을 공격해 왔는데 그들은 和尙原을 기필코 함락시킨 후 계속하여 남진한다는 태세였다. 이에 오개가 맞서 싸워 패배시켰다. 그러자 沒立은 다시 渾女郎君 및 馬五太師, 耿太師 등과 함께 別將인 烏魯孛董까지 동원하여 공격해 왔다. 烏魯孛董은 휘하의 군대를 이끌고 階州와 成州로부터 大散關 쪽으로 진격하여 먼저 和尙原에 도달하였다. 오개는 이들과 사흘 동안 싸워 연승을 거뒀다. 한편 沒立은 箭筈關 방향을 공격하고 있었는데 오개는 휘하의 군대를 보내 역시 격퇴시킴으로써 沒立과 烏魯孛董의 군대가 서로 만나지 못하도록 하였다. 金軍의 두 군대는 마침내 무너져 퇴각하였다.[8]

金人들은 거란을 깨트린 이래 언제나 이기는 것에 습관이 젖어 있어서 오개와 싸워 패배하자 그 분함을 이기지 못하였다. 元帥인 四太子[9]는

---

7 禹貢九州의 雍州. 오늘날의 陝西와 甘肅 및 그 서부 일대.

8 紹興 元年(1131) 10월의 일이다. 『宋史紀事本末』 권69, 「吳玠兄弟保蜀」을 참조.

9 兀朮, 즉 完顔宗弼(?~1148)을 가리킨다. "烏珠 一名宗弼. 封梁國王 武元第六子. 江南人號爲四太子者也"(『欽定重訂大金國志』 권27, 「開國功臣傳」 「烏珠」)라 하듯, 통상 四

여러 군대 및 女眞의 정예병 수만인을 불러모아 渭水에 浮梁을 만들어 도하한 다음, 寶鷄縣으로부터 30리에 걸쳐 돌로 성을 쌓고 오개의 군대와 대치하였다. 오개는 휘하의 諸將들에게 활과 쇠뇌로써 맞서되 정확히 조준하여 발사하라고 지시하였다. 또 오개는 활과 쇠뇌를 쏘는 군대를 몇 개 부대로 편성하여 한편으로 쉬게 하면서 번갈아 발사하게 했다. 이로 인해 적이 조금 물러서면 별동대를 편성하여 험준한 산악을 타고 건너가 측면에서 공격하도록 했다. 이렇게 사흘 가량 전투를 계속하고 나자 오개는 적들이 필시 지쳐 퇴각할 것이라 판단하고, 휘하의 군대를 보내 그 길목인 神坌谿에 매복시켰다. 과연 적들이 퇴각하여 神坌谿로 향하자 갑자기 복병을 일으켜 적들을 크게 무너트렸다. 이 전투에서 宋軍은 金의 都將 羊哥孛堇을 생포하고 그 밖에 수많은 수령들 및 군사들을 사로잡았으며, 여기서 죽은 金軍의 시체가 계곡을 20여 리나 메웠다. 노획한 갑옷과 병장기류들도 수만 점에 달했다. 이후 오개의 군대는 밤을 타고 전군을 동원하여 적의 본거지를 습격하였다. 이로써 四太子의 군대는 완전히 무너졌고, 四太子 자신도 거의 포로로 잡힐 뻔하다 간신히 도망갔다.[10]

太子라 지칭되었다. 本名은 斡啜이며 烏珠, 斡出, 晃斡出이라고 불리기도 하였다. 兀朮이 太祖 阿骨打의 第六子이면서도 四太子라 불린 까닭은, "蓋帝稱兵之初 長子阿穆在世 呼作大太子. 而第二第三子已亡 所以斡里雅布 人誤呼爲二太子 如烏珠亦誤呼爲四太子也"(『欽定重訂大金國志』 권2, 「太祖武元皇帝 下」)라 하듯 第二子와 第三子가 요절하였기 때문이다.

10 이것이 바로 紹興 元年(1131) 10월에 있었던 和尙原의 전투이다. 이 전투는 南宋으로 하여금 四川을 保衛하도록 하는 데 결정적인 역할을 하였다. 이 和尙原의 승리는 孝宗 乾道 2년(1166)에 확정된, 이른바 '中興以來 十三處戰功' 가운데 하나로 꼽힌다. 이른바 十三處戰功이란, ① 建炎 4년(1130) 正月 張俊 주도의 明州 전투, ② 紹興 元年(1131) 10월 吳玠 주도의 和尙原 전투, ③ 紹興 3년(1133) 2월 吳玠 주도의 饒風嶺 전투, ④ 紹興 4년(1134) 2월 吳玠 주도의 殺金平(仙人關) 전투, ⑤ 紹興 4년(1134) 10월 韓世忠 주도의 揚州 大儀鎭 전투, ⑥ 紹興 10년(1140) 6월 劉錡의 順昌 전투, ⑦ 紹興 32년(1161) 5월 張子盖 주도의 海州 전투, ⑧ 紹興 31년(1131) 10월 李寶 주도의 海道 전

金軍은 오랫동안 四川의 침공 기회를 엿보다가 이번에는 우회 전술을 써서 반드시 四川을 점령하고자 했다. 撒離喝과 四太子는 이전의 패배를 거울삼아 다시는 和尙原으로 공격하려 들지 않았다.

紹興 2년(1132) 봄, 金은 군대 30만을 동원하고 여기에 다시 諸路로부터 簽軍[11]을 징발한 다음 동쪽의 太原으로 돌아간다는 말을 퍼트리고 갑자기 陝西의 商州로부터 漢水 유역으로 향하여 洋州를 공격해 왔다. 그 공격으로 송 측의 金州가 함락되었다. 이러한 소식을 접한 오개는 급히 휘하의 騎兵을 거느리고 행군을 재촉하여 晝夜로 수백 리나 달려 金軍이 진격하는 金州와 洋州로 향하였다. 그 한편으로 급히 利州와 閬州로부터 군대를 동원하였다. 오개는 饒風嶺에 도착한 후 먼저 귤 수백 상자를 적의 장수에게 보내며 말했다.

"大軍이 먼 길을 오느라 수고했소이다. 잠시 이것으로 갈증이나 푸시구려. 이제 결전에 임해서는 우리 모두 각각의 국가에 충성을 다하도록 합시다."

撒離喝은 크게 놀라 지휘봉으로 땅을 두드리며 말했다.

"吳 장군은 어찌 이리도 신속하게 행군해 온단 말인가!"

撒離喝은 감히 곧바로 진격하지 못하고 며칠간이나 망설였다. 그 틈을 이용하여 오개는 饒風嶺에 寨柵을 설치하고 險要한 지점을 골라 군

투, ⑨ 紹興 31년(1161) 11월 邵宏淵 주도의 胥浦橋 전투, ⑩ 紹興 31년(1131) 11월 虞允文 주도의 采石磯 전투, ⑪ 紹興 31년(1161) 10월 李道 주도의 次湖 전투, ⑫ 紹興 31년(1131) 11월 劉錡 주도의 皂角林 전투, ⑬ 紹興 32년(1162) 王宣 및 汲靖 주도의 確山 전투 등을 일컫는다. 이 가운데 岳飛의 戰功이 꼽히지 않는 것이 주목을 끄는 바, 이는 十三處戰功을 확정할 당시 아직 秦檜의 餘黨이 朝廷에 상당한 세력을 형성하고 있었기 때문이다(楊愼, 『丹鉛總錄』 권24, 「瑣語類」 및 『玉海』 권135, 「官制」 「乾道定十三處戰功」 등을 참조).

11 簽軍이란 漢人 民間人을 징발하여 전쟁에 동원한 군대.

대를 배치하였다. 이후 적들이 中軍을 진격시켜 강하게 공격하여 왔다. 이렇게 하여 饒風嶺에서 大戰이 시작되어 무려 6일간이나 계속되었다. 이 전투에서 적들은 심대한 타격을 받았다. 撒離喝은 노하여 휘하의 千戶 孛董 10여 명을 참수하고 다시 총력을 기울여 공격해 왔다. 그 한편으로 은밀히 별동대를 파견하여 蟬溪嶺을 넘어 宋軍의 배후를 공격하였다. 이로 말미암아 宋軍의 퇴로가 차단된 형국이 되자, 오개는 밤을 이용하여 군대를 이끌고 興元府 서방의 西縣으로 퇴각하였다.[12] 이에 일각에서는, '四川이 위험해졌다'고 말했으나 오개는 이렇게 대답하였다.

"그렇지 않다. 적들은 전병력을 다 동원하여 멀리 진격해 왔다. 하지만 지난번 饒風嶺의 전투에서 태반이 죽거나 다쳤다. 우리는 戰力을 온전히 보존하여 그 목을 겨누고 있다. 사천 지방은 아무 걱정이 없다."

오개는 淸野의 방책을 써서 諸將들을 要處에 나누어 주둔시키며 적들의 허점을 노리는 전술을 취하였다. 이에 적들은 興元府의 中梁山에서 10일 정도 머물다 어느 날 하루아침에 퇴각하였다.

오개의 직속병력은 5만이 채 되지 않았다. 오개는 전투가 있을 때마다 가마에 타고 지휘하며 북을 두드리고 음악을 연주하게 했다. 어떠한 경우에도 두려워하는 기색이 없었으며 적의 상황을 살피는 데 아주 뛰

---

12 이것이 훗날 十三處戰功의 하나로 칭송되는 紹興 3년(1133) 2월의 饒風關(饒風嶺) 전투이다. 이 전투의 정황에 대해 『宋史』 권366, 「吳玠傳」에서는, "遂大戰饒風嶺. 金人被重鎧 登山仰攻. 一人先登則二人擁後 先者旣死 後者代攻. 玠軍弓弩亂發 大石摧壓 如是者六晝夜 死者山積而敵不退. 募敢死者 人千銀 得士五千 將夾攻. 會玠小校有得罪奔金者 導以祖溪間路 出關背 乘高以瞰饒風. 諸軍不支 遂潰 玠退保西縣"이라 기록하고 있다. 이 전투 이후 饒風嶺은 결국 金側의 수중에 들어가 한때 金軍이 漢中으로의 진입에 성공하였으나, 전투 과정에서 너무도 심대한 타격을 받아 더 이상 진격하지 못하고 철군하게 되었던 것이다. 전투는 사실상 吳玠側의 승리였던 것이고, 이 때문에 宋人들이 中興 以來 최대의 戰功 13處 가운데 하나로 꼽는 것이다.

어났다. 將卒들을 잘 격려하되 물러서는 자는 반드시 주살하였다. 또 信賞必罰을 확실히 하였기 때문에 싸울 때마다 이기지 않은 적이 없었다.

撒離喝과 四太子는 분함을 참고 있다가 한참 후 수십만의 군대과 河北, 河東 일대의 군량을 결집시켜서 사천 지방의 점령을 결의하였다. 元帥로부터 시작하여 모든 사람들이 가족을 이끌고 전쟁에 나섰다.[13] 또 劉豫의 심복으로 하여금 전투에 유리하도록 사천 일대에 대해 초무하게 하였다. 이밖에 諸路의 簽軍을 소집하여 寶鷄縣에 집결시켰는데 그 행렬이 수백 리나 이어졌다.

金軍은 鐵山으로부터 仙人關까지 절벽을 깎아 길을 닦으며 진공해왔다. 그리고 높은 고갯마루에 寨柵을 건설하고, 그곳으로부터 내려다보면서 고갯길을 따라 동쪽으로 내려와 宋軍을 곧바로 공격하였다. 오개는 이에 맞서 만 명의 군대를 그 앞에 배치하였다. 당시 오개의 아우인 吳璘은 七方關에 주둔하고 있었는데 金軍이 침공하자, 휘하의 병사들을 이끌고 화급히 달려와 원조하였다. 四太子는 이를 전해듣고 副將으로 하여금 萬戶의 추장과 군사들을 이끌고 가서 오개군에 대해 더욱 거세게 공격하게 하였다. 金軍은 한편으로 宋側의 殺金平[14]을 공격하면서 그 砦壘에 맞서 구슬을 이은 것처럼 수십 개의 砦樓를 주욱 건설하였다. 또 金軍이 오개의 진영 앞에 도달하여 砲 수십 문을 늘어세우고 공격하자, 오개는 營內의 군사들로 하여금 神臂弓[15]을 발사하고 대포를 쏘며

---

13 당시 金軍은 기필코 四川을 점령하여 그곳에 가족들과 함께 정착한다는 의지를 표출하고 있었다. 이에 대해 『中興小紀』에서는, "是役也 金自元帥以下 皆令攜孥而來. (…中略…) 期不徒還"(권16, 高宗 紹興 4년 3월 辛亥)이라 기록하고 있다.

14 吳玠가 仙人關의 우측에 새로이 쌓은 營壘이다. 『宋史紀事本末』에서는 殺金平 건설의 전후 사정에 대해, "先是 璘守和尙原 餽餉不繼 玠慮金人必復深入 且其地去蜀遠 乃命璘別營壘於仙人關右之地 名曰殺金平 移兵守之"(권69, 「吳玠兄弟保蜀」)라 적고 있다.

맞서게 했다. 이러한 宋軍의 응전으로 무수한 적들이 죽어갔다. 한편 統制官 田晟은 군대를 이끌고 깊숙히 적을 추격하였다. 적들은 또 신참 군사 만여 명을 동원하여 송 진영의 왼쪽으로 공격해 왔다. 오개는 이에 군대를 나누어 맞서 싸우게 해서 격퇴시켰다. 적들은 다시 신참 군사들을 증파하여 洞子와 雲梯[16]를 이용하여 곧바로 성벽 위로 병사들을 투입시키려 하였다. 오개는 이에 맞서 포를 쏘아 洞子를 부수고 또 장대를 이용해 雲梯를 넘어뜨리게 했다. 그러자 적들은 宋側의 높은 망루를 깨트리기 위해 별도로 大孛菫으로 하여금 정예병 만여 명을 이끌고 성을 타고 올라 공격하게 했다. 오개는 統制官인 楊政으로 하여금 長槍과 陌刀[17]를 갖춘 부대를 이끌고 적 진영 깊숙히 들어가 本隊와 단절시켜 버리게 하였다. 金軍은 또 두 孛菫을 보내 정예병 3만을 이끌고 두 갈래로 나누어 寨柵을 협공하게 했다. 이에 대해서는 吳璘이 左右의 적에 맞서 혈전을 거듭하며 적을 죽여 넘어뜨렸다. 결국 협공하던 적군은 퇴각하였다.

이후 撒離喝은 말을 타고가다 내려 오랫동안 사방을 둘러보더니만, '우리가 승리할 수 있다'고 말하였다. 다음날 撒離喝은 전군에 명령을 내려 총력을 다해 공격하게 했다. 오개 진영의 서쪽에는 망루가 하나 있었는데 적의 공격을 받아 새벽부터 정오 무렵까지 매우 위태로웠다. 그 망루에는 統領인 姚仲만이 남아 있었다. 전투가 한창 무르익어갈 무렵

---

15 北宋 熙寧 연간에 개발되었다고 하는 신형 병기. 자세한 것은 본서 3책, 327쪽의 주 9를 참조.

16 攻城 用具. 洞子란 宋代에 들어 새로이 개발된 것으로서 가죽 부대에 병사를 담아 성벽 위로 올리는 것이었다. 『宋史』에서는, "先是 攻城者以牛革冒木上 士卒蒙之而進 謂之洞子"(권260, 「李漢瓊傳」)라 전하고 있다. 雲梯(긴 사다리)는 先秦時代 이래 이미 존재했다.

17 보병이 사용하는 긴 칼.

그 망루가 옆으로 기울어지자, 姚仲은 비단으로 비끌어 매어 다시 원래대로 만들었다. 적들이 이번에는 망루의 기둥에 불을 지르자 姚仲은 술주전자로 불을 껐다. 적들은 이어 동쪽 고개 아래로 神臂弓을 배치하여 공격해 왔다. 오개 또한 이에 대해 神臂弓 500개를 배치하여 맞서 발사하게 했다.

이러한 전투 끝에 적들이 물러가자, 오개는 즉시 王萬年과 劉鈐轄, 王武 등으로 하여금 分紫軍과 白旗軍을 거느리고 가서 공격하게 했다. 적들은 무너져 도망갔다. 저녁이 되자 오개는 다시 다섯 장수들을 파견하여 번갈아 적의 본거를 습격하게 했다. 이러한 공격이 주야로 수십 차례 계속되자 적은 지쳐 버렸으며 사상자가 수만 명에 달하게 되었다. 결국 적들은 밤중을 이용하여 달아났다. 이 전투에서 宋軍은 千戶와 萬戶의 重兵 만여 명을 죽였으며 수천 점의 金鼓와 기치, 창, 牌 등을 노획하였다.

이후 左統制인 張彦은 적의 橫川砦를 야습하여 1,000여 명을 참수하고 將領 20여 명을 생포하였다. 또 오개는 河池에 統制인 王俊을 파견하여 매복하고 있다가 적들의 퇴로를 습격하게 한바, 백여 명을 포로로 잡았으며 천여 명을 참수하였고 무수한 말과 기치 등을 노획하였다.[18]

전투가 끝난 후 오개는 군대를 추스려 곧바로 和尙原으로 갔다. 고종은 이러한 전승의 소식을 듣고 매우 기뻐하며 자신의 戰袍와 병기 등을 하사하였다. 또 친필의 서한을 보내 이렇게 말했다.

"길이 멀어 卿의 등을 두드려 위로해주지 못하는 것이 한스럽도다."

오개는 평소 권위적이지 않았다. 宣撫副使에 임명되고 나서도 마찬

18 이것이 바로 紹興 4년(1134) 2월에 있었던 仙人關의 전투이다. 이 역시 훗날 宋人들이 꼽는 이른바 十三處戰功의 하나에 들어간다.

가지로 여러 형식을 간소하게 하기는 마찬가지였다. 그는 항상 뒷짐을 지고 걸어나가 군사들과 서서 얘기하기를 좋아했다. 이를 보고 幕客 하나가 말했다.

"지금 大敵이 멀지 않은 곳에 있습니다. 자객이 없으란 보장이 없습니다. 만일이라도 좋지 못한 일이 생기면, 위로는 조정이 부여한 소임을 저버리는 것이고 또 아래로는 軍民들의 바램을 무너뜨리는 것이 됩니다."

오개가 대답하였다.

"진실로 그대의 말이 맞다. 하지만 내 생각은 좀 다르다. 조정이 나의 능력을 사서 宣撫副使로 삼았다. 그러니 나는 軍民들에게 억울함이 없는가 잘 살펴보아야만 한다. 혹시라도 그들이 억울한 사정이 있는데도 위병들에 의해 가로막혀 내가 있는 처소까지 오지 못할 수도 있지 않은가? 내가 자주 바깥으로 나오는 것은 그 때문이다."

幕客은 이 말에 탄복하였다.

紹興 5년(1135) 봄 오개는 天水軍 방면으로 奇兵을 출동시켜 秦州를 점령하였다. 오개는 金人들과 대치하여 交戰하기를 10년여, 金軍 내부의 曲折이라든가 그 部領들의 장단점에 이르기까지 소상히 파악하고 있어서 항상 일당백의 공적을 올렸다. 다만 먼 곳까지 군량을 보급하느라 백성들이 힘들어 할 것을 염려하여 기회 있을 때마다 官員의 수효를 줄이고 경비를 절감하는 데 노력하였다. 또 屯田의 경영에도 진력하여 매해 수십만 석의 소출을 올려 군량을 보완하게 하였다. 나아가 戍兵들을 차출하여 洋州 일대를 지키게 하였으며, 興元府 褒城縣의 버려진 수리시설을 개수하여 民田에 관개함으로써 수만 명의 농민들을 復業시켰다. 조정에서는 이러한 업적을 매우 가상히 여겼다.

오개는 士卒들을 잘 慰撫하며 늘 그 어려움을 같이 하였다. 軍政을 행할 때에는 예외없이 추상같은 엄형에 처하였으므로 모두 死力을 다해 싸웠다. 하지만 功賞의 등급을 정할 때에는 단연코 公論에 의거하며 사사로운 청탁에 전연 구애되지 아니했다. 또 늘 史書들을 읽으며 본받을 부분이 있으면 곧바로 적어 좌우에 두었다가 매일 읽고 또 베껴쓰기를 거듭하였다. 그의 用兵은 孫子와 吳子에 근본을 두었으나 상황에 따라 적절히 변용을 가했다. 후일 공이 높아지고 지위 또한 顯貴해졌으나 그 거처와 생활은 검약하기 이를 데 없었다. 자신의 가진 것을 덜어 사졸들에게 나누어 줄 때에도 조금도 인색함이 없었다. 그가 죽었을 때 남긴 재산이라고는 거처하던 집뿐이었다.[19]

오개의 사후 川陝宣撫使인 胡世將이 吳璘과 함께 軍中에 있게 되었다. 어느 날 胡世將은 吳璘에게 오개가 어떤 방식으로 전쟁을 치루었느냐고 물었다. 이에 대해 오린은 다음과 같이 대답했다.

"저는 先兄과 함께 어릴 때부터 함께 수 없이 전투를 치루었습니다. 처음 西夏와 싸울 때 先兄은 불과 한 번의 접전으로 승부를 결정지어 버렸습니다. 그러나 金人을 대할 때는 달랐습니다. 승리해도 추격하지 아니하고 져도 무너져 패퇴하지 않았습니다. 언제나 물러나 군대를 정돈하며 진격과 퇴각을 거듭하였습니다. 그렇게 인내하며 지구전을 펼쳤기 때문에 전투가 벌어질 때마다 며칠 동안이고 승부가 결정되지 않았습니다. 이러한 用兵 방식은 자고로 일찍이 없었던 것입니다. 그 승리를 거두는 방식은 先兄

---

19 吳玠는 高宗 紹興 9년(1139) 戰場인 仙人關에서 47세의 나이로 死去한다. 『宋史』 권366, 「吳玠傳」 참조. 만년의 吳玠는 女色을 탐닉하고 丹藥을 즐겨 먹다 그것이 화근이 되어 무장으로서는 비교적 이른 나이에 作故했던 것이다. 이에 대해 『宋史』에서는, "晩節頗多嗜欲 使人漁色於成都 喜餌丹石 故得咯血疾以死"(권366, 「吳玠傳」)라 적고 있다.

과 더불어 오랫동안 같이 지낸 사람이 아니라면 모두 알기 힘들 것입니다. 하지만 요체는 하나입니다. 우리의 장점을 쓰고 단점은 버리는 것입니다. 무릇 金人들이 쓰는 활과 화살은 中國것 만큼 강하지 못합니다. 반면 中國의 士卒들은 金人들 만큼 堅忍하지 못합니다. 따라서 우리의 長技를 발휘하기 위해, 士卒들에게 갑옷을 입혀 金人들로부터 수백 보 떨어진 지점에서 싸우게 했던 것입니다. 이렇게 저들이 다가오는 것을 막으며 그 형편을 보아 불시에 銳卒을 출동시키는, 지루한 지구전 방식을 썼습니다. 그리하여 金人들이 지니고 있는 堅忍의 기세를 꺾고 종국에는 승리를 거둘 수 있었습니다. 그밖에 두 진영이 대치하고 있을 때 승기를 포착하여 진격하는 것이라든지, 神默과 같은 변화, 그 심중에 있었던 미묘한 전술의 운용 등에 이르러서는, 저 역시 할 말이 없습니다."

吳璘

金人들은 富平 전투[20]의 여세를 몰아 섬서 일대를 모두 점령하였다. 이로 인해 남송의 四川 또한 매우 위태로워졌다. 吳玠와 오린은 흩어진 병사들을 다시 불러모아 和尙原으로 가서 진을 쳤다. 그리고 병사들을 훈련시키고 군량을 비축하여 적들의 진격에 대비하였다.

紹興 元年(1131) 남송의 외로운 군대(孤軍)가 和尙原 위에 진을 치고 있

20 建炎 4년(1130) 9월 張浚 주도하에 수십만 대군을 동원하여 대거 金을 향해 진격하였다가 富平에서 대패한 전투를 일컫는다.

었고 조정으로부터의 지원도 끊겨 군량도 거의 떨어져 가고 있었다. 병사들의 가족들도 왕왕 적에게 사로잡히는 바람에 군대의 전투 의지가 땅에 떨어져, 심지어 오개 형제를 압박하여 북으로 金에게 항복하도록 하자는 음모까지 생길 정도였다. 어느 날 밤 幕僚인 陳遠猷가 오개와 오린이 있는 곳에 들어와 이러한 정황을 전했다. 오개는 급히 諸將 등을 불러모아 忠義의 도리로 격려한 다음 희생물의 피를 나눠 마시며 맹세를 다졌다. 이에 諸將들은 感泣하였다.

이후 오개의 군대는 和尙原으로 진격해오는 적장 沒立의 군대를 격파하였다. 沒立은 烏魯 孛菫으로 하여금 階州와 成州[21]로부터 大散關 쪽을 경유하여 和尙原으로 진격하게 하였다. 沒立 자신은 箭筈關 쪽을 공격하며, 和尙原을 양쪽에서 협공하는 태세를 취하였다. 오린은 이에 맞서 분전하여 적장 兀盧를 베고 그 승세를 타고 진격하였다. 그러자 烏魯 孛菫의 군대는 모두 퇴각하고 말았으며 沒立 역시 이들과 합류하지 못하고 마침내 퇴각하였다.

당시 오개는 弱卒을 거느리고 강력한 金軍의 군대와 맞서느라 軍政을 매우 엄정히 하고 있었다. 卒伍들이 逃散할 경우 왕왕 전부대를 모두 주살하는 경우도 있었다. 이에 반해 오린은 군사들을 어루만지기를 마치 가족을 대하듯 따뜻하게 하면서 오개를 보조하였다. 이로 말미암아 士卒들은 감히 오개의 엄한 軍法을 범하지 아니하면서도 오린의 따뜻한 보살핌을 잘 따랐고, 그리하여 전투가 벌어질 때마다 승리하지 아니한 적이 없었다.

---

21 원문은 '階城'으로 되어 있으나, 『宋史』 권366, 「吳玠傳」 및 『三朝北盟會編』 권196 등에 의거하여 '階州와 成州'로 정정하였다.

兀朮은 거듭된 패배에 분함을 참지 못하고, 군대 10만을 동원해 기필코 和尙原을 점령한 다음 四川 일대로 진격하고자 했다. 金軍은 寶鷄縣으로부터 남쪽으로 30리에 걸쳐 寨柵을 건설하며 진격해 왔다. 이에 대해 吳玠는 진영을 가다듬고 기다리다가 오린으로 하여금 맞서 싸우게 했다. 오린은 수 일 동안 强弓과 쇠뇌의 군대를 거느리고 金軍의 진격을 막아세우는 한편 기병을 이끌고 그 측면을 습격하여 군량 보급선을 절단시켰다. 金軍은 어쩔 수 없이 진격을 중단하였다. 또 적들이 밤에 밥을 짓느라 불을 피우면, 오린은 정병을 선발하여 그 불빛이 나는 곳으로 화살을 쏘게 하였으므로 적들은 밥조차 제대로 짓지 못했다. 또 金軍들이 石城을 쌓아 방어에 나서면 위로부터 그 성을 내려다보며 화살을 쏘았다. 金軍은 결국 가만히 앉아 패배를 당할 것이라 생각하고 결사적으로 공격해 왔다. 兀朮도 직접 전쟁에 나섰으며 오린 또한 마찬가지로 직접 將卒들을 격려하였다. 金軍은 30여 개의 진영으로 나뉘어 번갈아 나서며 공격해 왔다. 오린은 홀로 그 공격에 맞서며 金軍이 공격해 오는 즉시 격퇴해 냈다. 金軍은 상당한 타격을 받았으나 여전히 진영을 갖추며 神坌谿로 향하였다. 그런데 이곳에 미리 매복하고 있던 宋軍이 갑자기 들이닥치자 마침내 크게 무너졌다. 오린은 직접 수백 명을 죽였으며 萬戶의 추장인 羊哥孛董 및 기타의 首領 300여 명을 생포하였다. 兀朮 자신도 흐르는 화살 두 개나 맞았다. 오린이 노획한 갑옷 및 병장기는 수만 점이나 되었다.[22]

오린과 오개는 오랑캐들이 대패하여 뜻을 이루지 못했기 때문에 반드시 재차 大軍을 일으켜 공격해 올 것이라 판단하고, 仙人關 옆에 미리

22 이것이 바로 紹興 元年(1131) 10월에 있었던 和尙原의 전투이다.

성채를 하나 건설하여 '殺金平'이라 불렀다. 과연 얼마 후 兀朮과 撒離喝 등은 10여만에 달하는 대병력을 동원하여 공격하며, '仙人關을 깨트리고 나서 사천 지역을 점령한다'고 호언하였다.[23] 金軍은 30리에 걸쳐 단절됨이 없이 寨柵을 주욱 건설하며 仙人關으로 육박해 왔다.

이에 앞서 오린은 階州에 주둔하고 있으면서 오개에게 서신을 보내 다음과 같이 말한 바 있었다.

"殺金平의 지리는 仙人關으로부터도 멀리 떨어져 있을뿐더러 그 앞에 여러 지형지물이 많아 방어에 용이하지 않습니다. 第二의 성채를 건설하고 殺金平과 연결시킨 다음 이들 성채에 의거하여 죽기를 각오하고 싸우면 가히 승리를 거둘 수 있을 것입니다."

金軍이 공격해 오자 오린은 즉시 仙人關으로 달려가 오개의 군대와 합류하여 적들과 대치하였다. 오개와 오린은 第二의 성채에 대한 방어 설비에 전력을 기울여 그 성벽 위로 포를 늘여세우고 또 돌덩이들을 산처럼 쌓아 두고 있었다. 오린은 諸將들을 소집하여 말했다.

"지금 金人들이 온 국력을 기울여 침공해 왔다. 지금이야말로 정녕 우리가 국가에 보답할 수 있는 때이다."

이어 비장하게 칼로 땅에 선을 그은 다음 선언하였다.

"우리는 이곳에서 죽는다. 물러나는 자는 참수하겠다."

이 말에 諸將들은 모두 두려워하였다.

드디어 적들이 공격을 개시하여 전투가 시작되었다. 적들은 동서의 두 진영으로 나누어 공격해 왔다. 동쪽으로는 四太子[24] 등이 나섰고 서

---

23 紹興 4년(1134) 2월 仙人關의 전투 당시 金軍의 십여만 대군에 맞선 吳玠・吳璘의 병력은 만여 명에 불과하였다(『宋史』 권366, 「吳玠傳」).

24 兀朮, 즉 完顔宗弼(?~1148)을 가리킨다. 본서 4책, 104쪽의 주 9 참조.

쪽으로는 韓將軍[25] 등이 포진하고 있었다. 그들은 강하게 압박하면서 동서의 양 진영이 서로 상응하며 지구전을 펼쳤다. 그러면서 宋軍의 기력을 쇠진케 한다는 전략이었다. 오린은 동서 두 방향에 대해 번갈아 왔다갔다 하며 어느 쪽이든 급해질 때마다 달려가 지원하였다. 전투가 계속되어 저녁 무렵이 되자 적군은 태반이 殺傷되었으되 기세가 수그러듦 없이 강한 공격을 계속하였다. 宋軍은 오랜 대응에 지쳐 마침내 第二의 성채를 적에게 내주고 말았다. 그러자 軍中에서는 나약한 소리들이 터져 나와, 퇴각한 다음 다른 要害處를 택하여 수비에 임해야 한다는 의견이 제시되었다. 이에 오린이 분연히 말했다.

"전투가 한창 계속되고 있는데 물러난다는 것은 싸우지도 않고 달아나는 것과 마찬가지이다. 또한 내 판단하건대 저들 오랑캐는 앞으로 얼마 버티지 못하고 물러날 것이다."

오린은 밤을 이용하여 오개에게 새 기치 및 戰鼓의 지원을 요청하였다. 날이 밝자 새 기치로 軍陣의 분위기가 일변하였고 북소리가 골짜기를 가득 메우며 울려나갔다. 이를 보고 將卒들은 저절로 사기가 올라가 死力을 다해 분전하게 되었다. 적들이 성채를 향해 공격해 오자, 군사들은 갑옷을 단단히 차려입고 쇠 갈고리로 성벽을 타고 올라오는 적군들을 나꿔채 올렸다. 宋軍의 戰具 사용은 신출귀몰하였다. 오린은 전투를 독려하며 兵卒들로 하여금 死力을 다하게 하였다. 병사들은 갈고리로 적군의 양 겨드랑이를 꿰어 차례차례 걷어올렸다. 이렇게 백여 차례 접전이 계속되자 金軍側의 攻城 병사들은 거의 남아나지 않게 되었다. 결국 金軍은 퇴각하여 壁陽에서 주둔하다가 밤 사이 달아나 버렸다. 宋軍

25 燕京人으로 이 무렵 四太子 兀朮을 따라 남송을 공격하는 데 선봉 역할을 했던 韓常을 가리킨다.

이 이 전투에서 베거나 사로잡은 적군의 숫자는 이루 헤아릴 수도 없을 정도였다. 金軍은 이후 다시는 사천 지방을 넘보지 못했다.

紹興 9년(1139) 6월 오개가 죽자 조정에서는 簽樞[26] 樓炤를 파견하였다. 그는 陝西에 도착하여 諸將들을 소집하고는, 군대를 섬서의 동부로 옮겨 주둔시키려는 방침을 전달하였다. 그러자 오린이 나서서 그 불가함을 지적하며 말했다.

"오랑캐들은 신뢰감이 없어 멋대로 말을 바꾸기 때문에 언제 變亂을 일으킬지 모릅니다. 그런데 지금 군대를 섬서 동부로 옮기게 되면 사천의 입구가 비게 됩니다. 만일 오랑캐들이 南山으로부터 사천을 공략한 이후 섬서 동부에 있는 우리 군대에게 향하게 되면 우리는 싸워보지도 못하고 무너져 버릴 것입니다. 마땅히 지금처럼 산악지형에 의거하여 주둔함으로써 要害處를 선점하고 있어야만 합니다. 그러다가 오랑캐들의 정세를 보아가며 그들이 쇠미해지면 그때 진격해가야 합니다."

그리하여 섬서의 秦州에는 소부대 세 개만 진주시키기로 하고, 階州 등의 山寨에 명령하여 방비를 엄중히 하라고 지시하였다.

紹興 10년(1140) 兀朮은 撻懶 등을 주살[27]하고 나서, 여름이 되자 과연 撒離喝을 시켜 곧바로 鳳翔府로부터 石壁砦 방향으로 공략하게 하였다.[28] 金軍의 공격으로 말미암아 섬서 동부에 주둔하고 있던 宋軍은 모두 무너져 버렸고, 오직 오린만이 전력을 유지한 채 사천의 입구를 막게 되었다. 川陝宣撫使인 胡世將[29]은 서둘러 諸將들을 불러모으고 대책을

---

26 樞密院의 次官인 簽書樞密院事의 簡稱.

27 紹興 9년(1139, 金 熙宗 天眷 2) 가을 金 내부의 정변으로 宗幹·兀朮 일파에 의해 宗磐·撻懶 등이 모반의 罪名으로 처형된 것을 가리킨다.

28 紹興 10년(1140) 5월의 일이다. 『宋史紀事本末』 권69, 「吳玠兄弟保蜀」 참조.

협의하였다. 諸將들은 모두,

"오랑캐들이 우리가 무방비 상태인 것을 노려 공격해 왔습니다. 더욱이 여러 곳에 나누어 주둔 중인 우리 측의 군대는 아직 규합되지도 않은 상태입니다. 우선 靑野原으로 물러나서 일시 저들의 공세를 피해야만 합니다"라고 말했다.

오린은 조금 늦게 도착했다가 그 말을 듣고 놀라서 말했다.

"누가 이런 말을 했습니까? 참수해야만 할 것입니다. 지금 오랑캐들이 우리를 가볍게 보고 공격하는 것은 先兄인 吳玠 장군이 죽었다는 소식을 들었기 때문입니다. 또 저들은 우리가 무방비 상태라고 판단하고 있습니다. 그런데 우리가 여기서 조금 물러선다면 그대로 적들의 계략에 맞아 떨어져버리는 것입니다. 청컨대 제가 적들을 막아세우는 소임을 맡겠습니다."

胡世將은 그 말을 받아들여 오린과 함께 金側에 서신을 보내 신뢰를 저버린 것을 꾸짖었다. 오린은 그날로 즉시 휘하의 군대를 거느리고 鳳翔府를 향해 떠났다. 그리고 諸將들을 나누어 파견하여 姚仲 등으로 하여금 石壁에서 折合을 격파하게 하였고, 李永琪와 向起 등으로 하여금 扶風에서 鶻眼 및 張太師를 격파하게 하였다. 金軍은 남은 군대를 추스려 扶風城으로 들어갔지만 이 역시 함락시켰다. 이렇게 오린의 군대는 연전연승을 거두었고 折合은 가까스로 목숨만 건져 퇴각하였다.

이후 오린은 대군을 大蟲嶺에 주둔시켰는데 그 진영은 엄정하기 그지 없었다. 보병과 기병이 서로 어우러져 가히 웅장한 기상을 보였다. 撒離喝은 上西平原에서 오린의 진영을 살펴보고 말했다.

---

29 胡世將은 紹興 9년(1139) 7월 吳玠의 후임으로 부임하였다(위와 같음).

"훌륭한 장수는 不敗의 지점을 택하여 陣을 편다. 저토록 엄정한 진영과 어떻게 대적할 수 있겠는가?"

결국 撒離喝은 사천입구로의 공략을 포기하고 北向하여 철수하고 말았다.

朝廷에서 군대를 동원하여 淮水 너머로 진격하기로 했다. 宣撫使인 胡世將에게도 지시가 내려와 적절한 시점을 택하여 金을 공격하라 하였다.[30] 胡世將은 공격에 대한 전권을 오린에게 부여하였고, 오린은 명을 받고 秦州와 隴西 방면으로 출격하게 되었다. 오린이 출정에 앞서 宣撫使 호세장을 찾아뵙자, 호세장은 어떠한 방략을 쓸 것인지 물었다. 오린이 대답하였다.

"저는 三陣의 戰法으로서 오랑캐들을 깨트릴 작정입니다."

하지만 아무도 그가 말하는 바를 몰랐다.

당시 金軍의 通軍 胡盞과 習不祝은 5만의 군대를 거느리고 劉圈에 진을 치고 있었는데, 胡盞은 전투에 능하고 習不祝은 계략에 밝았다. 胡盞과 習不祝은 모두 金側에서 군사에 밝기로 정평이 있는 인물들이었다. 그들은 險要處를 택하여 앞으로는 峻嶺이 있고 뒤로는 臘家城이 받치고 있는 곳에 주둔하면서, 宋軍이 감히 쉽게 공략하지 못할 것이라 호언하고 있었다. 오린은 그러한 사정을 잘 탐지한 연후에 곧바로 그들에게 통지하여, '내일 결전을 벌이자'고 말했다. 金側에서는 그 말을 듣고 비웃었다.

그날 밤 오린은 諸軍을 동원하여 입에 하무를 물리고 渭水를 건너게 한 다음 적들의 진영에 도착하면 횃불을 밝히게 하였다. 얼마 후 金軍

---

30 紹興 11년(1141) 9월의 일이다. 『宋史紀事本末』 권69, 「吳玠兄弟保蜀」 참조.

진영 안팎으로 수많은 횃불들이 일제히 밝혀졌다. 불의의 습격을 받은 오랑캐들은 놀라 전투 준비를 서둘렀으나 이미 宋軍은 진영을 갖추고 총력으로 공격하는 상태였다. 金軍의 장수 하나가 말 채찍으로 땅을 치며, '우리가 졌다'고 소리쳤다는 얘기가 들려왔다.

오린은, 習不祝의 경우 지략이 있어서 그에게 전투를 건다면 동태를 살피며 쉽사리 움직이려 하지 않을 것이지만, 胡盞은 자신의 武勇을 믿고 대뜸 덤빌 것이라 판단하였다. 오린이 군대를 보내 胡盞을 꼬이자 과연 그는 전력을 다해 응전해왔다. 이렇게 엇갈리며 접전을 벌이기를 수십 차례, 적들이 宋側의 三陣 가까이 육박해 와서 전세가 급박해졌다. 그러자 어느 장수인가 다음과 같이 말했다.

"오랑캐들이 높은 곳으로부터 아래 쪽으로 공격해 오기 때문에 우리의 입지가 불리하다. 조금 뒤로 물러나 평지로 적들을 이끌어 내야 우리가 승리를 거둘 수 있다."

이에 오린이 질책하여 말했다.

"그러기 위해서는 우리가 퇴각하여야 하는데, 그렇게 되면 오랑캐들이 승세를 타고 밀어붙일 것이다. 오랑캐들은 이제 거의 무너지기 직전이다. 겁내지 말아라."

오린은 말을 버려두고 가벼운 옷차림으로 갈아입은 다음, 진두에 서서 군대를 지휘하며 三陣으로 하여금 死力을 다해 싸우도록 독려하였다. 과연 얼마 후 오린의 말대로 오랑캐들은 힘이 쇠진하여 무너져 달아났다.

그 무렵 섬서의 동부 지역은 오랫동안 金의 치하에 있어서, 오린이 진격하였다는 말을 듣고 關中과 三秦[31]의 父老들은 宋軍이 하루라도 빨리 도착

31 陜西 일대를 가리킨다.

하기를 애타게 기다렸다. 심지어 金軍의 潰卒들을 사로잡아 끌고 오기까지 하였다. 오린도 공략을 서둘러서 대군을 거느리고 臘家城을 포위하여 거의 함락 직전의 상태가 되었다. 주변의 지역들도 차례차례 항복해 왔다. 하지만 그 즈음 講和가 체결[32]되어 퇴각하라는 조령이 하달되었다.

胡世將은 오린의 승첩을 듣고 기뻐하며 말했다.

"실로 말 그대로 이루었도다."

오린은 河池縣에서 군대를 훈련시키며 새로운 陣法 하나를 개발해냈다. 전투가 있을 때마다 長槍의 병사들을 맨 앞에 늘어 세우고 그들로 하여금 앉아서 일어서지 못하도록 하며, 다음으로는 最强弓을 배치하고 그 다음으로는 强弓을 배치하여 모두 반 쯤 무릎을 꿇고 있게 하며, 그 뒤로는 神臂弓을 배치하였다. 그리고 적들이 백 보 이내로 육박해오면 먼저 神臂弓을 발사하고, 70보 이내로 접근하면 强弓을 함께 발사하게 했다. 나머지의 長槍이라든가 最强弓 등도 이러한 순서로 싸우게 하는 진용이었다. 이들 三陣의 전면에는 騎兵의 접근을 차단하기 위해 쇠갈고리를 이어 만든 戰具를 설치하였으며, 각 진영의 병사들이 부상당하면 즉각 교체할 수 있도록 하였다. 교체시에는 戰鼓를 울리는 것으로 신호를 삼았다. 이밖에 騎兵이 좌우 양날개와 같이 따르면서 앞을 가로막고 엄호하였다가 진영이 완성되면 뒤로 물러났다. 오린은 이러한 진영을 '疊陣'이라 불렀다. 諸將 가운데는, '이렇게 되면 군대가 섬멸되어 버릴 것이다'라고 의심을 품는 자도 있었다. 오린이 대답했다.

"이것은 옛날의 束伍令이라는 것이다. 軍法에 있으되 諸君들이 모르고

---

32 紹興 11년(1141) 11월 남송과 금 사이에 체결된 제2차 紹興和議를 가리킨다.

있는 것일 따름이다. 기병대를 제압하는 데 이보다 나은 것이 없다. 戰士들의 마음이 안정되어 기병에 맞서서도 흩어지지 않고 충분히 버틸 수 있는 것이다. 적들이 비록 강하다 하나 이 진영에는 당해낼 수 없을 것이다."

오린이 行在로 와서 고종을 알현하게 되었을 때,[33] 고종은 적에게 승리를 거둘 수 있었던 방법이 무엇이었느냐고 물었다. 오린이 대답하였다.

"먼저 弱者를 앞세우고 그 뒤에 强者를 따르게 하는 것입니다."

丁丑日, 宰執들이 오린의 功과 포상의 내용을 상주하였다. 고종은 오린이 대답하였던 말을 상기시키며 말했다.

"오린이야말로 참으로 훌륭한 用兵家이다. 오린의 말은 바로 孫臏이 말했던 세 수레(三駟)의 경기 방식[34] 그대로이다. 하나를 져주면서 둘을 이기는 것이로다."

오린은 金軍들이 장차 침략해 올 거라 판단하고 그 대비에 만전을 기하였다. 金軍은 과연 盟約을 어기고 남침해왔다. 海陵王 자신은 淮水를 건너 남하하는 한편 대장 合喜를 西元帥라 부르며 大散關 방향으로 공략하게 하였다.[35] 또 合喜의 별동대는 黃牛堡를 공격하고 있어서 羽檄[36]이 답지하고 있었다. 당시 오린은 병으로 인해 在告[37]의 상태였으나, 宣撫使

---

33 高宗 紹興 12년(1142) 6월의 일이다. 熊克, 『中興小紀』 권30 紹興 12년 6월 乙亥 참조.

34 『史記』 권65, 「孫子吳起列傳」에 나오는 일화. 上中下 3등의 말이 경주할 때 자신의 下等馬를 상대방의 上等馬와 경주하게 하고, 자신의 上等馬는 상대방의 中等馬와, 자신의 中等馬는 상대방에 下等馬와 경주하게 하는 방식을 말한다.

35 紹興 31년(1161) 9월부터 시작된 海陵王의 남침은 西路軍・中路軍・東路軍・海路軍의 네 갈래로 편성되어 있었다. 이 가운데 西路軍은 徒單合喜를 元帥로 하는 5,000여 騎兵으로 편성되어 있었다. 西路軍이 鳳翔府로부터 大散關 방향으로 공략을 시작하는 것은 紹興 31년(1161) 9월의 일이었다. 『中興小紀』 권40, 紹興 31년 9월 庚午 참조.

36 非常을 알리는 檄文. 통상 木簡에 깃털을 끼움으로써 火急을 표시하였다.

에 임명[38]되자 즉시 肩輿를 타고 길을 나서서 牙校 몇 사람만을 대동하고 곧바로 靑野原으로 갔다. 얼마 후 선발대가 정탐을 나갔다가 되돌아 왔다. 이에 오린이 장졸들에게 말했다.

"오랑캐의 군대는 營內의 수비병들을 끌어모은 것일 뿐이다. 두려워할 것 없다."

오린은 주변 지역의 군대를 소집한 다음 길을 나누어 진격시켰다. 출격하는 諸將들에게는 직접 공략의 방책을 지시하였는 바, 그들은 이르는 곳마다 모두 승리를 거두었다. 宋軍은 秦州를 점령하고 金의 지주 蕭濟를 사로잡아 그 屬僚들과 함께 오린에게로 끌고 왔다. 오린은 그들을 앞으로 오게 해 식사를 차려주며 宋朝의 德義를 설명하고 아울러 죽이지 않을테니 걱정하지 말라고 일렀다. 그들은 감격하여 모두 눈물을 흘렸다. 이 소식을 전해듣고 아직 함락되지 않은 나머지 성들은 다투어 귀순해 왔다. 이렇게 해서 隴州와 洮州・蘭州를 수복하고 金側의 蘭州 知州인 安遠大將軍 溫敦烏也 및 蘭州의 守將인 明威將軍 元顏宗臣 등 8인을 사로잡았다.[39]

---

37 官員이 休暇를 얻어 歸覲 중에 있는 것.

38 吳璘이 四川宣撫使에 除授되는 것은 紹興 31년(1161) 5월의 일이다. 이에 대해 『宋史紀事本末』에서는, "三十一年五月乙未 以吳璘爲四川宣撫使 王剛中同處置軍事. 時聞金主亮將敗盟 故命璘爲之備"(권69, 「吳玠兄弟保蜀」)라 기록하고 있다.

39 당시 蘭州의 刺史 溫敦烏也는 생포된 것이 아니라 휘하 副將의 擧兵으로 살해되었다. 이에 대해 『宋史』에서는, "己亥 蘭州漢軍千戶王宏 殺其刺史溫敦烏也來降"(권32, 「高宗紀」 9, 紹興 31년 9월)이라 기록하고 있다. 이렇듯 吳璘을 중심으로 한 宋軍의 반격으로 紹興 32년(1132) 상반기까지 南宋은 永安軍・原州・德順軍・環州・會州・熙州・商州・虢州 등 17개 州軍을 점령하기에 이른다. 秦鳳路의 거의 전역과 永興軍路의 절반 정도를 수복하였던 것이다. 하지만 紹興 32년(1162) 5월 孝宗이 즉위한 이래 陝西 일대에 대한 포기정책이 추진되었고, 이 방침에 따라 紹興 32년(1162) 12월 吳璘의 군대는 철수하는 도중 金軍의 역습을 받아 참담한 패배를 당한다. 이에 대해 『宋史』 권131, 「王之望傳」에서는, "先是敵帥合喜寇鳳州之黃牛堡 吳璘擊走之 遂取秦州 連復商 陝 原 環等十七郡. 敵以璘精兵皆在德順 力功之. 時陳康伯秉政 方議罷德順戍 虞允文爲宣諭使 力爭不從 上以手札命璘退師. 之望既代允文宣諭使 贊璘命諸將棄德順 倉卒引退. 敵乘其後 精兵三萬 還者僅七千人 將校所存無幾 連營慟哭 聲震原野. 上聞而悔之"라 전하고 있다.

권10

范如圭

진회가 和議를 강력히 주장하여 金側의 사자가 빈번히 왕래하였는데, 朝廷이 중흥된지 얼마되지 않아 마땅히 숙박시킬 곳이 었었기 때문에 임시로 秘書省을 비우고 그곳에 기거하게 하였다. 이를 보고 범여규가 서둘러 재상인 趙鼎에게 말했다.

"秘府는 謨訓이 소장된 곳[1]이라서 평소에는 우호적인 사자일지라도 숙박시키지 않았습니다. 하물며 지금 더럽고 냄새나는 원수의 오랑캐들을 기거하게 해서야 되겠습니까?"

趙鼎은 이 말을 듣고 즉시 金國 사자들의 거처를 바꾸게 했다.

얼마 후 金國 사자들이 하는 말들이 거만하기 짝이 없어 대부분 들어

1 秘附는 秘書省. 謨訓은 謨(君臣이 國事를 모의한 내용을 기록한 것)와 訓(帝王의 訓誨).

줄 수 없는 내용들이었고, 이로 인해 朝野에서는 모두 분함을 이기지 못하였다. 범여규 및 秘書省의 동료 官員들 10여 명은 의견을 모아 상주문을 올려 和議에 반대하기로 하였다. 하지만 상주문의 초안이 만들어지자 두려워 물러서는 자가 대부분이었다. 범여규는 혼자서 상주문을 올려 진회의 和議를 비판하면서, 그가 잘못된 판단으로 조정을 호도하고 또 국가를 욕보인 원수를 잊고 있다고 질책하였다. 또 진회를 지적하여 이렇게 말했다.

"公은 미쳤거나 정신이 나간 것 아니오? 그렇지 않다면 어찌 이와같은 일을 할 수 있단 말이오? 만일 지금이라도 마음을 고쳐먹지 않으면 훗날 萬世토록 악명이 남을 것이오."

진회는 이로 인해 크게 노여워했다.

오랑캐들이 河南을 돌려주어 朝廷을 시험하였는데 진회는 이를 자신의 功이라 자랑하고 있었다.[2] 범여규가 말했다.

"河南의 땅을 우리에게 돌려준 것이 어찌 오래갈 수 있겠는가? 하지만 지금 반드시 하지 않으면 안 되는 일이 있다."

그는 즉시 고종을 알현하고 아뢰었다.

"東京 및 西京 일대가 우리에게 돌아왔습니다. 그런즉 先帝들의 陵寢에 사신을 파견하여 神靈들을 위로하고 더불어 이를 통해 民心을 선무해야 할 것입니다."

고종은 눈물을 줄줄 흘리며 말했다.

"卿이 아니었으면 중대한 실수를 할 뻔하였소이다."

---

2 紹興 8년(1138) 12월 紹興 제1차和議의 타결에 따라 金이 河南과 陝西 일대를 南宋에게 반환한 것을 가리킨다.

그리고 즉시 命을 내려 使者를 파견하였다.[3] 진회는 먼저 자신에게 고하지 않았다는 이유로 범여규에 대해 더욱 노여워하게 되었다.

당시 宗藩[4]은 많이 세워졌으나 太子의 자리는 아직 확정되지 않은 상태였다. 그리하여 세간에 여러 말들이 나돌았다. 범여규는 비록 지방관[5]으로 멀리 있었지만 그런 상태를 깊이 우려하고 있었다. 그래서 至和 年間(1054~1056)으로부터 嘉祐 年間(1056~1063)에 이르는 시기 名臣들의 章奏 36편을 묶어 하나의 책으로 만든 다음 밀봉하여 高宗에게 올리며 말했다.

"원컨대 폐하께서는 여러 말들을 신중히 판단하시고 아울러 臣이 올린 이 책을 정독하신 연후에 公道에 의거하여 분명한 결정을 내리시기 바랍니다. 그리한다면 天下에 심히 다행스러운 일이 될 것입니다."

범여규의 이러한 상주에 대해 혹자는 越職이므로 장차 처벌이 내려질지도 모른다고 우려하였으나 그는 돌아보지 않았다. 고종은 그의 상주문을 받고 감탄하며 輔臣들에게 말했다.

"범여규가 가히 天子를 사랑하는도다."

그리고 마침내 陳康伯을 불러 논의하여 太子를 정하였다.[6]

---

3 祖宗의 陵寢에 대한 脩奉使의 파견에 대해서는 본서 4책, 23·24쪽 참조.

4 황제에 의해 分封된 宗室의 諸侯, 즉 宗室에게 王號를 부여하는 것.

5 당시(紹興 30년 2월) 范如圭는 利州路提點刑獄公事로 재직 중이었다. 이에 대해서는 『朱熹集』 권89, 「直秘閣贈朝議大夫范公神道碑」를 참조.

6 高宗 紹興 30년(1160) 2월의 일이다. 『朱熹集』 권89, 「直秘閣贈朝議大夫范公神道碑」 및 『宋史』 권33, 「孝宗紀」 1, 紹興 30년 2월 참조.

권11

向子諲

宣和 年間(1119~1125) 軍糧이 부족하여 諸州의 군대들이 대부분 變亂을 일으키려 하고 있었다.[1] 휘종이 이러한 상황에 대해 매우 우려하자 상자인이 上言하였다.

"淮南 地方의 경우 매년 양세액이 130만 石인 데 반해 上供額은 150만 석이나 됩니다. 그 밖에도 上供하는 金帛이 또 150만이나 되며 茶鹽의

1 북송 말 남송 초의 시점은 송대를 통해 각종 叛亂이 가장 빈발하던 시기였다. 군대의 반란인 兵變의 경우 虞雲國의 통계에 의하면, 海上之盟이 체결된 徽宗 末年으로부터 紹興和議가 확정된 1141년까지의 20여 년 동안 대략 200여 차례의 사례가 확인된다고 한다(「從海上之盟到紹興和議期間的兵變」, 『宋史硏究論文集』, 上海古籍出版社, 1982 참조). 이러한 정황에 대해 孫覿과 같은 이는 "環四海爲沸鼎"(『鴻慶居士集』 권35, 「宋故從事郎涂府君墓誌銘」)이라고 말하고 있으며, 남송 후기의 인물인 葉適은 "自宣和失馭 天下安土樂業之民 皆化爲盜賊 更起滅千萬計"(『葉適集』 권22, 「故知廣州敷文閣待制薛公墓誌銘」)라 말하고 있을 정도이다.

전매 이익은 모두 榷貨務로 들어갑니다. 各州軍에 兵食이 부족한 것은 바로 이러한 구조 때문입니다. 또 삼가 臣이 듣건대 應奉司의 소요경비도 각 지방에서 부담하는 것으로 되어 있습니다."[2]

상자인의 말이 채 끝나지 않았는데, 휘종이 말했다.

"應奉司는 轉運使의 재정을 침해하지 못하도록 하고 있소이다."

"地方의 郡縣에서는 다만 명령을 이행하려고만 할 뿐 어찌 폐하께서 社稷에 대해 깊이 우려하고 계심을 알겠습니까? 또 朱勔의 父子兄弟는 應奉局을 빌미로 하여, 심지어 큰 돌맹이 하나를 움직이는 데 선박 800여 척의 비용을 끌어다 쓸 정도로 作奸하고 있습니다. 또 花石綱 한 번의 綱運에 미곡 수천 石, 즉 錢 수천 緡을 쓰고 있으니, 官軍에 대한 보급이 그로 인해 심대한 타격을 받고 있는 실정입니다. 바로 이러한 일들 때문에 군대 내에 원망하는 소리가 높습니다."

휘종이 다시 말했다.

"王黼와 함께 논의해서 卿에게 감찰의 임무를 맡겨보도록 하겠소."

이에 상자인이 대답하였다.

"능력이 없는 미천한 臣에게 이렇듯 중대한 업무를 맡겨주시니 죽어도 여한이 없겠습니다."

"朕이 이들 무리가 하는 대로 놔두며 凡事를 그대로 들어주었기 때문

2 여기에 나오는 應奉司는 應奉局의 오류이다. 徽宗은 崇寧 4년(1105) 11월 蘇杭應奉局을 설치하고 朱勔으로 하여금 주관하게 한 다음 이를 통해 花石綱을 총괄하게 하였다. 당시 朱勔은 花石綱을 빌미로, "勔勢焰薰灼 衺人穢夫候門奴事 自直秘閣至殿學士如欲可得 不附者旋踵罷去 時謂東南小朝廷"(『宋史紀事本末』 권50, 「花石綱之役」)이라 할 정도로 恣橫하였다. 결국 이 花石綱 및 應奉局은 方臘의 亂에 있어 주요한 요인이 되어, 宣和 3년(1121) 正月 양자 공히 폐지되고 朱勔 父子 및 그 일족도 모두 파면되기에 이른다. 하지만 方臘의 亂이 진압된 직후인 宣和 3년 윤5월 다시 應奉司란 명칭의 기구가 설치되어 花石綱을 관할하게 된다.

에 이런 일이 생겼소이다."

휘종은 즉시 御筆로 詔令을 내려, 상자인에게 應奉과 花石綱에 대한 업무의 감찰을 위임하여, 御前으로부터 外路에 이르기까지 규정에 어긋난 것을 모두 밝히도록 하였다. 상자인은 즉시 관할 부서로 가서 일체를 철저히 독찰하였던 까닭에 朱勔도 더 이상 농간을 부릴 수 없었다. 이렇게 하여 매해 40만 緡을 절감하였다.

동료 관원이 州縣의 지방재정 가운데 1할을 비축하여 비상 국면에 대비하자고 청원하여 상자인은 동의하였다. 얼마 후 그 비축분이 수만 緡에 달하자, 應奉司에서 그것을 잉여분이라고 말하며 은밀히 그 속료를 보내 30만 緡을 바치라 요구하였다. 상자인이 말했다.

"올해 징수하는 양세는 내년의 지출에 대기 위한 것이다. 내년의 비용은 40여만 緡이 필요한데 올해의 양세 수납분은 그것에 맞추기에도 부족하다. 그런데 어떻게 여유가 있단 말이냐?"

상자인이 이러한 내용을 조목조목 정리하여 上奏하자, 王黼는 마침내 요구를 철회하였다.[3]

상자인이 淮南荊湖制置發運副使에 임명되어 京城의 외부에서 업무를 수행하게 되었다.[4] 당시 京城은 金軍의 침입으로 급박한 국면에 처해 있었는데, 殿帥[5]인 范瓊은 군대를 보내 淸野策을 쓴다는 구실로 닥치는 대로 약탈을 자행하고 있었다. 상자인은 수십 인을 살륙한 증거를 확보

---

3 宣和 3년(1121) 윤5월에 復置된 應奉司는, 이전의 應奉局과는 달리 朱勔 父子가 아니라 王黼에 의해 관할되었다. 陳均, 『九朝編年備要』 권29, 宣和 3년 윤5월 참조.

4 欽宗 靖康 元年(1126) 末葉의 일이다. 이에 대해서는 胡宏, 『胡宏集』 「尙侍郎行狀」을 참조.

5 殿前司都指揮使의 簡稱.

하여 상주한바, 조정으로부터 재량에 따른 처결권을 부여받았다. 또 이어 조정으로부터 동방 및 남방 양 방향의 원군을 재촉하라는 지시를 받아, 胡直孺와 張叔夜의 군대로 하여금 京城을 향해 진격하게 하였다. 黎陽驛에 도착하자 상자인은 胡直孺에게 먼저 雍丘縣 방면으로 가라고 하였다. 그 후 黃河를 수비하던 潰將을 만나 앞으로 공을 세워 이전의 잘못을 씻도록 하라고 권면하고, 동방의 선봉 부대는 雍丘縣에서 이미 金軍을 격파하였다고 짐짓 말하며 사기를 북돋웠다. 그는 宿州에 이르러 宋良嗣와 權黔轄의 부대를 이끌고 金軍에 맞서 싸웠다. 이로 인해 金軍은 江淮 一帶로 침공하지 못하였다. 이곳에서 그는 江淮 一帶에 있던 潰兵들을 모두 불러모아 10만에 달하는 군대를 조직한 다음, 이를 南京에 있는 朱勝非 및 范訥에게 보내 京師를 원조하게 하였다. 그는 이어 각 지방의 안정을 도모하기 위해 장정들을 모집하여 치안을 유지하게 했고, 또 京師 및 大元帥府[6]의 동정을 東南 八路에 전함으로써 민심을 선무하였다.

그 후 조정에서는 밀지를 보내 監司와 郡守들에게 勤王兵의 모집을 지시하였다. 이에 상자인은 군대를 모집하는 한편 휘하 屬僚를 파견하여 財貨 10만민을 군량 비용으로 元帥府에게 전달하였다. 이어 그는 元帥에게 청하여 군대를 曹州와 濟州 방향으로 이동시킨 다음 각 지방의 군대와 연합하여 함께 京師로 진격할 것을 청하였다. 그 얼마 후 조정으로부터 詔令이 내려와 모든 근왕부대에게 가벼이 움직이지 말라는 지시가 하달되었다. 모두들 그 조령에 대해 의심스러워하면서도 앞으로 나아가지 못하고 있을 때, 상자인만은 副將 金汝翼을 파견하여 鹿邑을

6 欽宗에 의해 河北兵馬大元帥로 임명된 康王 趙構의 관아. 靖康 元年(1126) 12월 相州에서 최초로 開府하였다.

거쳐 太康으로 진격하게 하였다. 金汝翼은 金軍을 만나 분전하였으나 결국 사로잡히고 말았다.

그 무렵 金은 각 방향으로 사람을 파견하여 李綱·吳敏·蔡靖·宗澤·徐處仁 및 蔡京·王黼·王安中 등의 家屬들을 잡아갔다. 상자인은 그렇게 파견된 이들을 붙잡아 심문한 끝에야 비로소 京城이 함락된 사실, 두 황제가 북으로 끌렸간 것, 그리고 張邦昌이 帝位를 僭濫하였던 것 등을 알 수 있었다.

張邦昌이 廬州로 사람을 파견하여 편지를 지니고 자신의 집에 문안하도록 한 바, 상자인은 廬州에 통지하여 구금하도록 하였다. 또 장방창이 南京尹에게 서신을 보냈다. 南京尹은 장방창의 친척이었다. 이때 누군가 상자인에게 권하여 南京尹을 잡아가두고 직접 南京尹이 되라고 하였다. 이에 대해 상자인이 말했다.

"지금 艱難의 국면에 처해 있다. 먼저 삼가며 법도를 지키는 일에 진력해야 한다."

이후 장방창이 사람을 보내 상자인에게 군사를 총괄하라고 지시하자, 그는 이 사실을 大元帥府에 보고하였다. 또 그는 아들인 向澹을 다시 大元帥府에 보내 말했다.

"지금 천하에 天子가 없어 인심이 皇惑해 하고 있습니다. 大王께서는 모름지기 國事와 軍政을 총람하시어, 친히 분노한 근왕병들을 거느리고 諸將들을 지휘하시기 바랍니다. 그리하여 북으로 황하를 건너 간사한 오랑캐들을 토벌한 다음 두 황제를 구해내셔야만 합니다. 만일 지금의 기회를 잃어버린다면 이리저리 틈을 엿보는 무리들이 안팎으로 연결짓게 되어 쉽사리 제거하지 못하게 될 것입니다."

상자인이 知潭州로 있을 때 金이 대거 남침하여 豫章(南昌)을 함락시키고 長沙의 영내로 밀려들었다.[7] 상자인은 將卒들을 召募하여 만여 명의 군대를 조직한 다음 수비에 임하였다. 이를 보고 或者는, '烏合之卒로써 오랑캐들의 기세를 막아낼 수 없다. 어찌 피하지 않는가?'라고 말했다. 이에 대해 상자인이 대답했다.

"조정에서 나한테 이 지방을 맡겼는데 버리고 도망가는 것은 의롭지 못한 일이다."

金軍은 성으로 육박해 와서 상자인에게 투항을 권유하는 檄文을 보내왔다. 그는 金側에 檄書를 보내 질책하고 나서, 누각 위에 올라 城內의 軍民들과 함께 守城을 맹세하고 이어 의리로써 忠義를 격려하였다. 將卒들은 힘을 합하여 적과 맞서 싸웠다. 피아간에 거의 비슷하게 사상자가 생겼으나 외부로부터의 원군은 오지 않았다. 이렇게 싸우기를 8일, 外城이 함락되자 상자인은 軍民들을 이끌고 子城으로 옮겨가 이틀 동안 시가전을 벌였다. 그러다 金軍의 防柵을 무너뜨리고 성문을 탈출하여 湘水를 건넌 다음 그 서쪽에 진을 쳤다. 軍民들도 모두 따라나선 상태였다. 상자인은 軍民들을 忠義로써 분발시켰기 때문에 누구 한 사람 적에게 항복하지 않았다. 金軍은 이 때문에 감히 城 바깥으로 나와 약탈을 하지 못하다 나흘 만에 도망가 버렸다. 그 후 상자인은 다시 성에 들어가 金軍에 협조했던 자들을 懲治하고 良民들은 선무하였다. 그리고 나서 조정에 상주문을 올려 스스로 服罪한 바, 조정의 신료들 가운데 그를 좋지 않게 여기는 무리들이 항전 실패의 책임을 물어 파직시켰다.

---

7 高宗 建炎 3년(1129) 12월의 일이다. 『宋史』 권25, 「高宗紀」 2 참조.

僞齊가 침략하여 왔다.[8] 당시 劉光世가 合肥에 주둔하고 있었고 상자인은 江東轉運使의 직위에 있었다. 그런데 적들이 淮水를 건너자, 劉光世는 군량 부족을 핑계로 퇴각하려 했다. 더욱이 高宗의 車駕는 平江府(蘇州)에 머물고 있는 상태라서 그 소식을 접하고 朝野가 술렁거렸다. 조정에서는 즉시 상자인에게 조령을 내려 劉光世軍의 퇴각을 저지하라고 지시하였다. 상자인이 주야로 길을 재촉하여 太平州에 이르러 보니, 유광세 군대는 하물을 싣고 長江을 덮다시피 하며 퇴각하는 중이었다. 상자인은 급거 廬州(合肥)로 향하였다. 유광세는 이미 군대를 이끌고 東門 바깥으로 廬州를 빠져나간 후였다. 상자인는 즉시 廬州에 입성하여 여러 장부들을 검토하고, 현재 남아 있는 錢穀 및 廬州로의 운반 도중에 있는 물자의 수량을 조정에 보고하였다. 그리고 大義로써 유광세를 책망하니, 유광세는 마음을 바꾸어 철수를 중지하고 劉麟의 군대에 대적하였다.[9] 결국 劉麟의 군대는 패주하였다.

---

8 高宗 紹興 6년(1136) 10월의 일이다. 『宋史』 권377, 「向子諲傳」 참조.

9 劉光世軍의 퇴각 철회에 결정적인 영향을 미쳤던 것은, 당시 宰相이자 都督諸路軍馬의 지위에 있었던 張浚의 활동이었다. 이에 대해서는 본서 3책, 184쪽 참조.

向子忞

조정에서 張浚을 파견하여 군대를 이끌고 북으로 金을 정벌하게 하였다.[10] 張浚은 먼저 두 大將을 보내 靈壁과 虹縣, 그리고 符離의 세 城을 점령하게 하였다. 하지만 두 장군이 지휘를 그르쳐 군대가 大潰하고 말았다. 張浚은 淮水를 건너 직접 군대가 있는 곳으로 가려 하였지만 그 사이 패전의 보고가 도착하였다. 이로 인해 朝野가 흉흉해졌으며 幕府 역시 동요되었다. 하지만 상자민만은 隨軍轉運副使로 從軍하고 있었는데 태연히 아무 두려운 기색이 없었다.

呂丞相이 상자민에게 서신을 보내 眞州의 知州로 부임하게 하였다.[11] 그런데 당시 眞州에는 范瓊의 潰將인 郭吉이 州治를 장악하고 멋대로 관리를 구금하는 등 橫行하고 있었으며 이에 대해 어느 누구도 제지하지 못하는 상태였다. 상자민은 배를 타고 城에 도착한 다음, 먼저 先聖들을 배알하고 돌아와 黃堂[12]에 앉아 太守로서의 집무를 시작하였다. 郭吉은 그 기세에 위축되어 버렸다. 이렇게 업무를 처리하여 한 달을 넘기자 上下의 관리들도 제자리를 잡아갔다. 郭吉은 상자민이 부임한 이래 움츠러들어 감히 恣橫을 하지 못했다. 그런데 얼마 후 眞州의 府庫가 충실해지자

---

10 孝宗 隆興 元年(1163) 5월에 있었던 이른바 '符離之師'를 말한다. 符離之師의 顚末에 대해서는 본서 3책, 330~336쪽 참조.

11 高宗 建炎 3년(1129)의 일이다. 당시 呂頤浩는 江淮兩浙制置使로 있었는데 평소 주목하고 있던 向子忞을 불러 직접 眞州知州로 임명하였던 것이다. 이에 대해 王庭珪의 『盧溪文集』 권47, 「故左奉直大夫直秘閣向公行狀」에서는, "卽以便宜委公攝眞州事"라 적고 있다.

12 知州나 太守의 청사.

이를 보고 장차 상자민에게 불리할 것이라 여기고, 民間에서는 도망가 숨는 자까지 생겼다.[13] 어느 날 郭吉이 그 부하들을 이끌고 州廳으로 들이닥쳤다. 상자민은 堂上에 앉아 있다 그를 보고 말했다.

"너는 예전에 오랑캐들을 향해 욕하다 죽었던 사람을 모르느냐? 바로 나의 형이다.[14] 내 진실로 죽음을 두려워하지 않는도다. 너는 장수가 되어서 도적들을 막기는커녕 어찌 감히 太守를 죽이겠다 대드는 것이냐?"

상자민은 좌우를 돌아보고 그들이 차고 있던 칼을 뽑아 郭吉에게 주었다. 郭吉은 의기를 잃어버리고 목놓아 울면서 사죄하였다. 그리고 流亡한 군대들을 招集함으로써 죄를 갚겠다고 청하였다.

靖康 元年(1126) 金軍이 다시 京師를 침공하여 이듬 해에 大亂이 발생하였다. 상자민은 이에 陳州로 내려갔다.

建炎 2년(1128), 金軍이 陳州와 蔡州를 침공하였다. 그런데 이에 앞서 상자민의 형인 忠毅公은 知蔡州로 재직할 당시 많은 功德을 쌓아, 蔡州의 백성들은 조정에 한 번 더 유임시켜 달라고 청하였다. 하지만 조정에서는 이미 다른 사람을 蔡州 知州로 除授하였던 까닭에 忠毅公을 인접한 陳州의 知州로 임명하였다. 그 후 金軍이 陳州를 포위하자 忠毅公은 죽음으로써 지킬 것을 맹세하고, 먼저 상자민을 京師에 보내 留守인 宗澤에게 구원을 요청하였다. 하지만 宗澤에게는 군대를 보낼 뜻이 없었고 이를 본 상자민은 급히 되돌아왔지만 그 사이 陳州城은 함락되어 버

13 이 부분의 原文은 "及見府庫充滿 將不利於公 民間有竄伏者"이다. 이 부분에는 상당한 脫漏가 있는 것으로 보인다. 李幼武가 「向子忞篇」을 편찬할 때 의거했을 것이라 여겨지는 王庭珪의 『盧溪文集』 권47, 「故左奉直大夫直秘閣向公行狀」에서는, "郭吉者 初畏公威 而不敢逞. 至是見府庫藏充盈 輒萌異意 郡人咸知之 竄入他邑"이라 적고 있다.

14 向子忞의 兄인 忠毅公의 殉節에 대해서는 다음 항목을 참조.

렸다. 忠毅公은 오랑캐들에게 욕을 하며 굽히지 않다가 다른 세 명의 동생들과 함께 죽었다. 상자민과 그 소생의 1남 1녀는 은밀히 형제들의 유해를 수습하여 장사 지낸 다음, 骨肉들 가운데 살아남은 이들을 찾아 함께 南渡하였다.

상자민은 이전에 荊湖北路 提點刑獄으로 근무한 적이 있는데, 湖北人들은 그때를 회고하며 城의 동쪽에 있는 青草寺에 사당을 짓고 그의 초상화를 그려 모시고 있었다. 그런데 그가 다시 湖北으로 가게 되었다는 소식이 전해지자 姦吏들 가운데 화급히 사직하는 자가 수십 명이나 되었다.[15]

湖北의 營田은 그 이전까지 백성들에게 抑配하여 民間에 원성이 자자하였다. 심지어 그로 인해 파산하여 종내 상환하지 못하는 사람들이 날마다 상자민의 행차시 길을 가로막고 하소연하다시피 하였다. 상자민은 營田의 운영상황을 면밀히 살펴본 후 개선해야 할 부분을 시급히 조치시키고 동시에 일체의 抑配를 모두 금지하였다. 이에 원근 각지의 백성들이 심히 기뻐했다. 당시 岳飛가 武勝과 定國 兩鎭의 節度使로서 營田大使를 겸하고 있어[16] 감히 그의 뜻을 거스르는 자가 없었다. 그런데 岳飛 또한 상자민의 조치를 보고 기뻐하며 훌륭하다고 칭찬하였다. 상자민은 部局의 僚屬들을 거느리고 나갈 때마다 앞에 큰 榜文을 내걸고, '오랫동안 억울한 사정이 있는데 州縣에서 처리해주지 않는 것이 있

---

15 向子忞이 두 번째로 荊湖北路提點刑獄으로 근무하다 罷職되는 것은 高宗 紹興 10년(1140) 6월의 일이다. 이에 대해서는, 『建炎以來繫年要錄』 권136, 紹興 10년 6월 참조.

16 宋朝는 高宗 紹興 6년(1136) 2월, 諸路의 宣撫制置大使로 하여금 營田大使를 겸직시키고 宣撫副使와 招討安撫使로 하여금 營田使를 겸직시켰다. 이에 대해서는, 『宋史』 권28, 「高宗紀」 5, 紹興 6년 2월 참조.

으면 이 아래에 오도록 하라'고 말했다. 이로 인해 수년 동안 쌓여 있던 억울한 獄案들이 모두 해결될 수 있었다.

張浚이 상자민을 衡州의 知州로 천거하였다.[17] 당시 衡州 일대에는 큰 가뭄이 들어 미곡이 1石에 1만 5,000錢을 넘기고 있었다. 상자민은 즉시 인근 각처의 풍년을 거둔 지역으로 사람을 파견하여 돈을 가지고 가서 미곡을 매집해 오도록 하였다. 그리고 매입 本錢과 왕복 교통비 등을 감안하여 가격을 정한 다음 큰 길거리에 내다 팔았다. 가격은 1升에 20錢으로 정하였다.[18] 그러자 주린 백성들이 저렴한 가격에 미곡을 입수할 수 있게 되었다. 이로 인해 목숨을 건진 자가 이루 헤아릴 수도 없을 지경이었다.

이후 상자민이 宮祠의 직으로 나가게 되자,[19] 衡州의 士民들은 매일같이 무리지어 提刑司의 북을 두드려 대며 그의 유임을 호소하였다. 이 때문에 提刑司의 북은 파열되어 버렸다. 提刑使는 견디다 못해 夜半에 배를 타고 出巡한다며 피해버렸다. 상자민이 길을 떠나는 날이 되자 온 성안의 사람들이 나와 길을 가로막으며 통곡하였다. 그 울음소리가 몇 리 바깥에까지 울릴 지경이었다. 이러한 일은 근래 일찍이 들어보지 못했던 것이었다.

상자민은 평소 인물에 대해 논평하기를 좋아하였다. 그의 논평은 아

17 高宗 紹興 5년(1135)의 일이다. 이에 대해서는, 王庭珪, 『盧溪文集』 권47, 「故左奉直大夫直秘閣向公行狀」을 참고.

18 원문은 60錢으로 되어 있으나, 王庭珪의 『盧溪文集』 권47, 「故左奉直大夫直秘閣向公行狀」에 의거하여 정정하였다.

19 宮祠는 宮觀職. 向子忞이 知衡州職에서 罷職되는 것은 紹興 6년(1136) 正月의 일이다(王庭珪, 『盧溪文集』 권47, 「故左奉直大夫直秘閣向公行狀」 참조).

무 거리낌이 없어 듣는 사람이 매우 두려워할 정도였으나 후일이 되면 종내 그의 말대로 되었다. 언젠가는 胡文定公(胡安國)과 더불어 當世의 文士들에 대해 얘기를 나누다, 文定公이 靖康 年間의 일[20]을 들며 秦檜를 매우 칭찬한 적이 있었다. 이에 대해 상자민이 말했다.

"秦檜와 함께 사로잡혀 오랑캐의 군대에 끌려갔던 사람들 가운데 살아 돌아온 사람이 없습니다. 그런데 진회만이 몇 년 후 아내와 함께 배를 타고 돌아왔습니다. 大姦이 없었다면 어떻게 이러할 수 있었겠소이까?"

文定公이 死去한 후 진회의 간사함은 날로 심해져 갔다. 어느 날 文定公의 아들인 明仲(胡寅)이 상자민과 함께 있다가 이전의 대화를 상기하며 말했다.

"옛날 先君子를 모시다가 公이 진회의 간사함을 미리 내다보며 말씀하시는 것을 들었습니다. 그때는 公처럼 생각하는 사람이 하나 둘 정도에 불과했습니다."

胡寅은 상자민의 遠識에 깊이 탄복하였다.

---

20 靖康 2년(1127) 金이 개봉을 함락시키고 欽宗을 폐위시킨 후 張邦昌을 후임 皇帝로 옹립시키려 할 때, 이에 대해 秦檜가 서명을 거부하며 격렬히 저항했던 것을 말한다. 당시 秦檜는 趙氏 宗室의 옹립을 주장하며, '張邦昌은 徽宗 在位時 權姦들에 黨附하며 國政을 어지럽힌 장본인이다. 社稷의 傾危는 실로 張邦昌에서 비롯되었다'고 힐난하였다. 이로 인해 金人들의 노여움을 사서 北으로 끌려갔던 것이다. 이에 대해서는, 『宋史』 권75, 「叛臣傳 上」 「張邦昌傳」을 참조.

陳規

진규가 安陸의 知縣으로 있을 때 祝進이 德安府를 공격하여 왔다.[21] 그런데 知府인 李公濟가 달아나 버리자 父老들이 陳規에게 府의 행정을 담당해 달라고 요청하였다. 이에 진규는 安陸縣의 進士인 韓之美 및 寓居하는 인사 십여 명을 辟擧하여 屬官으로 삼았다. 그리고 弓箭手인 張立으로 하여금 民兵을 이끌고 가서 祝進을 막게 하여 물리쳤다. 이로 인해 민심이 조금 진정되었다. 이 날[22] 王在가 사람을 통해 진규에게 편지를 보내 府城의 문을 열라고 협박하였으나 진규는 아무 대답도 하지 않았다. 다음 날 아침 일찍, 王在의 선발대가 성 아래에 이르러 祝進의 군대와 합류하였다. 그 다음 날 祝進과 王在가 무리를 이끌고 성을 공격해 오자 진규는 성 밖으로 사람을 보내 불을 지르게 했다. 이 불로 佛舍와 민간의 가옥들이 모두 타서 없어졌다. 진규는 적들에 의해 장악될까 걱정했던 것이다. 王在는 砲石과 鵝車[23] 등을 이용하여 성의 동쪽으로 공격해 왔다. 진규는 누각에 올라 그에게 물었다.

---

21 建炎 元年(1127) 正月의 일이다(『建炎以來繫年要錄』 권1, 建炎 元年 正月 壬寅 참조). 安陸縣은 荊湖北路 德安府의 州治로서 오늘날의 湖北省 安陸市. 祝進과 王在는 본디 鎭海軍節度使 劉延慶의 副將들로서 金軍이 침공하여 劉延慶이 살해된 이후 群盜化한 존재들이다. 이에 대해서는, 『宋史』 권277, 「陳規傳」 참조.

22 原文은 是日. 原文에 의거하는 한 마치 祝進이 물러가던 날 바로 뒤이어 王在가 사람을 보내온 것처럼 보인다. 하지만 原文의 '이 날(是日)'은 아마도 이 항목의 原出處였던 것으로 보이는 『建炎以來繫年要錄』을 그대로 節錄하며 改變시킴 없이 부주의하게 그냥 놔둔 것이라 여겨진다. 『建炎以來繫年要錄』에서 말하는 是日이란 당연히 매 항목의 虛頭에 제시된 날짜를 가리킨다. 실제로 『建炎以來繫年要錄』에서는 祝進의 격퇴에 대해 '앞서(先是)'란 말을 써서 王在 집단의 도래와는 다른 시기의 일이었음을 분명히 밝히고 있다(『建炎以來繫年要錄』 권1, 建炎 元年 正月 壬寅).

23 功城用 병기.

"어찌하다 이렇게 되었느냐?"

王在가 대답했다.

"京城이 이미 함락되어 우리는 모두 다투어 문을 빠져나왔소. 그리고 이리로 온 것이오."

德安府의 주민들은 이 말을 듣고 모두 눈물을 흘렸다. 그때 아직 金軍들이 京師를 함락시킨 사실을 모르고 있었기 때문이다. 이에 진규가, '저것은 다 우리를 어지럽히기 위한 거짓말일 뿐이다'라고 말했다.

王在는 17일간이나 성을 포위하고 있다 물러갔다.

진규가 德安府 지부로 재직하기를 4년, 여러 차례 群盜들을 물리쳤다. 인근의 郡들은 모두 방어에 실패하여 함락되었음에 반하여 德安府만은 진규의 노력으로 인해 온전할 수 있었다. 識者들은 모두 그 유능함을 높이 칭찬하였다. 다만 엄형 정책과 무거운 조세 부과를 두고 사람들이 간혹 흠으로 여기기도 했다.[24]

진규가 말했다.

"근래 群賊들이 날로 심각해져서 德安府에서는, 金軍에게 패퇴하여 潰散한 자들에게 자수를 권유한 다음 모든 죄를 면해주고 증명서를 주어 鄕里로 돌아가도록 조치하였습니다. 府內의 捕盜 司令들에게도 함

24 本文에만 의거하는 한 마치 陳規는 德安府에 4년간 在職하였던 것으로 보인다. 하지만 이러한 本文의 서술 또한 『建炎以來繫年要錄』의 일부분을 節錄하며 아무런 改變을 가하지 아니했던 것에서 연유한 誤謬이다. 陳規가 德安府의 知府로 재직하는 것은 전후 8년간이며(『三朝北盟會編』 권139, 建炎 4년 6월 11일 참조), 建炎 元年(1127) 正月부터 建炎 4년(1130) 6월까지 한 차례 임기를 마친 후 그 공적을 인정받아 재차 德安府 知府를 重任하게 된다. 본문의 項目은 重任의 이유를 설명하는 『建炎以來繫年要錄』의 記事(권34, 建炎 4년 6월 庚辰)를 그대로 節錄한 것이다.

부로 그들에 대해 위해를 가하지 말라고 엄하게 명령해 두었습니다. 이러한 조치에 따라 張世 무리 가운데 陳智 등 300여 명이 자수해 왔습니다. 삼가 바라건대 盜賊들이 있는 諸路의 州軍에서도 이러한 조치를 취하도록 하십시오."

그대로 시행하기로 하였다.[25]

진규가 德安府의 屯田과 營田에 관한 제반 조치내용을 상주하였다.[26]

中原을 金軍에게 빼앗긴 이래로 여러 重鎭들을 많이 잃었다. 다만 진규는 群盜와 여러 차례 싸워, 楊進을 비롯한 여러 도적의 무리들이 모두 감히 德安府를 범하지 못했다. 이 때문에 德安府만은 빼앗기지 않고 보존될 수 있었던 것이다.

감옥을 지키는 병졸 方壽 등이 일찍이 반란을 모의하였는데, 진규가 휘하의 僚屬들과 식사를 하고 있을 때 누군가 그 變의 발생을 고하였다. 진규는 즉시 方壽를 붙잡아, '함께 반란을 도모한 자가 얼마나 되느냐' 고 심문하니 이렇게 말했다.

"德安府內의 모든 군대 및 知府 좌우의 사람들이 모두 다 함께 했다. 오늘 저녁에 거사하기로 했었다."

진규는 方壽를 誅殺하라고 명하고 나머지는 모두 不問에 부쳤다. 이

---

25 高宗 建炎 2년(1128) 正月의 일이다. 『建炎以來繫年要錄』 권12, 建炎 2년 正月 丁亥 참조.

26 이 문장은 본 項目의 나머지 부분과 전연 상관이 없는 내용이며 오히려 다음 항목과 관련된 것이다. 이 역시 『建炎以來繫年要錄』을 節錄하는 과정에서 빚어진 현상이라 보여진다. 『建炎以來繫年要錄』에서는 본래 본 항목과 다음 항목이 동일한 날자에 함께 記述되어 있다. 맨 먼저 주요 내용을 한 문장으로 정리하여 제시한 후에 해당 날자와 관련된 사항들을 차례로 기록한 것이다. 그런데 이러한 구조를 무시하고 전체 내용을 두 부분으로 잘라 각각 독립 항목으로 배열하였던 관계로 이러한 부조화가 생겨난 것으로 보인다(『建炎以來繫年要錄』 권49, 高宗 紹興 元年 11월 丁未 참조).

로 인해 部內의 사람들 모두가 信服하였다.

진규는 德安府 관내의 官田 가운데 荒田이 많은 것을 보고 옛날의 屯田制를 모방하여, 射士[27]와 民兵으로 하여금 땅을 나누어 경작하게 하였다. 군대와 민간은 함께 경작할 수 없는 고로 각각 지역을 달리하도록 하였다. 군사들이 屯田하는 전토에는 그 지형을 검토하여 險要地에 寨柵을 세우도록 한 다음, 전투가 발생하면 그곳에 모여 방어에 임하게 하고 평상시에는 경작에 전념하게 하였다. 射士들은 반으로 나누어 그 절반만 屯田의 경작으로 돌렸다. 이를 통해 錢糧을 적지 않게 확보할 수 있었다. 官에서 牛와 종자를 지급해 주었으며 수확 후에 地租를 징수하였다. 전투가 벌어지는 긴박한 상황이 되면 屯田을 버리고 從軍토록 하였다. 民戶들의 營田에 대해서는, 水田에서는 畝當 粳米[28] 1斗를 징수하고 陸升田에서는 麥과 豆를 각각 5升씩 징수하되, 만 2년 동안 빠트리지 않고 地租를 납입할 경우 소유권을 주어 永業할 수 있도록 하였다. 또 流亡한 농민들이 귀환하면 전토를 지급해 주었다. 이러한 屯田 및 營田의 업무에 대해서는 별도로 관리 기관이나 관료를 증설하지 아니하고 기존의 營田司 및 府縣官으로 하여금 겸하여 관할하게 하였다. 이렇게 관련 조치가 완비되자 진규는 조정에 상문하였다. 조정에서는 칭찬의 詔令을 내린 다음, 이듬 해 그 法을 諸鎭에 하달하여 그대로 시행하도록 했다.

---

27 弓箭手, 즉 弓과 쇠뇌(弩)의 발사를 담당하는 군사.

28 양질의 백미. 당시 米의 등급에 粳米와 秈米의 구별이 있었다. 이와 관련하여 남송 시대의 인물인 舒璘은, "穀之中又有高下焉. 有大禾穀 有小禾穀. 大禾穀 今謂之粳稻 粒大而有芒 非膏腴之田不可種. 小禾穀 今謂之占稻 亦曰山禾稻 粒小而穀無芒 不問肥瘠皆可種. 所謂粳穀者 得米少 其價高 輸官之外 非上戶不得而食. 所謂小穀 得米多 價廉 自中產以下皆食之"(『舒文靖集』 권下, 「與陳倉論常平」)라고 말하고 있다.

孝感縣의 縣令 자리가 오랫동안 비어 있는 채였다. 진규는 인근에 있는 復州의 호숫가에 韓適이 기거하고 있다는 사실을 알고 그를 불러 縣尉에 임명하며 縣의 업무를 총괄하게 했다. 한휼은 縣城에서 10리 쯤 떨어진 곳의 강가에 도적을 막기 위한 柵壘를 쌓았다. 그런데 이후 누군가 한휼이 반란을 꾀하고 있다고 밀고하여 왔다. 진규는 한휼을 불러 말했다.

"靖康 年間의 난리 이후 이 일대의 州郡 가운데 도적으로 말미암아 유린되지 않은 곳은 이곳 德安府뿐이다. 그리고 孝感縣은 德安府의 목줄기와 같은 곳이다. 만일 내가 너를 통제하지 못한다면 어떻게 너에게 孝感縣을 맡길 수 있겠느냐? 너는 어찌하여 모반하고자 하느냐?"

한휼은 머리를 조아리며 죽기를 청했다. 진규가 다시 말했다.

"내 너를 다시 한번 믿어보겠다."

진규는 한휼을 孝感縣으로 돌려보냈다. 한휼은 돌아간지 이틀 만에 반란을 부추겼던 자들 몇 사람을 참수하여 바쳤다. 진규는 이 공로를 조정에 보고하였고, 조정에서는 한휼에게 官爵을 주었다.[29]

知順昌府로 재직할 때의 일이다. 金人들이 東京에 들어왔다는 보고를 입수하였다.[30] 당시 새로 東京留守에 임명된 劉錡가 東京으로 부임하기 위해 막 順昌府에 도착해 있었다.[31] 진규는 그 사실을 劉錡에게 알리며 말했다.

---

29 高宗 紹興 2년(1132) 5월에 있었던 일이다. 『建炎以來繫年要錄』 권54, 소흥 2년 5월 乙丑 참조. 당시 韓適에게 주어진 관직은 忠訓郎閤門祗候였다.

30 紹興 10년(1140) 5월의 일이다. 당시 金은 남송과의 사이에 일단 타결된 紹興 제1차 화의를 파기하고 남송에 대한 전면적인 남침을 시도하고 있었다.

31 紹興 10년(1140) 5월 順昌의 전투 당시 劉錡가 띠고 있었던 관직은 東京留守가 아니라 東京副留守였다. 劉錡는 紹興 10년 2월에 東京副留守로 임명되었다(『宋史』 권29, 「高宗紀」 6, 紹興 10년 2월 및 『建炎以來繫年要錄』 권134, 紹興 10년 2월 辛亥 등 참조).

"우리 順昌府에는 군대 18,000명이 있습니다. 이밖에 군대 물자의 태반은 먼 곳에 떨어져 있어 현재는 쓸 수 없는 상태입니다."

이에 유기가 진규에게 물었다.

"일이 급박하게 되었소이다. 城內에 양식만 충분하다면 그대와 협력하여 지켜낼 수 있을 것이오."

"쌀 수만 석이 있습니다."

"됐소이다."

진규 또한 유기에게 순창에 머물러 함께 수비에 임하자고 강력하게 청하였다.

이후 전투[32]가 끝나고 조정에서 진규에게 守城의 공로에 대해 상을 내리자 이렇게 말했다.

"오랑캐들이 盟約을 어겼을 때, 臣은 수 일 사이에 창망히 조치하여 대략 방어의 준비를 마쳤습니다. 그리고 유기가 將卒들을 이끌고 전투를 벌여 매번 승리를 거두었습니다. 적으로 하여금 감히 성 가까이 접근하지 못하도록 하였던 것은 모두 유기의 공입니다. 臣이 무슨 공이 있겠습니까?"

---

32 紹興 10년(1140) 5월에 있었던 劉錡 주도의 順昌 전투를 말한다. 順昌 전투에 대해서는 본서 3책, 302~311쪽 참조.

권12

趙密

金軍이 揚州를 함락시키자, 士民들이 다투어 高宗의 御駕를 따라 양자강을 건너고자 하였다. 이들 무리 수만 명은 혹시라도 강을 건너지 못할까 몹시 서두르고 있는 상태였다. 조밀은 직접 강가에 나가 선박을 지휘하며 士民들이 무사히 건너갈 수 있도록 하였다. 士民들은 손을 이마에 갖다 대며 조밀에게 고마움을 표시하였다. 그들은 조밀을 '보살님(佛子)'이라 불렀고 또 그 군대를 칭찬하기도 했다.[1]

해적 朱明이 수년 동안 福建 일대를 횡행하며 조금도 그 기세가 움츠러들지 않았다.[2] 조정에서는 官軍을 파견하였으나 오히려 그 세력은 커

1 高宗이 양자강을 건너 남하하는 것은 建炎 3년(1129) 2월의 일이다.

2 紹興 14년(1144) 4월의 일이다. 『建炎以來繫年要錄』 권151, 紹興 14년 4월 甲午 참조.

지기만 하여 그 진압을 조밀에게 맡겼다. 조밀은 副將인 張守忠에게 진압의 方略을 지시하며 이렇게 말했다.

"海道는 육상과 다르다. 강력하게 토벌하려 하다가는 얼마나 시간이 걸릴지 모른다. 토벌은 좋은 방법이 아니다. 적절히 선무하여 招撫하도록 해야만 한다."

王德

왕덕은 智謀도 많았고 담력도 있었다. 그때 流寇 張遇가 池州를 점거하고 있었는데, 劉光世가 백여 기를 이끌고 토벌하러 갔다가 오히려 張遇에게 패하고 말았다. 이에 왕덕이 군대를 이끌고 구원함으로써 유광세는 가까스로 빠져나올 수 있었다. 왕덕은 張遇를 추격하여 江州에서 격파하였다.[3] 왕덕은 대적할 자가 없을 정도로 헌걸차고 용감하였던 관계로 軍中에서는 '王夜叉'라 불렀다.

金軍이 揚州를 함락시켰다. 이로 인해 劉光世의 군대가 무너지자, 왕덕은 군사 400명을 이끌고 和州로 향해 갔다.[4] 당시 和州는 군대 5만 명을 이끌고 있는 流寇 張育에게 점거되어 있었다. 張育은 왕덕에게 서신

3 高宗 建炎 元年(1128) 11월 및 12월의 일이다. 『宋史』 권368, 「王德傳」 및 권24, 「高宗紀」 1 참조.

4 王德은 建炎 元年(1127) 이래 劉光世 군대에 배속되었다(『宋史』 권368, 「王德傳」 참조).

을 보내 자신의 휘하에 들어오라 하였으나 거절당하자 직접 군대 3,000명을 이끌고 공격해 왔다. 왕덕은 군사들을 깊은 숲의 풀밭 사이에 숨겨두고, 자신은 말을 타고 숲 사이로 오가며 張育이 오기를 기다렸다. 얼마 후 張育이 도착하자 왕덕과 동생인 王青, 그리고 王世忠은 창을 뽑아 들고 張育에게 달려들었다. 張育은 결국 말에서 떨어졌고 왕덕은 그대로 참수해 버렸다. 이후 왕덕은 張育의 副將들이 주둔하고 있는 和州城으로 서신을 보내, 투항하여 자신의 명령에 따를 것을 권유하였다. 諸將들은 모두 그 말에 따라 항복하였다. 왕덕은 和州城에 입성하여 城을 점거하고, 張育의 一家를 마치 친척처럼 대하였으며 張育의 副將들에 대해서는 옛 친구처럼 따뜻하게 보살펴 주었다. 이로 인해 人心이 왕덕에게 돌아왔다.

그런데 그 얼마 후 群賊인 張和尙이 군대 5만 명을 이끌고 和州를 공격하며 왕덕에게 서신을 보내 말했다.

"지난번 張育이 나의 일가를 살해하였다. 나는 다만 그 복수를 하고 싶을 뿐이다."

왕덕이 아랑곳하지 않고 그 말을 듣지 않자, 張和尙은 張育의 가족을 넘겨 달라고 말했다. 왕덕은 張育의 일가를 모두 참수한 다음 그 머리를 넘겨주며 張和尙에게 이제 물러가라고 권하였다. 그러자 張和尙이 말했다.

"이것은 張育의 가족들일 뿐이다. 老少를 불문하고 그의 군대를 모두 참수해야만 군대를 이끌고 떠나겠다."

왕덕은 연회를 열고 그 사실을 諸將들에게 알렸다. 諸將들은 죽기를 각오하고 싸울 것을 청하였다. 왕덕은 그 높은 사기를 이용하여 단 한 번의 공격으로 張和尙의 군대를 패퇴시켰다. 張和尙은 도망가다 鄕兵에게 죽임을 당하였고, 휘하의 무리들은 모두 왕덕에게 항복하였다. 이렇게 하여 왕덕은 10만의 대부대를 거느리게 되었다. 왕덕이 이들을 이끌고 長江을 건너 建康으로 가서 劉光世에게 보고하니 유광세는 기뻐하며 여섯 개의 부대로 재편하였고, 그 군대의 위세가 크게 떨치게 되었다.[5]

金軍이 회남을 침공하였다. 왕덕이 滁州의 桑根山에서 맞아 싸워 승리를 거두었고 이어 和州에서 싸워 또 패퇴시켰다.[6]

얼마 후 劉豫가 다시 남침하였다. 왕덕이 명을 받고 滁州의 渦口에서 싸워 승리하였으며 또 安豊縣에서 싸워 격퇴시키고 3,000級을 베었다. 劉麟 또한 군대를 이끌고 廬州에 침공하였다가 劉猊가 楊沂中에게 패배하였다는 말을 듣고 허둥지둥 달아났다. 왕덕 등이 이렇게 달아나는 劉麟을 공격하여 그 병사 수천 명을 생포하였다.[7]

劉光世가 宮祠를 청하여 兵權이 박탈되자, 왕덕을 都總管으로 삼고 呂祉에게 명하여 그 군대를 지휘하게 하였다.[8] 그런데 酈瓊과 王世忠 등이 이러한 조치에 불복하여 조정에 탄원서를 올렸고, 왕덕 또한 諸將들이 방자하고 거칠다고 상주하였다. 조정에서는 왕덕에게 명하여 휘하의 직속군을 이끌고 御營司로 들어오게 하였다. 그 후 酈瓊 등은 과연 반란을 일으켰다.[9]

---

5 高宗 建炎 3년(1129) 正月의 일이다. 『中興小紀』 권5, 建炎 3년 正月 丙申 참조. 당시 建康에 있던 劉光世의 휘하에는 거의 군사가 없다시피 한 지경이었고, 따라서 王德이 招撫해 온 군대는 劉光世軍의 군사력 확충에 결정적 계기가 되었다. 이러한 정황에 대해 『三朝北盟會編』에서는, "敵入揚州 光世兵潰走. 至建康 止有衆百餘 得統制王德兵五萬 軍復振"(권212, 紹興 12년 11월 13일)이라 기록하고 있다.

6 高宗 紹興 4년(1134) 11월의 일이다. 『宋史』 권27, 「高宗紀」 4 참조.

7 高宗 紹興 6년(1136) 10월의 일이다. 『宋史』 권28, 「高宗紀」 5 참조.

8 高宗 紹興 7년(1137) 3월의 일이다. 『宋史』 권28, 「高宗紀」 5 참조.

9 이것이 紹興 7년(1137) 8월에 발생한 이른바 '淮西의 變'이다. 이에 대해서는 본서 3

柘皐의 전투[10] 당시 金軍의 장수 邢王과 韓常 등은 鐵騎 10여만을 이끌고 두 갈래로 협공하여 진을 쳤다. 이를 보고 왕덕이 말했다.

"적의 오른쪽은 모두 勁騎이니 우리는 이쪽부터 먼저 공략해야만 한다."

왕덕은 田師中과 함께 군대를 이끌고 오른쪽 진영으로 공격해 갔다. 이로 인해 金軍의 진영이 동요되었고, 왕덕은 그 틈을 이용하여 크게 소리지르며 진격해 갔다. 諸軍은 모두 북을 두드리며 일제히 거세게 몰아붙여 대승을 거두었다.

이후 劉錡가 왕덕에게 말했다.

"내 전에 듣기를 公의 威略이 신출귀몰하다 하였는데 지금 보니 그 말이 거짓이 아닙니다그려."

劉錡는 왕덕에게 형으로서의 예를 바치겠다고 청했다.

張俊의 대군이 亳州城 아래에 도착했다. 왕덕은 宿州를 함락시킨 다음 그 승세를 타고 亳州로 북상하여 張俊과 합류하였다. 酈瓊이 이 사실을 전해듣고 葛王 褎에게 말했다.

"夜叉公이 왔습니다. 그에게는 쉽게 대적할 수 없으니 피하는 것이 좋겠습니다."

金軍은 마침내 도망가 버렸다.[11]

당시 張俊의 군대는 매우 대단한 기세를 보이고 있었는데, 군대의 計略과 강인한 전투력은 왕덕에게 의지하는 바가 컸다.[12] 왕덕 또한 먼저

책, 259・260쪽 및 4책, 32쪽 참조.

10 高宗 紹興 11년(1141) 2월에 있었던 전투이다. 『建炎以來繫年要錄』 권139, 高宗 紹興 11년 2월 丁亥 및 『三朝北盟會編』 권205, 紹興 11년 2월 18일. 原文은 拓皐로 되어 있으나 『建炎以來繫年要錄』 및 『三朝北盟會編』에 의거하여 柘皐로 정정하였다.

11 高宗 紹興 10년(1140) 6월의 일이다. 『建炎以來繫年要錄』 권136, 紹興 10년 6월 戊戌 참조.

12 王德은 紹興 8년(1138) 이래로 張俊에게 예속되어 있었다. 이에 대해 『宋史』 권127,

신중하게 전략을 짠 뒤 전투를 벌였던 까닭에 거의 패하는 적이 없었다.

兀朮이 재차 濠州를 포위하였다. 왕덕은 張俊과 楊沂中에게 권하여 급히 濠州로 가서 공격하자고 말하였으나, 張俊은 군량 부족을 핑계로 후퇴하여 黃連鎭으로 갔고 결국 濠州는 함락되어 버렸다. 이후 張俊은 은밀히 楊沂中에게 명령하여 濠州로 가서 수복하라고 하였다. 그런데 金軍이 복병 수십만을 매복시켰다가 공격하는 바람에 楊沂中은 포위되어 버렸고 御前司의 군대는 심대한 위기에 봉착했다.[13] 이때 왕덕과 田師中 등이 구원하러 가서 濠州에서 사력을 다해 전투를 벌였다. 이로 인해 楊沂中은 탈출할 수 있었고 兀朮은 결국 철군하였다. 이 공로로 말미암아 왕덕은 節度使 직위에 올랐다.[14]

張子蓋

소흥 11년(1141) 兀朮이 廬州를 함락시키고 含山縣을 침략했으며 이어 和州의 歷陽縣으로 향하였다. 당시 張俊의 諸軍은 채비는 다 되었으나 아직 출발하지 않은 상태였다. 張俊은 군사를 長江 너머로 파견하며 諸將들에게 훈시하였다.

「王德傳」에서는, "八年 命隷張俊 名其軍曰 銳勝"이라 적고 있다.

13 이때의 전투 정황에 대해 『三朝北盟會編』에서는, "令沂中往收復 大金伏兵圍之 沂中大敗"라 기록하고 있다(권219, 紹興 24년 8월).

14 高宗 紹興 11년 3월의 일이다. 『宋史』 권29, 「高宗紀」 6 참조.

"오랑캐이든 우리든 먼저 和州에 도달하는 자가 승리한다."

장자개와 王德은 북을 두드리며 기세 좋게 행군하여 지름길로 내달아 먼저 和州城으로 들어갔다. 이에 金軍은 물러나 昭關에 주둔하였다. 또 그때 마침 劉錡가 東關으로부터 군대를 이끌고 淸溪로 나와서 金軍을 측면 공격하였다. 張俊은 장자개를 파견하여 劉錡의 군대와 합류하게 한 다음 金軍과 柘皐에서 전투를 벌이게 하여 대파하였다. 이로 말미암아 군세가 드높아졌다. 이후 兀朮이 다시 濠州를 공격했으나 장자개가 周梁橋에서 또 격파하였다.[15]

金軍이 海州를 급박하게 공격하고 있었다.[16] 이에 조정에서 詔令을 내려 장자개로 하여금 가서 구원하게 하였다. 장자개는 鎭江에 이르러 군대를 정돈하고 長江을 건너 楚州에 도착하였다. 金軍은 장자개가 곧 도착할 것을 알고 물러나려 하였다. 그때 누군가 성 바깥으로 소리질렀다.

"우리는 곧 대군이 도착할 것을 알고 있다."

얼마 후 장자개가 騎兵을 이끌고 海州城에 도착하였다. 步軍은 아직 뒤미쳐 있는 상태였다. 이에 魏勝[17]이 성 바깥으로 나와 맞이한 후 함께 전투의 방향을 논의하였다.

---

15 高宗 紹興 11년(1141) 正月의 일이다. 『宋史』 권369, 「張子蓋傳」 참조.

16 紹興 32년 봄의 일이다. 『宋史』 권369, 『張子蓋傳』 참조.

17 본디 山陽(淮南 楚州)에 거주하던 일개 弓箭手로서 紹興 31년(1161) 海陵王의 남침 당시 民兵 300명을 모아 北上하여 漣水軍과 海州를 정복한 인물이다. 이후 그는 南宋 조정에 의해 權知州事로 임명되어 있었다. 이러한 사정에 대해 『宋史』에서는, "魏勝字彦威 淮陽軍 宿遷縣人. 多智勇 善騎射 應募爲弓箭手 徙居山陽. 紹興三十一年 金人將南侵 聚芻糧造器械 籍諸路民爲兵. 勝躍曰 此其時也. 聚義士三百 北渡淮 取漣水軍 宣布朝廷德意 不殺一人 漣水民翕然以聽. 遂取海州"(권368, 「魏勝傳」)라 전하고 있다.

앞서 장자개가 楚州에 이르렀을 때 淮東의 漕臣[18] 龔濤가 이렇게 말했다.

"金軍의 숫자는 우리보다 10배나 많으니 정면으로 대적하기는 어렵습니다. 우리가 虛張聲勢로 淮陽을 공격하는 체 하면 저들은 분명 구원하려 올 터이고 따라서 자연스레 海州의 포위도 풀릴 것입니다."

이에 대해 장자개가 대답했다.

"그들이 만일 淮陽을 구원하러 오지 않는다면 어떻게 합니까?"

장자개는 서둘러 떠나 漣水軍에 이른 다음 사잇길을 택해 海州로 나아갔다. 金軍은 장자개가 도착했다는 소식을 듣고 주변 지역에 있던 군대까지 끌어모아 磨行에 진을 쳤다. 장자개가 먼저 銳騎를 이끌고 앞서 나가려 하는데 諸軍이 길을 가로막으며 말했다.

"적이 가까이 있어 더 이상 진군하면 위험합니다."

장자개는 듣지 않고 전진해 갔다. 金軍은 장자개군의 깃발을 보고, 다리 두 개를 절단하고 퇴각하였다. 장자개는 밤을 이용해 다시 다리를 부설하고 진군을 계속하였다.

이튿날 石湫堰에 도착해 보니 敵 만여 騎가 하천의 동쪽에 진을 치고 있었다. 장자개는 이들과 대치하여 화살을 계속 쏘았다. 이렇게 저녁이 되자 장자개는 군대로 하여금 안장을 풀고 말들에게 꼴을 먹이며 강가에서 휴식을 취하게 했다. 적들은 감히 움직이지 못했다. 그날 한밤중, 장자개의 군대는 강에 다리를 놓고 건너가 적을 공격하였다. 새벽 무렵에는 군대를 증파하여 20리나 金軍을 추격하였다.

---

18 轉運使의 簡稱.

적군은 다시 海州 주변에 진을 쳤다. 장자개의 군대는 적군의 수효가 많은 것을 보고 감히 앞으로 나서지 못했다. 장자개가 말했다.

"저들은 많고 우리는 적으니 速戰을 벌여야만 한다. 그러면서 적들로 하여금 우리의 虛實을 알지 못하게 해야 할 것이다."

장자개는 統制 張玘 등을 파견하여 적을 공격하게 하였다. 그런데 張玘는 流矢에 맞고 말았다. 장자개가 諸將들에게 말했다.

"일이 급박해졌다. 국가의 安危가 이번 일에 달려 있다."

장자개는 팔을 휘두르고 크게 소리지르며 적진을 향해 돌진하였고 諸將들도 그 뒤를 따르며 死力을 다해 싸웠다. 결국 적들은 대패하여, 강물에 빠져 죽은 자가 절반이나 되었다. 이후 적들은 다시 전열을 정비하여 공격해 왔다. 장자개는 정예병을 이끌고 맞아 싸웠다. 이 전투에서 적들의 車馬 및 갑옷 등 만여 점을 노획하였다. 저녁 무렵 新橋의 서쪽에 도달해보니 적들이 다시 진을 치고 있었다. 적들은 宋軍의 主將이 누구냐고 물였다. 이에 張循王[19]의 조카라고 대답하니, 그들은 탄식하며 '小鐵山[20]이로구나'라고 말했다. 장자개는 다시 군대를 이끌고 진격하여 전투를 벌였다. 그리고 날이 저물 무렵이 되자 적들은 거의 섬멸되었으며 남은 무리들은 도망쳐 버렸다.[21]

---

19 張俊. 紹興 24년(1154) 69세의 나이로 사망한 후 楯王으로 追封되었다.

20 高宗 紹興 元年(1131) 5월 張俊이 流寇 李成을 진압할 때 李成集團이 명명한 별명. 이에 대해서는 『宋史』 권369, 「張俊傳」 참조.

21 이것이 훗날 宋人들에 의해 이른바 中興以來 十三處戰功의 하나로 꼽히게 되는 高宗 紹興 32년(1162) 5월의 海州 전투이다. 海州는 紹興 12년(1142)의 紹興和議 이후 金의 영역에 속해 있었으나, 紹興 31년(1161) 海陵王의 남침 및 그에 뒤이은 전투에서 南宋에 의해 수복된 지역이다. 海陵王의 남침 이후, 남송은 海州(현재의 江蘇省 連雲港市)・泗州(현재의 江蘇省 盱眙縣)・唐州(현재의 河南省 唐河縣)・鄧州(현재의 河南省 鄧州市)・陳州(현재의 河南省 淮陽縣)・蔡州(현재의 河南省 汝南縣)・許州(현재의 河南省 許昌市)・汝州(현재의 河南省 汝州市)・亳州(현재의 安徽省 亳州市)・壽州(현재의 安徽省 夢城縣) 등 10州를 수복하였으나, 그 후 계속된 전투에서

장자개가 개선하자 海州의 주민들은 모두 마중나와 손을 이마에 갖다대며 경의를 표했으며, 심지어 사당을 짓고 초상화를 그려 모시기까지 했다.

李寶

이보는 젊었을 때 무뢰배로서 義理를 좋아하였다. 그래서 鄕人들이 '건달 李三(潑李三)'이라 불렀다. 악비가 조정을 따라 南渡하자 이보는 악비의 군중에 들어갔다. 하지만 악비로부터 인정을 받지 못하자, 이보는 불만스러워하며 자신을 따르는 무리들과 함께 北으로 갈 음모를 꾸몄다. 그 일은 성사되지 못하고 들통났고 악비는 그 무리들을 모두 참수하였다. 그러자 이보가 대들며 말했다.

"北으로 가려 음모를 꾸민 것은 접니다. 나머지는 아무 책임이 없습니다."

이에 악비는 남다르다 여겨 그를 풀어주었다.

이후 이보는 山東으로 가서 그곳에서 忠義의 사람들을 모아 功을 세우고 오겠다고 청원하였다. 악비가 허락하자 과연 山東에서 800명을 모집하여 남하하였다. 악비는 이에 그를 統領軍馬로 임명하고 龔城에 주

하나씩 상실하여 최후에는 海州·泗州·唐州·鄧州의 네 개 州만 남게 된다. 마지막까지 존속된 네 개 州는 이른바 隆興和議 당시 그 귀속 문제를 둘러싸고 宋金間에 첨예한 절충의 대상이 된다. 張子蓋 주도의 海州 전투는 金의 계속적인 海州 공략에 맞서 海州를 보위해 내는 데 결정적인 작용을 하였다.

둔하게 했다.

紹興 31년(1161) 이보가 조정에 들어와 高宗을 알현하였다. 이튿날 고종이 輔臣들에게 말했다.

"이보는 驍勇할 뿐만 아니라 그 심지도 곧아 가히 믿을 만하도다. 朕이 평소 그 사람됨을 유심히 보아온지 오래이다. 그는 언제까지나 마음이 달라질 사람이 아니니다."

이에 앞서 이보가 이렇게 말한 바 있었다.

"長江과 이어지고 또 바다를 접한 지역으로서 선박을 띄우기에 적합한 장소로 江陰만한 곳이 없습니다. 청컨대 臣이 이곳으로 옮겨가 지키게 해주십시오. 만일 그 職任을 감당하지 못한다면 달게 죽음을 받겠습니다."

고종이 이 말을 들어주었다. 이후 이보는 즉시 아들인 李公佐와 裨將인 邊士寧을 金의 경내로 몰래 보내 그 동정을 파악하게 했다. 그 결과 金이 조만간 남침을 시도할 것이란 사실을 알게 되었다.

이보는 다시 조정으로 불리워 고종으로부터 전투의 方略에 대해 질문을 받았다. 그는 이렇게 대답하였다.

"海道는 육지와 달라 버티고 지킬만한 險要處가 없습니다. 따라서 만일 적들의 선박이 바다로 빠져나가 버리면 소탕하기가 사실상 어렵습니다. 다민 臣에게는 萬全을 기할 수 있는 計策이 하나 있습니다."

고종은 그것이 무엇이냐고 물었다.

"무릇 用兵에 있어 자신의 땅에서 싸우는 것과 남의 땅에서 싸우는 것은 같지 않습니다. 자신의 땅에서 싸우게 되면 반드시 살려는 마음을 품게 되며, 남의 땅에서 싸우면 반드시 죽겠다는 생각을 하게 됩니다.

반드시 살겠다는 마음을 가진 군대는 쉽게 깨지며, 반드시 죽겠다는 생각을 가진 군대는 격파하기가 실로 어렵습니다. 지금 오랑캐들은 그 巢穴을 아직 떠나지 않은 상태입니다. 臣이 우러러 天威에 기대 불의의 습격을 가한다면 저들은 분명 놀라 허둥댈 것이고, 그것을 틈타 질풍같이 공격하면 가히 승리를 거둘 수 있을 것입니다."

고종이 말했다.

"좋다. 그런데 거느린 전함의 수는 얼마나 되는가?"

"풍랑을 견딜 만큼 견고한 것이 120척입니다. 모두 예전부터의 전함 건조방식대로 만든 것들입니다."

"휘하의 병사는 얼마나 되는가?"

"3,000명에 불과합니다. 더욱이 그 모두 兩浙과 福建에서 징발한 弓弩手들이고 正兵이 아닙니다. 기치와 器甲들은 대략 구비되어 있습니다. 사세가 급박합니다. 원컨대 시급히 출격할까 합니다."

고종은 이보가 조정을 떠날 때, 친히 사용하던 안장과 弓刀, 戈甲 등을 하사하였다.[22]

이보는 行在로부터 江陰으로 돌아오자마자 즉시 발진을 준비하기 시작했다. 그런데 군사들의 동향이 흉흉하였다. 그들은, '지금 서북풍이 거세어 이를 바로 맞으며 북상하는 것은 좋지 않다'고 말하였다. 이에 이보가 명령하였다.

"이미 방침은 정해졌다. 동요하지 말라. 감히 다시 다른 말을 꺼내는

---

22 高宗 紹興 31년(1161) 6월의 일이다. 『建炎以來繫年要錄』 권190, 紹興 31년 6월 丙辰 참조. 金의 海陵王이 西路와 中路, 海路로 나누어 남하하기 시작하는 것은 紹興 31년(1161) 9월 이후이다.

자는 참수하겠다."

마침내 이보는 3,000명의 수군을 이끌고 출항하였다. 平江의 知府인 洪遵이 軍糧과 장비 등을 모두 마련해 주었다. 蘇州를 떠나 大洋으로 나서서 사흘을 항해하니 풍랑이 심히 거칠어져서 더 이상 전진이 불가능해졌다. 배들도 서로 부딪쳐 수습이 안 되는 지경이었다. 이보는 처연히 좌우를 돌아보며 말했다.

"하늘이 이보를 시험하고자 하는가 보다. 그러나 내 마음은 鐵石과 같아 변함이 없도다."

그는 즉시 술을 뿌리며 기원하였다. 그 후 바람도 잦아들어 明州의 關澳로 물러나 함대를 정박시켰다. 이어 부서진 선박들을 수리하였다. 수리작업은 채 열흘이 못되어 완료되었다. 그 무렵 裨將인 邊士寧이 密州로부터 돌아와 말했다.

"魏勝이 이미 海州를 점령한 상태입니다."[23]

이보는 크게 기뻐하며 그 승세를 이용하기 위해 급히 함대를 출항시켰다. 하지만 大風이 일어나 파도가 산처럼 거세게 일었다. 이러기를 한 달여, 이보는 출항하지 못하고 지켜볼 수밖에 없었다.[24]

金의 海陵王이 淮水를 건너 남침을 시작하였다. 그런데 魏勝이 海州를 점거하고 있다가 그 남하하는 후방을 노릴까 우려하여, 군대 수만을 나누어 배치하여 海州를 공략하게 했다. 이보의 군대가 東海縣에 이르렀을 때 金軍은 海州를 포위하고 있는 상태였다. 金軍의 戰鼓 소리가 십여 리 바깥까지 울려 퍼졌다. 魏勝은 사람을 파견하여 이보를 맞아 함께

23 魏勝이 海州를 점령한 것은 紹興 31년 8월 1일의 일이다. 『三朝北盟會編』 권230 참조.

24 高宗 紹興 31년(1161) 8월의 일이다. 『建炎以來繫年要錄』 권192 紹興 31년 8월 甲寅 참조.

新橋에서 金을 공격하기로 했다. 이보는 군대를 지휘하여 언덕에 오른 다음 칼로 땅을 그으며 말했다.

"이곳은 오랑캐의 땅이다. 우리의 경내가 아니다. 사력을 다해 싸우도록 하자."

이보는 창을 부여잡고 앞서 나가며 金軍을 맞아 용감히 싸웠다. 士卒들도 一當十의 기세로 싸웠다. 金軍은 이렇게 이보의 군대가 의외의 급습을 감행하니 놀라 서둘러 퇴각하였다. 金軍이 물러가자 魏勝은 성 바깥으로 나와 이보를 안으로 맞아들였다. 이보는 배를 정박시키고 군사들을 犒饋한 다음, 辯舌에 능한 자를 사방으로 보내 병사들을 招納하였다. 이러한 소식이 山東 전역에 퍼지자 호걸들이 무리를 모아 다투어 이보의 휘하로 들어왔다.[25]

이보가 金軍의 함대를 密州 膠西縣의 陳家島에서 만나 격퇴시켰다.

이에 앞서 海陵王은 항복한 남송인 倪詢과 商簡, 梁三兒 등의 계책을 채택하여 수백 척의 전함을 건조하였다. 그리고 蘇保衡 등으로 하여금 지휘하게 하여 10월 18일 海門山을 거쳐 錢塘江으로 진격하기로 결정하였다. 준비가 완료되자 金은 雄州刺史인 阿噶을 보내 노고를 격려하게 했다.

전투를 앞두고 金側의 선박들은 唐家島에 정박해 있었고 이보의 함대는 石臼山에 정박해 있었는데 그 사이의 거리는 삼십여 리에 불과했다. 그런데 날마다 北風이 불어 이보는 걱정이 되었다. 그 무렵 大漢軍의

---

25 이것이 高宗 紹興 31년(1161) 10월에 있었던 李寶 주도의 海州 전투이다(『建炎以來繫年要錄』 권193, 紹興 31년 10월 庚子 참조). 李寶 주도의 海州 전투는 다음 항목에 등장하는 密州 唐家島 전투와 함께 후일 宋人들에 의해 이른바 中興以來 十三處戰功의 하나로 칭송된다.

水軍 수백 명이 송 측으로 항복해 왔다. 大漢軍은 군대로 동원된 上等戶들이었는데, 이들에게 물은 결과 金側의 동향을 자못 소상히 알 수 있었다. 전투가 시작되기 전 裨將인 曹洋이 먼저 나가싸우겠다고 청했다. 그러자 옆에 있던 朐山縣 知縣 高敵이 말했다.

"안 됩니다. 저들은 수가 많고 우리는 적으니 마땅히 피해야 합니다."

曹洋이 말했다.

"저들이 수가 많은 것은 사실이나 모두 海道를 모르는 자들 뿐입니다. 더욱이 항복한 사람들이 말하기를, '여진인들은 배에 태우면 다만 엎드려 잠만 잘 뿐이다. 배 안에서는 움직이지를 못한다'고 하였습니다. 그러니 수가 많은들 무슨 소용이 있겠습니까?"

이보는 金軍의 동정을 살피다가 그들이 눈치채지 못하도록 副將인 曹洋과 黃端을 보내, 石臼神에게 바람이 순조롭기를 기도하게 했다. 기도 결과 원하는 대로 점괘가 나왔다. 이를 전해듣고 노젓는 사공들은 손뼉치며 환호하였다. 밤이 거의 끝나갈 무렵, 宋軍의 선박은 마침내 닻을 끌어올리고 발진하였다. 바람은 역풍이 거세게 불고 있었다. 병사들은 모두 난감한 기색이 역력하였다. 그런데 잠시 후 홀연 바람의 방향이 바뀌어 진격방향으로 불기 시작했다. 바람소리가 마치 징소리나 종소리처럼 경쾌하게 들렸다. 병사들은 기뻐하며 분발하여 돛을 펴고 창검을 부여잡았다. 얼마 후 이보의 선단은 산을 지나 金側으로 육박해갔다. 북소리가 요란하게 울리고 풍랑은 거세게 일고 있었다. 金軍은 이에 놀라 소리지르며 어쩔 줄을 몰라했다. 배들은 서로 얽혀 갔다. 이윽고 金軍은 닻을 올리고 돛을 펴서 대오를 정비했다. 그 선단이 몇 리에 걸쳐 있었다. 金軍 선박의 돛은 모두 기름먹인 비단으로 되어 있어서 펼치니 마치 錦繡와 같았다. 그런데 갑자기 회오리바람이 불어 돛들이 한 귀퉁이부터 말리기 시작하였다. 배는 요동치며 더 이상 앞으로 나아가지 못하게 되었다. 이보는 불화살로 金軍 선박의 돛을 쏘게 하였다. 화살이 기름먹인 비단에 꽂히자 돛은 삽시간에 불타버렸다. 그렇게 돛이 불에 탄 배가 수백 척이나 되었다. 돛이 불타지 않은 배들은 서로 앞서 가려고 하고 있었다. 이를 보고 이보는 건장한 병졸들로 하여금 배에 올라타 짧은 병기를 이용해 공격하게 하였다. 金軍은 이렇게 해서 수없이 바다에 떨어져 죽었다. 그밖의 簽軍들은 본디 중원의 농민들로서 金에 의해 군대로 동원되어 있었는데 대부분 갑옷을 벗고 항복하여 왔다. 그렇게 항복한 자들이 3,000여 명이나 되었다. 또 金의 副都統인 完顔鄭家奴 등 5인을 사로잡아 참수하였으며 阿噶 역시 전사시켰다. 蘇保衡의 배는 아직 피하지 못하고 있는 상태였는데 재빨리 선박을 끌어당겨 倪詢 등 세 사람을 사로잡았고, 또 金側의 남침 계획이 적혀 있는 詔書를 획득하였다. 또 器甲과 軍糧 등 만여 점을 노획하였다.[26]

이보의 군대는 군사의 숫자도 늘고 사기도 드높아졌다. 그는 이 승세를 타고 주변 지역으로 진공해 가려 했으나, 아들인 李公佐가 강력히 제지하며 말했다.

"海陵王이 이미 淮水를 건너 通州와 泰州를 함락시켰다 합니다. 그렇게 되면 우리는 먼 곳의 땅을 얻고 가까운 지역을 내준 셈이 되어 장차 앞뒤로 적과 대적해야 할지도 모릅니다."

이보는 이 말을 듣고 즉시 군대를 철수시켜 海州의 東海에 정박하였

26 이것이 高宗 紹興 31년(1161) 10월에 있었던 山東 密州 唐家島 전투(唐島戰鬪)의 대체적인 顚末이다(『建炎以來繫年要錄』 권193, 紹興 31년 10월 丙寅 참조). 李寶 주도의 唐家島 戰鬪는 앞서의 海州 전투와 일괄하여 海道戰鬪라 불리며, 이른바 中興以來 十三處戰功의 하나로 꼽힌다.

다. 그리고 전황을 살피며 원조하기로 하고, 曹洋을 보내 勝捷을 상주하였다.

勝捷의 上奏가 다다르자 고종은 크게 기뻐하며 즉시 曹洋을 召見하며 말했다.

"朕이 이보를 믿고 썼는데 과연 功을 세워 천하의 모범이 되었도다."

고종은 즉시 포상의 上諭를 내리고 '忠勇李寶'라는 네 글자를 친히 적어 그 기치로 사용하게 하였다.

권13

李彥仙

어릴 때부터 큰 뜻이 있어 軍事를 말하기 좋아하고 말 타고 활 쏘는 것을 익혔으며 한 번 지나간 곳의 山川 形勢는 꼭 기억하였다. 또 의리를 숭상하고 신중하게 약속을 하였으며 豪俠들이 아니면 사귀지 않았다.

金이 남침하여 郡縣에서 勤王軍을 모집하자 이언선은 가내의 재산을 풀어 3,000명을 모집하였다. 그는 이들을 이끌고 京師를 구원하러 갔다. 이후 金軍이 太原을 포위하였을 때 李綱이 宣撫使의 직위에 있었는데, 이언선은 상주문을 올려 통렬히 李綱을 비판하였다. 이로 인해 有司가 그를 체포하려 하자 이름을 바꾸고[1] 관직을 버린 다음 亡命하였다. 그 얼마 후 다시 种師中의 군대를 따르다가 种師中이 패사하자 陝州로 들

1 그의 본명은 李孝忠이었으나 이때 李彥仙으로 改名한다. 洪邁, 『容齋隨筆』「容齋五筆」 권6, 「李彥善守陝」 참조.

어갔다.

陝州의 守將 李彌大가 이언선에게 金의 정황에 대해 묻자 그는 소상히 대답했다. 이후 金人들이 陝州를 공략하였을 때 經制使인 王瓊은 대항할 수 없다고 판단하고 휘하의 군대를 이끌고 달아나 버렸다.[2] 그러자 인근 각지의 관리들도 모두 도망갔지만 石壕의 縣尉로 있던 이언선만은 평상시와 다를 바 없이 자리를 지켰다. 그러한 이언선의 휘하에 수많은 사람들이 의탁해오자, 그는 즉시 노인과 어린애들을 土花嵴와 三觜山, 石柱山, 大通山 등으로 옮겨가게 하고 무예가 뛰어난 자들을 뽑아 나누어 관리하게 했다. 그 스스로는 三觜山을 맡았다. 그는 휘하의 무리들에게 이렇게 훈시하였다.

"오랑캐들은 사실 다루기가 쉽다. 지금 좋은 지리적 입지를 차지하고 있으니 너희는 견고하게 지키기만 하면 된다."

얼마 후 金軍이 다시 陝州를 점령하고 군대를 나누어 협공해 왔다.[3] 그런데 그중에 어느 건장한 장수가 언덕 위에 올라가 깔보며 욕을 해대자, 이언선은 單騎로 쳐들어가 그를 사로잡아 돌아왔다. 이후 이언선은 처음으로 무리의 숫자를 헤아려 정식으로 부대를 편제하였다. 金軍은 이후 수만 명을 동원하여 三觜山을 포위하였다. 이언선은 이들과 맞서 싸우면서 정병을 뒷산에 매복시켜 두었다가 급습하여, 적병 만여 명을 죽이거나 사로잡았으며 軍馬도 300필이나 빼앗았다. 金軍은 이로 인해 포위를 풀고 물러갔고, 그의 명성이 東京과 洛陽에 이르기까지 두루 퍼

2 高宗 建炎 元年(1127) 4월의 일이다. 『容齋隨筆』, 「容齋五筆」 권6, 「李彦仙守陝」 참조.
3 원문에는 이 부분에 '元缺'이라 표시되어 缺欠이 있으나, 『容齋隨筆』, 「容齋五筆」 권6, 「李彦仙守陝」을 참조하여 보충하였다.

져 수많은 이들이 다투어 그 휘하로 몰려왔다. 그리하여 軍勢는 더욱 웅장해졌다. 이후 한 달이 채 되지 못해 이언선은 金軍의 寨柵 50여 개를 깨트렸다.

金軍이 두 번째로 陝州에 들어왔을 때, 그들은 그 土着人들을 관리로 임명하고 流亡한 백성들을 招集하여 復業시키게 하였다. 이렇게 復業한 백성들에게는 증명을 주고 별도로 관리하였다. 이언선은 몰래 휘하의 병졸들을 보내 復業한 것으로 위장하고 날자를 정해 內應하게 하였다. 그 자신은 군대를 이끌고 陝州城의 남쪽으로 육박하였다. 성 안에서 불길이 일어나자 金軍은 남쪽 성벽으로 몰려가 방어에 임했다. 그러자 이언선은 水軍을 이용해 밤중에 배를 타고 황하의 물흐름을 따라 新店으로부터 성의 동북방에 있는 蒙泉坡와 龍堂溝를 통해 잠입하였다. 그리고 안팎에서 협공하였다. 金軍의 죽은 시체들이 서로 쌓일 지경이었다. 이렇게 해서 陝州를 수복하였다.[4]

河中府 河東縣 사람들이 맨 먼저 군대를 일으켜 金軍에 저항하였다. 이언선은 그 지도자인 胡夜叉란 자와 약속하여 서로 돕기로 하고 그를 임시로 沿河提擧에 임명하였다. 하지만 그는 이에 불만스러워하며 반란을 일으키고 南原으로 도망해 버렸다. 이언선은 그를 유인하여 주살해 버리고 휘하의 무리 5,000명을 복속시켰다. 邵隆과 邵雲은 본래 胡夜叉의 副將들로서 그가 죽은 뒤 복수를 다짐했지만, 이언선이 간절히 회유하여 마침내 그의 휘하에 들어왔다. 이언선은 이어 황하를 건너 中條

4 建炎 2년(1128) 3월의 일이다. 『容齋隨筆』, 「容齋五筆」 권6, 「李彦仙守陝」 참조.

의 諸山에 寨柵을 건설하였다. 그러자 蒲州와 解州로부터 멀리 太原에 이르기까지 모두 그에게 향응해왔다. 이언선은 邵隆과 邵雲 등을 나누어 파견하여 安邑縣과 虞鄕縣·芮城縣·正平縣·解縣 등을 점령하였다. 蒲州 역시 거의 점령 직전의 상태까지 이르렀으나 金軍의 원군이 와서 함락시키기 못했다. 이 전투에서 사로잡은 酋長들은 모두 行在로 호송시켰다. 고종은 칭찬하면서 袍帶와 창검 등을 하사하였다. 당시 關東 지역은 모두 金에게 점령되었으되 오직 陝州만 함락되지 않은 상태였다. 이언선은 城을 보수하고 해자를 깊게 팠으며, 군대를 보충하고 갑옷을 수선하여 방어 준비를 갖추었다. 또 屯田을 널리 일으키고 민간의 농경도 독려하였다. 그의 家產은 본디 鞏縣에 있었으나 모두 처분하여 官用으로 돌리며 이렇게 말했다.

"우리 父母 妻子는 城과 운명을 함께 할 것이다."

이 말을 듣는 자들은 감격해 하며 각각 더욱 마음을 굳게 다졌다.

烏魯撒拔이 성을 포위하였다.[5] 이언선은 이에 맞서 7일간이나 혼신을 다해 싸웠고, 金軍은 결국 견디다 못해 퇴각하였다. 이후 婁宿孛堇이 絳州로부터 蒲州와 解州로 옮겨 주둔하고 陝州에 대한 공격을 준비하였다. 이언선은 이 사실을 먼저 탐지하고 길목에 복병을 매설해 두었다가 북을 울리며 크게 급습하여, 金軍 병사 열 가운데 여덟을 사로잡거나 참하였다. 婁宿 자신도 가까스로 피신하였다. 이 일이 있고나서 制置使 王庶가 輕軍을 虞鄕縣에 보내 이언선을 지원해 주었다. 金軍은 만여 명을 파견하여 石鍾谷에서 전투를 벌였다. 전투는 종일 계속되었고 결국 金軍은

5 高宗 建炎 2년(1128) 12월의 일이다. 『容齋隨筆』, 「容齋五筆」 권6, 「李彥仙守陝」 참조.

2,000여 명이 베이고야 물러갔다. 이 후 河東縣의 土豪들은 은밀히 이언선 군대에 來附하며 宋軍이 속히 도래하기를 기대하였다. 이언선은 군대를 한층 정밀히 정비하는 한편 朝廷에 청하여, 陝西의 諸路로부터 步兵3만 명을 차출하여 지원해 달라고 하였다. 그런데 당시는 마침 張浚이 川陝 일대에 대한 經略을 준비하고 있어 받아들여지지 않았다.

婁宿이 군대 10만을 동원하여 陝州를 에워쌓았다. 이에 이언선은 지하로 땅굴을 파고 들어가게 해서 그 攻城 도구들을 불태워버렸다. 불이 나자 金軍 진영은 어수선해졌고 이를 이용해 군대를 풀어 공격하자 金軍은 조금 물러났다.[6]

建炎 4년(1130) 正月이 되자 金軍은 군대를 증강하고 보루를 증설한 다음 주야로 공격해 왔다. 鵝車와 天橋, 火車와 衝車[7] 등이 모두 동원되었다. 이언선은 이러한 장치에 맞서 응전하는 한편으로 金汁砲를 발사했다. 화약이 떨어지는 곳에는 살아남는 자가 없을 정도로 위력이 있었다. 하지만 포위는 풀리지 않았다. 이언선은 날마다 성벽 위에 올라 바깥으로부터의 원조를 기다렸다. 당시 張浚은 陝州에 군대를 파견하였으나 雍州에서 金軍에 의해 가로막혀 더 이상 진군하지 못했다. 그러자 張浚은 涇原에 있는 曲端에게 명하여 鄜坊 쪽으로 가서 적의 배후를 습격하게 했다. 그런데 곡단은 평소 이언선의 聲望과 공적이 자기보다 나은 것을 시기하며 그가 패배하기를 바라고 있었다. 곡단은 거짓말로 둘러대며 진군하지 않았다.

丁巳日에 성은 함락되었다. 이언선은 親軍을 이끌고 시가전을 벌였

6 高宗 建炎 3년(1129) 12월의 일이었다. 『容齋隨筆』, 「容齋五筆」 권6, 「李彦仙守陝」 참조.
7 모두 功城用 병기.

고 화살이 그의 몸에 수없이 꽂혀 마치 고슴도치 같이 되었다. 외쪽 팔도 칼에 잘려 나갔으나 쓰러지지 않고 더욱 거세게 싸우다 마침내 죽었다. 그의 가족들도 모두 해를 당하였다.

이에 앞서 金側은 이언선에게 투항하면 河南의 元帥로 삼겠다고 말했었다. 建炎 4년(1130) 正月, 陝州를 포위한 이후에도 투항한다면 이전의 약속대로 해주고 포위를 풀겠다고 제의했다. 이언선은 이렇게 꾸짖었다.

"내 차라리 宋의 귀신이 될지언정 어찌 너희를 섬기며 부귀를 누리겠느냐?"

金軍은 그의 재능을 아까워하여 반드시 항복시키려 했다. 그래서 성이 함락되지 전 軍中에 令를 내려 그를 생포하는 자에게는 萬金을 주겠다고 포고하였다. 하지만 이언선은 평상시 士卒들과 마찬가지로 헤진 옷을 입고 있었으며, 성이 함락될 때에도 軍伍 중에 뒤섞여 죽었기 때문에 金軍이 미처 분별해낼 수 없었다.

이언선의 사람됨은 얼굴에 조금도 온화한 기색이 없었으며 軍令을 어기게 되면 親屬이라 할지라도 용서하지 않았다. 諸將들이 敗戰하거나 혹은 다른 과실을 범하게 되면 바깥에 주둔하는 자라 해도 즉시 笞刑을 가하였다. 그럴 때에는 幕下의 부장을 파견하여 벌거벗기고 매질을 했으며 감히 한마디라도 변명을 하지 못하게 했다.

당시 서쪽의 同州와 華州, 長安 등은 모두 金軍에 의해 점령되고 오직 陝州만 고립된 상태로 한 귀퉁이에 남아 있는 형국이었다. 처음에는 조정으로부터도 아무런 포상의 약속이 내려지지 않은 상태에서, 외롭게 적의 한가운데에서 날마다 적과 맞서야 했다. 이언선은 오직 충의심만을 지니고 그것을 휘하의 將卒들에게 일깨웠다. 이후 조정으로부터 賞賜가 내려지거나 혹은 적으로부터 재물을 노획하게 되면 모두 고루게 나누어 주었고 조금이라도 사사롭게 자신의 것으로 돌리지 않았다. 이런 까닭에 정병 3만 명이 전후 크고 작은 전투 300여 차례를 치뤘지만 기꺼이 그의 명령에 따랐다.

邵雲은 河中府龍門縣 사람으로 陝州城이 함락될 때 사로잡혔다. 婁宿은 그를 회유하여 千戶長에 임명하려 했지만 거칠게 욕을 하며 굴복하지 않았다. 그러자 나무 형틀에 못질하여 解州의 동문 밖에 세워두었다. 그런데 지나가던 어느 건달이 그의 등을 어루만지다가, '어디 내 칼을 뽑아 덤벼보아라'라고 적자, 노하여 형틀을 기울여 그를 쳐죽였다. 그 닷새 후 金軍은 그를 찢어죽였다. 심지어 안구를 도려내고 간까지 파냈다. 그는 끝까지 욕을 해대다 목이 잘려서야 그쳤다. 처음 磔刑을 행하려 할 때 劊子手가 칼을 뽑아 베려하자, 邵雲은 크게 소리쳤고 이에 놀란 劊子手는 잘못 칼을 휘둘러 자기가 죽었다. 邵雲의 忠勇함은 이런 정도였다.

趙立

王復이 徐州를 지키면서 趙立을 幕下로 불러들였다. 당시 金軍은 河北 一帶를 모두 점령하여 기세가 한창 드센 상태였다. 그래서 그들이 이르는 곳마다 宋의 관리들은 바람에 휩쓸리듯 달아났다. 이러한 金軍이

徐州를 포위하자[8] 王復은 軍民을 거느리고 대항하며 조립에게 방어전을 주관하게 했다. 하지만 바깥으로부터의 원조는 없어 孤城의 방어는 갈수록 어려워졌다. 조립은 흐르는 화살에 무려 여섯 개나 맞았으며 적들의 칼날에 세 차례나 베었으나, 화살을 뽑고 상처를 치료한 다음 피를 씻으며 전투를 벌였다. 이를 보고 王復이 忠勇스럽다 여기며 직접 술병을 들고 찾아가 눈물을 흘리며 칭찬하였다. 粘罕은 徐州城이 쉽사리 함락되지 않는 것에 노여워하며 攻城 장비를 더욱 많이 동원하여 거세게 공격했고, 그리하여 마침내 城은 함락되었다. 하지만 王復은 흔들리지 않고 廳舍에 앉아 일을 처리하며 도망가지 않았다. 그리고 사람을 보내 적들에게 이렇게 말했다.

"城을 사수하기로 결정한 것은 나이다. 監郡[9] 이하는 아무 책임이 없으니 나만 죽이고 나머지 屬吏들과 백성은 풀어주도록 하라."

金軍은 王復에게 투항을 권유했으나 받아들이지 않고 욕을 하며 죽기를 바랬다. 그의 온 집안 역시 모두 해를 당했다.

조립은 시가전을 벌이며 문을 통해 달아나다 적에게 붙들렸다. 하지만 밤에 지키는 자를 살해하고 성에 들어가 몰래 王復의 시체를 수습하여 통곡하며 묻어주었다. 그리고 적들이 승세를 타고 남으로 진격하는데 골몰하여 성내의 방비가 허술하다는 사실을 알고서 殘兵들을 이끌고 적을 공격하여 그 귀로를 끊었다. 이어 營壘들을 모두 불태운 후 그 선박과 金帛 수천 점을 노획하였다. 그리고 사방으로 흩어져 적들을 공격한 결과 군대의 사기가 다시 드높아졌다. 조립은 鄕民들을 선발하여

---

8 建炎 3년(1129) 3월의 일이다. 王明淸, 『揮麈錄』「後錄」 권9 참조.

9 通判의 별칭. 通州·州判·佐守·州監 등으로 칭해지기도 했다.

군대를 조직하고 犧牲의 피를 서로 나누어 마시며, '힘을 다해 金軍을 물리칠 것이며 도망하는 자는 참수한다'고 맹세하였다. 그런데 조립의 숙부가 기한보다 늦게 도착하자, '숙부가 나와의 연고를 빌미로 법을 어지럽히면 내가 어떻게 다른 사람들을 대할 수 있느냐?'면서 참수를 명하였다. 이러한 조립의 위엄이 諸軍에 두루 미쳐, 적과의 전투가 벌어지면 순식간에 적을 물리쳤으며 또 적이 퇴각하면 추격하여 심대한 타격을 가하였다. 이에 무리들이 조립을 우두머리로 추대하였다. 조립은 백성들을 잘 위무하며 復業에 노력하는 한편, 朝廷에 상주하여 성내에 王復의 사당을 지었다. 그리고 군대를 진격시킬 때라든가 歲時가 되면 무리를 이끌고 이곳에 들러 기도하였다.

"公께서 조정을 위해 節概를 지키며 殉國하셨으니 반드시 遺民들을 陰祐하실 것이라 믿습니다."

山東 사람들은 이 소식을 듣고 조립을 우러르며 마음속으로 따르게 되었다.

建康에 있던 淮南京東宣撫使 杜充이 조립에게 명하여 군대를 이끌고 楚州로 가라고 하였다. 조립은 金에 저항하며 山寨에 웅거하고 있던 鄉兵 수만 명을 이끌고 楚州로 향했다. 당시 楚州는 托落郎君이라 불리는 金軍 장수에 포위되어 사정이 매우 긴박한 상태였다. 하지만 徐州로부터 楚州로 이르는 길은 매우 험난하였다. 조립은 칼로 풀을 헤치면서 길을 만들어 진군하여 淮陰縣에 이르렀는데, 이곳에서 적과 마주치자 한편으로 싸우면서 또 한편으로 진군하기를 거듭했다. 이렇게 출몰하는 적과 만나 모두 일곱 차례나 전투를 벌여 격퇴시키고 마침내 楚州城에 당도하였다.

楚州 사람들은 오랫동안 포위되어 있다가 조립이 援軍을 이끌고 왔다는 소식을 듣자 사기가 높아졌다. 그때 조립은 화살에 맞았는데 그것이 혀 아래로 뚫고 들어가 뽑지 못한 채였다. 楚州에 도착하여 醫員에게 보이니, 쇠칼로 이빨을 뽑고 뼈를 부순 다음 화살을 제거하였다. 그렇게 하기까지 한참이나 시간이 흘렀고 그동안 피가 줄줄 흘러 옷을 흠뻑 적셨다. 곁에서 지켜보는 사람들은 毛髮이 모두 곤두설 지경이었으나 정작 그 자신은 전연 안색이 변하지 않았다.[10]

이후 적들은 더욱 맹렬하게 공격해 왔다. 攻城 장치들도 수백 개나 동원하여 성의 남문 쪽으로 밀려들었다. 그렇게 반 달 동안 수십 차례나 공방전이 벌어졌으며 그때마다 조립은 군대를 이끌고 적을 물리쳤다. 그러다가 조립이 기회를 보아 네 문을 열고 성 밖으로 나가 적을 향해 돌격하니 적들은 대패하여 마침내 포위를 풀었다. 金軍은 殘兵들을 이끌고 淮河를 건너 60리를 지난 다음 孫村浦에 주둔하였다. 조립은 이곳까지 추격하여 다시 金軍을 패퇴시켰다. 建炎 4년(1130) 5월이 되자 兀朮은 兩浙로부터 돌아와[11] 楚州로부터 9리 정도 떨어진 지점에 주둔하면서 조립의 糧道를 절단하려 했다. 조립은 다시 이를 대파하였다.

당시 劉豫는 山東의 東平府에 있었는데, 조립의 친구인 葛進 등을 파견하여 편지를 지니고 그에게 가서 회유하여 賦稅를 바치도록 하라고 지시했다. 조립은 葛進 등이 오자 大怒하여 편지는 뜯어보지도 않은 채

---

10 이것이 建炎 4년(1130) 正月의 일이었다. 王明淸, 『揮麈錄』, 「後錄」 권9 참조.

11 兀朮은 建炎 3년(1129) 11월 이래 남침하여 江東으로부터 兩浙 일대에 대해 대대적인 공격을 가했던 것을 가리킨다. 이때의 위협으로 말미암아 高宗은 臨安을 탈출하여 越州, 明州에 이르고, 다시 여기로부터 더 남방의 台州와 溫州로까지 피신한 바 있다(建炎 4년 2월).

그들을 참수하였다. 얼마 후 劉豫는 다시 沂州의 擧人인 劉偲를 보내 깃발과 방문을 지니고 가서, '장차 金의 大兵이 오게 되면 城 전체의 生民들을 모두 도륙할 것이다'라고 말하며 초무하게 했다. 조립은 이들 또한 끌고 가서 죽이게 했다. 그러자 劉偲가 크게 소리쳤다.

"나는 公의 친구가 아니오? 바라건대 한 마디 말만 하고 죽게 해주오."

"나는 국가에 대한 忠義만 알 뿐이다. 어찌 친구를 돌아보겠느냐?"

조립은 속히 그를 기름 포대기에 싸서 市井으로 끌고가 불태워 죽이게 하고, 그 깃발과 방문은 조정에 바쳤다. 이로 인해 조립의 忠義에 대한 명성이 천하에 두루 퍼졌으며 원근 각지가 그에게 귀속되었다.

賊兵들이 모두 孫村浦에 모였다. 조립은 적의 수효가 많으므로 적극적으로 공세를 취하지 않으면 대적하기 어렵다 판단하고, 군대를 동원하여 급습함으로써 대파하였다. 그는 은밀히 僚屬들에게 말했다.

"적들은 山東으로부터 끊임없이 군사를 보충하고 있다. 더욱이 城內에는 양식도 거의 다 떨어져 가서 후일을 기약할 수 없는 형편이다. 그러니 이미 적들에게 실함된 京東 地域의 諸郡을 수복함으로써 적들을 고립시키고 또 軍糧도 보충하는 것이 좋겠다. 그렇게 한다면 우리 군대의 활로가 트일 것이다."

그 무렵 楚州 관내 鹽城縣의 水賊인 張營이 난리를 틈타 멋대로 횡행하고 있었다. 조립은 직접 가서 그를 사로잡고 그가 지니고 있던 양식도 확보하였다. 이어 京東 地域으로 진격하기 위해 寶應縣까지 갔을 때, 承州로부터 金軍이 재차 揚州에 모여 楚州를 공략할 준비를 하고 있다는 보고가 도착하였다. 조립은 즉시 楚州로 돌아왔고 金軍 또한 곧 성 아래로 육박해 왔다. 조립은 처연히 말했다.

"적들이 종내 물러가지 않는다면 죽음으로써 이 楚州를 지키며 節義를 다하는 수밖에 없도다."

그는 군대를 이끌고 北門을 나서서 해자를 옆에 두고 군사들과 맹세하였다.

"진격하지 않고 물러서는 자는 이 물에 빠지고 말리라. 물러서는 자에 대해서는 나 또한 그 일족을 모두 주살하겠다."

이렇게 다짐함으로써 다시 큰 승리를 거두었다.

金軍이 楚州城 아래로 군대를 집결시키고 大寨를 줄지어 建造하였다. 조립은 6騎만을 거느리고 성 밖으로 나가 소리질렀다.

"내가 鎭撫이다. 너희 대장이 있으면 나와서 나와 결전을 벌이자."

이때 南寨로부터 두 騎가 등 쪽으로 습격해오자, 조립은 손으로 그들의 두 창을 잡고 흔들었다. 적병들은 모두 땅으로 굴러떨어졌다. 조립이 그들의 말 두 필을 끌고 돌아오려는 찰나, 갑자기 北寨로부터 50騎가 달려나와 그를 뒤쫓았다. 이에 조립이 눈을 부릅뜨고 소리지르자 사람과 말이 모두 도망가 버렸다.

이튿날 金軍이 세 개의 진을 갖추고 공격해 오자 조립 역시 군대를 세 개 부대로 나누어 응전하였다. 그런데 적진의 옆에 있던 鐵騎 수백 騎가 옆으로 늘어서서 조립을 포위하였다. 더욱이 조립은 流矢에 맞았다. 그러자 조립은 몸을 날리며 겹겹의 포위를 뚫고 돌진하였다. 그러면서 몽둥이를 잡고 좌우를 향해 크게 소리지르니 수많은 적병들이 말에서 굴러 떨어졌다. 이 날 적들은 더욱 거세게 진공하여 東門 가까이 바짝 육박해왔다.

그 이튿날 金軍은 해자를 매우고 진격해 와서 조립은 군대를 이끌고 대적하였다. 그러데 갑자기 적이 성에 다다랐다는 보고가 전해졌다. 이에 조립이 웃으며 말했다.

"將卒들이 너무 많이 그리로 갈 필요 없다. 어디 내가 가서 그들의 詭計가 어떠한지 한 번 살펴보겠다. 이 적군들은 말 한 마리 戰車 하나라도 돌려보내지 말아라."

조립이 성의 東門으로 올라 절반 쯤 이르렀을 때 적군의 포탄이 날아와 그의 머리를 부수었다. 곁에 섰던 자들이 달려가 그를 부축하자 이렇게 말했다.

"내 끝내 국가와 더불어 적들을 멸망시키지 못하고 마는구나."

그는 자신을 三聖廟로 데려가라 이르고, 적들로 하여금 자신이 당한 것을 알지 못하게 하라고 소리쳤다. 그 말을 다하고 숨을 거두었다.[12]

---

12 高宗 建炎 4년(1130) 9월 17일의 일이다. 王明淸, 『揮麈錄』, 「後錄」 권9 참조.

송명신언행록 외집

宋名臣言行錄 外集

권1

周敦頤

仁宗 天聖 7년(1029) 선생의 나이는 13살이었는데 이미 그 志向이 고상하고 원대하였다. 鄕里[1]인 濂溪에 오래된 작은 다리와 정자가 있었다. 선생은 항상 이곳 위에서 낚시질도 하며 놀기도 하고 吟風弄月하기도 했다. 지금까지도 그곳의 父老들은 그것을 기억하며 이야기한다.

慶曆 5년(1045) 夔州路 南安軍의 司理參軍이 되었다. 당시 南安軍의 감옥에는 죄수가 하나 있었는데 법대로 하자면 사형에 해당되지는 않았다. 그런데 運使[2]인 王逵가 강력히 사형에 처하고자 하여, 선생이 홀로 강하게 반대하였으나 받아들이려 하지 않았다. 이에 手板[3]을 맡기고 관직

1 周敦頤는 荊湖南路 道州의 州治인 營道縣 출신이다.
2 轉運使의 별칭. 轉使·轉運·部刺史·漕計·部使者·漕使 등이라 칭해지기도 한다.

을 그만두려 하며 다음과 같이 말했다.

"이렇다면 어찌 벼슬살이를 할 수 있겠는가? 나는 사람을 죽여 남에게 잘 보이려 하는 일 따위는 못하겠다."

결국 王逵는 뉘우쳤고 이로 인해 그 죄수는 사형에 처해지지 않았다.

慶曆 6년(1046) 선생의 나이는 30살이었는데 아직 나이가 젊어 知軍이 선생에 대해 잘 몰랐다. 그때 虔州 興國縣의 縣宰[4]인 程珦이 임시로 南安軍의 軍倅[5]로 와서 선생의 氣貌가 범상치 않을 것을 보고 같이 이야기해본 다음 과연 道를 아는 사람이란 사실을 알아보았다. 그리고 자신의 두 아들로 하여금 그 제자가 되어 공부하게 했다. 이들이 바로 明道와 伊川이다.

朱子가 말했다.

"당시의 濂溪에 대해 사람들은, 그 政事의 精絶함을 보고는 官員으로서의 자질이 뛰어나다 생각하였다. 또 그에게 隱居의 뜻이 있다는 사실을 알고는 그 氣概가 明澄하다고 여기며 仙風과 道氣가 있다고만 생각할 뿐, 정작 그의 학문에 대해 아는 이는 없었다. 이러한 때 다만 程太中[6]만이 그것을 알아보았다. 두 程夫子의 부친이 될 만하였던 것이다.

慶曆 8년(1048) 郴州에 있을 때[7] 知州인 李初平은 선생의 현명함을 알

---

3 笏. 手版이라고도 한다. 기다란 판자 모양으로 되어 있었다.

4 知縣의 別稱. 縣尹・作邑・邑宰・宰字 등이라 칭해지기도 한다.

5 通判의 別稱. 州判・監郡・佐守・郡佐・府判・倅貳 등이라 칭해지기도 한다.

6 致仕 당시 程珦의 職位는 太中大夫였다. 이로 인해 明道와 伊川 형제에 의해 '先公太中'이라 지칭되었고(『河南程氏文集』 권12, 「書先公自撰墓誌後」 및 「先公太中家傳」 등을 참조), 이것이 後代의 理學者들에 의해 답습되기에 이른다.

7 周敦頤는 仁宗 慶曆 6년(1146) 이후 荊湖南路 郴州의 郴縣 知縣으로 근무하게 된다.

아보고 屬吏로 대하지 않았다. 그는 선생을 朝廷에 천거하였을 뿐만 아니라 모자란 물자에 대해서는 면밀히 배려하여 조달해 주었다. 또 선생이 학문을 논하는 것을 들은 후 탄식하며, "나 역시 학문을 하고 싶은데 어찌하면 좋겠소?"라고 물었다. 선생이 대답했다.

"公은 이미 연로하여 혼자 공부하기에는 적절치 않습니다. 청컨대 제가 지도해 드리면 어떻겠습니까?"

이후 李初平은 매일 선생이 말하는 것을 들었고, 그런지 2년이 지나자 상당한 진보를 이루었다.

合州에 있을 때[8] 郡民들은 선생에 대해 마음속 깊이 따르며 順服하였다. 무슨 일이든 선생의 손을 거치지 않으면 서리들도 감히 처리하려 들지 않았으며 설령 시행된다 해도 사람들이 따르지 않았다. 당시 趙淸獻[9]이 知州로 있었는데 누군가 선생을 모함하여, 趙淸獻은 선생에게 매우 위압적으로 대했다. 이러한 태도는 轉任될 때까지 변하지 않았다. 하지만 선생은 아주 超然하게 임했다.

仁宗 嘉祐 5년(1060) 東으로 향하였다.[10] 당시 王安石이 江東의 提點刑獄으로 있었는데 선생과 만나 수일 밤을 계속하여 얘기를 나누었다. 왕안석은 대화가 끝난 후 골똘히 생각에 잠겨 寢食까지 잊어버릴 정도였다.

嘉祐 6년(1161) 虔州의 通判이 되었다. 그때 마침 趙淸獻이 知州로 있었는데, 선생의 처사를 유심히 쳐다본 다음 비로소 깨닫고 나서 그 손을

---

8 仁宗 嘉祐 元年(1056)부터 嘉祐 5년(1060)까지 合州判官으로 근무하던 것을 가리킨다(梁紹輝, 『周敦頤評傳』, 南京大學出版社, 1994, 46・47쪽 참조).

9 趙抃(1008～1084). 淸獻은 諡號이다.

10 梓州路 合州判官職을 마치고 江東 地方을 거쳐 上京하였던 것을 가리킨다.

잡으며 말했다.

"내 거의 그대를 잃어버릴 뻔 했소. 오늘에야 周茂叔[11]의 사람됨을 알게 되었소이다."

神宗 熙寧 4년(1071) 廣東의 提點刑獄이 되어 성심을 다해 업무를 처리하였다. 업무의 기본 방향은 백성들을 긍휼히 여기고 관대히 처리하는 것이었으며, 어떠한 지역일지라도 수고를 마다하지 않고 기꺼이 돌아보았다. 瘴毒이 심한 곳이나 거친 절벽, 혹은 외딴 섬으로 인적이 잘 닿지 않는 곳이라 하더라도 서슴지 않고 찾아가, 면밀히 안건을 검토함으로써 백성들의 억울함을 풀어주려 노력하였다. 그러던 중에 갑자기 병을 얻고 또 모친의 묘소에 물이 든다는 소식을 접하여 南康軍 知軍을 청해서 그리로 갔다. 그리고 모친 묘소의 移葬[12]을 마친 다음 이렇게 말했다.

"병을 무릅쓰고 이리 온 것은 移葬을 위해서였다. 병 때문에 官人으로서 업무처리를 소홀히 할 수야 없지 않은가?"

선생은 어려서부터 古道를 崇信하고 義로움을 좋아했으며 名節로써 스스로를 연마했다. 자신의 생활을 돌보는 것에 대해서는 거의 관심이 없어서 봉록을 받으면 모두 宗族들을 보살피거나 親友들을 돌보는 데 썼다. 그리하여 分司[13]를 담당하여 돌아왔을 때에는 妻子가 죽조차 먹을 수

---

11 茂叔은 周敦頤의 字.

12 周敦頤는 神宗 熙寧 4년(1071) 12월 江東 潤州(오늘날의 鎭江市)에 있던 모친 鄭太君의 묘소를 江州 德化縣으로 이장하였다.

13 唐代에 시작되어 宋代까지 시행된 官制. 唐代 東都 洛陽에 長安과 동일한 官府를 分設하여 分司라 칭했는데 거의 대부분 閑職이었다. 宋代가 되어서는 西京 洛陽과 南京 應天府, 北京 大名府에 御史臺 및 國子監의 分司를 설치하여 休閑官員을 임명하고 分司官이라 칭하였다. 分司官은 북송 후반기 이후 宮觀使가 일반화되면서 그것으로 대치되기에

없을 지경이었다. 하지만 이러한 상황에 대해 초연해 하며 전연 괘념치 않았다. 선생의 기개는 飄蕩하면서도 淡白하고 또 고상한 雅聚가 있어 좋은 山水를 즐겼다. 심지어 마음에 드는 곳을 만나면 종일토록 노닐기도 하였다.

南康軍 廬山의 기슭에 蓮花峰에서 발원하여 湓江으로 흘러들어가는 시내가 하나 있었는데, 그 물이 매우 시원하면서도 맑았다. 선생은 관직을 은퇴한 후 이곳을 즐겨찾다가 후에는 그 위에 서당을 하나 짓고 '濂溪'라 명명하였다. 고향을 그리워하는 마음이 담겨 있었던 것이다. 그리고 親友인 潘興嗣에게 이렇게 말했다.

"벼슬생활과 은퇴에 대해 古人들은 얽매이지 않았네. 어려서부터 머리를 묶고 공부하는 것은 장차 천하의 백성들에게 도움을 주기 위해서이지. 그러니 벼슬에서 물러날 때가 되어 은퇴하는 것은 올바른 선택일세. 후일 그대와 더불어 이 濂溪書堂에서 함께 노닐며 先王의 道를 읊조려 보세나. 벼슬생활과 은퇴에 대한 내 생각은 이런 것이라네."

朱子가 말했다.[14]

"道는 天下에서 일찍이 없었던 적이 없으나, 사람에게 依託한 형태로는 道가 단절되기도 하고 또 이어지기도 한다. 따라서 세상에서 道가 행해지는 것은 明顯할 때도 있고 희미해질 때도 있다. 이러한 것은 모두 天命이 주관하는 바이며 사람의 智力으로써는 어찌할 수 없다. 대저 하늘은 높고 땅은 낮되, 陰陽의 二氣와 五行은 그 사이에서 어지러이 섞여

이른다. 周敦頤는 神宗 熙寧 4년(1071) 南京의 分司官으로 退休하였다(熊節, 『性理群書句解』 권20, 「濂溪先生行錄」 참조).

14 『朱熹集』 권78, 「江州重建濂溪先生書堂記」에 실려 있다.

昇降하고 往來한다. 그 造化로 말미암아 모든 만물은 차이가 생겨 각각 고유한 理를 갖게 되는 것이다. 그 가운데 가장 큰 것은 仁義禮智의 性으로서, 君臣과 父子, 昆弟, 夫婦, 朋友 사이의 人倫이 바로 그것이다. 천하의 道는 두루 흐르며 천지에 충만해 있어 어느 곳에서든 이지러지는 적이 없다. 그러니 어찌 古今의 治亂으로 말미암아 천하의 道가 영향을 받겠는가? 하지만 氣의 運行은 크고 작음이 있으며 나뉘어지고 합해짐이 있어 일정치 않다. 사람의 품성도 마찬가지여서 淸濁과 賢愚의 차이가 있게 마련이다. 이런 까닭에 道가 사람에게 依託되어 세상에서 행해지는 것은, 오로지 하늘이 결정하는 것일 따름이다.

선생은 바로 이렇게 하늘이 결정하여 그 道를 체득하고 또 그것을 후세로 전한 사람이다. 그렇지 않다면 道가 그토록 오래 단절되어 있었음에도 어찌 그리 쉽게 잇고, 또 道가 세상에서 그리 심하게 희미해져 있었음에도 어찌 그리 분명하게 밝혀낼 수 있었겠는가? 무릇 孟氏가 沒世한 이래 이 道는 단절되어 전해지지 않았다. 우리 宋朝가 天命을 받아 五星이 集奎함으로써 文明이 興隆되고 난 연후에야, 희미했던 氣가 강해지고 나뉘어 흩어졌던 氣가 합해질 수 있었다. 그리하여 淸明의 天稟이 사람에게 흐트러짐 없이 부여될 수 있어서 선생이 출현했던 것이다. 그러한 까닭에 스승으로부터 전수받지 않고도 능히 道의 體를 분별해 내어, 圖를 그리고 글을 붙여 그 大要를 명료히 정리하였다.[15] 당시 이를 보고 이해한 사람 가운데 程氏 형제가 있어 마침내 그것을 크게 넓히고 더욱 분명히 밝혀냈다. 그리하여 정묘한 天理와 明顯한 人倫, 衆多한 사물 및 幽玄한 鬼神에 이르기까지 모두 하나로 통찰하여 정리해 내었다. 이

15 『太極圖說』의 저술을 말한다.

렇게 하여 周公과 孔子, 孟氏로 전해져 온 道가 다시 환히 빛을 발하게 되었던 것이다. 하늘이 결정한 바가 아니라면 그 누가 어떻게 능히 이러한 일을 해낼 수 있었겠는가?"

朱子는 또 다음과 같이 말했다.[16]

"선생의 이론은 '無極太極'이란 오묘한 말에 그 고매함이 극치를 이루고 있으나 사실 그것은 일상으로부터 떨어져 있는 것이 아니다. 그리고 陰陽五行의 심오한 造化를 깊이 탐구하고 있으나, 그 또한 사실 仁義禮智 및 剛柔와 善惡의 가치로부터 크게 벗어난 것이 아니다. 선생의 이론 및 일상의 범사는 그 體와 用의 근원이 동일하다. 秦漢 이래로 진실로 이러한 이치에 도달한 자가 없었으되, 그것을 사실상 六經과 論語, 大學, 中庸, 七篇[17]이 말하는 바와 다른 것이 아니다.

대저 그 이른바 太極이란 것은 天地萬物의 理를 합하여 명명한 것일 따름이다. 太極에는 器와 形이 없으되 天地萬物의 理가 모두 이 안에 있다. 이런 까닭에 '無極이면서 太極이다'라고 말한 것이다. 또한 太極은 이처럼 天地萬物의 理를 모두 담고 있으되 器와 形은 없다. 이러한 까닭에 '太極은 본디 無極이다'라고 말한 것이다. 이 어찌 生民들의 일상에서 떨어진 별도의 논리일 수 있는가? 陰陽五行의 심오한 造化라는 것도 이 理일 뿐이며, 仁義禮智 및 强柔와 善惡 또한 이 理이다. 이 理를 천성으로 갖추고 그로부터 벗어나지 않는 자는 聖人이며, 이 理를 후천적으로 회복하여 그로부터 벗어나지 않으려 노력하는 자는 賢者이다. 堯舜으로부터 孔子와 孟子에 이르기까지 계속 전해져 내려온 학설도 어찌

16 『朱熹集』 권78, 「隆興府學濂溪先生祠記」에 실려 있다.

17 『孟子』의 別稱. 『맹자』가 일곱 개의 篇으로 구성되어 있는 것에서 연원한 별칭이다.

한 마디라도 이와 다른 바가 있겠는가? 선생이 이전의 聖賢들을 계승하여 後學들을 위한 길을 연 공로는 실로 심대한 것이라 하겠다."

張栻이 말했다.[18]

"秦漢以來로 정치를 말하는 자들은 功利를 추구하는 五霸의 습속에 빠져들고 道를 추구하는 자들은 異端의 공허한 말에 미혹되었다. 정치를 통해 仁을 베푸는 先王의 자세라든가 혹은 天理와 人倫의 가르침 등에 대해서는 아무도 돌아보지 않았다. 그래서 정치를 말하는 자는 학문에 아무 관심을 갖지 않았고 또 道를 구하는 자는 현실의 일을 외면하였다. 백성들도 三代의 盛世에 대해 전연 알지 못하는 상태가 계속되었다. 어찌 한탄스럽지 않은가!

이런 상태에서 천년 만에 불현듯 선생이 나타나 零星한 기록들의 틈바구니에서 오묘한 진리를 찾아내었다. 그리하여 太極을 규명해내고 나아가 陰陽五行의 流布 및 사람과 萬物이 나고 변화하는 원리를 밝혀내었다. 이로 말미암아 인간이 지극한 靈物이라는 것과 本性이 至善하다는 사실, 그리고 萬物에 근본이 있으며 만사에 법칙이 있다는 사실 등을 알게 되었다. 또 이러한 선생의 발현으로 인해 先王의 정치가 그들 개개인의 생각에서 나온 것이 아니며 공히 道에 입각한 것이라는 사실이 밝혀졌으며, 또 마침내 孔孟의 眞意가 다시 드러날 수 있었다. 이후 二程 선생에 이르러서는 더욱 발전하고 精妙해져서, 聖人이 사람들을 가르치는 所以라든가 학자들이 노력해야 할 바 등의 本末과 始終이 두루 구비되었다. 그리하여 道를 구하는 자들에게는 학문의 방향이, 治道

18 『張栻集』『南軒集』 권10, 「南康軍新立濂溪祠記」에 실려 있다.

를 말하는 자들에게는 그 근본이 갖추어졌다."

朱子가 말했다.[19]

"선생의 학문은 『太極圖說』에 그 오묘함이 두루 갖추어져 있다. 『通書』의 말 또한 사실 『太極圖說』의 내용을 확충한 것에 불과하다. 二程先生 兄弟들도 性命에 대해 얘기할 때는 언제나 이 『太極圖說』 및 『通書』의 말에 의거하였다. 『通書』의 「誠」, 「動靜」, 「理性命」 등의 章 및 程氏의 책 가운데 「李仲通銘」, 「程邵公志」, 「顏子好學論」 등의 篇[20]에서 그것이 잘 나타난다.

潘興嗣는 선생의 墓誌銘[21]에서 그 저서를 적으며 『太極圖說』을 맨 첫머리에 들고 있다. 그런즉 이 『太極圖說』이 선생의 저서 가운데 가장 첫 번째가 된다는 사실은 의문의 여지가 없다. 그런데 선생은 몸소 二程에게 가르침을 줄 때 『通書』의 뒤에 『太極圖說』을 붙여 건네주었다. 또 후세인들도 그러한 책을 보고서 마침내 『太極圖說』이 『通書』의 終章이라고 오해하고 말았다. 이러한 오해가 정정되지 않은 채 선생의 眞意는 가리워져, 갑자기 『通書』를 읽는 자는 그 전체적인 구도를 알 수 없게 되었다. 이것이 지금까지 여러 版本의 잘못된 점이다.[22]

---

19 『朱熹集』 권75, 「周子太極通書後序」에 실려 있다.

20 『河南程氏文集』 권4, 「李寺丞墓誌銘」 및 권4, 「程邵公墓誌」, 그리고 권8, 「顏子所好何學論」 등을 가리킨다.

21 『宋文鑑』 권144, 「周茂叔墓誌銘」 및 『周元公集』 권4, 「濂溪先生墓誌銘」.

22 이곳에서 갑자기 版本의 善惡에 대한 평가가 나오는 것은 本書의 編者 李幼武의 부주의에서 기인하는 것으로 보인다. 본디 이 항목의 原典이라 할 수 있는 朱熹의 「周子太極通書後序」에서는 그 序頭에서, "右周子之書一編 今春陵 零陵 九江皆有本 而互有同異. 長沙本最後出 乃熹所編定 視他本最詳密矣"(『朱熹集』 권75)라고 말하며 『通書』 諸版本과 비교하여 朱熹 자신이 編定한 長沙本의 장점을 설명하고 있다. 李幼武는 본 항목을 節錄하며 이 부분은 생략하였음에도 불구하고, 중반에 다시 등장하는 版本의 장단점에 대한 朱熹의 평가는 미처 刪截하지 않아, 전후의 문맥이 매끄럽지 못한 결과를 초래하고 있다.

그리고 일찍이 內翰[23]인 朱震이 「進易說表」[24]를 올리면서, '이 太極圖는 陳摶과 种放, 穆脩로부터 周敦頤에게 전해졌다'[25]고 말한 것을 읽은 적이 있다. 그런데 五峰 胡氏는 『通書』에 序를 붙이며, '선생은 오직 种放과 穆脩로부터만 배운 것은 아니다. 种放과 穆脩는 그 배움에 있어 다만 한 명의 스승들이었을 뿐이며 중요한 스승이었던 것도 아니다'[26]라고 말한 적이 있다. 만일 선생의 심오한 학문에서 이 太極圖가 나온 것이 아니며 남으로부터 원용한 것이라면 种放과 穆脩가 말하는 것과 다르지 않아야 될 것이며, 또 朱震이 말하듯 太極圖를 种放과 穆脩로부터 받았다면 선생은 어떻게 이 太極圖를 더 발전시킬 수 있었던 것일까? 이러한 까닭에 나는 朱震의 말에 의심을 품어 왔다. 그러던 차에 潘興嗣의 墓誌銘을 얻어 읽어본 연후에 太極圖가 과연 선생이 스스로 만든 것이며 남으로부터 받은 것이 아니라는 사실을 알 수 있었다.[27] 朱震은 이 墓誌銘을 일찍이 본 적이 없기 때문에 그렇게 말하였던 것이다.

胡宏은 『通書』를 가리켜 이렇게 말하였다.

'사람들은 이 책의 간략함만을 보고 그 안에 담겨 있는 道의 長大함을 알지 못하며, 그 문장의 質朴함만을 볼 뿐 그 뜻의 精妙함을 알지 못한다. 또 그 말의 淡白함만을 볼 뿐 그 의미의 長遠함을 알지 못한다. 사람으로

---

23 翰林學士의 별칭.

24 朱震이 高宗 紹興 4년(1134) 『漢上易傳』을 완성하고 올린 「漢上易傳表」를 말한다(「提要」 및 「漢上易傳表」 참조).

25 朱震은 「漢上易傳表」에서, "陳摶以先天圖傳种放 放傳穆脩 脩傳李之才 之才傳邵雍. 放以河圖洛書傳李漑 漑傳許堅 堅傳范諤昌 諤昌傳劉牧. 脩以太極圖傳周敦頤 敦頤傳程頤程顥"(위와 같음)라고 적고 있다.

26 『胡宏集』, 「周子通書序」에 등장한다.

27 潘興嗣의 「周茂叔墓誌銘」 가운데 이와 관련된 내용은, "(周敦頤)尤善談名理 深於易學 作太極圖易設易通數十篇 詩十卷 今藏於家"(『宋文鑑』 권144)라는 記述이 전부이다. 朱熹와 같은 大學者가 이러한 단편적 기술을 근거로 하여 '太極圖說은 周敦頤의 창작물이다'라고 단언하는 것은 매우 흥미롭다.

서 진실로 伊尹의 뜻을 세우고 顔子의 學을 닦게 된다면, 이 책이 至大한 내용을 포괄하고 있으며 聖門의 事業이 무궁함을 알 게 될 것이다.'

이야말로 지극히 옳은 평가이며 이 책을 읽는 자들이 반드시 유념해야 할 것이라 하겠다."

또 朱子가 말했다.[28]

"『通書』는 夫子(濂溪)가 저술한 것으로 본래는 『易通』이라 불리웠으며 「太極圖」와 함께 지어진 것이다. 程氏가 이 책을 세상에 전하였는데 그 논의는 사실 두 저서가 서로 표리를 이룬다. 대저 하나의 理와 두 개의 氣(陰陽), 그리고 五行이 나뉘어지고 합해지는 원리로써 道의 本體를 精微하게 정리하였으며 또 道義와 文辭, 祿利의 취사선택 기준을 제시한 것이었다. 이들 저서는 실로 俗學의 鄙陋함을 크게 자극하여 변화시키는 작용을 하였다. 또 學問의 방향 및 經世의 대원칙을 명료하게 제시하는 성격을 지닌 것이기도 하였으며, 그 서술은 분명하면서도 簡要하여 空言이 없다. 이들 저서에서는 大用의 원칙을 규정하고 있는데 이는 秦漢以來의 諸儒들이 도저히 따를 수 없는 것이다. 다만 그 條理가 緊密하고 의미가 深遠하여 今世의 學者들이 언뜻 보아서는 도저히 이해할 수 없는 내용을 지니고 있다. 이러한 까닭에 程氏가 沒世하자 이 책은 거의 세상에서 사라지고, 그 존재를 아는 사람들도 다만 그 내용이 高遠하다는 정도로만 이해하고 있을 따름이었다."

다음과 같이 물었다.

---

28 『朱熹集』 권81, 「周子通書後記」에 실려 있다.

"선생(朱子)께서는, '程子는 「太極圖」를 門人들에게 전수하지 않았는데 그것은 받을 만한 사람이 없었기 때문이다'라고 말씀하셨습니다. 그런데 孔門에서도 이러한 말을 顔子나 曾子에게 가르친 적이 없습니다. 그것은 왜 그렇습니까?"

朱子가 말했다.

"어떻게 그렇게 말할 수 있는가?"

"顔子나 曾子가 공부한 내용을 보면 모두 자신에게 절실한 것들 뿐이었습니다."

"이것(「太極圖」의 내용)이 어찌 자신에게 절실한 것이 아닌가? 모두 나의 바깥에 있는 것들이 아니며 내 안에 본디부터 있는 것들이다."

朱子는 이어 말했다.

"그렇게 말하는 것은 겉만 자란 이가 멋대로 억측한 생각일 뿐이다. 이해가 모자란 자는 그렇게 생각한다. 하지만 어느 정도 학문을 이루게 되면, 그것이 모두 내 안에 있는 것들에 대한 분석이란 사실을 알게 된다. 어찌 억측만으로야 이해할 수 있겠는가?"[29]

누군가 「太極圖」에 대해 물으니 朱子는 다음과 같이 대답했다.

"사람의 몸으로 말하자면 呼吸의 기운은 陰陽이고 身體와 血肉은 五行이며 그 本性은 理이다."

이어 말했다.

"氣란 것은 春夏秋冬이고 萬物은 金木水火土이며 理는 仁義禮智信이다. 氣는 그 자체로 氣이며 質은 그 자체로 質이다. 더 이상 긴 설명이 필

29 『朱子語類』 권94, 「太極圖」에 실려 있다.

요 없다."[30]

다음과 같이 물었다.

"「太極圖」에서는 왜 다섯 개를 陰陽의 아래에 나열했습니까?"

朱子가 대답했다.

"五常은 理이며 陰陽은 氣이다. 理만 있고 氣가 없으면 理는 설 수 없다. 氣가 있은 연후에야 理가 비로소 설 수 있는 것이다. 그래서 五行이 陰陽의 뒤에 오는 것이다."

또 물었다.

"그러면 모두 일곱입니까?"

"義와 智는 陰에 속하고, 仁과 禮는 陽에 속하는 것이다."[31]

---

30 위와 같음.

31 위와 같음. 『朱子語類』의 編者 黎靖德은 이 항목의 질문자에 대해, '此問似欠分別'이란 按語를 붙이고 있다.

권2

程顥

鄠縣에 稅官이 하나 있었는데 뇌물로 악명이 높았다. 하지만 힘을 뽐내며 文身까지 하고서 살인도 할 수 있다고 호언하기 때문에 사람들이 그를 무서워하였고, 심지어 監司와 州將[1]까지도 감히 그 부정을 밝혀내지 못하고 있었다. 선생이 도임하자 그는 마음속으로 불안을 느껴 이렇게 말했다.

"다른 사람들이, '제가 官錢을 도둑질했는데 새 主簿가 그것을 밝혀내서 궁지로 몰릴 경우 필시 살인하게 될 거다'라고들 말합니다."

그 말이 채 끝나기 전에 선생이 웃으며 말했다.

"사람들이 그런 말까지 한단 말이오? 귀하야 나라의 祿을 먹는데 어

1　知府 혹은 知州의 별칭.

찌 도둑질을 하겠소이까? 만일 그런 사실이 있다면 어김 없이 사형에 처해야 될 것이오. 어찌 살인을 할 수나 있겠소이까?"

그는 말문이 막혀 감히 아무 말도 하지 못했고, 후일 자기 돈을 내어 도용한 官錢을 상환하고 이후 다시는 그런 일을 하지 않았다. 仁宗 嘉祐 3년(1058)의 일이었다.[2]

鄠縣의 縣令은 선생의 나이가 어려서 선생에 대해 잘 알지 못했다. 그런데 당시 민간에 형의 집을 빌려 사는 자가 있었는데 땅 속에서 많은 양의 동전을 찾아냈다. 이에 대해 그 형의 아들은, '아버지가 감춰둔 것이다'라고 縣衙에 고소하였다. 縣令은 아무 증거가 없어 판정에 애를 먹고 있었다. 이에 선생이 나서서 그 아들에게 물었다.

"감춘 때가 언제인가?"

"지금부터 40년 전의 일입니다."

"숙부에게 집을 빌려준 것은 얼마나 되었는가?"

"20년 되었습니다."

선생은 사람을 시켜 동전을 조사해보고 나서 그 아들에게 말했다.

"오늘날 官에서 동전을 주조하면 5, 6년이 못되어 천하에 두루 퍼진다. 그런데 이 동전들은 모두 40년보다도 훨씬 이전에 주조된 것들이니 어찌된 일인가?"

그 아들은 아무 말도 하지 못하였다. 이 일로 縣令이 선생을 크게 달리 보았다.

---

2 程顥는 仁宗 嘉祐 2년(1157) 25살의 나이로 과거에 합격하여 첫 근무지로 永興軍路 京兆府 鄠縣에 主簿로 부임한다.

嘉祐 8년(1063) 江寧府 上元縣의 主簿로 임명되었다. 선생은 縣令을 위해 均田의 법령을 입안하여 조세가 원만히 징수되도록 하였다.[3] 그 후 한여름에 저수지의 제방이 무너졌다. 규정대로 하자면 먼저 縣에서는 江寧府에 신고하고, 江寧府는 다시 轉運使에 稟申한 다음에야 전체 勞役의 규모를 파악하여 役夫를 調發할 수 있었다. 이렇게 되면 족히 한 달여는 지나야 일이 시작될 수 있었다. 선생이 말했다.

"그렇게 한다면 벼들이 말라 죽을 것이고 백성들은 무엇을 먹고 살겠는가? 백성들을 구하려다 죄를 얻게 된다면 어쩔 수 없는 일이다."

선생은 재량으로 민간을 동원하여 둑을 막았고 그 해 대풍을 이루었다.

江寧府는 水運의 요충지였고 그래서 병든 舟卒들을 수용할 수 있는 기관이 개설되어 '小營子'라 불렸다. 매해 이곳에 수용되는 숫자는 수백 명을 상회했는데, 이곳에 오자마자 죽는 자들이 속출하였다. 선생이 그 이유를 조사해보니, 小營子에 사람이 당도하면 府에 보고하여 허락을 받은 다음 식량이 지급되는데, 有司의 문서 처리가 늦어 식량이 지급될 때쯤 되면 이미 당사자는 며칠 째 굶주리는 상태였다. 이에 선생은 轉運司에 말하여 小營子內에 식량을 비축해 두었다가 수용자가 오면 즉시 식량을 지급할 수 있도록 하였다. 이로 인해 태반이 목숨을 보존할 수 있었다. 선생은 늘 이렇게 말했다.

"한 사람의 선비가 진실로 만물을 사랑하는 마음을 지니고 있다면 남들에게 반드시 보탬이 되는 바가 있을 것이다."

---

3 程頤의 「明道先生行狀」에서는 이때의 조치에 대해, "再調江寧府 上元縣主簿. 田稅不均 比他邑尤甚. 蓋近府美田地 爲貴家富室以厚價薄其稅而買之 小民苟一時之利 久則不勝其弊. 先生爲令畫法 民不知擾 而一邑大均. 其始 富者不便 多爲浮論 欲搖之其事旣而無一人敢不服者. 後諸路行均稅法"(『河南程氏文集』 권11)이라 적고 있다.

英宗 治平 4년(1067) 河東路 晉城縣의 縣令이 되었다. 선생은 일이 있어 邑에 나오는 백성들에게 반드시 孝悌忠信의 도리를 깨우쳤다. 또 鄕村 사이의 遠近을 고려하여 保伍를 만들고 서로 患難을 만났을 때 돕게 하였으며 姦僞者가 그 사이에 틈타지 못하게 하였다.[4] 孤獨이라든가 殘疾者는 親戚들로 하여금 빠트림 없이 돌보게 하였고, 여행 길에 나선 자라든가 혹은 질병자들도 모두 봉양하게 했다. 향촌마다 모두 학교를 세웠으며, 한가할 때에는 친히 향촌으로 가서 학교로 父老들을 불러 함께 얘기를 나누었다. 때로는 아동들이 독서할 때 그 句讀法을 정정해 주기도 했고, 가르치는 자가 적절하지 못할 때에는 교체해 주었다. 처음 晉城縣의 풍속은 심히 卑野하여 학문을 몰랐으나, 선생이 子弟들 가운데 우수한 자를 모아 가르치고 나서는, 선생이 임기를 마치고 떠난 지 불과 10여 년 만에 儒服을 입은 자가 수백 명에 달하게 되었다. 晉城縣 邑內는 거의 만여 호에 달했는데 3년 동안 강도도 없었으며 서로 싸우다 죽은 자도 생기지 않았다. 그런데 선생의 임기가 끝나 새 현령이 막 부임하려 할 때, 어느 날 밤 서리가 문을 두드리며 살인사건이 났다고 보고하였다. 선생이 말했다.

"우리 邑에 어찌 이런 일이 발생했단 말인가. 만일 그 말이 틀림없다면 반드시 어느 村의 누구일 것이다."

알아보니 과연 그러하였다. 사람들이 놀라 어떻게 그걸 알았느냐고 묻자 이렇게 대답하는 것이었다.

"내 일찍이 이 자만은 그 惡習을 고치지 못할 것이라 여기고 있었다."

---

4 이러한 조치는 훗날 鄕約으로 이어지는 先河라는 평가를 받고 있다. 이근명, 「朱熹의 增損呂氏鄕約과 朝鮮社會－朝鮮鄕約의 特性에 대한 檢討를 중심으로」, 『중국학보』 45, 2002, 277쪽 참조.

앞서 백성들은 差役을 매우 두려워하여 役이 자신에게 할당되면 서로를 가리켜 고소하며 원수를 대하듯 하였다. 선생은 백성들 재산의 많고적음을 두루 파악하여 差役의 先後를 미리 정하였다가, 그 장부에 따라 役을 할당하였다. 그 결과 아무도 원망하지 않았다. 또 河東의 義勇은 농한기를 이용하여 무예를 가르치는 것으로 되어 있었으나 규정상의 존재에 불과하였다. 그러나 선생이 縣令으로 부임하자 晉城縣의 백성들은 모두 精兵이 되었다.

神宗 熙寧 2년(1069) 呂公著가 선생을 추천하여 太子中允 겸 權御史裏行[5]으로 임명되었다. 神宗은 평소 선생의 명성을 잘 들어 알고 있었던지라 召對하여 조용히 여러 가지를 下問하였다. 그리고 선생이 물러날 때마다,

"가능한 한 자주 찾아오도록 하기 바라오"라고 말했다.

어느 날 논의가 심히 길어져 日官이 정오가 되었다고 보고하자 선생은 부랴부랴 물러나왔다. 이를 보고 궁중 내의 환관이,

"御史는 主上께서 식사하셔야 되는 것도 모르는 모양이야"라고 말하였다.

선생이 神宗에게 아뢰는 말의 大要는, 마음을 바로잡고 욕심을 억제하며 賢者를 구하고 인재를 육성하는 일(正心窒慾 求賢育才)을 우선시해야

---

5 監察御史裏行을 가리킨다. 監察御史職은 그 資歷이 太常博士 이상이거나 혹은 通判을 역임한 자로서 3인 이상의 薦擧가 있어야만 除授되었다. 이러한 資序를 갖추지 못한 자를 御史職에 임명할 때에는 '裏行'의 이란 칭호가 추가되었다. 이러한 정황에 대해 葉夢得은 『石林燕語』에서, "故事 臺官皆御史中丞知雜與翰林學士互擧 其資任須中行員外郎以下 太常博士以上 曾任通判. 人未歷通判 非特旨不薦 仍爲裏行"이라든가 혹은, "今臺官擧人 須得三丞以上 成資通判者 所以難于充選. 因請略去資格 添置御史裏行"(권9)이라 기록하고 있다.

한다는 것이었다. 神宗이 선생에게 인재를 추천하라 하여 수십 명을 천거하였는데 부친의 從弟[6]인 張載와 친동생인 程頤가 그 가운데 맨 첫 번째였다. 또 일찍이 다음과 같이 말했다.

"人主는 마땅히 앞으로 행여 생길지도 모르는 욕심을 경계해야 하며 천하의 선비를 경시해서는 안 됩니다."

당시 王安石이 갈수록 神宗의 신임을 더해가고 있었다. 선생은 神宗을 알현할 때마다, '君道는 至誠과 仁愛를 근본으로 삼아야 한다'고 말했으며 功利에 대해서는 전연 언급하지 않았다.

神宗의 명령으로 中書에 가서 정책을 논의하는데 王安石이 다른 사람에게 매우 화를 내며 험악한 표정을 지었다. 이에 선생이 조용히 말했다.

"天下의 일은 한 집안 내의 사사로운 議論이 아닙니다. 公은 기운을 화평히 하고 들으시기 바랍니다."

왕안석은 부끄러워하며 받아들였다.

어느 날 왕안석은 선생과 의견이 서로 일치하지 않자 이렇게 말했다.

"公의 학문은 큰 벽과 같구려."

이 말은 실행에 옮기기 어렵다는 뜻이었다. 이에 선생이 말했다.

"參政의 학문은 바람을 잡는 듯합니다."[7]

훗날 왕안석은 자신에게 동조하지 않는 사람들을 모두 내쫓았으되 선생만은 가만히 두었다. 그리고 이렇게 말했다.

---

6 程顥의 부친 程珦과 張載는 外從 사이이며, 程珦에게 張載는 表弟였다. 程頤가, "表叔平生議論 謂頤兄弟有同處則可 若謂學于頤兄弟則無是事"(『河南程氏外書』 권11)라고 하듯 張載를 表叔이라 칭하는 것도 이러한 관계에서 연유한다.

7 王安石이 參知政事의 직위에 있었던 기간은 神宗 熙寧 2년(1069) 2월부터 熙寧 3년(1070) 12월까지이다. 본 항목의 대화는 이 시기 동안에 있었던 일이다.

"이 사람은 비록 道를 모르지만 忠信을 갖춘 인물이다."

언젠가 선생이 말했다.

"熙寧初 介甫[8]가 新法을 시작할 때 君子와 小人이 함께 등용되었다. 그런데 君子는 正直하여 동조하지 아니했던 까닭에, 介甫는 이들의 學問이 俗學이어서 世務와 부합되지 않는다 여기고 모두 내쫓았다. 반면 小人들은 아첨하며 그의 비위에 맞추었으므로, 介甫는 이들이 유능하며 時變을 안다고 여기어 두루 등용시켰다. 그 결과 君子들 가운데 君實은 同知樞密院事로의 임용을 사직하고 떠났으며[9] 范堯夫는 同修起居注에서 파직되어 罪를 받았고[10] 張天祺는 監察御史로서 면전에서 介甫의 정책에 반대하다가 謫配되었다.[11] 介甫의 성격은 괴팍하여 여러 사람들이 不可하다고 말하면 더욱 집착하는 경향이 있었다. 이렇게 君子들이 모두 떠나고 小人만 남게 되자, 그들은 다투어 대민 착취에 나서서 그 害가 天下에 심히

---

8 王安石의 字. 이밖에 王安石은, 荊公(神宗 元豊 2년 荊國公으로 封해진 것에서 연유)·半山(熙寧 9년 宰相職에서 은퇴하고 江寧府에 退居하며 半山老人이라 自號하였던 것에서 연유)·臨川先生(그의 출신지가 撫州 臨川縣인 점에서 연유)이라 칭해졌고, 드물게는 舒王(徽宗 崇寧 3년 舒王으로 追封되었던 것에서 연유)이라 칭해지기도 한다.

9 君實은 司馬光의 字. 司馬光은 熙寧 3년(1070) 2월 樞密副使職의 除授를 사양하고 지방관직(知永興軍)으로 나갔다가, 이 해 9월에는 이마저 사직하고 洛陽으로 退居한다. 본문 가운데의 同知樞密院事는 樞密副使의 오류이다(『宋史』 권336, 「司馬光傳」 및 권14, 「神宗紀」 1, 熙寧 3년 2월; 『續資治通鑑長編拾補』, 神宗 熙寧 3년 2월 壬申 등을 참조).

10 堯夫는 范純仁의 字. 范純仁은 熙寧 2년(1169) 8월 知河中府로 貶職된다. 다만 이때 范純仁이 得罪하였다는 明道의 述懷는 잘못이다. 中央官으로부터 地方으로 落職했을 뿐이다. 이때의 정황에 대해 『宋史』에서는, "其所上章奏 語多激切 神宗悉不付外. 純仁盡錄申中書 安石大怒 乞加重貶. 神宗曰 彼無罪 姑與一善地 命知河中府 徙成都路轉運使"(권314, 「范純仁傳」)라 적고 있다.

11 天祺는 張戩의 字이다. 張戩은 張載의 아우로서 二程에게는 表叔이 된다. 張戩이 罷職되는 것은 神宗 熙寧 3년(1070) 4월의 일이다. 여기서 張戩이 謫配되었다는 明道의 述懷 역시 착오이다. 당시의 정황에 대해 『宋史』에서는, "書數十上 又詣中書爭之 安石擧扇掩面而笑. 戩曰 戩之狂直宜爲公笑 然天下之笑公者不少矣. 趙抃從旁解之 戩曰 公亦不得爲無罪. 抃有愧色. 遂稱病待罪. 出知公安縣"(권427, 「張戩傳」)이라 기록하고 있다.

깊이 드리워졌다. 만일 처음부터 조정에 君子들이 없어서 介甫와 적이 되지 않았다면 시간이 흐를수록 그의 성향이 저절로 부드러워져 겸허해지고 또 균형을 갖추게 되었을 것이다. 그리하면 남의 말에 귀를 기울이는 자세도 생겨서 小人들이 그 틈을 타고 뜻을 펼칠 수도 없었을 것이고, 따라서 그 해악이 이렇게까지 심해지지는 않았을 것이다."

천하가 이 말에 대해 정곡을 찌른 것이라 여겼다.

또 다음과 같이 말했다.

"新政의 시행과 그로 인한 폐해는 또한 지나친 黨爭이 초래한 것이기도 하다. 오늘날과 같이 天下가 도탄에 빠지게 된 데 있어 그 책임의 절반은 지나친 黨爭이 져야만 할 것이다.

당시 介甫는 사직까지 각오하고, 몇 가지 일을 主上 앞에서 의논하여 그 결말에 따라 거취를 결정하려 했다. 만일 青苗法의 시행이 보류된다면 사직하려 작정하고 있었던 것이다. 나는 孫覺과 함께 神宗의 동의를 얻어 青苗法의 처리를 주도하기로 하였다. 神宗의 의도는 기본적으로 介甫의 입장을 존중하되 다만 그가 아닌 다른 사람에게 그 실행을 맡긴다는 것이었고, 介甫 역시 꼭 青苗法을 시행해야만 한다는 것은 아니었다. 먼저 내가 介甫에게 말했다.

'管仲은, 政令을 발포하는 것은 물 흐르듯 하여 民心에 순응해야만 한다고 말했습니다. 지금 參政께서 굳이 人心에 순응하지 않으려 하는 것은 무엇 때문입니까?'

당시 介甫는, 처음부터 다른 사람들의 반대에 가로막히게 되면 그 다음에도 종내 시행이 불가능할 것이라 염려하고 있었다. 그래서 내가 다시 말했다.

'人心에만 순응하게 된다면 누군들 따르지 않으려 할 사람이 있겠습니까?'

介甫가 대답했다.

'이야말로 賢者의 정성스런 조언이라 할 것이오.'

그런데 그 날 張天祺가 中書에서 크게 행패[12]를 부려 介甫가 몹시 노하였고, 그래서 神宗 앞에서 死力을 다해 靑苗法의 실시를 고집하였던 것이다. 神宗 또한 그 때문에 介甫의 말을 모두 들어주었다. 이로부터 朋黨이 나뉜 것이다.

이후 孫覺 또한 介甫의 부탁을 받고 끝내 가려하지 않아[13] 좌천되고 말았으며, 나 역시 얼마 후 중앙을 떠나 京西提刑에 除授되었다. 내가 다시 神宗에게 알현을 청하자 神宗이 말씀하셨다.

'어떤 상주문을 갖고 왔소이까?'

'지금은 지척에서 天顔을 뵙는데 어찌 조금이라도 폐하의 뜻을 이해하지 못할 것이 있겠습니까? 상주문이 무슨 필요가 있겠습니까?'

알현을 마치고 나오는데 神宗이 몇 차례나 下問하셨다. 나는 그에 답할 때마다,

'폐하께서는 결코 가벼이 用兵을 말씀하시지 말기 바랍니다. 현재 朝廷의 群臣 가운데 폐하의 뜻을 받들어 전쟁을 수행할 만한 이가 없습니다'라고 말씀드렸다."

---

12 張戩이 王安石을 공박한 대강의 정황에 대해 『續資治通鑑長編』에서는, "戩旣上疏 又詣中書力爭 辭氣甚厲. 公亮俯首不答 安石以扇掩面而笑. 戩怒曰. 參政笑戩 戩亦笑參政所爲. 豈但戩笑 天下誰不笑者"(권210, 神宗 熙寧 3년 4월 壬午)라 기록하고 있다.

13 이 정황에 대해 『宋史』에서는, "會曾公亮言畿縣散常平錢 有追呼抑配之擾 安石因請遣覺行視虛實. 覺旣受命 復奏疏辭行"(권344, 「孫覺傳」)이라 전하고 있다.

元豊 8년(1085) 3월 神宗이 昇遐하였다. 선생은 그 전갈이 도착하자 애도를 표하였다. 애도가 끝나자 西京留守 韓絳의 아들인 韓宗師가 물었다.

"조정의 일은 앞으로 어떻게 되겠습니까?"

"司馬君實과 呂晦叔[14]이 재상이 될 것이외다."

韓宗師가 다시 물었다.

"두 분이 재상이 되면 어찌 될까요?"

"元豊 연간의 재상들이나 비슷할 것이오. 만일 너무 일찍 黨與가 나뉘어진다면 후일 근심거리가 될 것이오."

"어떤 근심 말입니까?"

"元豊 年間의 大臣들은 모두 利를 좋아했소이다. 두 사람이 재상이 되고 나면 민간에 해악이 컸던 법안들이 저절로 변하도록 해야 할 것이오. 그렇지 않으면 衣冠의 선비들에게 재앙이 닥칠 것이오."

司馬君實과 呂晦叔은 과연 재상이 되었다. 그리고 宗丞의 직위로 선생을 중앙으로 불렀는데 가지 못하고 작고하셨다.[15]

侯仲良이 말했다.

"朱光庭이 汝州에서 明道를 만나고 돌아와 다른 사람들에게, '내 봄바람 속에서 한 달 정도 앉아 있었던 느낌이다'라고 말했다."[16]

---

14 司馬光과 呂公著를 가리킨다. 君實과 晦叔은 字이다.

15 程顥는 元豊 8년(1085) 6월 15일 54살의 나이로 작고한다.

16 이러한 明道의 溫和한 인품과 관련하여 『宋史』에서는, "顥資性過人 充養有道 和粹之氣 盎於面背 門人交友從之數十年 亦未嘗見其忿厲之容. 遇事優爲 雖當倉卒 不動聲色"(권427, 「程顥傳」)이라 적고 있다. 伊川은 明道의 死後 그 인품을, "視其色 其接物也 如春陽之溫. 聽其言 其入人也 如時雨之潤"(『河南程氏文集』 권11, 「明道先生行狀」)이라 말하고 있다. 하지만 兄弟之間이지만 伊川의 성향은 판이하여 內外로 극히 嚴正한 기풍을 지니고 있었다. 朱子는 이러한 二程子의 개성 차이에 대해, "明道德性寬大 規模廣闊 伊川氣質剛方 文理密察. 其道雖同 而造德各異."(『朱熹集』 권35, 「答劉子澄」)라고 말하고 있다.

謝良佐가 말했다.

“明道는 종일토록 마치 진흙으로 빚은 塑像같이 앉아 계셨으나 사람을 접할 때는 완전히 한 덩어리의 和氣셨다.”

張九成이 말했다.

“明道의 집 서재의 창 앞에 잡초가 우거져 섬돌을 덮을 지경이었다. 누군가 베어버릴 것을 권하자 明道가 말했다.

‘안 된다. 이들 잡초를 보며 만물의 생장 의지를 읽고 싶다.’

또 明道는 단지를 하나 갖다 놓고 그 안에 작은 물고기 몇 마리를 기르며 때때로 보기를 즐겼다. 누군가 그 연유를 물으니 이렇게 대답했다.

‘만물이 스스로 得意하는 모습을 보고 싶은 것이다.’

잡초와 물고기는 사람이면 누구나 보는 것이다. 하지만 明道만은 잡초를 본즉 생장의지를 읽었으며 물고기를 본즉 스스로 得意하는 것을 알아보았던 것이다. 流俗의 知見을 지닌 사람이라면 어찌 함께 이야기를 나눌 수 있으랴!”

明道 사후 文彦博은 衆議를 모아 그 墓表에 ‘明道 先生’이라 題하였다.[17] 그리고 아우인 伊川은 그것에 序를 붙여 다음과 같이 적었다.

“周公이 沒世하자 聖人의 道가 행해지지 아니하고 孟軻가 죽은 이래 聖人의 학문이 전해지지 않게 되었다. 道가 행해지지 아니하자 百世토

古來로 두 程子의 氣像은 곧잘 明道는 春風, 伊川은 秋霜에 비유된다.

17 이 부분의 原文은 “文潞公采衆議 而爲之稱以表其墓 曰明道先生”이라고 자못 모호하게 되어 있다. 明道의 死後 그 墓表를 적은 것은 아우인 伊川이며(『河南程氏文集』 권11, 「明道先生墓表」), 그 墓表에서 “先生名顥 字伯淳 葬於伊川. 潞國太師題其墓 曰明道先生”이라 말하고 있듯 文彦博은 墓題를 붙이는 소임을 맡았던 것이다.

록 善治가 없었으며 학문이 전해지지 아니하자 천년토록 참다운 선비가 없었다. 善治가 없으면 그래도 선비들은 善治의 道를 밝혀내어 사람들을 바로 인도하고 또 그것을 후세에 전할 수 있다. 하지만 참된 선비가 없으면 천하는 모두 흐릿흐릿해져 어떻게 행해야 좋을지 모르게 되고, 그리하여 멋대로 행하여 天理가 민멸되기에 이른다. 선생은 孟軻로부터 1,400년 후에 출생하여 경전들 속에서 그동안 단절되어 있었던 학문을 찾아낸 다음, 斯文[18]을 興起하는 것을 임무로 여기며 異端을 辨別해 내고 邪說들을 물리쳤다. 그리하여 聖人의 道가 다시 세상에 밝게 빛을 발하도록 하였다. 대저 孟子 이후 첫 인물이었던 것이다. 하지만 학자로서 道에 대해 무엇을 공부해야 할지 모른다면 이 사람의 功을 알 수 없을 것이며, 어떻게 공부해야 할지 모른다면 그 학문이 진리임을 알 수 없게 될 것이다. 산은 무너져 내릴 수 있으며 골짜기는 다른 곳으로 옮아갈 수 있다. 하지만 明道의 이름만은 萬古에 이르도록 오래 남아 변치 않을 것이다."

선생은 15, 16세의 시기부터 汝南의 周茂叔이 道를 논한다는 말을 들은 이래 科擧의 學業을 버려두고 慨然히 道를 구하고자 하는 뜻을 세웠다. 하지만 그 大要를 알지 못하여 이후 근 10여 년 동안 諸家를 두루 돌아다녔으며 老佛에도 출입하였다. 그러다 六經으로 돌아와 찾은 연후에야 道를 얻게 되었다. 그 결과 庶物과 人倫의 이치를 깨달았으며, 아울러 盡性과 至命이 孝悌에서 연원한다는 것, 그리고 神明과 造化를 窮究

18 儒教的인 文化, 즉 禮樂敎化 및 典章制度의 총칭. 『論語』 「子罕」에서 孔子가, "天之將喪斯文也 後死者不得與於斯文也"라고 말하는 것에서 그 전형적인 의미가 잘 나타난다. 朝鮮時代 異端邪說에 대해 '斯文亂賊'이라 규정할 때의 斯文 역시 동일한 의미이다.

하기 위해서는 禮樂에 대한 이해로부터 시작해야 된다는 사실 등을 깨닫게 되었다. 나아가 이단의 사이비 학설을 辨別해내어 百代 동안 풀리지 않은 채로 있었던 미혹들을 밝게 파헤쳤으니, 실로 秦漢以來 이러한 경지에 이른 사람은 일찍이 없었다. 明道는, '孟子가 沒世한 이래 聖學이 전해지지 않았다'고 말하고 斯文의 興起를 자신의 임무로 여겼다. 明道는 다음과 같이 말했다.

"道가 희미해져 있었던 것은 異端의 해악으로 말미암은 것이다. 옛날의 해악은 近淺하여 알아내기 쉬웠지만 오늘날의 해악은 深遠하여 분별하기 어렵다. 또 옛날의 이단이 사람들을 유혹할 때에는 그 미혹되고 暗愚함을 틈탔는데 오늘날에는 그 高明함을 이용하여 파고들어 간다. 이들 이단사설은 스스로 말하기를 神異와 造化를 窮究하였다고 하나 세상의 文物을 일으켜 인간들에게 도움을 주지 못하며, 두루 통달하여 치우침이 없다고 말하나 실제는 倫理에서 벗어나 있다. 이들이 심오하고 隱微한 것을 연구하지만 堯舜의 道와는 다른 것이다. 그런데 오늘날 天下의 학문이 淺陋하고 壅滯된 것이 아니면 모두 이들 이단으로 흘러들어간다. 道가 불분명해진 이래로 邪誕과 妖異의 說이 다투어 일어나 生民들의 耳目을 가리고 천하를 汚濁한 곳에 빠트려 버렸다. 그리하여 비록 재주와 지혜가 좋을지라도 그저 見聞한 바에 매몰되어 醉生夢死하면서 그 잘못을 自覺하지 못하고 있는 것이다. 이것이야말로 正路를 뒤덮고 있는 가시덤불이요 聖門을 가로막고 있는 장벽이니, 이들이 제거된 연후에야 道에 들어갈 수 있는 것이다."

선생은 장차 세상 속으로 나아가 이 生民들을 깨우치고 물러나서는 저술을 통해 그 道를 밝히려 했으나, 불행히도 일찍 세상을 떠나는 바람에 모두 이루지 못하고 말았다. 선생의 말씀은 平易하면서도 알아듣기

쉬워, 마치 여럿이서 강물을 마시면서 각각 그 양을 채우듯 賢者와 愚人들이 모두 그 유익함을 얻을 수 있다. 또한 그 가르침에 있어서는 처음의 致知로부터 마지막의 止知에 이르게 하고 誠意로부터 平天下에 이르게 하였으며, 청소하고 손님 접대하는 일상사로부터 窮理와 盡性에 이르게 하여 차근차근 순서가 있었다.[19]

康節(邵雍)이 「四賢吟」을 지어 말했다.[20]

"彦國(文彦博)의 말은 상세하게 거듭되고
晦叔(呂公著)의 말은 간결하고 요령이 있으며
君實(司馬光)의 말은 悠悠自適하고
伯淳(程顥)의 말은 조리 있고 명쾌하도다."

이들 四賢은 洛陽의 명망가로서 諸人들의 지도자였다. 宋 熙寧 年間 이들 名人들이 洛陽에 모여 실로 일시의 壯觀을 이루었다.

누군가 물었다.

"新法이 시행될 당시 모든 사람들이 그 害惡을 알았는데 왜 明道는 나쁘다고 생각하지 않았던 것일까요?"

朱子가 대답했다.

"王安石이 주도해서 그렇게 해악이 생긴 것이다. 만일 明道로 하여금 주관하게 했다면 그렇게 낭패한 지경에 이르지는 않았을 것이다."[21]

---

19 伊川이 지은 「明道先生行狀」의 일부(『河南程氏文集』 권11)이다.
20 邵雍, 『擊壤集』 권19, 「四賢吟」에 실려 있다.
21 『朱子語類』 권130에 실려 있는 問答이다.

권3

程頤

元豊 8년(1085) 哲宗이 즉위하자 門下侍郎인 司馬光과 尙書左丞인 呂公著, 그리고 西京留守인 韓絳이 程頤의 의로운 행실을 조정에 추천하였다.

司馬光과 呂公著가 함께 추천한 奏章에서는 이렇게 말하고 있다.

"삼가 보건대 河南의 處士 程頤는 옛것을 좋아하여 열심히 공부하고 있습니다. 빈한한 살림살이 속에서도 節義를 지키고 忠信에 따르는 언행을 하고 있으며 언제나 禮義에 맞게 살아가고 있습니다. 이미 나이가 50을 넘겼지만 仕進을 구하지 않고 있으니 진실로 隱逸한 儒者이며 盛世의 逸民이라 하겠습니다.[1] 삼가 바라건대 폐하께서는 특별히 召命하

---

1 程頤는 일찍이 과거에 응시하였으나 仁宗 嘉祐 4년(1059) 최종 단계인 殿試에서 낙방한 이래 仕宦을 포기하고, 元豊 8년(1085) 哲宗이 즉위할 때까지 '讀書求道'에만 전

시어 파격적으로 발탁함으로써 士類에게 모범으로 삼으며 또한 風化에도 裨益하도록 하십시오."

經筵에 있어 進講[2]을 맡게 되면 언제나 齋戒하여 미리 몸가짐을 단정히 한 연후에, 깊이 생각하여 준비함으로써 主上을 감동시키려 하였다. 또 講說을 할 때는 항상 文義 이외의 實事를 제기하여 人主와 관련시켰다.

하루는 「顔子不改其樂章」[3]을 進講하게 되었다. 門人들 가운데는, '이 章은 人君의 일과 아무 관련이 없는데 무슨 말을 하려는 것일까' 하고 걱정하는 이도 있었다. 그런데 進講을 하게 되자 文義에 대한 설명을 끝낸 다음 이렇게 말하는 것이었다.

"陋巷의 선비는 仁義가 그 개인의 일일 따름입니다. 하지만 人主는 숭고한 존재이고 물질적 奉養이 두루 갖추어져 있습니다. 만일 학문을 모른다면 부귀로 말미암아 어찌 유혹되지 않을 리 있겠습니까? 顔子는 帝王을 보좌할 수 있는 인재이지만 도시락 밥과 표주막 물을 마시는 빈한한 생활(簞食瓢飮)을 하였습니다. 반면 季氏는 魯나라의 좀벌레와 같은 인물이지만 周公보다도 부귀를 누렸습니다. 노나라 군주의 인재 등용이 이와 같이 무분별하였습니다. 어찌 후세의 귀감이 되지 않겠습니까?"

듣는 사람들은 모두 감탄하였다.

넘하고 있었다. 그 사이 수 차에 걸쳐 近臣들의 추천이 있기도 하였지만 모두 辭讓으로 일관한 바 있다. 이러한 정황에 대해 程頤 자신은, "自少不喜進取 以讀書求道爲事 于玆幾三十年矣. 當英祖朝暨神宗之初 屢爲當塗者稱薦. 臣於斯時 自顧學之不足 不願仕也"(『河南程氏文集』 권6, 「上太皇太后書」)라 述懷하고 있다.

2 程頤는 哲宗 元祐 元年(1086) 3월 侍講인 崇政殿說書에 임명된다(『宋史紀事本末』 권45, 「洛蜀黨議」 참조).

3 『孟子』 「離婁章句 下」에 실려 있다.

入侍하여 進講할 때에는 자세를 매우 엄격히 하였다. 당시 文彦博이 太師平章重事로서 종일토록 侍立해 있으면서도 자세가 흐트러지지 않았다. 哲宗이 조금 쉬라고 권하여도 떠나지 않고 그 자리를 지켰다.[4] 누군가 이를 보고 선생에게 물었다.

"그대의 엄격한 외양과 潞公의 공손함 가운데 무엇이 잘못된 것일까?"

선생이 대답했다.

"潞公은 四朝의 大臣입니다. 그러니 幼主[5]를 섬기는 데 어찌 조심스럽지 않을 수 있겠습니까? 나는 布衣의 신분으로 侍講職을 맡았습니다. 그러니 또한 自重하지 않을 수 없습니다."

언젠가 文彦博이 呂公著 및 范純仁 등[6]과 더불어 經筵에 入侍하여 선생의 講說을 들었다. 그리고 물러나 서로 감탄하며, '참된 侍講이로다'라고 말했다.

당시 文士들 가운데 그 門下로 들어오는 자들이 매우 많았으며, 선생 또한 天下事의 主持를 자임하며 褒貶의 議論을 행하였는데 아무런 거리낌이 없었다. 이로 말미암아 세상에 文名을 떨치고 있던 조정 내의 동료들이 원수처럼 疾視하게 되었다.[7]

蘇軾은 상주문에서 다음과 같이 말하고 있다.[8]

---

4 朱子는 이 일을 哲宗 元祐 2년(1087)으로 紀年하고 있다(『朱熹集』 권98, 「伊川先生年譜」). 당시 文彦博(1006~1097)은 82살의 고령이었다.

5 元祐 2년(1087) 당시 哲宗(1077~1100)은 불과 11살이었다.

6 原文은 '呂范諸公'인 바, 楊時의 『龜山集』 권13, 「語錄」 4 「南都所聞」에서 "正叔在經筵潞公入箚子 要宰相以下聽講. 講罷 諸公皆退 晦叔云 可謂稱職. 堯夫云 眞侍講"이란 구절에 의거하여 呂公著(晦叔) 및 范純仁(堯夫)이라 옮겼다.

7 朱子는 이 일을 哲宗 元祐2년(1087)으로 紀年하고 있다(『朱熹集』 권98, 「伊川先生年譜」).

"臣은 평소 程頤의 간사함을 싫어하였고 또 그러한 감정을 말이나 顔色에서 숨기려 하지 않았습니다."

또 呂陶는 다음과 같이 말하고 있다.[9]

"明堂[10]에서 사면령[11]이 내려지자 臣僚들은 慶賀를 마치고 난 다음 兩省[12]의 관료들을 중심으로 司馬光의 빈소에 조의를 표하러 가기로 했다. 그런데 그때 程頤가 말했다.

'孔子께서는 제사가 있어 哭을 한 연후에 노래하며 즐겨서는 안 된다고 말씀하셨다.[13] 사면령이 내려져 방금 그에 대한 敬賀를 마쳤는데 어찌 弔喪하러 갈 수 있단 말인가?'

그러자 앉아 있던 사람들 가운데 하나가 힐난하여 말했다.

'孔子께서는 제사가 있어 哭을 한 연후에 노래하며 즐겨서는 안 된다고 하셨을 뿐이지, 노래하며 즐긴 연후에 哭하며 제사를 치루지 말라고 말씀하시지는 않았다. 그러니 사면령에 대해 敬賀하고나서 弔喪하러 가는 것이 禮法에 어긋나는 일은 아니다.'

이 말에 이어 蘇軾은 비속한 말로 程頤를 조롱하였고 그러자 곁에 있던 사람들이 크게 웃었다. 원한을 맺게 되는 발단은 이 일로부터 시작되었다."[14]

---

8 『蘇軾文集』 권33, 「再乞郡箚子」에 실려 있다. 이 상주문은 元祐 6년(1091) 7월 6일에 올려진 것이었다.

9 『續資治通鑑長編』 권393, 哲宗 元祐 元年 12月 壬寅條에 실려 있다.

10 天子가 政事를 돌보는 장소. 朝會가 행해지고 賞賜・人士命令 등이 내려지는 장소를 가리킨다.

11 원문은 降赦. 赦書를 내리는 것.

12 中書省과 門下省.

13 『論語』 「述而 第七」에 나온다.

14 元祐 元年(1086) 9월 司馬光이 作故하였을 때의 일이다. 『二程外書』에서는 당시의

『二程語錄』에서는 다음과 같이 기록하고 있다.

“國忌로 行香[15]을 할 때 伊川(程頤)이 菜食을 준비하라 일렀다. 그러자 子瞻(蘇軾)이 빈정거리며 말했다.

‘正叔(程頤)은 佛敎를 좋아하지 않는데 왜 菜食을 하는고?’

선생이 대답하셨다.

‘예법에 의하면 喪中에는 飮酒와 肉食을 피하라 했소이다. 忌日은 喪의 연속이올시다.’

그러자 子瞻은 肉食을 준비하라 명하고는,

‘劉氏를 위하고자 하는 사람은 左袒하라’[16]고 말했다.

이렇게 되자 范淳夫(范祖禹) 등은 素食을 하고 秦觀과 黃庭堅 등은 肉食을 하였다.”

또 鮮于綽의 『傳信錄』에서는 다음과 같이 적고 있다.

“舊例는 齋筵[17]에 行香할 때 兩制[18] 이상의 관료 및 臺諫官들은 素食을 하였으나, 이후 점차 변화하여 회식을 하며 肉食을 하는 것으로 바뀌었다. 그런데 元祐 年間의 초에 正叔(程頤)이 肉食이 옳지 않다고 하며 素食할 것을 주장하였으나 대부분 이에 따르지 않았다. 그 후 어느 날 正叔의 門人인 范淳夫(范祖禹)가 配食을 담당하게 되어 蔬饌을 준비하였다. 그러

상황에 대해, “溫公薨 朝廷命伊川先生主其喪事. 是日也 祀明堂禮成 而二蘇往哭溫公. 道遇朱公掞 問之. 公掞曰 往哭溫公 而程先生以爲慶弔不同日. 二蘇悵然而反 曰. 鏖糟陂裏叔孫通也 自是時時謔伊川”(『二程外書』 권11)이라 전하고 있다.

15 國忌는 帝王의 忌日. 行香은 향을 피우며 의식을 거행하는 일.

16 원문은 “爲劉氏左袒”. 前漢 呂太后의 死後 呂氏 일족의 득세(呂氏의 亂)를 제압하기 위해 高祖의 공신집단이 거병하였을 때 太尉 周勃이 한 말. 여기서는 蘇軾이 자신을 따르고자 하는 사람은 肉食을 하라는 의미이다.

17 齋筵은 齊事(불교적 의식) 때 설치하는 筵席(귀신의 자리).

18 外制와 內制, 즉 翰林學士와 中書舍人의 合稱.

자 子瞻(蘇軾)이 비속한 말로 正叔(程頤)을 조롱하였고, 正叔의 門人인 朱公掞(朱光庭) 등이 원한을 품어 마침내 적이 되었다. 이후 蔬饌 또한 다시는 행해지지 않았다."

또 『二程語錄』에서는 이렇게 적고 있다.

"당시 申公(呂公著)이 재상으로 있었는데 매사에 의심나는 일이 있으면 꼭 伊川에게 질의하였다. 그러자 二蘇[19]는 人材의 進退에 있어서도 伊川이 영향력을 미치는 것이 아닌가 의심하였고, 그리하여 더욱 伊川을 비난하게 되었던 것이다."

하루는 侍講의 講說을 하게 되었는데 哲宗이 瘡疹에 걸리어 이미 몇 일 동안이나 앉아 있을 수도 없는 상태였다. 선생은 물러나와 재상을 찾아가 물었다.

"폐하께서 일어나지도 못하시는 상태인데 알고 있습니까?"

"모르고 있었소이다."

선생이 말했다.

"지금 二聖이 臨朝[20]하고 계신데, 폐하께서 조회에 참석하지 못하시는 상태에서 太皇太后께서 홀로 조회석상에 앉아계시면 안 됩니다. 또한 人主가 병들어 계신데 大臣이 몰라서야 되겠습니까?"

선생의 말을 듣고 나서 재상은 이튿날 上奏를 올려 병세를 물었다. 하지만 이 일로 해서 大臣들 또한 대부분 선생을 좋아하지 않게 되었고, 마침내 諫議大夫 孔文仲이 선생을 다음과 같이 탄핵하고 나섰다.

---

19 蘇軾과 蘇轍.

20 哲宗 및 臨朝稱帝하는 宣仁太后를 가리키는 말.

"(程頤는) 간사하고 아첨만을 일삼을 뿐 평소 겸손하지 않습니다. 經筵에서 講說을 할 때에도 분수를 잃고 僭橫을 행할 뿐 아니라, 두루 貴臣들을 찾아다니며 자신에게 호의적인 臺諫官들을 세운 다음 이들의 입을 빌려 어지러이 은혜와 원수를 갚아가고 있습니다. 그래서 市井에서는 그를 五鬼[21]의 우두머리라 지목하고 있는 형국입니다. 청컨대 그를 田里로 放還함으로써 國法의 엄중함을 보여 주십시오."

선생은 결국 管勾西京國子監으로 좌천되었다.[22]

「孔文仲傳」에서는 다음과 같은 呂申公(呂公著)의 말을 기록하고 있다.

"文仲은 蘇軾의 꼬임에 넘어가 다 蘇軾의 뜻대로만 論事하였다."

또 『申公家傳』에는, 孔文仲이 朱光庭을 論劾했던 일에 대해 呂大防과 劉摯·王存 등이 함께 論駁했던 것을 싣고 있는데 그 어조가 심히 激切하다. 또 이러한 내용을 적고 있기도 하다.

"孔文仲은 본래 강직하다는 평을 들었으나 좀 사리에 어두운 편이어서, 경박한 무리들에게 이용당해 선량한 사람을 해쳤다. 만년에야 스스로 小人들에게 속았다는 사실을 깨닫고 울분을 느낀 나머지 피를 토하고 죽었다."

舊實錄[23]에는 본디 허망한 얘기가 많다. 그렇지만 위와 같은 얘기들은 모두 근거가 없는 것이 아니다. 그런데 新實錄에서는 모두 삭제해 버리는 바람에 진실이 전해지지 않게 되었다.[24]

---

21 당시 市井에서는, "程頤 歐陽棐 畢仲游 楊國寶 孫朴交結執政子弟 搢紳之間號五鬼"(蘇博, 『蘇氏聞見後錄』 권22)라 하듯, 程頤·歐陽棐·畢仲游·楊國寶·孫朴 등을 일컬어 五鬼라 지칭하기도 했다.

22 元祐 2년(1087) 8월의 일이었다(『朱熹集』 권98, 「伊川先生年譜」 참조).

23 哲宗 死後 新法黨에 의해 찬수된 哲宗實錄을 가리킨다. 哲宗實錄은 高宗 紹興 연간 改修된다. 이에 대해서는 『建炎以來繫年要錄』 권76, 紹興 4년 5월 庚申 참조.

또 「范太史家傳」에서는 다음과 같은 元祐 9년(1094)의 상주문을 싣고 있다.

"삼가 살피건대 元祐 年間의 初에 폐하께서 便殿으로 程頤를 불러 대면한 연후에, 그를 布衣로부터 崇政殿說書로 발탁하셨습니다. 이를 보고 天下의 선비들은 모두 제대로 된 인물을 등용하였다고 말했습니다. 그 발탁이야말로 실로 드물게 보는 美事였습니다. 그런데 불과 그 몇 년 후 讒言으로 말미암아 罷職시켜 버렸습니다. 程頤의 經術 및 行誼는 천하가 모두 아는 바입니다. 司馬光과 呂公著 또한 무려 20년 동안이나 그와 접한 이후 천거하였던 것입니다. 司馬光과 呂公著는 결코 聖聽을 欺罔할 사람들이 아닙니다. 程頤는 經筵을 통해 폐하의 학문을 진일보시켜야 하겠다는 생각에 급한 나머지 講說할 때 늘 말이 繁多했습니다. 또 在野의 布衣 인사가 어느 날 발탁되어 入朝하게 되면 남들과 접촉할 때에도 경계심이 부족하게 될뿐더러 조정의 事體에 대해서도 익숙치 않아 간혹 실수를 범하게 됩니다. 그래서 일부 인사들이,

'程頤는 아첨이나 일삼는 간사한 인물이며 뇌물이나 탐하며 어지러이 黨與를 만들어 가고 있다. 또 程頤는 옛 情理를 이용하여 大臣들을 윽박지르고 또 私的인 意氣로써 臺諫들을 부리고 있는 바 그가 하는 말은 모두 誣罔한 거짓말들일 뿐이다.'

라고 말하기도 했습니다. 하지만 무릇 당시의 臺諫官들인 王岩叟와 朱光

---

24 이 부분은 무언가 前後의 文脈이 맞지 않는 듯한 느낌이 든다. 이러한 부조화 역시 編者 李幼武가 本項目을 節錄하며 부주의하게 前後의 脈絡을 고려하지 못하였기 때문이다. 이 항목의 原出處였다고 생각되는 朱熹의 「伊川先生年譜」(『朱熹集』 권98)에서는 이전 항목에 대한 각주의 형식으로 "見舊實錄"이란 말을 삽입하고 나서, 그 이후에 이 항목의 내용을 적어 넣고 있다. 그런데 李幼武는 "見舊實錄"이란 말은 删除하였으되 이 부분은 删去하지 아니한 까닭에, 이 부분의 내용이 매우 돌출적인 느낌을 주고 있는 것이다.

庭·賈易 등은 평소 程頤의 經術과 行誼에 감명을 받은 자들입니다. 그것을 모르는 사람들이 본다면 이들이 程頤의 黨與라 오해할 수 있을 것입니다. 폐하께서는 程頤와 같이 현명한 사람을 經筵官으로 신중히 가려 뽑아야만 합니다. 그래야만 폐하의 聖學을 족히 輔導할 수 있을 것입니다. 臣 등과 같은 무리들은 감히 經筵의 侍講職을 함부로 탐낼 수조차 없습니다. 臣은 오래 전부터 程頤를 위해 폐하께 한 마디 상주를 올려야 하겠다 생각해 왔습니다만 망설이다 아직껏 말하지 못했습니다. 하지만 程頤가 公正한 조정에서 무고한 비방을 받았다는 사실에 대해 늘 가슴 아파하고 부끄러워했습니다. 이제 臣은 이미 罷職을 주청한 상태입니다. 만일 程頤를 다시 불러 그로 하여금 侍講하게 한다면 반드시 폐하의 明賢함을 보필할 것입니다. 그렇게 된다면 臣은 비록 바깥에 있으나 아무 여한이 없겠습니다."

三省에서 선생의 服喪期間[25]이 종료되었음을 보고하고 館職과 判登聞檢院의 직책을 수여하자고 上聞하였다. 하지만 簾中[26]에서는 그러할 경우 소란해질 것이라 여겨 다만 西監[27]에 除授하였다.[28]

처음 程頤가 經筵官으로 있을 때 그 門下로 들어오는 자들이 심히 많았으며 또 蘇軾이 翰林에 있을 때 그에게 따르는 자도 많아, 마침내 洛黨과 蜀黨의 분립이 생겼다. 두 당파는 道가 서로 달라[29] 서로를 강력히 비

---

25 程頤는 부친 太中公 程珦(1006~1090)이 作故한 후 哲宗 元祐 5년(1090) 正月부터 元祐 7년(1092)까지 服喪을 하였다.

26 英宗의 皇后이자 神宗의 母后였던 太皇太后 高氏, 즉 宣仁太后(1032~1093)를 말한다. 그녀는 元豐 8년(1085) 3월 神宗이 崩御한 이래 哲宗 元祐 8년(1093) 9월에 死去할 때까지 만 8년 여에 걸쳐 垂簾聽政하였고, 이러한 까닭에 簾中이라 지칭되었던 것이다.

27 判西京國子監의 略稱. 西京國子監을 西監이라 칭하기도 한다.

28 哲宗 元祐 7년(1092) 3월의 일이다(『續資治通鑑長編』 권471, 元祐 7년 3월 丁亥 참조).

난하였는데, 필경에는 洛黨이 蜀黨에 의해 내쫓김을 당한 바 있다.

程頤의 服喪期間이 끝났을 때 蘇轍이 執政으로 있었는데, 그는 上言하여 程頤가 조정에 복귀할 경우 소란스러워질 우려가 있다고 말하였고, 이를 簾中에서 받아들여 程頤는 召對할 수 없었던 것이다.

夔州路 涪州로 編管[30]되어 강을 건너는데 배가 물살에 휩쓸려 거의 뒤집힐 지경이 되었다. 배에 탄 사람들은 모두 소리지르며 울부짖는 속에서 오직 선생만은 옷깃을 단정히 하고 아무 일 없다는 듯 편안히 앉아 있었다. 얼마 후 배가 기슭에 닿자 같이 배를 타고온 어느 父老가 물었다.

"배가 위험할 때 그대 혼자만 두려운 기색이 없던데 무슨 까닭이오?"

"마음속에 誠과 敬이 있기 때문이오"

나이 든 父老가 말했다.

"마음속에 誠과 敬이 있다는 것은 진실로 좋은 일이오. 하지만 無心의 경지만은 못하지요."

선생이 그와 함께 말을 나누어 보고자 하였으나 그 나이 든 父老는 서둘러 길을 가며 뒤돌아 보지 않았다.

---

29 洛黨과 蜀黨 사이의 기질 차이는 통상 道學者的 근엄함과 文人的인 자유분방으로 규정된다. 이를테면 哲宗이 어느 날 經筵을 畢하고 小軒에서 차를 마시다가 버들가지를 하나 꺾자 이를 보고 伊川이, "方春萬物生榮 不可無故摧折"(沈作喆, 『寓簡』 권5)이라 하며 제지하였던 일화라든가, 혹은 伊川의 門人 朱光庭이 入朝하여 언제나, "端笏正立 嚴毅不可犯 班列肅嚴"(『河南程氏外書』 권11)하였다는 것 등이 그러한 洛黨의 경건함 내지 근엄성을 단적으로 보여주는 것이라 하겠다. 이에 반해 二蘇 중심의 蜀黨 文人들은, "都不曾向身上做工夫 平日只是以吟詩飲酒 戲謔度日"(『朱子語類』 권130)하는 생활양태를 지니고 있었다. 이러한 兩黨의 기질차에 대해 朱熹는, "當時諸公之爭 看當時如此不當論相容與不相容. 只看是因甚麽不同 各家所爭是爭箇甚麽. 東坡與荊公固是爭新法. 東坡與伊川是爭箇甚麽? 只看這處 曲直自顯然可見 何用別商量? 只看東坡所記云 幾時得與他打破這敬字. 看這說話 只要奮手捋臂 放意肆志 無所不爲 便是. 只看這處 是非曲直自易見"(『朱子語類』 권130)이라 말하고 있다.

30 哲宗 紹聖 4년(1097) 11월의 일이었다(『朱熹集』 권98, 「伊川先生年譜」 참조).

선생이 작고했을 때 예전의 門人들이나 高弟들은 대부분 이미 세상을 떠난 상태라서 그 德美를 기록할 만한 사람들이 없었다. 하지만 선생은 일찍이 張繹에게 다음과 같이 말한 바 있다.

"내가 과거 明道 先生의 行狀을 적은 바 있다.[31] 나의 道는 거의 明道와 동일하니, 훗날 나를 알고자 하는 자들은 이 行狀을 살펴보는 것이 좋을 것이다."

언젠가 明道가 선생에게 이렇게 말한 적이 있다.

"차후 師道를 존엄하게 할 수 있는 인물은 나의 동생일 것이다. 만일 後學들을 이끌며 그 재주에 따라 학문을 이룰 수 있게 이끈다면 내 아무 아쉬움이 없겠노라."

游定夫와 楊中立이 伊川을 찾아뵈었다. 그런데 어느 날 선생이 가만히 앉아 눈을 감고 있어, 두 사람은 侍立한 채로 감히 떠나지 못했다. 그렇게 오랜 시간이 지나서야 선생이 돌아보며 말했다.

"그대들 두 사람은 아직도 그대로 있는가? 날이 저물었으니 이제 숙소로 돌아가게나."

두 사람이 물러나와 보니 바깥에는 무릎까지 빠질 정도로 눈이 내린 상태였다. 선생의 엄격함은 이와 같았다.

晩年에는 後學들을 대할 때 조금 부드러워졌다. 그 학문이 이미 지극한 경지에 도달했기 때문이다.

---

31 『河南程氏文集』 권11, 「明道先生行狀」을 가리킨다.

韓維와 두 선생은 평소 사이가 좋아 한번은 두 선생을 潁昌으로 초대하였다. 그리고 어느 한가한 날 함께 西湖로 유람을 가면서 諸子들로 하여금 시중을 들게 했다. 그런데 그 가운데 말씨도 조심스럽지 않고 옷차림도 흐트러진 자가 있었다. 伊川이 돌아보고 큰소리로 꾸짖었다.

"너희는 어른들을 모시고 가는데 어찌 그렇게 감히 웃으며 떠들 수 있느냐? 韓氏 가문의 孝謹한 家風도 이제 무너졌구나."

韓維는 그 子弟들을 모두 돌려보내 버렸다.

朱熹는 『易傳』의 跋文을 적으며 다음과 같이 말하고 있다.[32]

"『易』은 세 聖人을 거치며 서로 다르게 만들어졌다. 包犧氏의 象과 文王의 辭[33]는 모두 卜筮에 의거한 것이되 그 구체적 방식은 달랐다. 孔子의 贊[34]은 오로지 義理만을 가르침으로 삼으며 卜筮에 의지하지 아니했다. 하지만 이렇게 방식이 다르다 하여 어찌 그 셋 사이의 道에 상충된 것이 있겠는가? 그런데 후일 세상의 유행이 달라지자 그 가르침으로 삼는 것이나 法으로 삼는 것도 달라질 수밖에 없었고, 道 또한 서로 달라졌다. 그리하여 秦漢 以來로 象辭를 考究하는 자들은 術數에 빠져 그 宏通하는 簡易의 법칙을 알지 못하게 되었고, 또 義理를 말하는 자들은 공허한 논리에 빠져 中正과 仁義의 경지로 나아가지 못했다. 시세의 변화에 적응하여 가르침을 세움으로써 세 聖人을 계승하여, 방식은 다르나 道에 합치된 것은 伊川의 『易傳』 뿐이다."

---

32 『朱熹集』 권81, 「書伊川先生易傳板本後」에 실려 있다.

33 象이란 『周易』의 卦象에 대한 해석, 辭는 해설의 의미로서, 象과 辭는 각각 『周易』에 대한 包犧와 文王의 해석을 가리킨다.

34 『周易』의 卦에 대한 공자의 해설.

지난번 敬夫(張栻) 및 伯恭(呂祖謙)을 만났을 때 보니, 모두 後生들에게 伊川의 『易傳』만을 읽히고 있는데 왕왕 아무 것도 얻지 못하는 경우가 있다고 했다. 무릇 伊川의 『易傳』은 그 理만을 볼 뿐 卦畫과 經文[35]은 考究하지 않는다. 하지만 그 의미는 무궁하여 모두 다 用處가 있으니 실로 日用의 공부에 절실히 관계된 것들이다. 그러니 卦畫과 經文만을 살펴서는 의심이 생기는 것이 당연한 귀결이다.[36]

또 朱子는 다음과 같이 말하고 있다.[37]

"二程의 학문은 『大學』, 『論語』, 『中庸』, 『孟子』를 主旨로 삼으며 六經에 이르고 있다. 또 사람들로 하여금 讀書하고 窮理하게 함으로써, 그 뜻을 진실되게 하고(誠意) 그 마음을 바르게 하며(正心), 그 몸을 닦아(修身) 집안으로부터 국가에 이르며 마침내 天下에 미친다. 그 도는 平坦하면서도 분명하며 그 말은 간단하면서도 要諦에 이르고 있고, 또 그 실천은 곧으면서도 실질적이다. 二程의 학문은 무릇 百代 이래의 沈滯 상태를 뒤바꾸어 聖賢의 경지에 다다르게 하였던 것이다."

朱子가 말했다.[38]

"이 道는 전후 몇 사람의 聖賢을 거치면서 그 논리가 완비되었다. 堯舜 以來로 만일 孔子가 출현하지 않았더라면 후대 사람들은 어떻게 이 道를 이해할 수 있었으리오? 孔子 이후에 만일 孟子가 출현하지 않았더라면 또한 이해가 어려웠을 것이다. 그 후 다시 수천 년이 지나 二程이

35 卦畫이란 卦의 圖劃, 經文은 경전의 문장.
36 『朱熹集』 권50, 「答鄭仲禮」에 실려 있는 내용이다.
37 『朱熹集』 권80, 「黃州州學二程先生祠記」에 실려 있다.
38 『朱子語類』 권93에 실려 있다.

출현함으로써 비로소 이 理가 세상에서 다시 빛을 발하게 되었다. 秦漢以來 儒者들의 諸說은 모두 부질없는 것에 불과하다."

이 道는 孔子와 孟子가 타계한 이래로 제대로 이해하는 사람이 없었다. 다만 韓文公(韓愈)이 약간 언급한 바 있지만 그가 말한 것은 正心과 誠意 뿐이었으며 格物과 致知는 버려두었다. 그러다 程子에 이르러 비로소 그 말을 받아 확충함으로써 논리를 정치하게 하였고 그리하여 모든 미비점이 사라졌다. 하지만 程子가 작고하였을 때 그 門人들의 이해에는 상당한 편차가 있었다. 모두 각각 다른 각도에서 講說을 들어 致知와 格物에 대해 종합적인 이해를 이루지 못하는 상태였다. 程子의 학설을 정밀하게 이해하여 계승하지는 못했던 것이다. 다만 五峰(胡宏)이 비교적 정확히 이해했다 할 수 있으나 그 역시 크게 보아 마찬가지 문제점을 지니고 있었다. 당시 弟子들이 程子로부터 講說을 들을 때 語義가 제대로 전달되지 못했거나 혹은 그 講說의 일부만을 들었기 때문이다. 그리하여 弟子들의 言說 사이에는 많은 出入이 있었다. 그 이후 諸家의 語錄들을 집성하고 衆說들을 종합한 연후에야 道의 공부가 온전해질 수 있었다.[39]

다음과 같이 물었다.
"明道는 顔子에 비교할 수 있고 伊川은 孟子에 비교할 수 있겠습니까?"
朱子가 말했다.
"明道는 顔子에 비교할 수 있다. 孟子는 재능이 특출하여 아마도 伊川

39 『朱子語類』 권18에 실려 있는 말이다.

이 그에 미치지는 못할 것이다. 하지만 伊川의 자기절제 및 노력은 孟子라 하더라도 미칠 수 없을 것이다."[40]

"明道는 德性이 관대하고 도량이 컸다. 반면 伊川은 氣質이 엄정하고 문장의 조리가 精緻하다. 兩人의 道는 동일하되 성향은 각각 달랐던 것이다.

그런 까닭에 明道는 條例司의 관직을 맡은 바 있지만[41] 그것을 수치라 여기지 않았는데, 伊川은 明道의 行狀을 적으며 그 일만은 기록하지 않았다. 또 明道는 靑苗法에 대해 시행할 만하다고 말한 바 있는 반면,[42] 伊川은 西京 國子監 敎授職을 사양하는 상주문[43]에서 극도의 겸양을 보이고 있다. 이처럼 양인의 성향을 달랐다. 하지만 明道의 자세는 大賢 이상이라야만 능히 할 수 있는 것이다. 학생들이 그 경지에 이르지도 못한 상태에서 그에 대해 함부로 왈가왈부해서는 잘못을 범할 우려가 있다. 伊川의 자세는 비록 고결하나 사실상 中人이라면 능히 이를 수 있는 경지이다. 학생들은 오직 이를 준칙으로 삼아야만 허물이 적어질 수 있을 것이다."[44]

---

40 『朱子語類』 권93에 실려 있다.

41 程顥는 神宗 熙寧 2년(1169) 4월 制置三司條例司의 相度利害官으로 임명되었다(『宋會要輯稿』「食貨」 65「免役」 1, 食貨 65之3). 하지만 『宋史』에서 "居職八九月"(권427,「程顥傳」이라 하듯 얼마 후 사직하고 만다.

42 朱熹 역시 王安石의 靑苗法에 대해, "則青苗者 其立法之本意固未爲不善也. 但其給之也以金而不以穀 其處之也以縣而不以鄉 其職之也以官吏而不以鄉人士君子 其行之也以 聚斂亟疾之意而不以慘怛忠利之心 是以王氏能以行於一邑而不能以行於天下"(『朱熹集』 권79,「婺州金華縣社倉記」)라 하며 기본적으로 긍정적인 평가를 내리고 있다.

43 伊川은 元豊 8년(1085) 11월「辭免西京國子監敎授表」에서, "伏念臣 才識迂疏 學術膚淺 自治不足 焉能教人? 豈敢貪冒寵榮 致朝廷於過擧? 所降誥命 不敢當受"(『河南程氏文集』 권6)라 말하고 있다.

44 『朱熹集』 권35,「答劉子澄」에 실려 있는 내용이다.

二程 先生의 天稟은 고결하고 순수하여 대단한 공부를 하지 않아도 되었지만 橫渠는 天稟이 偏僻되고 混淆된 바가 있어 대단한 공부를 하여야 했다.[45]

明道의 말은 極度의 경지를 제시하고 있으며 극히 明澄한 면모를 갖추고 있어 사람들을 잘 開發시킬 수 있다. 반면 伊川의 말은 구체적인 국면에 대한 이치를 밝히고 있어 質朴하면서도 精深한 까닭에 음미할수록 좋아진다.

또 明道의 말은 한 번만 보아도 곧 좋으며 오래 보면 더욱 좋아진다. 그래서 賢愚를 막론하고 모두 그 교훈을 얻을 수 있다. 하지만 伊川의 말은 얼핏 보면 좋아보이지 않고 오래 보아야만 비로소 좋아진다. 그래서 오래 사색하며 읽는 자가 아니라면 그 맛을 느낄 수 없다.[46]

---

45 『朱子語類』 권113에 실려 있는 내용이다.
46 『朱熹集』 권31, 「答張敬夫」에 실려 있다.

권4

張載

선생은 어려서 고아가 되었으나 무엇이든 배우지 아니한 바가 없었으며 특히 군사 문제를 말하기 좋아했다. 仁宗 康定 年間(1040~1041) 西夏와의 전쟁이 벌어졌을 때 나이가 18살이었는데, 慨然히 功名을 이루기 원하여 范文正公(范仲淹)에게 上書해서 뵙기를 청하였다. 范仲淹은 선생을 한 번 보고난 후 대번에 큰 그릇임을 알아보고 선생으로 하여금 큰 성취를 이루게 하려고 이렇게 꾸짖어 말했다.

"儒者는 모름지기 名敎를 공부해야 한다. 왜 군사 문제를 말한단 말이냐?"

그리고 『中庸』을 읽으라 권하였다. 선생은 『中庸』을 읽고나서 크게 마음에 들었으나, 여전히 아직 만족하지 못하고 佛敎와 道敎의 서적들을 탐독하다가 후에 다시 六經으로 돌아왔다. 嘉祐 年間(1056~1063)의 초엽 선생은 京師에서 二程을 만나서 함께 道學에 대해 얘기를 나눈 다음 명확한 신념을 얻어 이렇게 말했다.

"우리의 道는 그 자체로 충족된 것이다. 무엇을 다시 밖에서 구할 필요가 있겠는가?"

이후 異學을 모두 버려 純正하게 되었다.

그 후 執政 王安石을 만났는데 그가 이렇게 말했다.[1]

"新政을 펼쳐 개혁하려는데 일을 담당할 만한 사람이 없는 게 걱정이오. 그대가 좀 도와주면 안 되겠소?"

선생이 대답하였다.

"朝廷에서 큰 功業을 이루고자 한다면 천하의 선비들은 바람에 휩쓸리듯 동참하고자 할 것입니다. 만일 뭇사람들과 더불어 선한 일을 하고자 한다면 누가 감히 참여하지 않겠습니까? 하지만 玉을 彫琢할 때와 마찬가지로 사람 또한 불가능한 것이 있습니다."

執政은 아무 말 없이 잠자코 있었다. 이후 함께 얘기를 하다 그 주장이 합치되지 않자 점차 불쾌하게 여겼다.

관직에서 물러나자 橫渠[2]의 옛집으로 돌아왔다. 이후 종일토록 방 안에 단정히 앉아 곁에 필기도구를 갖추어두고는 머리 숙여 독서하고 머리 들어 사색하기를 계속하였다. 그러다 心得하는 바가 있으면 기록해

---

1 神宗 熙寧 2년(1069)의 일이다(『張載集』「附錄」「呂大臨橫渠先生行狀」 참조).

2 秦鳳路 鳳翔府의 郿縣 관내에 있는 鎭. 張載가 이곳에 정착하게 된 배경에 관해 呂大臨은, "父迪 仕仁宗朝 終於殿中丞知涪州事 贈尚書都官郎中. 涪州卒於西官 諸孤皆幼不克歸 僑寓於鳳翔 郿 縣橫渠鎭之南大振谷口 因徙而家焉"(『張載集』「附錄」「呂大臨橫渠先生行狀」)이라 전하고 있다.

갔다. 어떤 때에는 한밤중에 일어나 앉아 촛불을 밝히고 기록하기도 했다. 이렇게 항상 道를 향하여 정밀히 사색하며, 한순간도 쉬지 아니하였으며 또 한순간도 道를 향한 지향을 잊지 않았다.

神宗 熙寧 9년(1076) 가을, 선생은 그간 究明하여 기록한 것들을 모아 『正蒙』이라 이름 붙이고 門人들에게 보여주며 말했다.

"이 책은 내가 수년 동안 사색하여 얻은 결과들이다. 여기에 있는 내용은 대부분 이전의 聖人들이 한 말과 합치되는 것으로서, 다만 학문의 시작 요령을 정리하여 학생들에게 보여주려 한 것일 따름이다. 이를 기반으로 하여 공부를 확충해 간다면 장차 큰 학문을 이룰 수 있을 것이다."

장재는 官職을 떠난 이후 南山 아래 집을 하나 지은 다음, 헤진 옷을 입고 菜食을 하며 오로지 학문 연마에만 전념하였다. 사람만을 알 뿐 하늘을 알지 못하며 賢人이 되고자 할 뿐 聖人이 되려 하지 않은 것이야말로 진한 이래 학자들의 큰 폐단이었다. 장재의 학문은 禮를 숭상하고 德을 귀하게 여기며(尊禮貴德) 天命에 기꺼이 안주하며 즐기는 것(安命樂天)이었다. 이따금 이러한 학문을 비판하는 자도 있었으나 장재의 지론은 변하지 않았다.

학생은 나이가 아직 젊다고 말해서는 안 된다. 조금만 나태하게 살다 보면 곧 40살이 되고 50살이 된다. 二程을 보라. 그들은 14살 때부터 학문을 하여 聖人이 되려 각고의 노력을 기울였다. 이제 그들은 모두 40살이 되었지만 아직 顔子나 閔子騫 등과 같은 경지에는 이르지 못하지 않았는가? 大程(明道)[3]은 顔子와 비슷하다 할 만하나 아마 顔子와 같은 忘我의 경지에는 이르지 못한 듯하다.[4]

독서량이 적으면 정밀한 義理를 考究해 낼 수 없다. 무릇 독서를 통해 이 마음(此心)을 유지하는 것이니, 한동안이라도 독서를 하지 않으면 그 한동안 德性은 태만해지는 것이다. 독서를 한즉 이 마음(此心)은 항상 유지되며 독서를 하지 아니한즉 종내 義理를 체득하지 못할 것이다. 또 책을 볼 때에는 모름지기 외워야만 하며, 정밀한 생각은 대부분 밤중이거나 혹은 靜坐하고 있을 때 얻어진다. 기억하지 않으면 좋은 思考도 떠오르지 않는다. 다만 근본을 관통한 이후에는 글도 쉽게 기억할 수 있다. 讀書하는 所以는 자신의 의심을 풀고 또 자신이 이르지 못한 부분을 이해하기 위해서이다. 책을 볼 때마다 언제나 새로운 보탬을 얻게 된다면 학문은 쉽게 진보해 갈 것이고, 의심이 없던 부분에서 의심이 일어나면 그것이야말로 진보를 이룬 것이다.[5]

朱子가 말했다.[6]

"최근 橫渠 선생이 말했던, '책을 볼 때는 외우라'는 가르침이야말로 학문의 捷徑이라는 사실을 깨달았다. 무릇 義理가 무엇인지 아직 모른다 할지라도 이 마음(此心)만 잘 지키고 있으면 방일의 상태에 빠지지는 않는다. 하지만 그렇다 하더라도 학문 연마에 정진해야만 한다. 책을 읽을 때는 구석구석까지 빠짐없이 이해하고 암기하지 못하는 부분이 없을 때, 그때 비로소 다른 책으로 바꾸라. 그것이 좋다."

---

3 『宋名臣言行錄』의 原文이나 『張載集』 등은 小程이라 되어 있으나, 呂柟의 『張子抄釋』 권4, 「理屈學太原」에 의거하여 大程이라 정정하였다.

4 『張載集』, 『經學理屈』 「學太原 上」에 실려 있는 내용이다.

5 『張載集』, 『經學理屈』 「義理」에 실려 있는 내용이다.

6 『朱熹集』 권62, 「答張元德」에 실려 있다.

선생이 말했다.

"天地를 위해 마음을 세우고 生民을 위해 道를 세우며, 옛 聖賢들을 위해 단절된 학문을 잇고 萬世를 위해 太平을 열어야 한다."[7]

西山 先生 眞德秀가 말했다.[8]

"이 道는 孟子 이후 천여 년 동안 단절되어 있었다. 만일 하늘이 이 道를 부흥시키려 하지 않았다면 今世의 사람들로 하여금 알지 못하게 하였을 것이다. 하지만 이미 사람들 사이에 그것을 아는 이가 있게 하였으니 이 道가 부흥될 것은 필지의 사실이다. 이것이야말로 선생이 道로써 자임한 所以이다."

楊時가 伊川에게 보낸 편지 속에서 이렇게 말했다.[9]

"『西銘』에서는 體만을 말할 뿐 用은 언급하지 않아 그것이 종내에는 兼愛로 흐르지 않을까 우려됩니다."

伊川이 답하였다.[10]

"橫渠의 말 가운데는 진실로 지나친 부분이 있다. 하지만 그러한 것은 『正蒙』에 있을 뿐, 『西銘』에서는 理致를 유추함으로써 義를 보존하여 前聖들이 미처 밝히지 못한 부분들을 확충해 놓고 있다. 따라서 그 공로는 孟子의 性善說이나 養氣論과 동일하다 할 것이다. 어찌 墨子와 비할 수 있겠는가? 또 『西銘』에서는 理는 하나이나 分이 다름(理一而分殊)을 명확

---

7 『張載集』「拾遺」「近思錄拾遺」에 실려 있다. 이 항목 가운데 '生民을 위해 道를 세운다'는 부분은 『宋名臣言行錄』의 原文에는 '立極'이라 되어 있으나, 『張載集』에 의거하여 '立道'로 정정하였다.

8 眞德秀, 『西山讀書記』 권31, 「張子之學」에 실려 있다. 『宋名臣言行錄』의 原文에는 '朱曰(朱子曰)'이라 되어 있으나 오류이다.

9 楊時, 『龜山集』 권16, 「寄伊川先生」에 실려 있다.

10 『河南程氏文集』 권9, 「答楊時論西銘書」에 실려 있다.

히 하고 있다. 하지만 墨子는 根本이 둘이어서 分이 없다.[11] 分殊說의 폐단은 사사로움이 틈타 仁을 잃을 수 있다는 것이고, 分을 없앤 죄악(無分之罪)은 兼愛하여 義가 없어지는 것이다.[12] 分을 세운 다음 理가 하나임을 밝힘으로써 사사로움이 개입할 수 있는 폐단을 제거하는 것이 바로 仁을 행하는 방법이다. 반면 分의 준별을 없애 兼愛에 빠져버림으로써 無父의 극단에 이르는 것은 義를 해치는 盜賊이다. 그런데 그대가 이 둘을 나란히 두고 같이 여기는 것은 잘못이다. 하물며 橫渠는 사람들로 하여금 仁을 행하게 하려 했으니 이것이야말로 본디 用이다. 그런데 그대는 도리어 用을 언급하지 않았다고 말하고 있으니 잘못이지 않은가?"

朱子가 말했다.[13]

"天地間에 理는 하나일 뿐이다. 하지만 乾道가 男이 되고 坤道가 女가 되며, 이 二氣가 交感하여 萬物을 化生시킨다. 그런즉 大小의 구별과 親疏의 등급이 열, 백, 천, 만에까지 이르도록 나타나서 도저히 동일해질 수 없는 것이다. 따라서 聖賢이 출현하지 아니했다면 어떻게 능히 그 상이함(分殊)을 통합하여 동일함(理一)으로 歸一시킬 수 있었겠는가? 『西銘』을 저작한 의도는 바로 여기에 있었다. 程子가, '理는 하나이되 分이 다름을 밝혔다(理一而分殊)'고 말한 것은 가히 한 마디로 『西銘』을 정리한 것이라 하겠다.

---

11 이에 대해 『近思錄』에서는, "若墨氏 惑於兼愛 則泛然竝施而無差等 施之父母者 猶施之路人. 是 親疏竝立而爲二本也"(권2, 「爲學」)라는 주석을 붙이고 있다.

12 이에 대해 『近思錄』에서는, "徒知分之殊而不知理之一 則其蔽也爲己之私勝 而失其公愛之理. 徒知理之一而不知分之殊 則其過也兼愛之情勝 而失其施愛之宜"(권2, 「爲學」)라는 주석을 붙이고 있다.

13 『性理大全』 권4, 「西銘」에 실려 있다. 『張載集』, 「附錄」에는 이 내용에 대해 「朱熹西銘論」이라는 제목을 붙이고 있다.

무릇 乾이 아비가 되고 坤이 어미가 되는 것은 生物 치고 그렇지 아니한 것이 없다. 이것이 바로 이른바 理가 하나인 소치이다. 그러나 사람과 만물이 태어나면그 혈통에 따라 각각 어버이를 어버이로 여기고(親其親) 자식을 자식으로 여긴다(子其子). 그러니 어떻게 그 分이 다르지 않을 수 있겠는가? 하나로 통합되지만 만 가지로 다른 까닭에, 天下가 하나의 집안을 이루고 中國이 하나의 사람이 되지만, 兼愛의 流弊에 빠지지는 않는 것이다. 또 만 가지로 다르되 하나로 꿸 수 있는 까닭에, 親疏에 따라 情이 달라지고 貴賤에 따라 등급이 생기지만, 자기 자신만을 위하는 사사로움의 병폐가 세상을 뒤덮지 않는 것이다. 이것이 바로 『西銘』의 大指이다. 橫渠는 어버이를 어버이로 여기는 도타운 정(親親之厚)을 가지고 그것을 끌어올려서 사사로움이 없는 公(無我之公)의 이치를 밝혔고, 어버이를 섬기는 정성을 가지고 하늘을 섬기는 道를 밝혀내었다. 그러니 이 어찌 모두 分이 다름을 말하면서 理가 하나임을 추론하는 것(謂分殊而推理一)이 아니겠는가?"

누군가 '太虛로부터 하늘(天)이란 이름이 생겨나고 氣化로부터 道란 이름이 생겨나며 虛와 氣가 합해져 性이란 이름이 생겨나고 性과 知覺이 합해져 心이란 이름이 생겨난다'는 橫渠의 말에 대해 물었다.

朱子가 대답했다.

"본래는 다만 太虛 하나일 뿐인데 점점 세분하여 그렇게 세밀히 말한 것일 뿐이다. 太虛는 이 네 가지의 總體이지만 그 넷과 뒤섞어 말할 수는 없다. '氣化로부터 道란 이름이 생겨난다'는 말에서, 氣化는 곧 陰陽의 造化를 말하는 것이다. 四時의 춥고 더움과 晝夜, 비와 이슬·서리·눈, 山川과 木石, 金·水·火·土, 이들이 모두 그러한 것이며 곧 太虛이다.

그런데 氣化라 변용하여 말한 것일 뿐이다. 그러니 비록 氣化라 말했으나 또 사실 太虛로부터 벗어난 것은 아니며, 그래서 사람과 만물이 나름대로의 理를 지니고 있다고 말하지는 않는 것이다."[14]

程子에 대한 橫渠의 관계는, 孔子에 대한 伯夷나 伊尹의 관계와 비슷하다.[15]

張戩

王安石이 變法을 단행하자 張戩은 상주하여 그것이 옳지 않음을 논하며, 條例司를 폐지하고 각 지방으로 파견한 常平使者[16]들을 소환할 것을 주장하였으나 받아들여지지 않았다. 이어 장전은 曾公亮과 陳升之, 趙抃 등이 소임을 다하지 못하고 變法의 잘못을 바로잡지 못하였다고 탄핵하였다.

韓絳이 陳升之를 대신하여 條例司를 兼領[17]하게 되자 장전이 말했다. "韓絳은 왕안석을 맹목적으로 추종하여 死黨 노릇을 한 끝에 마침내

14 『朱子語類』 권60에 실려 있는 내용이다.
15 『朱子語類』 권93에 실려 있는 말이다.
16 神宗 熙寧 2년(1069) 閏12월 條例司의 요청으로 諸路에 파견된 提擧常平廣惠倉兼管勾農田水利差役事를 말한다. 提擧常平倉, 혹은 提擧官 등으로 불리기도 하였다.
17 神宗 熙寧 2년(1069) 11월의 일이다(『宋史』 권14, 「神宗紀」 1 참조).

參政의 권세를 잡게 되었습니다. 또 李定은 아첨으로써 幕職官으로부터 臺職에 발탁되었습니다. 폐하께서는 오직 왕안석만을 믿으시는 데다가, 이제 왕안석을 맹종하는 韓絳으로 하여금 돕게하고 또 臺臣은 李定 등을 임용하여 계속 그 무리들이 규합되어 점차 세력을 이뤄가고 있습니다. 그러니 臣이 어찌 감히 죽음을 두려워하여 말하지 않을 수 있겠습니까?

나아가 呂惠卿은 薄情할 뿐만 아니라 침착하지 못하며 經術로써 姦言을 文飾하고 있는 인물입니다. 그러한 그가 왕안석에 부회하여 폐하의 판단을 호도하고 있으니, 폐하의 곁에서 侍講[18]을 하게 해서는 안 됩니다."

장전은 이러한 내용의 상주문을 십여 차례나 올렸다. 마지막에는 이렇게 말했다.

"현재 大惡이 제거되지 아니하고 橫斂이 여전히 행해지고 있으며,[19] 바르지 않은 기구[20]가 尙存하고 있어 無名의 使者가 각처로 파견되고 있습니다. 이러한 형국에 臣은 감히 御史臺로 가서 임무를 수행하지 못하겠습니다."

그는 또 中書로 가서 논쟁하며 안색을 붉히고 목소리를 높였다. 그러자 曾公亮은 고개를 숙이고 아무 말도 하지 않았으며, 왕안석은 부채로 얼굴을 가리며 웃었다. 이를 보고 장전이 말했다.

"제 狂直함은 參政의 웃음거리가 될 수도 있을 것입니다. 하지만 天下의 사람들 가운데 參政을 비웃는 자 또한 적지 않습니다."

---

18 呂惠卿은 神宗 熙寧 2년(1069) 9월 侍講인 崇政殿說書에 임명되었다(『宋史』 권14, 「神宗紀」 1 참조).

19 신종 熙寧 2년(1069) 9월 이래 실시된 靑苗法을 가리킨다.

20 神宗 熙寧 2년(1069) 왕안석이 參知政事로 발탁됨과 동시에 신설되어, 新法의 심의와 입안, 시행을 총괄하였던 임시기구, 制置三司條例司를 가리킨다.

『日錄』에서는 이렇게 적고 있다.

“장전은 監察御史裏行[21]의 직위에 있으면서 條例司의 폐지를 주청하였다. 또 中書에 나아가 그것을 강력히 주장하였는데 語氣가 심히 거칠었다. 이를 보고 왕안석이 부채로 얼굴을 가리며 웃었다. 그러자 장전이 노하여 말했다. ‘參政께서 저를 비웃는데 저 또한 참정께서 하는 일을 비웃을 따름입니다. 비웃는 사람이 어찌 저뿐이겠습니까? 천하의 사람 누구라도 비웃지 않는 자가 없습니다.”

21 監察御史裏行의 성격에 대해서는 본서 4책, 196쪽의 주5를 참조.

권5

邵雍

어렸을 때에는 스스로 재능을 믿고 慷慨히 큰 뜻을 품었으나, 학문을 연마하기 시작한 이래 힘써 高遠한 것을 崇慕하면서, '先王의 일을 반드시 이루어 낼 수 있다'고 말하였다. 이후 학문이 더욱 노성해지며 덕망 또한 더욱 높아져 마음 씀씀이가 高明해졌으며, 天地의 運化 및 陰陽의 消長을 觀照함으로써 만물의 변화 원리에 통달하게 되었다. 그리고나서 天地의 운행에 浩然히 순응하였다. 洛陽에 30년 동안 거주하였는데, 처음 도착했을 때에는 집 둘레에 쑥과 잡초가 무성히 자란 상태였으며 비바람을 막을 수도 없는 지경이었다. 하지만 몸소 밥을 지어 부모를 봉양하면서 풍족히 여겼다. 집에서 講學을 시작하였는데 언제나 남에게 윽박지르는 법이 없어, 날로 찾아와 學問을 물어보는 자가 늘어났고 그리하여 점차 鄕里가 교화되어 갔다. 遠近으로부터 선생에 대한 존경심도 높아가, 士人 가운데 洛陽을 찾는 사람은 설령 관아에는 들르지 않는 한이 있을 지라도 선생의 오두막에는 반드시 찾아갔다. 선생의 德氣는 순수하여 남들과 말할 때 언제나 仁義忠信에 의거하였으며, 남의 좋은 점을 말하기 좋아할 뿐 나쁜 점에 대해서는 일찍이 말해본 적이 없었다. 이런 까닭에 賢者들은 그 德을 좋아했으며 不賢者들은 그 教化에 복종하였고, 風俗을 도탑게 하고 인재를 양성하는 데 있어서도 선생의 공이 자못 컸다. 선생은 학문을 李挺之로부터 배웠고 李挺之는 또 穆伯長으로부터 배웠으니 그 源流를 따지자면 멀리 소급된다 할 것이나, 그 학문의 淳一하고 不雜함이라든가 혹은 도량이 크고 호방한 점 등은 대부분 그 스스로 체득한 것이다.[1]

『易』에 생각이 미치면 밤에도 자리를 펴고 눕지 않았으며 아침에는 식사조차 하지 않았다. 이러기를 3년, 마침내 학문이 大成하였다. 大名府에 王豫란 사람이 있었는데 학문이 宏大하며 博學한 선비로서 『易』에 정통하였다. 그는 선생의 뜻이 독실하다는 사실을 전해들은 후 가상히 여겨 무언가 가르침을 베풀어 주려고 마음먹었다. 그런데 함께 이야기 나누기를 3일, 일찍이 들어보지 못한 지식을 접하고 나서 크게 놀라 탄복하였다. 그리고 마침내 자신의 학문을 버리고 선생을 좇았다. 선생은 읽지 아니한 책이 없어, 『皇極經世』 60권을 저술하였으며, 만년에는 詩作을 즐겨하였는데 평이하면서도 이치에 조응한 것들이었다. 『擊壤集』 20권이 있으며 여기에 직접 序를 붙였다.

---

1 이상은 明道가 적은 「邵堯夫先生墓誌銘」(『河南程氏文集』 권4)의 일부분이다.

洛陽에 거주하기 40년 동안 安貧樂道하였으며 스스로 말하기를, '일찍이 눈을 찡그려본 적이 없다'라고 할 정도였다. 그는 거주하며 침식하는 곳을 '安樂한 움집(窩)'이라 부르며, 스스로 '安樂 先生'이라 칭하였다. 또 창문을 내고 그 아래에서 책을 읽거나 閑居하였으며, 아침이면 향을 피우고 홀로 앉았다가, 해질 무렵이 되면 서너 잔의 술을 마셨다. 그리고 약간 취기가 오르면 그만 두고 결코 만취하도록 마시지는 않았다. 일찍이 詩를 지어 다음과 같이 읊었다.

"飮酒의 많고 적음에 밝은 이치가 있도다.

적절히 마시는 것, 그것이야말로 經綸에 관계 되느니."[2]

"시골 늙은이라 살림살이 옹색하다 말하지 말라. 그래도 이 몸 하나 잘 추스려 가는도다."[3]

몹시 춥거나 더우면 밖으로 나오지 않았으나, 외출할 때는 늘 한 사람이 끄는 작은 수레를 타고 다녔다. 그는 이것을 스스로 이렇게 읊었다.

"꽃이 비단같이 만발할 때 높다란 누각에 올라 바라보다,

양탄자같이 자란 풀밭 사이로 작은 수레를 타고 지나노라."[4]

司馬光은 그에게 다음과 같은 시를 증정하였다.

"숲 속 높다란 누각에 올라 아무리 바라보아도,

그 꽃 사이 작은 수레는 종내 오지 않네."[5]

그는 내키는 대로 가다가 손님을 반기는 집 주인을 만나면 사흘이고 닷새고 머물렀다. 그러다 또 다른 집에 가서도 마찬가지로 그렇게 하였

---

2 邵雍, 『擊壤集』 권9, 「安樂窩中酒一樽」의 일부이다. 斟有淺深存變理 飮無多少係經綸.

3 邵雍, 『擊壤集』 권8, 「林下五吟」의 일부이다. 莫道山翁拙於用 也能康濟自家身.

4 邵雍, 『擊壤集』 권9, 「安樂窩中酒一樽」의 일부이다. 花似錦時高閣望 草如茵處小車行.

5 司馬光, 『傳家集』 권10, 「邵堯夫許來石閣久待不至」의 일부이다. 林間高閣望已久 花外小車猶未來.

다. 때로 한 달을 넘기도록 집에 돌아가는 것을 잊기도 하였다. 비록 그의 품성은 고결하였으나 사람을 대할 때는 賢者와 어리석은 자, 그리고 貴賤을 가리지 않고 모두 친척처럼 기쁘게 맞이하였다. 또 항상 스스로 이렇게 말했다.

"만일 큰 병에 걸리면 어찌할 수 없도다. 하지만 작은 병이라면 손님과 이야기를 나누다 자신도 알지 못하는 사이 병이 떠나가게 하는 것이 좋다."

學者가 와서 경전의 뜻을 물어볼라치면 精深하고 浩博함으로 응대하며 전연 窮迫해지지 않았으며, 사고가 幽遠한 데 이르러 象數의 오묘함을 밝혔다. 어쩌다 매우 친밀한 사람과 자리를 함께 하면 입을 열어 天下事를 논했다. 그러할 경우 비록 오랫동안 세상사에 관심을 기울이고 있었던 사람일지라도 그의 논리에는 미치지 못했다.

神宗 熙寧 3년(1070) 新法이 시행되기 시작하자 천하가 소란해졌다. 당시 선생은 낙양에 閑居하고 있었는데 문하생과 친우들 가운데 사방에서 仕宦하고 있는 이들이 모두 관직을 버리고 낙향하고자 했다. 서신을 보내 이러한 의향을 선생에게 묻자 이렇게 대답했다.

"지금이야말로 賢者들이 힘을 다해야만 하는 때이다. 新法은 진실로 각박하기 짝이 없으니 그것을 1分 느슨하게 할 수 있다면 바로 백성들의 부담을 1分 덜어주는 셈이 된다. 사직하고 떠난다면 무슨 소용이 있는가?"

富弼이 汝州의 判州[6]로 있다 질병 가료를 핑계로 사직하고 洛陽으로 왔다.[7] 그는 天津橋 근처 선생의 거처와 아주 가까운 곳에 집을 짓고나

---

6 2品官 이상이나 中書 및 樞密院의 宰執, 혹은 宣徽使 등이 知州 직위에 있을 경우 특별히 判州라 칭했다. '判'이라 略稱하기도 한다.

서 말했다.

"앞으로 서로 자주 초대할 수 있겠구료."

선생이 대답했다.

"나는 겨울이나 여름에는 외출하지 않고 봄과 가을에만 이따금 친지들을 찾아갑니다. 公은 초대해도 필시 오지 않을 테니 내 公이 부르지 않아도 가끔씩 스스로 찾아가리다."

부필은 손님을 사절하고 있었지만 아들에게,

"邵雍 선생이 오시거든 언제라도 모시도록 해라"라고 말했다.

어느 날 선생이 들르니 부필이 詩를 지어 주었다.

"선생은 衛州로부터 洛陽으로 옮겨와 기거[8]하며,

세상사와 담 쌓고 유유히 道를 즐기시는도다.

거듭된 조정의 발탁[9]에도 종내 몸을 일으키지 않고,

다만 陋巷의 寂寥한 생활을 좋아하시네.

百代의 도리를 탐구하고 故事를 익히며,

천 편의 詩賦를 읊으니 그 또한 精妙하도다.

우리 서로 交往하는 인연 참으로 소중하노니,

선생은 홀연 찾아와 음주하며 風雨를 읊다 이슥한 밤 돌아가시는도다."

부필은 언제나 밖으로 다닐 때는 婢女나 노복 두 사람으로 하여금 부축하게 했다. 하루는 선생과 더불어 천하사를 논하다가 너무 즐거운 나

---

7 神宗 熙寧 5년(1072) 3월의 일이었다(『宋史紀事本末』 권37, 「王安石變法」 참조). 당시 富弼(1004~1083)의 나이는 68살, 邵雍(1011~1077)의 나이는 62살이었다.

8 邵雍은 본디 河北西路 衛州 共城縣 출신으로 30살 되던 해 洛陽으로 이주하였다. 『宋史』 권427, 「邵雍傳」 참조.

9 이러한 정황에 대해 『宋史』에서는, "嘉祐詔求遺逸 留守王拱辰以雍應詔 授將作監主簿 復擧逸士 補潁州團鍊推官 皆固辭乃受命 竟稱疾不之官"(권427, 「邵雍傳」)이라 기록하고 있다.

머지 자기도 모르게 혼자 걸어 집 아래로 내려갔다. 이를 보고 선생은 일어서지 않은 채 두 노복을 가리키며 부필을 놀렸다.

"저 지팡이 짚는 것을 잃어 버렸네."

언젠가 선생이 말했다.

"좋은 일이 닥쳤는데도 지나치게 조심하다가 다른 사람이 먼저 해버렸습니다. 그리고 원통해 하여 무슨 필요가 있습니까?"

부필이 웃으며 말했다.

"그 일에는 쉽게 말할 수 없는 사정이 있소이다."

이 말은 嘉祐 年間의 建儲[10]를 가리키는 것이었다. 부필은 강하고 용감하였지만 일이 닥치게 되면 면밀히 판단하여 완벽한 상태가 되어야만 비로소 행하였다. 선생은 이러한 성격을 놀린 것이다.

하루는 부필이 근심스러운 기색을 보였다. 선생이 물으니 이렇게 말했다.

"선생이 어디 한 번 내가 무엇을 근심하는지 맞춰 보구려."

"王安石이 재상에서 파직되고 呂惠卿이 參政[11]이 되었는데, 여혜경의 흉폭함이 왕안석보다 훨씬 더하기 때문이 아닌가요?"

---

10 嘉祐 年間(1056~1063)의 말엽 仁宗의 後嗣 冊封 문제가 대두했을 때, 富弼이 韓琦를 樞密使로 천거하여 함께 일을 도모하기로 약조하였는데, 韓琦가 그 약조를 어기고 富弼의 의사와는 달리 英宗이 등극하도록 했던 사실을 가리킨다. 이 일을 계기로 富弼 및 韓琦 兩人 사이는 극도로 악화되었다. 이 저간의 사정에 대해 『宋人軼事彙編』에서는, "至和間 仁宗寢疾. 時相富文忠密通意光獻立後 而慈聖意在英宗. 傳道內外者張茂則也 而伺察英宗起居狀者 王廣淵也 蔡抗也. 事垂成 語文潞公. 潞公爲首相 與富公議協 密諭王文忠爲詔草 常懷之以待非常. 久之 仁宗疾有瘳 潞公服喪去位. 富文忠乃召韓忠獻爲樞密使 且密告之 欲共圖其事. 富文忠尋亦憂去 忠獻乃立英宗爲皇子. 富文忠聞之不懌 以謂事固定 待有變而立可也 萬一有疑沮 則豈復得其人也. 韓 富由是搆隙. 英宗卽位 富文忠解喪爲樞密使. 一日鎖院廊出 乃立潁王制. 富文忠初不與聞 遂以語侵忠獻 而引疾力去. 韓忠獻之喪 富文忠一不弔問"(권8)이라 전하고 있다.

11 신종 희녕 7년(1074) 4월의 일이다(徐自明 撰, 王瑞來 校補, 『宋宰輔編年錄校補』 권8 참조).

"그렇소이다."

"公이 걱정할 필요가 없습니다. 왕안석과 여혜경은 본디 권세와 이익을 좇아 모인 자들입니다. 권세와 이익이 합치하지 않게 되면 저절로 원수가 될 것이고, 그렇게 되면 남을 헤칠 겨를이 없어질 겁니다."

얼마 후 여혜경은 과연 왕안석을 배반하였다.[12] 이를 보고 부필이 선생에게 말했다.

"선생의 식견은 참으로 탁월합니다그려."

또 어느 날 司馬光이 선생을 찾아와 말했다.

"내일 승려 修禺가 법당을 짓고 설법을 하는데 富公(富弼)과 晦叔(呂公著)이 함께 가서 듣는다고 합니다. 그런데 晦叔은 불교에 탐닉하여 다른 사람을 아랑곳하지도 않는 지경인데, 富公이 함께 가면 불미스러운 일이 생길 것 같습니다. 저는 後進이라서 감히 직접 말씀을 못드리겠습니다. 선생께서 좀 해결해 주십시오."

선생이 대답했다.

"내 너무 늦게 들은 것이 한스럽구료."

이튿날 과연 부필은 설법을 들으러 갔고, 그 뒤를 이어 선생도 따라가 부필을 만나 말했다.

"듣건대 폐하께서 裵晉公을 재등용[13]했던 대로 公을 발탁한다고 하더이다."

---

12 대략 희녕 7년 후반기부터 희녕 8년 전반기의 일이다. 이와 관련하여 『송사』에서는, "鄭俠疏惠卿朋姦壅蔽 惠卿怒 又惡馮京異已 而安石弟安國惡惠卿姦諂 面辱之. 於是乘勢倂陷三人 皆獲罪. 安石以安國之故 始有隙. 惠卿旣叛安石 凡可以害王氏者 無不爲"(권471, 「呂惠卿傳」)라 전하고 있다.

13 裵晉公은 唐 후반기의 인물인 裵度(765~839). 재상까지 역임한 후 宦官들의 발호에 염증을 느낀 나머지 질병을 핑계로 東都洛陽으로 은퇴했다가 文宗 開成 2년(837) 재차 조정으로 불리워진다. 상세한 경과는 『舊唐書』 권170, 「裵度傳」을 참조.

부필이 웃으며 대답했다.

"선생은 내가 쇠약하고 병들어 다시는 조정에 나가지 못할 것이라 얘기하는 것이지요?"

"그 말대로입니다. 누군가, '폐하께서 公을 조정으로 부르셨을 때에는 公이 쇠약하여 그 命에 부응하지 못하면서, 일개 승려가 법당을 열었을 때는 갔었다'고 말하면 어떻게 하시겠습니까?"

부필이 놀라 말했다.

"내 미처 그것까지는 생각지 못했소이다."

부필은 선생에게 아직 나이가 너무 늦지는 않았으니 학문을 더 연마하고 자신을 수양하는 것이 어떻겠느냐고 권하였다. 그러자 선생이 말했다.

"남들이 胡走亂走[14]하는 것을 따라 배울 수는 없지요."

선생은 洛陽에 살며 交遊함에 있어 연장자는 공경하고 나이가 비슷한 자는 친구로 대했으며 연소자는 子弟로 대하였다. 이러한 원칙을 조금도 어기지 아니하였기 때문에 남들이 모두 좋아하였다. 또 매년 春二月에 외출을 시작하여 4월이 되어 날씨가 점차 더워지면 중단하였으며, 다시 8월에 외출을 시작하여 11월이 되어 날씨가 점차 추워지면 중단하였다. 그 스스로 이러한 외출을 詩로 읊어 말했다.

"때에 따라 네 가지 외출하지 않는 시기가 있으며

또 네 가지 모임에는 참석하지 않았노라."[15]

---

14 胡言亂語. 근거나 조리가 없는 말을 가리킨다.

15 邵雍, 『擊壤集』 권13, 「四事吟」의 일부이다. 原文에는 外出하지 않는 네 시점으로 大風, 大雨, 大暑, 大寒을 註記하고 있으며, 참여하지 않는 네 가지 모임으로서 공공집회(公會), 장례식(葬會), 생일잔치(生會), 술추렴(醵會)을 들고 있다.

선생이 외출할 때면 사람들은 모두 신이 벗겨질 정도로 반갑게 달려와 맞이하였으며 아동이나 노예[16]라 할지라도 모두 선생을 알아보며 공경하였다. 선생이 어느 집안에 이르게 되면, 그 집안에서는 언제나 子弟와 식구들이 다투어 酒饌을 차리며 먹고 싶은 것을 물어보았다. 또 '邵'라는 성조차 말하지 않은 채 다만,

"우리 집에 선생님이 와 계시다"라고 말하였다.

그리고 규방의 일이라든가 骨肉間의 일에 이르기까지 해결이 어려운 것은 모두 선생에게 물어 가르침을 구하였다. 선생은 또 정성을 다해 깨우쳐 주려 하였던 까닭에 누구나 기쁘게 그 가르침에 복종하였다. 심지어 10여 가문에서는 선생이 거주하는 '安樂窩'를 본떠 집을 마련해 두고 '나들이 움집(行窩)'라 부르며 선생이 방문하기를 기다렸다. 그래서 선생이 死去하자 鄕人들은 이렇게 挽詩를 적었다.

"봄 바람과 가을 달빛을 따라 놀며 즐기시던 곳,

이제 선생은 가시고 뎅그라니 열 두 채의 行窩만 남았구나."

낙양 풍속의 아름답기가 이와 같았다.

英宗 治平 年間(1064~1067) 선생이 客과 더불어 天津橋 위를 산보하다가 두견새의 울음소리를 듣고 갑자기 근심스러워하는 기색을 보였다. 客이 그 까닭을 물으니 이렇게 대답했다.

"낙양에는 과거 두견새가 없었는데 지금 처음 날아왔소이다. 어떤 조짐을 보이는 것이오."

"무슨 조짐 말입니까?"

---

16 『宋名臣言行錄』의 原文에 이처럼 '奴隷'라 적고 있을 뿐만 아니라, 原出處였을 것으로 판단되는 『邵氏聞見錄』 권20에서도 마찬가지로 '奴隷'라 기록되어 있다.

"앞으로 2년이 채 안 되어 폐하가 江南 출신 인사를 재상으로 기용하고 강남인들을 대거 발탁하여 대대적인 개혁에 나설 것이오. 이로 인해 천하에 많은 소동이 있을 거외다."

客이 말했다.

"두견새 울음소리를 듣고 어떻게 그것을 알 수 있습니까?"

"천하에 장차 治世가 찾아오려 할 것 같으면 地氣가 북방으로부터 남방으로 향하고, 반대로 장차 난리가 일어날 것 같으면 남방에서 북방으로 향하는 법이오. 지금 남방의 地氣가 북방으로 오기에 이르렀소이다. 날 것들은 地氣를 먼저 전하는 것들이오. 『春秋』에서, '六鷁들이 날아 달아나도다'[17]라든가 '구관조가 날아와 둥지를 틀었다'[18]라고 적혀 있는 것은, 地氣로 말미암아 그렇게 된 것이오. 앞으로 남방의 草木들을 모두 북방에 옮겨 심어도 괜찮을 것이며 또 남방의 전염병이나 瘴瘧[19] 등의 병으로 인해 북방 사람들이 고통을 받게 될 것이오."

熙寧 연간(1068~1077)의 초엽 그 말은 그대로 실현되었다.

선생이 말했다.

"우리 宋朝의 다섯 가지는 요순 이래 일찍이 없었던 일이다. 첫째는 革命이 일어나 宋朝가 건립되던 날 市場에 아무런 동요가 없었던 것이며, 둘째는 天下의 장악이 황제 즉위 이후에 실현되었던 것이며, 셋째는 죄 없는 자를 단 한 사람도 살해하지 않은 것이며, 넷째는 왕조 건립 이

---

17 『春秋』, 僖公 16年條에 나오는 내용이다(六鷁退飛 過宋都). 이에 대해 杜預는, "鷁 水鳥. 高飛遇風而退 宋人以爲災 告於諸侯 故書"(晉 杜預注, 唐 陸德明 音義, 孔穎達 疏, 『春秋左傳注疏』)라 注를 붙이고 있다.

18 『春秋』, 昭公 25年條에 나오는 내용이다(鸜鵒來巢). 이에 대해 杜預는, "此鳥穴居 不在魯界 故曰來巢 非常故書"라 注를 붙이고 있다.

19 瘴毒과 학질.

후 백 년 동안 네 황제만이 在位한 일이며, 다섯째는 왕조 건립 이후 백 년 동안 심대한 환란이 단 한 차례도 없었던 일이다."

神宗 熙寧 10년(1077) 여름 작은 병에 걸렸는데 기력은 날로 쇠해지는 반면 정신은 날로 또렷해져 갔다. 선생이 웃으며 司馬光에게 말했다.

"내 아무래도 세상을 하직할 때가 되었나 보오."

사마광이 대답했다.

"그럴 리가 있겠습니까?"

선생이 다시 웃으며 말했다.

"죽고 사는 것 또한 일상적인 일이라오."

張橫渠(張載)는 평소 命에 대해 논하기를 좋아했는데, 선생의 병세가 심해지자 문병하러 와서 말했다.

"선생님은 命을 믿었는데 어디 수명을 한 번 헤아려 보시지요."

선생이 대답하였다.

"만일 天命이라면 내 이미 알고 있는 바이지만 세간에서 말하는 수명이라면 알지 못하오."

"선생님께서 天命을 알고 계시니 제가 무슨 말을 더 드릴 필요가 있겠습니까?"

程伊川(程頤)이 말했다.

"선생님의 병세가 이미 이 정도까지 되었으니 다른 사람들은 아무 도움이 될 수 없습니다. 선생님 스스로 기운을 차리도록 하십시오."

"내 평생 道만을 공부해 왔는데 어찌 지금 상태를 모르겠소이까? 이제 어찌할 도리가 없는 상태요."

그 후 선생이 막 잠들려 하는데, 여러 사람들이 밖에 모여 선생 사후의 일을 논의하고 있었다.[20] 그 가운데 선생의 장지를 낙양 인근에 마련해야 한다고 말하는 사람이 있었다. 선생이 그것을 듣고 伯溫[21]을 불러 말했다.

"諸公들이 낙양성 가까이에 장지를 잡으려 하는 모양인데 그래서는 안 된다. 河南의 伊川에 있는 先塋으로 가야만 하느니라."

7월 4일 선생은 詩 한 구절을 大書하였다.

"太平世에 나서 太平世에 성장하고,

太平世에 늙어 太平世에 죽노라.

客들이 나이를 묻거든 67살이라 말하라.

天地間을 우러르고 굽어보아 浩然히 아무 부끄러움이 없노라."

그리고 이 날 밤 5경에 운명하셨다.

程頤에게 말했다.

"그대가 비록 총명하다 하나 천하의 일은 대단히 많소. 어찌 그대가 다 알 수 있겠소?"

"천하의 일 가운데 제가 알지 못하는 것이 진정 많이 있습니다. 그런데 堯夫(소옹) 선생님께서 제가 모른다고 말씀하시는 것은 무엇입니까?"

그때 마침 번개가 내리쳤다. 소옹이 말했다.

"그대는 번개가 어디서 일어나는지 알고 있는가?"

"선생님이 모르실 뿐이지 저는 압니다."

이 말을 듣고 소옹이 깜짝 놀라서 말했다.

---

20 『宋史』에서는 당시 司馬光·張載·程顥·程頤 등이 모여 사후의 喪葬事를 의논하였다고 적고 있다(권427, 「邵雍傳」).

21 아들인 邵伯溫을 가리킨다. 邵伯溫은 이 항목의 原出處였을 것으로 보이는 『邵氏聞見錄』의 撰者이다.

"그게 무슨 말인가?"

"이미 알고 있다면 굳이 數로써 계산해 갈 필요가 있겠습니까? 모르는 까닭에 계산하여 추론한 다음 아는 것이지요."

소옹이 말했다.

"그대는 번개가 어디서 일어난다고 생각하는가?"

"일어나는 곳에서 일어나지요."

소옹은 놀라 그 훌륭함을 칭찬하였다.

晁以道[22]가 일찍이 伊川에게 편지를 보내 소옹의 象數學[23]에 대해 물은 적이 있었다. 伊川이 답서를 보내 말했다.

"나와 堯夫 선생은 같은 마을에 30년을 함께 살았소. 그동안 세상의 어떠한 일이든 묻지 않은 것이 없지만, 象數學에 대해서는 한마디도 얘기해본 적이 없소."

선생은 永興軍路 商州의 趙知州와 상당히 친분이 두터웠다. 당시 章惇이 商州 관내의 縣令으로 있었는데 趙知州는 그를 매우 후대하였다. 어느 날 趙知州가 선생을 초대하여 章惇과 함께 하는 자리를 마련하였

---

22 晁說之(1059~1129). 以道는 그의 字.

23 易學 중의 한 갈래로서 數가 우주만물의 본질을 규정하는 존재라 이해하는 학문. 易學이 체계화되기 시작하는 漢代 이래 이미 象數派가 존재하였다. 邵雍은 漢代 및 魏晉 시대 象數派의 전통에다가 道敎思想을 결합시켜 독특한 象數學을 완성하였다. 그에 의하면 象數의 원리가 만물의 최고법칙이기 때문에 인간 사회를 포함한 모든 우주만물은 그 조화에 의해 규정되고 演變해 간다고 한다. 그는 이러한 논리를 바탕으로 인간의 역사가 '元·會·運·世'의 굴곡을 거치는데, 1世는 30년, 1運은 12世로서 360년, 1會는 30運으로서 10,800년, 1元은 12會로서 129,600년이라고 한다. 1元은 天地가 始終하는 기간이며, 이 가운데 天은 1會에 열렸고 地는 2會에 열렸으며 인간은 3會에 생겨났다고 한다. 인류출현 이후 매 會, 즉 10,800년마다 커다란 변화가 발생하며, 第6會 第30運 第9世에 역사는 정점에 달했는데, 이것이 바로 儒家가 이상시했던 唐堯의 시대라는 것이다. 이후 인류 역사는 시간이 거듭할수록 퇴락되어 왔다고 한다.

다. 章惇은 거칠 것 없이 議論하며 선생에 대해 공경하는 마음을 전혀 갖지 않았다. 그러다 洛陽에 모란이 장관이라는 것을 말하게 되었다. 곁에 있던 趙知州가 장돈에게 말했다.

"소옹 선생은 낙양 사람이고 더욱이 꽃에 대해 아주 잘 아신다오."

선생이 말했다.

"낙양 사람들은, 뿌리의 상태를 보고 꽃의 좋고 나쁨을 아는 사람이야말로 꽃에 대해 가장 잘 아는 사람이라 여기고, 나뭇 가지와 잎사귀 상태를 보고 아는 사람은 꽃에 대해 그 다음으로 아는 사람이라 여기며, 꽃봉오리를 보고 아는 사람은 꽃에 대해 잘 모르는 사람이라 여깁니다. 公이 말하는 것은 꽃을 잘 모르는 사람의 얘기인 셈이지요."

장돈은 겸연쩍어 하며 아무 말을 하지 못했다. 그러자 趙 지주가 장돈에게 선생을 따라 학문을 배우는 것이 어떻느냐고 권했다. 장돈은 선생을 따라 함께 놀며 象數學을 전수받고 싶다고 말했다. 선생이 대답하였다.

"모름지기 10년 동안 仕宦을 그만둘 각오가 되어 있다면 가르쳐 드리지요."

선생에게는 가르쳐 줄 의사가 없었던 것이다.

「先天圖」는 본래 伏羲로부터 유래한 것[24]으로 康節(邵雍)이 스스로 만든 것이 아니다. 거기에 비록 설명은 덧붙여져 있지 않으나 내포하고 있는 바가 심히 광대하다. 무릇 『易』 가운데의 글자 하나 뜻 하나라도 그 속에서 나오지 않은 것이 없다. 반면 「太極圖」는 濂溪(周敦頤)가 自作한 것으로 『易』 가운데의 큰 원리와 의미를 분명하게 밝히고 있다. 만일 전

24 伏羲가 지었다고 전해지는 「八卦圖」를 가리킨다. 상세한 것은 劉瀚平, 「邵雍易圖研究」(同氏著, 『宋象數易學研究, 臺北, 五南圖書出版公司, 1994 所收)를 참조.

체적인 구도를 논한다면 「太極圖」는 「先天圖」만큼 방대하고 상세하지는 못하다 할 수 있으며, 반면 그 義理를 논한다면 「先天圖」는 「太極圖」만큼 정밀하면서도 간략하지는 못하다고 하겠다. 이처럼 그 성격은 다르지만 개괄적으로 비교한다면 「太極圖」는 「先天圖」의 범위 안에 있으며, 「先天圖」의 자연스러움이라든가 혹은 더 이상 면밀히 사고하여 이해할 필요가 없을 정도로 분명하다는 점에는 미치지 못한다. 또 숫자를 살펴본다면, 「先天圖」의 숫자는 1에서 2가 되고 2에서 4가 되며, 4에서 8이 되어 8卦를 이룬다. 「太極圖」의 숫자 역시 1에서 2(剛·柔)가 되고 2에서 4(剛善·剛惡·柔善·柔惡)가 되며, 여기에 1(中)이 덧붙여져 五行이 되어 마침내 萬物에 미치게 된다. 이처럼 이치는 서로 동일하며 象數 또한 어긋나지 않는 것이다. 다만 크고 작음과 간략하고 상세한 점 등에서 차이가 날 뿐이다.[25]

누군가 康節(소옹)의 象數學에 대해 묻자 다음과 같이 대답하였다.

"숫자 자체에 구애받을 필요는 없으며 만사에는 본래 그러한 이치가 있는 것이다. 무엇이든 태어나면 언젠가는 죽게 되어 있으며 왕성해지고 나면 다음에는 반드시 쇠미해지는 때가 온다. 꽃 한 송이를 예로 든다면, 꽃봉오리가 더부룩 해지면 곧 개화할 것이고, 꽃잎들이 거의 다 펴지면 한창 절정의 시기이며, 난만히 흐드러질 때는 바로 시들기 시작하는 시기이다. 또 사람을 보고 그 氣의 盛衰를 알게 되면 곧 그 사람의 生死를 미루어 짐작할 수 있다. 象數學은 이처럼 분명한 이치에 근거하고 있는 것이다. 하지만 만일 미래의 일을 어떡하면 알 수 있겠느냐고

---

25 『朱熹集』 권46, 「答黃直卿」(第4冊, 2252·2253쪽)에 실려 있는 내용이다.

묻는다면, 그것은 世間의 점술과 다를 바가 없어져 버릴 것이며 道와는 거리가 멀게 될 것이다. 그러한 질문은 康節을 잘 모르는 소치이다."[26]

26 『朱子語類』 권100에 실려 있는 내용이다.

권6

呂希哲

正獻公(呂公著)은 집안에 있을 때 대범하고 과묵하여 바깥 일에 신경을 쓰지 않았다. 반면 申國夫人은 性情이 엄격하면서도 법도가 있어 비록 심히 선생을 사랑하였지만 그 가르침에 있어서는 매사에 반드시 도리를 지키게 하였다. 10살이 되자 아무리 덥거나 춥고 심지어 비가 올 때에조차 종일토록 侍立해 있도록 하고 앉으라 명하기 전까지는 감히 앉지 못하게 했다. 또 매일 冠帶를 갖춘 연후에 어른을 뵙도록 했으며, 평상시 거할 때 아무리 더워도 부모나 어른 곁에서는 두건과 버선을 벗지 않고 의복을 갖추어 입은 다음 삼가며 행동하도록 했다. 바깥에 출입할 때에는 茶肆나 주점에 들어가지 못하게 했으며, 市井의 속된 말이나 鄭衛의 음란한 음악[1]은 일체 듣지 못하게 하였다. 또 바르지 않은 책이나 禮와 합치하지 않는 그림 역시 보지 못하게 하였다.

正獻公이 京西北路 潁州의 通判으로 부임하였을 때 歐陽文忠公(歐陽脩)이 마침 知州로 있었는데 焦伯强(焦千之) 선생이 그 빈객으로 머물고 있었다. 焦 선생은 엄격하면서도 바른 성정의 인물이었다. 正獻公은 그를 보고 나서 초대하여 子弟들의 교육을 부탁하였다. 초 선생의 가르침을 받는 諸生 가운데는 약간 禮에 어긋난 행동을 하는 자도 적지 않았으나 선생(呂希哲)은 단정히 앉아 있었으며, 諸生들이 꼬여도 저녁에 이르도록 그들과 전연 얘기를 나누지 않았다. 이에 諸生들이 두려워하며 畏服하자 선생은 비로소 조금 辭色을 누그러 뜨렸다. 당시 선생의 나이는 10여 살에 불과하였다. 안으로는 正獻公과 申國夫人의 교훈이 이처럼 엄격하였고 또 밖으로는 초 선생의 교화가 또 이처럼 돈독하였던 까닭에 선생의 그릇이 일찍부터 남다를 수 있었던 것이다. 선생은 언젠가 이렇게 말한 적이 있다.

"사람으로 태어나 안으로 어진 부모를 만나지 못하고 또 바깥으로 엄한 스승과 벗이 없었음에도 불구하고 성취를 이룰 수 있는 자는 매우 드물다."

선생은 처음에는 太學에서 胡安定(胡瑗)을 좇아 공부하였고 다음에는 孫復과 石介・李覯를 따랐으며, 또 그 다음으로는 王安石을 좇아 공부하였다. 당시 왕안석은, '무릇 士人들이 관직을 지니고 있지 않을 때 科擧 공부하는 것은 가난을 떨치기 위해서이고 관직이 있으면서 다시 과거시험을 준비하는 것은 부귀와 공명을 탐하기 때문이다. 학생들은 科擧를 보아서는 안 된다'라고 생각하고 있었다. 선생은 이 말을 듣고 科

---

1 경박하고 음란한 음악. 春秋 시대 鄭國과 衛國은 그 習俗이 輕靡하고 淫逸하다는 평판을 받았다. 『詩經』의 「衛風」과 「鄭風」 역시 남녀간의 애정을 읊은 시가 대부분이다.

學에의 관심을 버리고 오로지 古學에만 뜻을 두었다.

처음 伊川(程頤)과 함께 胡瑗을 좇아 공부할 당시 伊川은 선생보다 나이가 불과 한두 살밖에 많지 않았지만,[2] 그 학문의 연원이 보통 사람과 다른 것을 깨닫고 자신이 먼저 스승의 예로써 섬겼다. 그밖에도 선생은 明道(程顥)나 橫渠(張載)·孫覺·李常 등과도 함께 어울렸으며 이로 말미암아 그 知見이 더욱 廣大해질 수 있었다. 하지만 선생은 언제나 하나의 학설에만 얽매이지는 않았으며 하나의 門下에만 출입하지도 않았다. 지엽 말단을 버리고 오로지 자기 함양에 진력하며 첩경을 통해 곧바로 성인의 경지에 이르고자 하였다. 또 曾子의 학문을 崇慕하여 내적인 수양에 온 힘을 다했다. 經書의 독서에 있어서는 簡要함을 구하려 했고 字句에 얽매여 문맥의 이해에 매달리는 것은 피하였다. 나아가 스스로 체득하는 것을 근본으로 삼았으며 躬行을 추구했고, 虛言을 숭상하지 않았으며 異行을 회피하였다.

正獻公(呂公著)은 當世의 賢士들을 널리 등용하며 누구든지 하나의 장점이라도 있으면 발탁하여 등용하지 아니한 적이 없었다. 이를 위해 일찍이 몇 폭으로 된 종이에다가 當世의 名士 이름을 기록해 두었다. 그 후 이 명부를 잃어버렸다가 다시 찾자 거기에 적혀 있는 사람들을 모두 등용하였다. 언젠가 正獻公은 그 명부를 친히 아들인 呂希哲에게 보여주며 말했다.

"當世의 좋은 선비들은 모두 등용하였으되 너만은 나와의 사적인 관계 때문에 등용하지 못했다. 이 또한 운명이니라."

---

2 程頤(1033~1107)와 呂希哲(1039~1116) 사이의 실제 나이 차는 6살이다.

권7

謝良佐

胡文定公(胡安國)이 말했다.

"선생은 처음 記問[1]을 學問이라 생각하고 해박하다 자부하였다. 어느 날 明道에게 史書를 예로 들고 말하며 한 글자도 틀리지 않았다. 이를 보고 明道가 말했다.

'그대는 허다한 것을 기억하고 있으니 가히 玩物喪志[2]라 할 만하도다.'

선생은 이 말을 듣고나서 진땀이 흘러 등까지 적실 정도가 되었으며 얼굴도 벌겋게 달아올랐다. 明道가 다시 말했다.

'惻隱之心에서 이렇게 말해 주는 것이다.'

이후 明道가 역사 책 읽는 것을 보니 한 글자도 빠트리지 않고 꼼꼼히

---

1 記問之學, 즉 古書를 많이 記誦하여 남의 질문에 잘 대답하는 것.
2 事物에 대한 희롱에 마음이 팔려 本心 내지 本質을 잃어버리는 것.

읽어나가는 것이었다. 선생은 이를 보고 明道의 말에 반발이 생겼다. 하지만 훗날 잘못을 깨닫고 나서는, 오히려 이 일을 화제로 삼아 博學을 자랑하는 學人들에게 훈계하였다."

謝子(謝良佐)가 伊川과 헤어진지 1년 만에 다시 찾아 뵈었다. 伊川이 말했다.

"헤어진지 1년 만인데 무슨 공부를 하였는가?"

"오직 '矜(자랑, 자부심)'이란 글자 하나를 없애려 노력했습니다."

"그것은 무슨 이유에서인가?"

"자세히 돌아보니 모든 문제는 바로 여기에서 생겨나는 것이었습니다. 만일 그 잘못만 없애버릴 수 있다면 앞을 향해 크게 나아갈 수 있을 것입니다."

伊川이 머리를 끄덕였다.

이를 보고 胡文定公(胡安國)이 물었다.

"'矜'이란 글자의 잘못이 어찌 그렇게 큰 것이오?"

謝子가 대답했다.

"오늘날 사람들이 하는 일을 보면 모두 남들의 耳目을 향해 허세를 부리려 하는 것일 뿐, 정작 자기 자신에 관한 효용에 대해서는 전연 돌아보지 않소이다. 이를테면 사람들은 좋은 음식을 차리고 식사할 때에는 남을 향해 앉아서 보란 듯이 먹지만, 보잘 것 없는 식사일 경우에는 방안으로 가져가 조용히 먹지 않소? 이 같이 해서야 어디 되겠소?"

朱子가 말했다.

"선생의 사람됨은 英明하고 과단성이 있으며 결단이 명쾌하였고, 또 열심히 학문에 노력하였다. 언제나 克己復禮하였으며 매일 학업의 양을 정해 두고 공부하였다. 저서로 『論語說』 및 門人들이 語錄을 輯錄한 것이 있어 현재 세상에 전해지고 있다.[3] 대략 生意[4]로써 仁을 설명하고 實理로써 誠을 논하고 있으며, 항상 고요한 마음의 상태(常惺惺)로써 敬을 논하며 옳은 것을 구하는 것(求是)으로써 窮理를 논하고 있다. 선생의 설명은 精密하면서도 적당하며 窮理와 居敬이야말로 학문 입문의 길이라 지적하고 있다. 따라서 明道가 가르친 綱領을 가장 잘 계승하고 있다 할 것이다.

선생이 일찍이 湖北路 德安府의 應城縣 知縣으로 있을 때 胡文定公(胡安國)이 提擧湖北路學事로서 應城縣을 들르게 되었다. 하지만 胡文定公은 감히 업무를 묻지 못하고 자신을 소개한 다음 弟子의 禮로 뵙기를 청했다.[5] 官衙에 들어서니 吏卒들이 마당의 가운데 서 있는데 마치 흙이나 나무로 만든 인형처럼 肅然하였다. 이어 學業의 상태를 살펴본 바, 당시 선생 문하의 學人들은 그 말하고 논하는 바가 모두 박식하고 호방하여 남들을 잘 일깨워 주는 것을 알았다. 지금 선생의 저서들을 읽어보면 그러한 사정을 가히 충분히 미루어 짐작할 수 있을 것이다.

나는 어려서 멋대로 공부하다가 선생의 책을 보고 나서야 비로소 바른 학문의 길로 들어선 적이 있다. 그리고 이후 見聞한 선생의 事跡은 모두 고매하고 卓絶하여 사람을 크게 자극하는 것들이었다. 그리하여 언

---

3 『論語說』은 현재 逸失된 상태이며, 曾恬과 胡安國이 輯錄한 『上蔡語錄』은 四庫全書 등에 수록되어 있다.

4 삶에의 意志 내지 氣運.

5 謝良佐(1050~1103)와 胡安國(1074~1138) 사이의 師承關係에 대해 『伊洛淵源錄』에서는, "安國出處 自崇寧以來 皆內斷於心 雖定夫 顯道諸丈人行 皆不以此謀之也. 定夫者 游察院酢也 顯道者 謝學士良佐也. 與楊時 中立皆二程先生之高弟. 公不及二程之門而三君子皆以斯文之任期公"(『朱子全書』 1102쪽)이라 기록하고 있다.

제나 선생의 事跡이 어느 날 갑자기 泯滅하여 후세에 전해지는 것은 아닌가 두려워했다."[6]

朱子가 말했다.

"伊川의 門人 가운데 上蔡[7]는 禪을 공부하다 왔기 때문에 그 학설 가운데는 불교의 색채가 여전히 남아 있다."[8]

또 다음과 같이 말했다.

"오늘날 道를 말하는 자들도 고상하고 기묘한 것으로부터 말하기를 좋아하는데 그러다 곧잘 禪으로 들어간다. 上蔡 이래로 이러한 기풍이 생겼다."[9]

"上蔡의 「觀復齋記」에서 道理를 설명하는 것을 보면 대부분 禪學의 내용들이다. 또 그의 학설을 보면 伊川과 다른 것이 많다. 靜處를 말하는 것 등이 그러한 예이다. 이를테면 그는, '만물의 生滅과 動態를 볼 뿐 공부할 필요는 없다'라고 말하고 있다. 이러한 것이야말로 유교와 불교가 같은 듯하면서도 다른 所以인데, 上蔡는 불교로 흘러 들어가고 있는 것이다. 이러한 점은 龜山(楊時)도 마찬가지이다."[10]

---

6 『朱熹集』 권80, 「德安府應城縣上蔡謝先生祠記」에 실려 있다.
7 謝良佐는 字가 顯道이고 河南 蔡州의 上蔡縣 출신이다. 통상 出身地名을 따서 '上蔡先生'이라 불린다.
8 『朱子語類』 권101에 실려 있다.
9 『朱子語類』 권100에 실려 있다.
10 위와 같음.

游酢

游酢는 그 형인 游醇와 함께 당시 文行으로 이름을 떨치고 있었으며 교유하는 이들도 모두 천하의 豪英들 뿐이었다. 그때 유초는 비록 나이는 어렸지만 당세의 선생과 宿儒들이 모두 그를 앞으로 모실 정도였다.

그 무렵 伊川이 일이 있어 京師에 들렀다가 그를 한 번 보고는, '자질이 가히 道學에 적합하다'고 말했다. 당시 明道는 京畿路 扶溝縣의 知縣으로 있었는데, 형제가 공히 한창 道學의 창도에 열성을 기울이며 학교를 세워 邑人 子弟들을 불러모아 가르치고 있었다. 伊川은 유초를 불러 庠序의 學職을 맡아 달라고 하였고, 유초는 이에 흔연히 동의하여 찾아갔다. 이후 程子의 정밀한 가르침을 듣고는 이전까지의 학문을 모두 버리고 그에 따랐다.

"游酢와 楊時는 전에 禪을 공부했었다. 그 후 道學이야말로 진정 몰입할 만한 학문이란 사실을 알게 되었지만, 여전히 불교에 대한 잔념을 버리지 못한 것 같다."[11]

呂居仁[12]이 말했다.

"定夫(游酢)는 후에 다시 禪을 공부하였다. 大觀 年間(1107~1110), 내가

11 『河南程氏遺書』 권2上에 실려 있다.

12 呂本中(1084~1145)의 字. 東萊 先生 혹은 大東萊 先生이라 칭해지기도 한다. 조카였던 呂祖謙(1137~1181) 역시 東萊 先生(小東萊 先生)이라 칭해졌으며, 呂本中의 부친이자 呂祖謙의 祖父였던 呂好問(1064~1131)은 東萊公이라 칭해졌다. 呂氏 三世가 공히 '東萊'라 불렸던 것인데, 이러한 호칭은 그 先世가 山東의 萊州人이었던 것에서 유래한다.

편지를 보내 이렇게 물은 적이 있다.

‘儒道에서는 父子와 君臣·夫婦·朋友·兄弟의 도리에 순응하여야만 성인에 이를 수 있다고 말함에 반해 佛道에서는 그러한 것들을 버려야만 부처가 될 수 있다고 말합니다. 선생께서는 일찍이 二程을 따라 공부하였고 후에는 다시 禪僧들을 좇아 공부하였으니 양자 사이의 논의는 필시 상충되지 않을 것입니다. 감히 묻건대 서로 다른 것은 무엇입니까?’

游定夫가 답서를 보내 말했다.

‘佛書에서 말하는 것을 世儒들이 사실상 깊이 고찰한 것은 아니다. 그러한 것들은 모름지기 직접 찾아 들어가야만 그 같고 다름을 분별할 수 있다. 말로 다툴 일이 아닌 것이다.’

游定夫는 일찍이 또,

‘前輩들은 왕왕 일찍이 佛書들을 보지도 않은 채 그토록 심하게 공박하기도 했다. 따라서 그들이 불교를 비난한 것 가운데는 사실상 불교 측에서 그렇게 생각하지 않는 것도 많다’라고 말한 적도 있다.”

권8

楊時

楊時가 말했다.[1]

"蔡京은 神宗의 정치를 繼述한다는 명분으로 사실상 왕안석을 끌어대 자기 일신의 이익만을 추구했습니다. 그래서 왕안석을 追尊하여 王爵[2]을 주고 나아가 孔子의 廟庭에 配享하였습니다.[3] 하지만 오늘날의 禍亂은 실은 왕안석에서부터 비롯되었던 것입니다. 삼가 왕안석의 邪說을 잠시 하나 둘 사례를 들어 설명해 보겠습니다.

---

1 欽宗 靖康 元年(1126) 5월에 있었던 上言이다(『續資治通鑑長編拾補』, 北京, 中華書局點校本, 2004, 권54, 第4冊, 1710쪽 참조).

2 徽宗 政和 3년(1113) 正月의 일이다. 당시 王安石은 舒王으로 追封된다(『宋史紀事本末』 권49, 「蔡京擅國」, 498쪽 참조).

3 徽宗 崇寧 3년(1104) 6월의 일이다. 王安石을 孔子 廟庭에 配享하는 詔令은, "詔. 荊國公王安石 孟軻以來一人而已 其以配享孔子 位次孟軻"(『宋史紀事本末』 권49, 「蔡京擅國」, 486쪽)라는 내용으로 되어 있었다.

과거 神宗은 漢의 孝文帝가 露臺의 비용을 삭감했던 것을 칭찬한 적이 있습니다. 이에 대해 왕안석은,

'폐하께서 만일 堯舜의 道로써 천하를 다스릴 수만 있다면 천하의 비용을 모두 끌어다 스스로를 奉養하여도 지나친 일이 아닐 것입니다'라고 말했습니다.

대저 堯舜은 띠로 지붕을 이고 흙으로 계단을 만든 집에서 살았으며, 禹에 대해서도 '매우 검소하도다'라고 칭찬한 적이 있습니다. 그러니 천하의 비용을 모두 끌어다 댄다는 것은 堯舜의 道가 될 수 없습니다. 후일 王黼가 三公의 지위에 있으면서 應奉司를 관할하며, '폐하께 바친다'는 핑계를 댔습니다. 사실상 왕안석의 '스스로를 봉양한다'는 말이 그것을 唱導했던 것입니다.

또 왕안석은 「鳧鷖」의 마지막 章[4]을 해석하며,

'道로써 守成하는 자는 群衆을 아무리 많이 使役시킨다 해도 교만이 아니며 만물을 아무리 많이 소비한다 해도 사치가 아니다'라고 말했습니다.

이 「鳧鷖」 章의 내용은 다만 적당히 충족된 정도만을 유지해야 天地의 神明과 조상들이 安樂히 여기며 훗날에 재난이 없을 것이란 사실을 말하는 것에 불과합니다. 그런데 왕안석은 전연 다르게 해석한 것입니다. 그 후에 蔡京의 무리들은 다투어 서로 사치를 일삼고 재정을 가벼이 여기며 함부로 썼습니다. 이러한 정황 역시 사실상 왕안석의 위와 같은 해석이 唱導했던 것입니다. 그러니 그 해악이 어찌 크다 하지 않을 수 있겠습니까?

---

4 『詩經』「大雅」「生民之什」「鳧鷖」를 가리킨다.

바라건대 그 학술의 오류를 바로잡고 王爵을 追奪하며, 內外에 명확히 詔令을 내려 孔子廟의 配享을 철회시켜 주십시오."[5]

明道가 河南의 潁昌에 있을 때[6] 선생은 그곳으로 찾아가 공부하였다. 明道는 선생의 공부에 대해 매우 기뻐하며 언제나,

"楊君은 내 학설을 가장 잘 이해한다"고 말하였다.

또 선생이 고향인 福建으로 돌아가려 하자 문 앞까지 따라나와 전송하였다. 그리고 나서 坐客들에게,

"나의 道가 남쪽으로 향했도다"라고 말했다.

이에 앞서 福建 建州의 林志寧이 潞公(文彦博)의 門下에 출입하며 가르침을 구하자, 潞公이 말했다.

"이곳에는 도움이 될 만한 것이 없다. 二程 선생이란 사람들이 있는데 그리로 가면 가히 학문을 할 수 있을 것이다."

潞公은 사람을 시켜 그를 明道가 있는 곳으로 안내하였다. 林志寧이 이후 定夫(游酢)와 선생에게 이 말을 전하자 선생이,

"明道 선생을 한 번 뵈어야만 한다"라고 말하고 동행해 주었다.

당시 謝顯道(謝良佐) 역시 그곳에 있었는데, 顯道는 사람됨이 매우 성실하기는 했지만 총명함에는 선생에 미치지 못했다.

"楊時는 新學에 극히 정통해 있다. 오늘 그것에 대해 하나를 물었더니 新學의 단점을 모두 이해하고 하나씩 지적하였다. 王安石의 학문은

---

5 이 楊時의 上奏는 그대로 수용되어 欽宗 靖康 元年(1126) 5월 王安石의 王爵이 追奪되고 孔子廟의 配享 역시 폐지되기에 이른다. 『續資治通鑑長編拾補』 권54 참조.

6 神宗 元豊 4년(1081)의 일이다.

대저 支離하다. 伯淳(程顥)이 일찍이 楊時와 더불어 몇 편의 문장을 읽어 본 다음 그것을 유추하여 그 전모를 모두 알게 되었다."[7]

上蔡(謝良佐)가 말했다.

"과거 二程의 문하에 있던 자들 가운데 伯淳(程顥)은 中立(楊時)을 자장 아꼈고, 正叔(程頤)은 定夫(游酢)를 가장 아꼈다. 두 사람들끼리는 氣象 또한 비슷하였다."[8]

南軒(張栻)이 말했다.

"宋朝가 건립되고 백여 년, 四方에 아무 근심이 없었다. 그런데 어느 儒生(王安石)이 출현하여 『詩』와 『書』에 대해 古談하며 스스로를 伊傅[9]라 자임하였다. 하지만 그 학술은 실은 老와 佛의 일부를 베끼고 여기에 韓非와 商鞅의 이론을 덧붙인 것이었다. 이에 온 세상이 바람에 쓸리듯 부화뇌동하니 비록 명망 높은 원로라 할지라도 그 간사함을 명백히 가려낼 수 없었다. 그의 학설이 시행되자 천하에는 紛紛한 여러 일들이 생겨났고 이치에 반하는 논평과 道를 속이는 논의가 날로 드세어졌다. 그 결과 사특한 무리들이 횡행하여 마침내 夷狄의 禍를 불러일으키게 되었다.

靖康年間 선생은 그 학문의 잘못됨을 상주하고 王爵의 追奪 및 廟庭의 配享 폐지를 주장하고 나섰다. 당시 선생의 주장이 모두 채택되어 시행되지는 못하였으나, 그로 말미암아 中興 이후 논의가 바로잡히는 계기를 마련하였던 것이다. 그래서 오늘날의 학자들은 荊舒[10]가 禍亂의 근본

---

7 『二程集』, 『河南程氏遺書』 권2上에 실려 있는 伊川의 말이다.
8 謝良佐, 『上蔡語錄』 권2에 실려 있다.
9 商代의 名相인 伊尹과 傅說.
10 王安石(1021~1086). 神宗 元豊 元年(1078) 舒國公에 封해졌다가 元豊 3년(1080) 荊國

임을 알며 이에 대해 아무 異議를 제기하지 않는다. 선생이 邪說을 잠재우고, 또 왕안석이 그릇되이 행동하며 詭辭로 孟子를 계승하였다고 주장했던 것을 糾覈하였으니, 그 功이 어찌 크다고 아니할 수 있으랴!

선생은 二程을 스승으로 모셔 『中庸』에서 말하는 鳶飛魚躍[11]의 의미를 言意의 규범으로 삼게 되었다. 그리고 이를 純正하게 실천하여 높이 한 시대의 儒宗이 되었고, 그러한 까닭에 모든 행동이 이처럼 適正할 수 있었던 것이다."[12]

"지금 정부에서 酒 전매제를 채택하여 술을 팔고 있는데, 모든 酒店마다 음악을 울리며 妓女들을 모아두고 小民들을 오도록 꼬이고 있다. 이야말로 敎化에 큰 해가 되는 것인데, '백성과 함께 즐긴다(與民同樂)'라는 핑계를 붙이고 있으니 어찌 기만이 아니겠는가? 무릇 무지한 백성들을 유혹하여 그 재물을 갈취하는 짓은 비록 백성들이 하더라도 마땅히 막아야 할 것이거늘, 하물며 관리들이 하면서도 아무도 괴이히 여기지 않으며 그 爲政의 잘못을 알지 못하고 있도다."[13]

누군가 물었다.

公으로 改封되고, 徽宗 政和 3년(1113)에는 舒王에 追封되었던 것에서 연유한다.

11 『中庸』 第12章에 나오는 '鳶飛戾天 魚躍于淵(소리개는 날아 하늘에 이르고 물고기는 못에서 뛰논다)'을 말한다. 본디 『詩經』의 「大雅」 「文王之什」 「旱麓」에 실려 있는 것으로 본래의 의미는, 새나 물고기와 같은 微物이 스스로 만족하듯 帝王의 德化가 고루 미치는 것을 말한다. 하지만 『中庸』에서는 소리개가 하늘로 나는 것이나 물고기가 못에서 뛰노는 것이 모두 道의 작용이며, 天地萬物은 그 自然의 性品에 따라 움직여 저절로 그 즐거움을 얻는다는 意味, 특 道가 天地間에 彌滿하다는 뜻으로 쓰이고 있다.

12 『張栻全集』, 『南軒集』 권10, 「瀏陽歸鴻閣龜山楊諫議畵像記」에 실려 있다.

13 『龜山集』 권10, 「語錄」에 실려 있는 발언이다. 이 語錄(권10)은 徽宗 崇寧 3년(1104) 4월부터 崇寧 4년(1105) 11월 사이에 있었던 發言을 輯錄한 것이다.

"龜山(楊時)이 무슨 생각에서 관직에 나섰던 것일까요?"[14]

朱子가 대답했다.

"당시 그는 매우 빈한하여 仕宦함으로써 녹봉을 받아야만 했다. 그래서 서둘러 나섰던 것이며 또 한편으로는 관직에 나가 조금이라도 그 道를 행할 수 있을 것이라 생각했다. 하지만 나선 것은 옳지 않았다. 그가 막상 관직에 나가보니 할 수 있는 일이 아무 것도 없었고, 하는 일이란 모두 긴요하지 않은 것들 뿐이었다. 그러한 경우에라도 만일 큰 역량을 지닌 사람이었다면 순식간에 天下事를 개변시킬 수 있었을 것이고, 그렇게 되면 나서는 것이 잘못은 아니었을 것이다. 하지만 그렇지 못했기 때문에 그저 다른 사람들을 따라 대충 지내고 말았다. 이후 欽宗이 즉위하여 諫議大夫가 되자, 왕안석의 配享을 논박하였지만 孫仲益에게 공격을 당했다. 孫仲益은,

'楊某는 과거 蔡京의 諸子들과 어울려 놀다가 이제 모든 사람들이 蔡京을 공박하자, 居安(蔡京의 長子인 蔡攸)을 공격하지 말라고 말한다'라고 말했다. 이로 말미암아 마침내 龜山은 파직되었다."

누군가 물었다.

"伊川의 門人들이 이처럼 많은데 훗날 왜 한 사람도 큰 성취를 이루지 못했을까요?"

이 말을 듣고 곁에서 누군가 말했다.

"游酢와 楊時 등이 오랫동안 伊川 곁에서 배우지 못했기 때문이겠죠."

---

14 이 항목의 原出處는 『朱子語類』(권101)이고, 이 항목은 蔡京의 집권기 楊時가 蔡京 父子의 발탁에 부응하여 官職을 除授받았던 것에 관한 대화 직후에 수록되어 있다. 그런데 李幼武는 아무런 전후 설명 없이 이 항목을 본래 형태 그대로 節錄하고 있고, 그로 인해 이 항목이 매우 돌출적인 느낌을 주고 있는 것이다.

그러자 朱子가 말했다.

"그 사람들 모두 시작만 있고 결말을 맺지 못했다. 모두 盡力하여 공부에 매달리지 못했던 것이다. 얼마 후 그들은 각각 仕宦의 길로 들어섰기 때문에 투철하게 道를 이해하지 못했다. 이를테면 康節(邵雍)은 종신토록 수미일관 온 힘을 기울여서 비로소 道를 얻을 수 있었다. 그럼으로써 편벽된 점이 없지 않으나 마침내 이 道理를 깨칠 수 있었던 것이다. 이른바 꾸준히 노력하여 성취를 이룬 것이다. 濂溪(周敦頤)와 같은 인물은 자질이 좋아, 비록 그 역시 仕宦을 하면서도 근본으로부터 매달려 노력한 결과 후일 성취를 이루었다. 내가 보기에 이 道理는 생명을 버리고 죽기를 각오하다시피 하고 매달려야 마침내 비로소 이해할 수 있는 성격의 것이다."[15]

"游(游酢)·楊(楊時)·謝(謝良佐) 세 君子는 모두 처음에 禪을 공부했는데, 이후에도 禪의 여풍이 그대로 남아 있었다. 그래서 그들을 따라 공부한 사람들 가운데 많은 수가 禪으로 흘러 들어갔다. 游 선생(游酢)의 학문은 대부분 禪學이다.

아마 程 선생의 가르침은 당초 매우 高遠한 것이었던 듯하다. 그래서 세 君子들은 갈피를 잡지 못하였고 또 착실히 공부도 해나가지 못하였다. 그 결과 流弊가 이 정도에 이르렀던 것이다."

이 말을 듣고 누군가 말했다.

"龜山(楊時)은 그 정도까지는 아니었지 않습니까?"

"『論語』에 붙인 「序」[16]만 보더라도 그것을 곧 알 수 있다."[17]

---

15 『朱子語類』 권101에 실려 있다.

16 楊時, 『龜山集』 권25, 「論語義序」를 말한다. 여기서 楊時는, "夫伯樂之論馬也 以爲天下馬

"龜山은 天性이 고결하며 朴實하고 簡易하였다. 하지만 공부함에 있어 窮究해 가지는 않았다. 그는 伊川을 만나기 전인 젊은 시절 본디 『莊子』와 『列子』 등의 서적을 읽었는데 그것에 빠져들어 자신도 모르는 사이에 불쑥불쑥 그 관념들이 나타났다. 游 선생(游酢)은 더욱 심했다."[18]

劉安節

江東의 知饒州로 있을 때 州에 기근이 들었다.[19] 劉安節은 현지에 到任하자 크게 창고를 열어 구제하는 한편, 隣郡에 檄書를 보내 遏糴[20]을

不可以形容筋骨 相視其所視而遺其所不視 則馬之節塵弭轍者無遺矣. 余於是得爲學之方焉. 夫道之不可以言傳也審矣. 士欲窺聖學淵源 而區區於章句之末 是猶以形容筋骨而求天下馬也. 其可得乎?"라 말하고 있다.

17 『朱子語類』 권101에 실려 있다.

18 위와 같음.

19 劉安節이 江南東路 饒州의 知州로 재임하였던 기간은 徽宗 政和 2년(1112)부터 政和 4년(1114)까지이다(李之亮, 『宋兩江郡守易替考』, 成都, 巴蜀書社, 2001, 154쪽 참조).

20 식량의 관할 지역외 반출을 금지하는 행위. "遏糴覇者之所戒 閉糴諸侯之所羞"(『歷代名臣奏議』 권247)란 말과 같이 遏糴은 이미 先秦時代부터 있었던 현상이다. 唐代 역시 州와 州 사이 미곡의 상업적 유통을 봉쇄하여 영역 바깥으로 반출되는 것을 금지하는 행위는 적지 않았다(이에 대해서는, 姜錫東, 『宋代商人與商業資本』, 北京 : 中華書局, 2001, 273쪽 참조). 하지만 遏糴이 중요한 사회적 현안으로 대두되는 것은 宋代 이래의 일이다. 均田制의 本籍地主義가 붕괴되고 이에 따라 本籍地 사회 중심의 구제 체제도 더 이상 기능을 할 수 없었기 때문이다. 그래서 宋代가 되면 구제를 필요로 하는 대상이 늘어났고, 국가권력 및 지방 관아 역시 다양한 사회 현상 및 구제대상의 출현에 대비하여 다각적인 조치를 강구하여야만 했다. 당대 각 지방 사이 미곡의 이동을 금지하는 행위는 '閉糴'이라 불렸다. 북송 시기에도 마찬가지로 閉糴이라 불리다, 북송 말 이래 遏糴이란 용어가 등장하기 시작하여 남송 시대가 되면 완전히 遏糴이란 지칭이 정착되기에 이른다. 남송 시대 閉糴이란 말은 遏糴을 칭하는 것으로 사용되지 않는 것은 아니나, 그보다는 폐적이라 할 경우 부호들의 미곡 방매 기피, 즉 囤積居寄를 의미하는 것으

하지 말아줄 것을 부탁하였다. 군대의 양식도 부족했는데, 이럴 경우 통상 민간으로부터 强取하여 부족분을 채웠었다. 유안절이 말했다.

"흉작이 이처럼 심각한데 다시 重稅를 부과해서야 되겠는가? 다른 部署에 다소간 변통할 만한 분량이 있을 것이다. 政治란 모름지기 緩急을 적절히 조정해 가야만 한다."

江東의 知宣州[21]로 轉任하게 되었다. 饒州를 떠나갈 때가 되자 백성들은 길을 가로막고 주저앉아 눈물을 흘리며 보내주려 하지 않았다. 耆老들은,

"우리 州에는 范文正公(范仲淹) 이래 오직 우리 劉公 뿐이었습니다"라고 말했다.

宣州에 도착한지 10일 만에 큰 홍수가 졌다. 유안절은 휘하의 屬僚들을 나누어 파견하여 배를 가지고 물에 빠진 자들을 구해내게 했으며, 자신은 직접 현지에 나가 독려하며 밤낮으로 조금도 쉬지 않았다. 이렇게 해서 수천 명을 살려내었다. 또 원근 각처에서 만여 명의 유민들이 몰려들었는데, 유안절은 창고를 열어 먹여 살리며 면밀히 조치하였다.

로 사용되는 경우가 대부분이었다. 이에 대해서는, 이근명, 「12세기 南中國 地域社會의 動態와 遏糴」(『역사문화연구』 22, 한국외대 역사문화연구소, 2005) 참조.

21 劉安節이 江東路의 知宣州로 재임하는 기간은, 徽宗 政和 4년(1114)부터 政和 6(1116)까지이다(위의 글, 61쪽 참조).

권9

尹焞

어려서 부친을 여읜 다음 모친인 陳氏를 봉양하고 살면서 과거를 준비하였다. 그러다 20살이 되었을 때 伊川 程夫子에게 사사하였다.[1] 이후 진사과에 응시하였는데 策問으로, '元祐의 黨人[2]들을 誅罰하는 것에 대해 논하라'라는 것이 출제되었다. 선생은,

---

1 尹焞(1071~1142)의 나이 20살, 때는 哲宗 元祐 5년(1090)에 해당한다.

2 宣仁太后의 섭정기인 元祐 연간(1086~1094)에 집권했던 구법당 관료들을 가리킨다. 이러한 지칭은 蔡京의 집권기인 徽宗 崇寧 元年(1102)에 文彦博·司馬光·蘇軾 등 元祐 舊黨 인사가 중심이 되고 여기에 陸佃 등 일부의 신법당 인사를 포괄한 120인을 '奸黨'이라 규정짓고, 그 성명을 비석에 새겨 端禮門 및 각지 관청에 세웠던 것에서 유래한다. 崇寧 3년(1104)에는 元祐 黨人의 범위를 重定하여 元祐 舊黨 및 紹述을 반대했던 인물 309명의 명단을 확정지었다. 여기에는 新法黨 인사인 曾布와 章惇까지 포함되었는데, 이를 비석에 새겨 文德殿 東壁과 각 州縣에 세우도록 하고, 여기에 포함된 인사들에 대해 대대적인 탄압을 가했다. 이렇게 元祐 黨人의 명단이 새겨진 비석을 '元祐黨人碑' 혹은 '元祐黨籍碑', '元祐奸黨碑'라고 불렀다.

"아아, 이러할진대 어찌 祿을 먹을 수 있으랴!"라고 말하고, 답안을 작성하지 않은 채 나와버렸다. 그리고 伊川에게 고하였다.

"앞으로 다시는 진사과에 응시하지 않겠습니다."

伊川이 말했다.

"그대는 모친이 계시지 않은가?"

선생이 돌아가 그 모친에게 고하니, 모친이 말했다.

"내 너는 善을 먹고 사는 것으로 알고 있지 祿을 먹고 사는 것으로는 알고 있지 않다."

이에 선생은 다시는 과거에 응시하지 않았다. 伊川이 그것을 듣고 말했다.

"어진 어머니로다."

휘종 大觀 年間(1107~1110) 왕안석의 新學이 날로 번창해 갔다. 그때 누군가 말했다.

"程頤가 異端을 唱導하고 있으며 尹焞과 張繹이 그 좌우에 서 있다."

선생은 마침내 仕宦의 마음을 접었는데 聲望은 날로 드높아져 가서, 同門의 선비들이 모두 존경해 마지않았다. 伊川이 말했다.

"내가 죽은 후 그 正道를 지켜줄 이는 尹氏 집안의 남자로다."

張繹

집안이 심히 빈한하여 자라면서 讀書를 모르고 남의 집 傭耕 노릇을 하였다. 어느 날 관료가 오는데 길에서 여기저기 소리지르며 사람을 비키게 하는 것을 보게 되었다. 思叔(張繹)은 매우 부러워하며 남들에게 어떻게 하면 저렇게 될 수 있느냐고 물었다. 그러자 누군가 그에게 말했다.

"讀書해야 저렇게 될 수 있는 것이다."

이에 思叔은 처음으로 發憤하여 고된 노동을 계속하면서도 한편으로 남을 따라 공부하기 시작했다. 이를 보고 가르치는 자 또한 그 뜻을 가상히 여겨 學業을 권면해 마지않았다. 이후 어느 정도 공부의 틀이 잡히자 縣學에 들어갔다가 다시 府學으로 옮겼다. 하지만 얼마 후 과거의 학문이 적절치 않다고 생각하게 되었다.

伊川이 涪陵에서 돌아오자[3] 思叔은 처음 찾아 뵐 수 있었다. 당시 伊川을 따라 배우는 자들이 매우 많았지만 伊川은 오직 思叔만을 믿었다. 思叔은 공부를 해 나가다가 『孟子』에서, '志士는 溝壑에 있음을 잃어버리지 아니하고 勇士는 戰場에서 그 머리가 없어질 것을 잃어버리지 않는다'[4]라고 말하는 부분을 읽고 비로소 어느 정도 道를 깨닫게 되었다.

---

3 哲宗 紹聖 4년(1097) 夔州路 涪州에 編管되었다가 元符 3년(1100) 徽宗이 즉위한 이후 編管이 해제되어 洛陽으로 돌아온 것을 말한다. 이러한 정황에 대해 朱熹는 「伊川先生年譜」에서, "三年正月 徽宗即位 移峽州. 四月 以赦復宣德郎 任便居住"(『朱熹集』 권98)라 기록하고 있다. 哲宗 元符 3년(1100) 伊川을 처음 만났을 당시 張繹(1071~1108)은 30살이었다.

4 『孟子』「滕文公下」에 나오는 내용. 志士는 항상 窮하여 죽은 후 棺材도 없이 溝壑에 버려지는 상황도 배제하지 않으며, 勇士는 삶을 가벼이 여겨 戰場에서 죽어 그 머리조

그 후 더욱 이치를 깊이 깨달아 갔다.

누군가 물었다.

"程門에서 누가 진실로 그 道를 전수받았습니까?"

朱子가 대답하였다.

"아무도 程子의 모두를 계승하지는 못했다. 劉質夫(劉絢)나 張思叔(張繹)의 무리들 또한 이렇다 할 성취가 없었다. 程門 諸公들의 역량은 모두 康節(邵雍)이나 橫渠(張載)에 미치지 못하였다."[5]

李郁

龜山(楊時)은 程子로부터 학문을 전수받은 이래 東南 地方으로 돌아와 그 학설을 가르쳤고 그 門下에 수많은 학자들이 모여들었다. 龜山은 늘 이렇게 말했다.

"唐虞以前에는 서적이 없었음에도 불구하고 聖賢들이 그토록 많았다. 그런데 周 후기 이후 秦漢을 거쳐 지금에 이르기까지 책들은 이루 다 헤아릴 수 없을 정도로 많아졌지만, 그 1,100여 년 동안 顔子나 曾子와 같은 인물을 단 하나도 찾을 수 없다. 그러니 이 道의 流傳은 진실로 文字에 의거하는 것이 아니며, 옛 聖賢들이 聖賢이 될 수 있었던 所以 또한

차 찾을 수 없는 상황도 돌아보지 않는다는 의미이다.

5 『朱子語類』 권101에 실려 있다.

진정 군은 마음가짐에 있었던 것이다."

李郁이 餘杭縣[6]으로 찾아가 뵙자 龜山은 또 이렇게 말했다.

"학자는 모름지기 옛 성현들의 학문이 어떠한 생각에서 비롯된 것이었는지 그리고 그 학문을 하여 장차 어떠한 효용이 있는지를 알아야만 한다. 만일 孔門에서 仁을 공부했다면 무엇을 가리켜 仁이라 하는지 이해해야 하는 것이다. 또 만일 '仁은 사람의 마음이다'[7]라고 했다면, 사람의 마음이란 무엇을 의미하는 것인지 파악해야 한다."

李郁은 가르침을 받은 후 돌아와 그 말의 뜻을 이해하려 노력하였지만 그것에 매달리면 매달릴수록 의문이 커졌다. 그래서 『논어』와 『맹자』를 꺼내들고 차근차근 읽어나갔다. 그렇게 밤낮으로 게으름을 피우지 않으며 공부하기를 18년, 마침내 확연히 깨달음을 얻었다. 그러자 龜山 또한 이욱의 학문을 깊이 인정하였다. 이후 이욱은 學人들에게 이렇게 말했다.

"學人들은 경서를 읽고 또 읽어서 별 의미 없다 생각되는 곳에까지 깊이 분석해 보아야 한다. 그러다 여러 의문이 일어나게 되면 寢食도 돌보지 않으며 공부하라. 그래야만 진보가 있을 것이다."

秦檜가 정권을 잡자 이욱은 이제 더 이상 仕宦하는 의미가 없어졌다고 판단하고, 관직에서 물러나 鄕里인 福建 邵武軍 光澤縣의 西山[8]에 집을 짓고 그곳에서 독서에 몰두하였다. 그 후 집안은 갈수록 窮迫해지고

---

6 楊時가 兩浙路 杭州의 餘杭縣 知縣으로 在職하는 시기는 徽宗 大觀 元年(1107) 3월부터 大觀 3년(1109) 正月까지이다. 黃去疾, 『龜山先生文靖楊公年譜』(『宋人年譜叢刊』 所收, 成都, 四川大學出版社, 2003, 第5冊, 3402쪽) 참조.

7 『孟子』「告子 上」에 나온다.

8 이로 인해 李郁은 西山先生이라 칭해진다.

식구들 또한 그 어려움을 견디기 힘들어 하였지만 그는 전연 개의치 않았다. 당시의 어진 사대부들 또한 더욱 그를 존경하였다.

권10

胡安國

科擧 시험을 치룰 때[1] 策問의 大要는, '어떻게 하면 熙寧과 元豊 年間의 정치를 회복할 수 있겠는가?'라는 것이었다. 胡安國은 이에 대해 『大學』에서 말하는 格物致知와 正心誠意로써 平天下를 도모한다는 道를 논술하였다. 그 답안은 거의 萬餘言에 이를 정도였다. 考官이 이를 보고 第一로 정하였는데 唱名 직전 宰執들이 策 가운데 元祐의 정치를 비판하는 내용이 없다는 이유로 그 등수를 내리려 하였다. 하지만 哲宗이 친히 읽어보고 第三으로 올렸다.

朱勝非가 都督江淮荊浙諸軍事에 임명되자, 호안국은 상주문을 올려 말

1 哲宗 紹聖 4년(1097)의 일이다(『伊洛淵源錄』 권13을 참조).

했다.[2]

"沿江都督은 매우 중요한 직위이고 따라서 그 用人의 成敗는 국가 安危에 직결됩니다. 삼가 朱勝非는 신뢰하기에 부족하다 여겨집니다."

결국 주승비의 都督 임명 계획은 철회되었다.

당시 左相[3] 呂頤浩가 都督江淮荊浙諸軍事 직위를 마치고 조정으로 복귀하여 右相인 秦檜를 落職시키려 하고 있었다. 여이호는 호안국을 黨與의 魁首로 지목하고,[4] 주승비의 지원을 받아 마침내 호안국이 올렸던 進退의 상주문을 문제삼아 다음과 같이 말했다.

"호안국은 지난날 조정에서 수차례 불렀지만 응하지 않았으며,[5] 이제야 조정에 와서도 또 다시 거듭 사직을 청하고 있습니다.[6] 朝廷의 위급함은 돌아보지 않고 자기 일신의 안위만을 도모할 뿐인 것입니다. 만일 百官들이 이를 본받는다면 國家의 大計가 어떻게 되겠습니까?"

결국 호안국은 落職하여 宮觀이 되었다.[7]

---

2 高宗 紹興 2년(1132) 7월의 일이다(『建炎以來繫年要錄』 권56, 高宗 紹興 2년 7월 辛巳 참조).

3 左相과 右相은 元豐改制 이후 도입된 직제. 尙書左僕射兼門下侍郎이 左相이고 尙書右僕射兼中書侍郎이 右相이다. 左相이 上相이었다.

4 이처럼 呂頤浩가 胡安國을 秦檜의 黨與로 지목한 전후의 사정에 대해 『宋史』에서는, "(呂頤浩)蓋將逐檜 於是江躋・吳表臣・程瑀・張燾・胡世將・劉一止・林特聘・樓炤竝落職予祠 臺省一空 皆檜黨也. 檜初欲傾頤浩 引一時名賢如安國 燾 瑀輩布列淸要. 頤浩問去檜之術於席益 益曰 目爲黨可也. 今黨魁胡安國在瑣闥 宜先去之. 蓋安國嘗問人材於游酢 酢以檜爲言 且比之荀文若. 故安國力言檜賢於張浚諸人 檜亦力引安國. 至是安國等去 檜亦尋去"(권473, 「秦檜傳」)라 기록하고 있다.

5 『伊洛淵源錄』에서는, 南宋 건립 이래 두 차례나 朝廷의 召還을 辭避하였고 紹興 元年(1131) 中書舍人兼侍講에 除授되었을 때 역시 再辭한 끝에 赴召하였다고 기록하고 있다(권13 참조).

6 이러한 정황에 대해 『宋史』에서는, "安國求去 檜三上章留之 不報"(권473, 「秦檜傳」)라 적고 있다.

7 高宗 紹興 2년(1132) 8월의 일이었으며 당시 胡安國은 提擧建昌軍仙都觀에 임명되었다(『伊洛淵源錄』 권13 참조).

처음 荊公(王安石)은 글자의 배합에 의거하여 경전을 해석하며 스스로, '모든 경전을 통일적으로 이해할 수 있는 묘안을 얻었다'고 말하였다. 그런데 『春秋』만은 偏旁과 點劃을 통한 해석[8]이 불가능하였던 까닭에, '조각난 조정의 기록(斷爛朝報)'이라 貶毁하며 폐기해 버리고 官學의 공부 대상에서 제외시켰다. 崇寧 年間에 이르면 그 견제와 금지가 더욱 심해져, 민간에서는 어느 옛 집안에서 간혹 『春秋』 三傳의 舊本이라도 발견될라치면 그것을 어루만지며 『春秋』라 오해하기도 했다. 仲尼(孔子)의 經世 정신은 이렇게 거의 사라질 지경에 이르렀던 것이다.

호안국은 장년 이후 가슴에 그러한 정황에 대한 회한의 뜻을 담고 있으면서 이렇게 말하였다.

"六經 가운데 이 책만이 先聖이 직접 지으신 것이다. 그런데 人主로 하여금 이에 대한 講說을 듣지 못하게 하고 학생들 또한 傳習할 수 없게 하여, 人倫이 어지럽혀지고 道理가 사라져 버렸다. 夷狄의 난리는 실로 이로부터 비롯된 것이다."

호안국은 이러한 생각을 가슴 깊이 간직하고 古今의 諸儒들이 저술한 『春秋』 관련 서적들을 무려 百家의 책이나 수집하였다. 그리고 그 가운데 조금이라도 좋은 점이 있으며 모두 채집하고 또 반면 義를 해치는 것이 있다면 반드시 辨正하였다. 이렇게 버릴 것은 버리고 취할 것은 취하며 好惡에 따라 전연 편향되지 않도록 하였다. 대략 『論語』와 『孟子』를 準則

---

8 문자의 구조 및 배합에 의거하여 經文을 해석하는 방식을 말한다. 이러한 王安石의 문자학은 후일 『字說』이란 저술로 집대성된다. 南宋의 인물인 葉大慶은 『考古質疑』에서 이와 같은 왕안석의 문자학 및 경전 해석에 대해, "近世王文公 其說經亦多解字. 如曰人爲之謂僞 曰位者人之所立 曰訟者言之于公 與夫五人爲伍 十人爲什 歃血自明而爲盟 二戶相合而爲門 以兆鼓則曰鼗 與邑交則曰郊 同田爲富 分貝爲貧之類. 無所穿鑿 至理自明 人亦何議哉! 有如中心爲忠 如心爲恕 朱晦庵亦或取之. 惟是不可解者亦必從而爲之說 遂有勉强之患 所以不免諸人之譏也"(권3)라 기술하고 있다.

으로 삼고 또 五經에 의거하였으며, 역대의 史書에서 증거를 취하고자 했다. 이렇게 철저히 연구하고 의미를 탐색하면서 그러한 연구에만 젖어 지낸 세월이 30년이나 흘렀다. 그러다 伊川이 지은 『春秋傳』을 입수하여 그 속의 精妙한 義理 10여 조가 자신의 해석과 부합되는 것을 알고 더욱 자신감을 갖게 되었다. 이후 한층 더 窮究에 매진하여 그 나이 61살이 되던 해 마침내 책을 완성하였다.[9] 그는 개연히 탄식하며 말했다.

"이 책이야말로 진정 마음의 要典이다."

무릇 자신을 절제하며 德을 수양하는(克己修德) 방법이라든가 君父를 존경하는 일, 亂賊을 토벌하는 일, 夷狄을 물리치는 일, 그리고 天理를 보존하고(存天理) 사람의 마음을 바로잡는(正人心) 요령 등, 무엇 하나 거듭하여 소상히 기록하지 않은 것이 없었다.

호안국은 걸출하고 특별한 자질을 지니고 있었던 데다가, 善을 보면 반드시 행하여 완성하려 했으며 惡을 보면 반드시 그 근원까지 제거하려 했다. 그는 어릴 때부터 이미 세간의 범상함을 벗어나는 취향을 지니고 있었다. 과거에 합격한 후 同年의 及第者들이 모여 연회를 열었을 때 과도하게 음주하여 취한 이래, 이후에는 종신토록 다시 취한 적이 없었다. 또 일찍이 장기와 바둑을 좋아했는데, 모친이 그것을 보고 질책하여 말했다.

"이제 과거에 합격했으니 德業은 그만 두고 장기나 두는 것이냐?"

그 후로 다시는 장기와 바둑도 두지 않았다. 이후 京師에서 學官이 되었을 때 동료들이 모두들 妾을 하나 사라고 권하여 그 일이 거의 마무리되어 갈 즈음, 慨然히 탄식하며 말했다.

---

9 이것이 바로 『春秋傳』 30권이다.

"내 부모들이 천리 바깥에서 봉양을 기다리시는데 이러한 일 따위가 뭐가 그리 급하단 말이냐?"

첩을 들이는 논의는 그대로 중지되었으며 종신토록 다시는 첩을 사지 않았다.

長沙에서 提擧湖南學事로 근무할 때 官屬을 거느리고 衡岳(衡山) 아래를 지나다가 그 雄秀한 모습에 매료되어 한 번 등산해 보고 싶은 생각이 들었다. 그래서 등산 준비를 명령하여 이미 그 준비가 거의 완료되어 갈 즈음 갑자기 마음을 바꾸었다.

"등산은 내 職任과는 거리가 먼 것이다."

그리고 곧바로 등산 준비를 중지시켰다.

提擧湖南學事의 임기가 만료되자 동료들이 渚宮[10]에서 송별의 연회를 마련하고 酒樂과 유희를 준비한 다음 그를 초대했다. 그런데 호안국은 연회에 오자마자 음식들을 모두 거두게 하고는 술잔을 들어 천천히 마시며 『논어』와 『맹자』를 가져오게 했다. 그리고 모두를 자리에 앉히고는 講論을 시작하여 해가 저무는 것도 모른 채 계속하였다.

高宗 紹興 2년(1132) 朝廷의 소환에 응해 京師로 향하다 江東路 信州의 上饒縣을 지나게 되었다. 그곳에 거주하는 어느 從臣의 집에 묵게 되었는데, 그 從臣은 주안상을 차리고 姬妾들을 곱게 치장시켜서 그에게 술을 바치며 祝壽하게 하였다. 이를 보고 호안국은 눈쌀을 찌푸리며 말했다.

"지금 두 황제께서 金에 끌려가 계시고 국가의 장래도 극히 불투명한 실정인데 내가 어찌 한갓 宴樂이나 즐길 수 있겠소? 사양하겠습니다."

그 從臣은 무안해 하며 술 자리를 거두었다.

---

10 湖北 江陵에 있는 春秋時代 楚國의 궁전.

游(游酢)·楊(楊時)·謝(謝良佐)는 모두 二程의 高弟들이다. 호안국은 二程의 문하에서 공부한 적은 없었지만 이들 세 사람은 모두 그가 斯文을 이어갈 것이라 기대하였다. 일찍이 謝公(謝良佐)은 朱震에게 이렇게 말했다.

"康侯(胡安國)야말로 바로 엄동설한에 뭇 草木들이 시들었을 때 홀로 우뚝 서서 기상을 뽐내는 松柏과 같도다. 이처럼 道가 곤궁한 국면에 처해 있으매 하늘이 그에게 大任을 맡기려 하는 것이다."

家勢가 극히 궁핍해졌으나 가난(貧)이라는 글자는 친구간에 대화할 때조차 입에 올리지 않았을 뿐더러 書信에서도 적지 않았다. 일찍이 子弟들을 깨우쳐,

"남들에게 가난하다고 말하는 것은 그 의도가 장차 무엇을 얻겠다는 것이 아니냐? 너희들은 유념하도록 해라"라고 말했다.

南軒(張栻)이 말했다.

"胡公(胡安國)은 비록 河南(二程)의 문하에서 공부하지는 않았지만 游(游酢)·楊(楊時)·謝(謝良佐) 등과 함께 交遊하며 그 학설을 전해들었다. 또 스스로 깨쳐 얻은 정수는 모두 『春秋』에 관한 것이다. 그는 황제로부터 부름을 받았을 때 경전을 들고 들어가 알현하였다. 이후 바르고 큰 그의 논리가 當世를 풍미하였고, 이로 인해 三綱을 떠받들고 大義를 분명히 하였으며, 邪說을 누르고 人心을 바로 잡을 수 있었다. 그러니 可謂 斯文의 공로자라 할 수 있을 것이다."[11]

---

11 『張栻全集』, 『南軒集』 권11, 「建寧府學游胡二公祠堂記」에 실려 있다.

권11

劉子翬

어느 날 晦庵(朱熹)이 선생에게 과거 道學을 공부해 온 과정에 대해 물으니 흔연히 말해주었다.

"내가 젊었을 적에는 道에 대해 듣지 못했었다. 그러다 福建의 興化軍에서 관직생활을 할 때[1] 질병에 걸려 처음으로 佛老의 무리들과 접하게 되었다. 그리고 그들이 말하는 淸淨과 寂滅에 대해 듣고 난 다음 마음속으로 매우 기뻐하여, '道란 바로 여기에 있는 것이구나' 하고 생각했다. 그런데 돌아와 우리의 經典들을 읽으면서 생각이 점차 달라져서, 마침내 우리 道의 위대함 및 거기에 體用이 모두 온전히 갖추어져 있음을 알게 되었다. 나한테는 『易』이 道學으로 들어가는 입문서 역할을 하였다.

1 興化軍 通判으로 있었던 것을 가리킨다(『宋史』 권433, 「劉子翬傳」 참조).

이른바 '不遠復'이란 말[2]은 내게 세 글자의 符籍이어서 어디를 갈 때나 옷에 달고 다니며 잃어버리지 않으려 애썼다. 내가 지은 「復齋銘」[3]이나 「聖傳論」[4]을 보면 그러한 나의 생각을 알 수 있을 것이다. 너는 언제나 노력해야만 한다."

선생은 처음 병에 걸리자 곧바로 家廟에 들어가 아뢰고 모친 앞에서 울며 작별을 고했다. 그리고 평소 왕래가 있었던 사람들에게 두루 편지를 보내 인사를 한 다음, 조카인 劉珙을 불러 집안 일을 부탁하고 葬處도 지시하였다.[5] 이어 친척 가운데 孤弱者들에게 약간씩의 재산을 나누어 주고 이어 자신의 일들도 모두 정리하였다. 그리고 나서 매일 學人들과 더불어 修身 및 求道의 요령에 대해 논하고 수백 글자에 달하는 훈계문도 작성하였다. 또 한편으로 평소와 마찬가지로 편안히 비파를 타고 詩를 지었다. 그런지 이틀만에 세상을 떠났다.[6]

朱子는 선생의 遺帖에 대한 跋文에서 다음과 같이 말했다.

"선생은 한창 왕성한 나이에 관직을 그만두고[7] 조용히 기거하며 道를 구하였는데, 방 하나에서 엄숙히 좌정하기가 마치 禪僧과 다를 바가 없을 정도였다. 그리고 남들이 다투어 좇는 세상의 권세와 이익, 그리고 유희에 대해 초연한 자세를 견지했다. 나는 어려서부터 선생을 좌우에

2 復卦의 初九. 잘못된 상황을 깨닫고 곧 되돌아오는 것.
3 劉子翬, 『屛山集』 권1, 「聖傳論」 「顔子」에 실려 있다.
4 劉子翬, 『屛山集』 권1에 실려 있다.
5 劉子翬에게는 遺子가 없었다(『朱熹集』 권90, 「屛山先生劉公墓表」 참조).
6 紹興 17년(1147) 12월의 일이었으며 당시 劉子翬(1101~1147)의 나이는 47살이었다. 劉子翬는 朱熹(1130~1200)보다 29살 연상이었다.
7 興化軍 通判을 그만두고 退休할 때 劉子翬는 31살이었다(『宋史』 권434, 「劉子翬傳」 참조).

서 모셨고, 선생 또한 처음부터 나에 대해 아들 대하듯 해 주셨다. 선생은 스스로에 대해서는 엄격하였으나 남을 가르칠 때에는 온후하였다. 내가 어느 날 배움을 청하자 선생은 흔연히 그 뜻을 가상히 여기며 학문의 門戶를 열어 가르쳐 주었고, 언제나 학문에 게으르지 말라고 훈계하셨다. 그 후 선생의 병세가 심해졌을 때 나는 마침 外地에 있다가 서둘러 돌아와 찾아뵈니, 선생은 매우 기뻐하며 말씀하셨다.

'病中에 더불어 얘기를 나눌 사람이 없어 그대가 돌아오기를 무척 기다렸었다.'

이후 선생은 내게 더욱 상세히 가르침을 주시며 한층 무거운 기대를 표명하셨다. 또 선생이 평생 동안 학문의 길을 걸어온 歷程에 대해서도 자세히 말씀하였다. 하루는 내게 詩를 한 수 지어 주시고 또 손수 文句를 하나 적어 주셨다. 선생의 作故 후 밀봉되어 있던 遺書를 펴보니, 그 속에는 내게 학업에의 정진을 당부하는 편지가 한 통 들어 있었다. 나는 울며 그 훈계를 보관하고 감히 잃어버리지 않으려 노력하였다. 이 선생의 遺帖을 자손들 및 同道 學人들에게 보이노니 先賢의 크신 행적을 힘써 본받도록 하기 바란다."[8]

8 『朱熹集』 권84, 「跋家藏劉病翁遺帖」에 실려 있다.

劉勉之

선생은 나이 스물이 넘어 太學에 입학하였다. 당시 蔡京이 권세를 장악하고 士人들로 하여금 元祐 시대 官人들의 서적을 보지 못하도록 금지하고 있었다. 教授와 生徒를 막론하고 연좌법을 실시하면서 위반하는 자는 流刑과 徙刑에 처할 정도로 엄하게 통제하였다. 명목상으로는 道德을 하나로 통일한다는 것이었으나 실상은 천하의 언론을 통제하는 조치였다. 이러한 정황에 대해 선생만은 옳지 않은 것을 알고 몰래 伊洛의 程子가 지은 책을 구하여 감추어 두었다. 그리고 깊은 밤 太學의 동료 舍生들이 모두 잠들었을 때 궤짝을 열고 책을 꺼내 장막 아래로 가 읽으며 중요한 구절을 암송하였다. 그러다 譙天授(譙定)가 程夫子를 따라 공부하였으며 또 易學에 조예가 있다는 사실을 전해 듣고, 마침 그가 일이 있어 京師에 오자 즉시 찾아가 그 학문의 本末을 모두 전수받았다. 그리고 얼마 후 과거 공부에 염증을 느끼고 諸生들에게 인사한 다음 太學을 떠나 고향으로 돌아왔다.[9]

劉元城(劉安世)과 楊龜山(楊時)을 모두 찾아 뵙고 가르침을 청하였다. 劉公은 특히 그 재주를 기특히 여겨 수십 일 동안이나 붙잡아 두고 가르침을 주었으며, 자신이 평생 동안 살아오면서 지키고자 했던 행동의 원칙이라든가 혹은 조정에서 관직생활할 때의 자세, 나아가 方外의 學에 대해서까지 말해주었다. 이러한 것들은 다른 사람에게는 말하지 않은

---

9 『朱熹集』 권90, 「聘士劉公先生墓表」에 실려 있다.

것들이나 선생에게만은 모두 소상히 말하였다. 선생은 그 가르침을 받고나서 언제나 깊이 생각하며 힘써 따르려 하였다. 그러한지 한참 후 마침내 깨달음을 얻어, 과거 들었던 모든 가르침들을 명확히 이해하게 되었고 또 매일 그것을 실천하여 날로 德性이 莊篤해졌다.[10]

籍溪 胡原仲(胡憲)과 屛山 劉彦冲(劉子翬)[11] 선생과 교분이 두터워 매일 함께 講論하며 學業에 노력하였다. 하지만 당시의 세상사에 대해서는 전연 입 밖에 올리지 않았다. 선생들의 논의는 큰 것이나 혹은 미미한 것이나 간에 모두 조리가 있었다.[12]

亂[13]이 끝난 후 산에 있던 이전의 공부방이 못 쓰게 되어버리자 建陽縣 近郊에 있는 蕭屯에다가 別墅를 구해 草堂을 짓고 그곳에서 독서하는 한편 직접 농사를 지으며 自給하였다. 그리고 세상에 대해서는 마치 아무 구함이 없는 듯 담박하게 살았으나 當世의 士大夫들은 누구나 할 것 없이 모두 선생을 마음속 깊이 존경하였다.[14]

晦庵(朱熹)이 말했다.

---

10 위와 같음.

11 籍溪는 胡憲(1085~1162)의 號이며 原仲은 字, 屛山은 劉子翬(1101~1147)의 號이며 彦冲은 字이다. 胡憲과 劉勉之(1091~1149), 劉子翬 및 朱熹의 부친인 朱松(1097~1143) 사이의 交分, 그리고 이들 三先生의 朱熹(1130~1200)에 대한 교육에 대해 『宋史』에서는, "初憲與劉勉之俱隱 後又與劉子翬 朱松交. 松將沒 屬其子熹受學於憲與勉之 子翬. 熹自謂從三君子遊 而事籍溪先生爲久"(권459, 「胡憲傳」)라 적고 있다.

12 『朱熹集』 권90, 「聘士劉公先生墓表」에 실려 있다.

13 建炎 4년(1130) 7월부터 紹興 2년(1132) 正月에 걸쳐 주로 福建의 북부 일대에 커다란 영향을 미쳤던 范汝爲의 亂을 가리킨다.

14 『朱熹集』 권90, 「聘士劉公先生墓表」에 실려 있다.

"나의 先親께서는 일찍이 선생과 노닐었으며 또 교분이 두터웠다. 선친은 작고하시기 직전 선생에게 깊이 後事를 부탁하였으며, 한편으로 나로 하여금 선생을 찾아가 가르침을 받으라고 훈계하셨다. 선생은 貧寒한 일족들에 대해서도 가련히 여기며 그 家事를 돌보아 주셨다. 내게는 마치 子姪처럼 대해 주셨으며 후에는 그 여식을 내게 처로 주시기까지 했다. 빈곤한 친지들을 거두어 보살펴 줄 때는 모든 정성을 다 베풀어 주었으며, 學人들이 가르침을 청하면 그 재능에 따라 성현들이 학문의 입문방법을 얘기하였던 것이라든가 혹은 前聖들의 위대한 言行에 대해 말해 주었다. 이렇게 가르치며 전연 싫은 기색을 보이지 않았다. 이와 같은 모습은 壯年으로부터 老境에 이르기까지 전연 변함이 없었다."[15]

李侗

젊어 鄕校에서 공부할 때부터 學業의 명성이 있었다. 이후 同鄕[16] 사람인 羅仲素(羅從彦)가 龜山(楊時)의 門下에서 河洛의 二程子 학문을 전수받았다는 소식을 듣고 그를 찾아가 배우기 시작하였다. 羅公(羅從彦)은 청렴하고 고고하여 세상과 교류를 단절한 채 생활하였기 때문에 같은 洞里 사람일지라도 그의 인품과 학식을 거의 알지 못하였다. 따라서 선생이 羅公을 좇아 공부한다고 하자 혹자는 비웃기까지 할 정도였으나

15 『朱熹集』 권90, 「聘士劉公先生墓表」에 실려 있다.
16 李侗과 羅從彦은 공히 福建 南劍州 사람들이다.

선생은 못들은 체하였다. 그렇게 공부하기를 수년, 『춘추』와 『중용』·『논어』·『맹자』의 가르침을 들었고 또 열심히 노력하여 내심으로 그 가르침의 심오한 뜻을 모두 이해하였다. 이에 羅公도 선생의 학문 및 道의 인식을 칭찬하였다.

이후 선생은 羅公 문하에서 물러나서 산 속으로 들어가 물과 대나무밭 사이에 초가집을 짓고 기거하였다. 이렇게 세상사와 담을 쌓고 살기 40년, 빈약한 끼니마저 거르는 경우가 잦았으나 선생은 유유자적할 따름이었다. 그동안 郡의 學官이 그 명성을 듣고 招致하기도 했으며 또 子弟들을 보내 선생을 따라서 공부시키기도 하였다. 州郡의 士人들 또한 선생을 존경하며 자랑스러워하였다.

처음 龜山이 東南 地方에서 道學을 唱導할 때 그의 문하에 입문한 士人들이 매우 많았으나, 龜山 자신 '깊이 사고하고 힘써 실행에 옮기며 심오한 학문의 경지에 다다른 사람은 羅從彦 한 사람 뿐'이라고 말했었다. 선생은 羅公을 좇아 공부한 후 講誦의 틈이 생기면 종일토록 단정히 앉아, 喜怒哀樂이 발동되기 전의 氣象은 어떠한지 체험하고 나아가 그 평정의 상태(中者)를 얻고자 하였다. 이렇게 오랫동안 노력한 끝에 마침내 천하의 大本이 바로 여기(中者)에 있음을 알게 되었다.

무릇 천하의 理는 이(中者)로부터 나오지 않는 것이 없으며, 이로부터 모든 것이 나오는 까닭에 비록 그 品節이 제각각 달라져서 온갖 형태로 변화한다 할지라도 그 속성을 빠짐없이 통찰할 수 있는 것이다. 또 이를 체득하면 만물의 변화를 질서 있게 이해하여, 마치 강물이 흐트러짐 없이 흘러가는 모습을 보듯 그 각각의 條理를 알 수 있게 된다. 크게는 天地가 높고 장대한 所以라든가 작게는 각 만물이 化育하는 所以까지, 그리고 經典의 微言을 訓詁하는 것과 日用의 작은 물건에 대해서까지, 모두 사고하여 그 본질을 이해할 수 있게 되는 것이다. 이러한 체득으로 말미암아 행동거지가 더욱 도타워지고 내적인 함양이 더욱 성숙되며, 정신이 純一해지고 일상생활의 구조를 통찰할 수 있게 되어, 모든 행동이 도덕과 이치에 합치되기에 이른다.[17]

누군가 선생의 언행에 대해 물었다.

晦庵(朱熹)이 대답하였다.

"그는 著述을 남기지 않고[18] 내적인 덕성 함양에만 치중하였다. 무릇 학문이란 사실상 이러한 내적 함양에 지나지 않는다. 그러한 수양의 결과 이룩된 선생의 온후한 모습은 극히 자연스러웠다. 延平은 애초 매우 豪放한 기질의 사람이었으나 후일 切磋琢磨의 노력 끝에 그렇게 된 것이다."

朱松

公(朱松)은 俊才를 지니고 태어나 아동 시기부터 이미 그 말하는 것이 남들을 놀라게 했다. 조금 장성하여 학교에 간 후에는 과거시험에 필요한 공부를 하였는데, 그 문장들이 모두 淸新하고 壯快하였으며 당시의

17 『朱熹集』 권97, 「延平先生李公行狀」에 실려 있는 내용이다.
18 통일된 單一의 著述을 가리킨다. 이밖에 그의 文集인 『延平集』 5권이 남아 있다.

卑弱하고 진부한 기풍과는 전연 달랐다. 그리고 과거에 응시할 때가 되자 비로소 감정을 발산하여 詩文을 짓기 시작하였다. 그 詩는 처음에는 수식에 노력하지 않았으되 천연적인 빼어남이 우러나 悠長한 품격을 지니고 있었으며 초연히 세속을 벗어나는 모습을 보였다. 그리하여 遠近에서 서로 전해가며 암송하였고 심지어 京師에까지 그 詩가 전해져, 당시 詩로써 명망을 얻고 있던 사람들조차 왕왕 公을 면식하지는 못하였지만 다투어 칭찬하였다. 또 그 文章은 호방한 기세를 지니고 있어 끝을 모를 지경이었으며, 강이 흘러가다 경우에 따라 내달아 용솟음치기도 하고 움츠려 넘쳐흐르기도 하며 기세 있게 내닫거나 감돌아 흐르기도 하듯 千變萬化의 기풍을 지니고 있었다. 그 기품은 말로 형용할 수 없을 지경이었으며 남이 따르기 힘든 경지를 보였다.[19]

朱松은 국가의 行路가 날로 어려워지고 人心이 복속되지 않았는데 天子에게는 직속 군대가 없고 또 각 지방은 조정에 의해 완전히 장악되지 않은 상태라는 것을 우려하였다. 그러한 반면 두세 명의 大將들이 重兵을 장악하고 있으며 强悍하여 조정의 명령이 미치지 못하는 상태이므로 장차 어떠한 일이 발생할지 모르는 형국이라고 생각했다. 그리하여 거듭 상주문을 올려, 武學를 부활시킴으로써 韜鈐[20]에 通曉하면서 將卒들의 통솔에 능하여 장수가 될 만한 자질을 지닌 자들을 선발하자고 주장하였다. 또 각 州郡으로부터 驍勇한 士卒들을 모두 뽑아 行在에 보내서 近衛兵의 취약상을 보전하는 한편, 지방의 文武 관원들을 精選

19 朱松에 이러한 극찬은 그 實子인 朱熹가 지은 行狀(『朱熹集』 권97, 「皇考左承議郎守尙書吏部員外郎兼史館校勘累贈通議大夫朱公行狀」)에 실려 있는 내용이다.

20 『六韜』와 『玉黔篇』, 轉하여 兵書 내지 兵法을 지칭하는 의미로 쓰인다.

하여 임용함으로써 士卒들을 정련시켜 강력한 藩屛의 역할을 담당하도록 해야 한다고 말하였다. 이러한 장기적 方略들을 반복하여 진심을 다해 上言하였다. 그리고 太學을 세우고 人倫을 엄정히 하여, 節義의 기풍을 진작시키며 구차하고 경박한 습속을 억제하자고 주장하였다. 이러한 주장들은 평상시 깊이 우려하여 기회 있을 때마다 제언한 것들이었다. 마치 사람이 매일 먹고 호흡하며 조금이라도 그 호흡을 멈추게 되면 죽음에 이르듯, 朱松은 언제나 이렇듯 조정을 위해 염려하였다. 당시의 여러 사람들이 그저 권력자의 눈치나 살피며 붓을 놀려 太平이라 粉飾하는 따위의 행위와는 전연 달랐던 것이다. 하지만 당시 이미 和議의 국시가 결정된 상태였으며 그의 上言은 받아들여지지 않았다. 이에 주송은 罷職을 더욱 강력하게 청원하였고[21] 그로 인해 秦檜의 노여움도 더욱 심해졌다. 그러다 진회는 마침내 言官을 시켜, '주송이 異論을 견지하면서 스스로 어질다 자부하고 겉으로만 사양하는 체 한다'는 죄목을 씌워 파직시켰다.[22]

公(朱松)의 天性은 효성스럽고 우애가 깊어 남들과 교유할 때 약속을 엄중히 여기며 어떠한 경우에도 배반하지 않았다. 또 후진 인사들을 힘써 이끌어주려 했으며 남의 선행을 들으면 어떻게 해서라도 그를 도와주려 했다. 반면 간사하고 아첨이나 일삼으며 허황한 말을 한다거나 혹

21 朱松은 秦檜가 정권을 장악하고 자신에게 附會하는 인사들만을 등용할 때부터 辭職의 마음을 굳혔다고 한다. 이에 대해 朱熹는, "檜顧自以爲得士心 始謀以次盡逐諸異議者 公因是亦數自求引去"(『朱熹集』 권97, 「皇考左承議郎守尙書吏部員外郎兼史館校勘累贈通議大夫朱公行狀」)라고 적고 있다.

22 이때가 高宗 紹興 10년(1140) 봄의 일이었으며(『朱熹集』 권97, 「皇考左承議郎守尙書吏部員外郎兼史館校勘累贈通議大夫朱公行狀」), 당시 朱松(1097~1143)의 나이는 43살이었다.

은 賢者를 업수이 여기고 권력자에 附會하는 사람에 대해서는, 멸시하며 멀리하였고 심지어 그 얼굴조차 쳐다보려 하지 않았다. 官員으로서 政事를 펼 때에는 과단성이 있으면서도 명쾌하게 결정했으며 철저히 간사한 무리를 억누르고 올바른 편을 도와주려 했다.

만년에 병세가 깊어지자 스스로 회복될 수 없음을 알면서도 태연히 행동하며 전연 걱정하는 기색을 내비치지 않았다. 그리고 평소 가까이 지냈던 胡公(胡憲)과 두 劉公(劉勉之 및 劉子翬)에게 편지를 보내 작별을 고하며 그 아들(朱熹)을 부탁하였다. 또 나에게는 그 선생들을 찾아가 공부하라고 일렀다.[23]

23 朱熹가 지은 行狀(『朱熹集』 권97, 「皇考左承議郎守尙書吏部員外郎兼史館校勘累贈通議大夫朱公行狀」)에 실려 있는 내용이다.

권12

朱熹

어려서부터 남다른 자질을 보였다. 5살에 小學에 입학하여 처음으로 『孝經』을 외우기 시작하였는데 곧 그 大義를 파악하고, 책장에다가 '만일 이와 같지 않으면 곧 사람이 아닐 것이다(若不如此 便不成人)'라는 여덟 글자를 써 넣었다. 간혹 아이들을 따라 놀다가 모래 위에 『易』의 卦象들을 그려놓고 자세히 살펴보기도 하였다. 또 언젠가는 해를 가리키며 吏部[1]에게 물었다.

"해는 어디에 붙어 있나요?"

"하늘에 붙어 있단다."

"그럼 하늘은 어디에 붙어 있나요?"

1 朱熹의 부친인 朱松(1097~1143). 吏部員外郎으로 退休한 까닭에 이렇게 불렸다.

吏部는 매우 유다른 아이라 생각했다.

부친 朱松은 병세가 깊어지자 家事를 劉子羽에게 부탁하고 籍溪 胡憲과 白水 劉勉之, 그리고 屛山 劉子翬에게 작별을 고했다. 또 선생으로 하여금 이들을 아버지처럼 모시라 일렀다. 얼마 후 이들 三君子에게 학문을 배우기 시작하였는데, 屛山은 이렇게 말했다.

"나에게는 『易』이 학문으로 들어가는 입문서와 같았으며 이른바 '不遠復'이란 말[2]은 세 글자의 符籍 역할을 하였다."

劉勉之는 그 딸을 선생의 아내로 삼게 하였다. 하지만 몇 년이 채 되지 않아 두 劉公들은 잇달아 作故[3]하였던 까닭에 籍溪 胡憲에게 가장 오랫동안 배우게 되었다.

紹興 17년(1147), 그 나이 18살 되던 해 建寧府의 州試[4]에 합격하였는데 당시 考官이었던 蔡兹는 이렇게 말했다.

"내가 後學 하나를 합격시켰는데 세 답안지 모두 朝廷에 일대 조치를 촉구하는 내용을 담고 있었다. 후일 필시 범상치 않은 인물이 될 것이다."

紹興 23년(1153) 그 나이 24살 되던 해 처음으로 李延平(李侗)에게 배우기 시작하였다. 본디 韋齋(朱松)가 延平을 존경하였던 까닭에 선생 또한 가서 스승으로 삼게 되었던 것이다. 선생은 일찍이, '李 先生을 뵙고난

---

2 不遠復에 대해서는 본서 4책, 279쪽 주2 참조.

3 朱松(1097~1143)이 作故하는 것은 高宗 紹興 13년(1143)이었으며, 劉子翬(1101~1147)는 그 4년 후인 紹興 17년(1147), 劉勉之(1091~1149)는 다시 그 2년 후인 紹興 19년(1149)에 作故하였다. 胡憲(1085~1162)이 작고하는 것은 紹興 32년(1162)의 일이다.

4 宋代 科擧의 첫 단계로서 각 府州軍에서 시행하는 시험. 鄕貢, 혹은 鄕擧라 칭하기도 한다.

이후부터 학문이 비로소 궤도에 오르게 되었으며 지난날 잠시 따라다닌 바 있던 老佛의 說이 모두 그릇됨을 알게 되었다'고 말한 바 있다.

延平(李侗)은 그 친구인 博文 羅宗禮에게 보낸 편지에서 이렇게 말하고 있다.

"元晦(朱熹)는 학문에 매우 열성적이며 善을 좋아하고 義를 중하게 여긴다. 우리 道學에서 이러한 인물을 얻은 것은 실로 큰 다행이라 할 것이다. 이 사람은 심사숙고하여 어려운 문제를 심히 명쾌히 해결한다. 극히 총명하며 실천에도 열성적이어서 가르치기가 조심스러울 지경이다. 또 이 사람은 그 미묘한 곳에 대해서도 잘 이해하여 아주 적절히 論辨하는 까닭에 나 또한 공부에 많은 도움이 된다. 만일 조금이라도 어려운 부분이 있다면 방 안에 들어가서 철두철미하게 이해한 이후에야 나온다. 그러니 좋은 대화상대이다. 나는 전에 羅 선생(羅從彦)으로부터 전해들은 이래 함께 談論할 벗이 없어 거의 버려두다시피 한 문제들이 적지 않은데, 그와 談論함으로써 그것들을 다시 일깨울 수 있었으니 극히 유익한 존재라 하겠다.

그는 기본적이며 이해하기 쉬운 문제부터 공부하기 시작하는 까닭에 깊이 있는 심오한 부분까지 잘 體認하고 있다. 지금은 이미 학문이 깊어져, 儒者와 학문을 논하게 되면 능히 그 잘못된 부분을 지적해낼 수 있을 정도가 되었다. 羅 선생을 뵌 이래 이와 같은 인물을 일찍이 만난 적이 없다. 그리고 이 사람은 다른 특별한 일이 없으면 언제나 온 정신을 기울여 학문에 열중한다. 처음 講學을 할 때에는 상당히 道理에 얽매이는 상태였는데 이후 점차 발전하여 지금은 학문을 일상생활에 잘 용해시키며 공부해 나가고 있다. 이처럼 정진을 계속해 간다면 體用이 合

一되기에 이를 것이다. 이 道理는 일상생활에 적용되고 具現됨으로써 완숙해진다. 만일 서재의 고요한 곳에서만 發現될 뿐 일상의 움직임에서는 具現될 수 없다면 그릇된 것이다."

紹興 23년(1153) 7월 泉州 同安縣에 부임[5]하여 근실하면서도 민첩하게 職事를 처리하며 세세한 안건에 대해서도 반드시 친히 검토하였다. 官衙內에 宴會를 위한 방이 하나 있었는데 이를 '高士軒'이라 이름을 바꾸고, 政令이나 장부 가운데 처리해야 할 일들을 크게 적어 그 처마 밑에 게시하였다. 同安縣에서는 學職도 겸직하였는 바, 직접 諸生들을 지도하며 誠과 敬에 노력하도록 하였으며 義理를 설파하였다. 諸生들은 이러한 선생에 대해 조심스러워하면서도 仰慕하며 스승으로 존경하였다.

紹興 32년(1162) 6월 孝宗이 즉위하였다. 가을에 孝宗의 詔令에 응하여 상주문을 올렸다.[6] 이 上奏에서는 먼저 聖學에 대해 논한 다음 이어 다음과 같이 말했다.

"金의 오랑캐는 우리에게 不俱戴天의 원수이니 和好할 수 없습니다. 이는 義理에 미루어 분명합니다. 義理에 미루어 그러할 수 없음에도 불구하고 和議를 추진해야 하는 때는 이익만 있고 해가 없을 경우입니다. 하지만 臣이 판단하건대 현재는 백해무익합니다. 그러니 원컨대 義理 및 실제의 利害를 참작하여 단호하게 결단을 내려서 金과의 국경을 폐쇄하고 和約을 파기해야만 합니다. 그리고 賢者 및 유능한 인물들을 등용하

5 朱熹는 紹興 21년(1151) 殿試에 합격하여 泉州 同安縣主簿를 初任으로 부여받았다.
6 孝宗은 즉위 직후 直言을 구하는 詔令을 발포하였고 朱熹는 이에 의거하여 上奏文을 올린 것이다(『宋史』 권429, 「朱熹傳」 참조).

여 紀綱을 세우고 풍속을 도탑게 함으로써 안일한 생각에 빠져드는 것을 경계해야 할 것입니다. 이렇게 수년 동안 기다리다가 저들의 허점을 보아 공격해 간다면 中原의 옛 땅은 반드시 우리 것이 될 것입니다."

이어 마지막으로는 다음과 같이 논했다.

"監司는 守令의 모범[7]이 되며, 또 朝廷은 監司들의 근본과 같은 존재입니다. 그런데 지금의 監司들은 백성들의 근심거리가 되어 있습니다. 또 조정에서도 臺諫들은 모두 宰執의 親知나 賓客들일 뿐이어서 폐하께서 실상을 알지 못하도록 하고 있습니다."[8]

孝宗 隆興 元年(1163) 朝廷의 召還에 응하여 行在로 향하다가 중간에 延平을 뵈었다. 延平은 이렇게 말했다.

"오늘날 三綱이 바로 서 있지 못하고 義理가 분명치 않기 때문에 中國의 道는 갈수록 쇠약해지고 반면 夷狄은 성대해지는 것이다. 또 사람들이 모두 이익만 쫓고 義理를 돌아보지 않는 까닭에 人主의 勢가 외로워지고 있다."

선생은 이러한 말에 의거하여 상주문을 올려, 먼저 大學의 道를 논한 다음 이어 다음과 같이 말했다.

"현재 싸우지 않으면 원수를 갚을 수 없고 지키지 않으면 승리를 확보할 수 없습니다. 이러한 것들은 모두 天理의 당연한 이치이며 인간의 사사로운 욕심이나 원통함에 따른 것이 아닙니다."

마지막으로는 다음과 같이 논했다.

---

7 監司는 轉運使·提點刑獄·安撫使·提擧常平使 등 路級의 지방장관, 守令은 州縣의 지방장관을 가리킨다.

8 『朱熹集』 권11, 「壬午應詔封事」의 내용을 요약한 것이다.

"古聖王들이 夷狄들을 제압하였던 道의 기본은 군사적인 위엄이나 강력함에 있었던 것이 아니라 德業에 있었습니다. 또 그 방비도 변경의 軍備에 있었던 것이 아니라 朝廷에 있었습니다. 그 도구 또한 병기나 군량이 아니라 紀綱이었습니다. 그런데 오늘날 諫爭은 壅滯되어 있고 아첨하는 무리들이 설치며, 爵位와 포상은 쉽게 내려지는 반면 威罰은 거의 시행되지 않고 있습니다. 民力은 거의 쇠진해가고 있음에도 國用에는 절약이 없습니다."[9]

당시 王之望이 和約을 위해 金에 파견되어 아직 돌아오지 않은 상태였으며 湯思退가 중심이 되어 강력하게 和議를 추진하고 있었고 또 近臣인 曾覿과 龍大淵이 권세를 부리며 그에 따르는 형국이었다. 이러한 까닭에 위와 같은 내용의 상주문을 올렸던 것이다.

乾道 4년(1168) 『程氏遺書』(25권)를 엮어 완성하였다. 애초 二程의 文人들은 각각 그 語錄을 만들어 지니고 있었는데 이러한 각종 어록이 잡다히 세상에서 병행하고 있었고, 그중에는 後人들에 의해 여러 竄入이 발생한 것도 있었다. 선생은 이러한 정황을 보고 정연하게 序次를 정하여 면밀히 二程의 語錄을 확정지었다. 이로 인해 學人들은 비로소 신뢰하여 따를만한 판본을 얻게 되었으며 程子의 道가 다시 세상에 빛을 발하게 되었다.

이 해에 建寧府는 큰 기근이 들었다.[10] 이로 인해 浦城縣에서는 도적

---

9 『朱熹集』 권13, 「癸未垂拱奏箚」 1·2·3의 내용을 요약한 것이다.

10 孝宗 乾道 4년(1168)의 일이다(王懋竑, 『朱熹年譜』, 北京, 中華書局, 1998, 권1, 33쪽 참조). 당시 朱熹는 建寧府 崇安縣에 기거하고 있었다.

이 발생하였고 崇安縣 역시 크게 동요되었다. 선생은 府 당국에 요청하여 미곡을 빌려 민간에 대출하여 주었고, 이로 인해 백성들은 굶주림을 면할 수 있었다. 社倉法은 이 경험으로부터 비롯된 것이다.

乾道 6년(1170) 服喪하며 禮를 다하였다.[11] 장사 지낸 후에는 매일 묘소 곁에 거주하였으며 초하루와 보름에는 돌아가 제사를 지냈다. 그 사이 사망 이후 祥禫[12]에 이르기까지의 모든 儀式에 대해, 古今의 서적을 참조하며 적절히 變用을 가해 喪葬 및 祭禮를 완성하였다. 또 冠婚의 의식까지 포괄하여 하나로 묶고 『家禮』라 명명하였다. 하지만 즉시 學人들에게 알리지는 않고 그 이후 약간의 補正을 가하여 更定하기에 이른다.

乾道 7년(1171) 五夫里[13]에서 처음으로 社倉이 시행되었다. 원하는 자에 대해 매년 1번씩 대출과 환수를 행했으며 2分의 利息을 징수하였다. 작은 흉작의 경우에는 利息을 반으로 줄였고 심한 흉작의 경우에는 利息을 모두 면제하였다.

乾道 8년(1172) 『語孟精義』(34권)를 편찬하고 『資治通鑑綱目』(59권)을 편찬하였다. '綱'은 『春秋』를 본뜨고 여기에 여러 史書의 장점들을 채록한 것이며, '目'은 『左氏傳』을 본뜨고 諸儒들의 훌륭한 著述들을 선별한 것이었다. 『西銘解義』(1권)도 완성되었다.[14]

---

11 乾道 5년(1169) 9월 作故한 모친에 대한 服喪을 말한다(王懋竑, 『朱熹年譜』 권1, 47쪽 참조).

12 祥이란 사망 1년 후에 지내는 小祥 및 2년 후에 지내는 大祥을 말하며, 禫이란 大祥 1개월 이후에 지내는 제사를 말한다.

13 建寧府 崇安縣 開饒鄉 管內에 위치해 있었다.

14 『五朝名臣言行錄』(10권, 일명 『宋名臣言行錄 前集』) 및 『三朝名臣言行錄』(14권, 일명

乾道 9년(1173) 『太極圖說解』(1권) 및 『通書解』(2권)를 완성하였으며 『程氏外書』(12권)를 편집하여 완성했다.

淳熙 2년(1175) 東萊(呂祖謙)가 浙東 婺州의 東陽縣으로부터 찾아와 열흘 동안 寒泉精舍에서 묵었다. 선생은 東萊와 함께 周子・程子・張子의 책들 가운데 大體와 관련되면서도 日用에 절실히 필요한 것들을 모아 14편으로 묶고, 『近思錄』(14권)이라 명명하였다.

선생은 일찍이 學人들에게 이렇게 말한 바 있다.

"네 선생들(四子)은 六經으로 들어가는 입문서이며 또 『近思錄』은 네 선생들에게 들어가는 입문서이다."[15]

學人들이라면 반드시 이로부터 학문을 시작해야 함을 말한 것이다.

또 선생은 東萊를 전송하여 鵝湖에 이르러, 陸子壽(陸九齡) 및 子靜(陸九淵)・劉子澄(劉淸之)과 만나 함께 각각의 사상을 講論하였다. 하지만 二陸은 자신들의 생각을 고집하였고 결국 의견의 합치를 보지 못한 채 헤어졌다.[16]

淳熙 4년(1177) 『論語集註』(10권)와 『孟子集註』(7권), 그리고 『論語或問』(20권)과 『孟子或問』(14권)을 완성하였다. 앞서 선생은 『語孟集義』를 편찬한 바 있는데 다시 그 本旨를 전하는 구절 및 精髓를 집약하여 『論語集註』와 『孟子集註』를 만들고, 그 채택 내지 刪去의 이유를 설명하여 『論語或問』과 『孟子或問』을 만들었다. 하지만 學人들이 경박함에 빠져버릴

『宋名臣言行錄 後集』)이 완성된 것도 이 해의 일이다.

15 『朱子語類』 권105에 실려 있다.

16 이것이 이른바 江東 信州 鉛山縣의 鵝湖寺에서 있었던 '鵝湖의 만남(鵝湖之會)'이다.

것을 우려하여 『論語或問』과 『孟子或問』은 세상에 내놓아 남에게 보여 주지 않았다. 그러나 거기에서는 아주 미묘한 문제에 대해서도 하나도 빠짐없이 소상히 辨析하고 있어 진정 독서의 귀감이라 할만 한 책이다.

또 선생은 다음과 같이 말하였다.

"『易』은 본래 占卜을 위해 만든 것으로서 吉凶을 통해 훈계하는 내용을 지니고 있다. 따라서 그 말은 간략하되 포괄하는 범위가 심히 광대하다. 夫子가 지은 「易傳」[17] 역시 그 一端을 들어 사례를 보이는 것에 불과하다. 그런데 諸儒들이 「經」을 「易傳」과 합친 이래, 學人들은 그 文義만을 취하여 왕왕 「經」 전체에 대해 치밀히 인식하지 못하는 경우가 많다. 단지 「易傳」의 一端만을 들어 정설이라 여기는 것이다. 이러한 까닭에 一卦와 一爻가 모두 단지 하나의 사례에 지나지 않게 되어, 『易』의 효용이 국한되고 그리하여 천하에 두루 통할 수 없게 되어 버린다. 그래서 『周易本義』(12권)를 지었다."

또 다음과 같이 말하고 있다.

"『詩』는 毛鄭[18]이래 모두 「小序」를 위주로 하고 있어 經文과 상충되고 있다. 그래서 망령된 학설이 생기기도 하는데 이전의 諸儒들은 정확히 판정하지 못했다."

선생은 오직 經文을 위주로 하여 「小序」의 옳고 그름을 판단하였으며, 이를 하나의 책으로 엮어 經의 뒤에 붙임으로써 본래의 상태로 복귀시키고자 하였다.[19]

---

17 十翼을 말한다. 古來로 孔子가 지은 것이라 전해져 왔으나, 근래의 연구에 의하면 그 成書의 年代는 戰國末 以前으로 소급될 수 없으며 대략 戰國末로부터 漢初의 시기에 걸쳐 출현한 것이라 이해되고 있다.

18 毛詩와 鄭玄(127~200)을 가리킨다.

19 이 책이 바로 『詩集傳』(8권)이다.

淳熙 6년(1179) 江東路의 知南康軍이 되어 관내에 먼저 3條目의 교시를 내렸다.

첫째는 번중한 稅役을 경감시킬 수 있는 방안을 제시하라 하였고, 둘째는 士人과 鄕老들로 하여금 子弟들을 훈계하여 孝悌忠信의 덕목을 지니게 하라고 일렀으며, 셋째는 父老들로 하여금 학문에 열의를 지니고 있는 子弟들을 택해 학교에 보내도록 하였다.

이어 濂溪의 사당을 지어 二程을 配享하였고, 이와는 별도로 陶靖節(陶潛)・劉西澗 父子(劉渙・劉恕)・李公擇(李常)・陳了齋(陳瓘)를 모시는 五賢堂을 세웠다. 또 白鹿書院을 복구하고 성현들이 학교를 운영할 때 행했던 교육방침을 정리하여 서원의 學規를 제정하였다.

淳熙 7년(1180) 여름 封事[20]를 올려 말했다.

"天下의 일로 백성들을 보살피는 것보다 더 重한 것은 없으며, 백성들을 보살피는 根本은 군주가 마음을 바르게 하여 紀綱을 세우는 데 있습니다.

지금 민간에서는 重稅로 인해 크게 고통을 받고 있습니다. 조정에서 兩稅 수납분을 모두 가져가 군대를 유지하는 데 쓰고 있고, 따라서 州縣에는 아무 것도 남지 않아 양세 이외에 온갖 명목으로 교묘히 백성들로부터 필요한 경비를 거둬들이고 있기 때문입니다. 지금 백성들은 가난하고 賦役은 重한 바, 만일 군대의 사정을 면밀히 검토하여 불필요한 경비를 절감하지 않는다면 백성들의 부담은 줄어들지 않을 것입니다. 생각건대 將帥를 적절히 선발하고 병사를 精鍊한다면 군사비를 절감할 수 있을 것

20 密封하여 올리는 上奏文.

이고, 屯田을 널리 개발한다면 軍糧을 충실히 할 수 있을 것이며, 民兵을 훈련시킨다면 변경의 방비를 일층 강화시킬 수 있을 것입니다.

천하의 기강은 저절로 세워지는 것이 아닙니다. 군주의 마음이 正大해진 연후에 이에 의거하여 비로소 세워집니다. 또 군주의 마음은 저절로 바르게 되지 않으며, 반드시 賢者를 가까이하고 아첨하는 무리를 멀리해야만 비로소 바르게 되는 것입니다. 지금 폐하께서 친밀히 여기시는 자는 한두 명의 近臣에 불과합니다. 그런데 이들 小人은 위로는 폐하의 마음을 혼란시키고 있으며 아래로는 이익이나 좇는 후안무치의 士夫들을 불러모아 派黨을 짓고 있습니다. 이에 朝野가 우르르 그에 휩쓸려, 폐하의 기강 뿐만 아니라 폐하께서 세워야 할 국가의 기강까지 무너뜨리고 있습니다."[21]

淳熙 8년(1181) 가을 孝宗에게 상주문을 올려 먼저 災異가 빈발하는 까닭[22]을 얘기한 이후 이어 다음과 같이 말했다.

"폐하께서 즉위한 당초에는 무릇 일찍이 豪英들을 선발하여 政事를 맡기셨습니다. 하지만 그 이후 불행히도 적절한 인사들을 발탁하지 못하여, 賢哲들이 아니라 그저 익숙하여 쉽게 통제할 수 있는 인물들을 기용하였습니다. 그리하여 左右의 使令과 같은 천한 인물들이 임용되어 실권을 장악한 반면 재상의 권한은 날로 가벼워졌습니다. 이처럼 폐하께서 天理에 따라 마음을 공정히 함으로써 朝廷의 大體를 바로잡아야 할 터인데 그렇지 못했던 까닭에 정치의 근본이 무너져 버렸습니다.

---

21 『朱熹集』 권13, 「庚子應詔封事」에 실려 있다. 이 上奏文을 읽고 孝宗은 大怒하여, "是以我爲妄也"라 말했다고 한다(李心傳, 『建炎以來朝野雜記』 乙集 권8, 「晦庵先生非素隱」).

22 朱熹는 이 上奏에서 德業의 不振, 政刑의 失當, 人事의 부적절 등이 바로 그러한 災異의 근원이라고 밝히고 있다(『朱熹集』 권13, 「辛丑延和奏箚」 1 참조).

나아가 바라건대 士大夫들의 公論을 경청하셔서 그것으로써 人事의 기준으로 삼으신다면, 유능한 사대부들이 적절히 발탁되고 그에 따라 近習의 무리들이 틈타지 못하게 될 것입니다. 사대부들의 禮貌는 莊重하여 쉽게 친화되기 어렵고 또 그 議論은 아픈 곳을 찌르기 때문에 받아들이기가 쉽지 않습니다. 그런데 近習의 편벽된 측근들은 그 알랑거리는 태도로 인해 마음을 빼앗기기 쉬우며 또 그들의 胥吏나 牙儈와 같은 術法은 판단을 현혹시키기에 충분합니다. 이처럼 士大夫와 近習의 무리 사이에는 그 외모에 생소하고 익숙한 차이가 있으며 그 발언에는 달고 쓴 차이가 분명합니다. 생각건대 폐하께서는 적절한 통어술을 체득하기도 전에 먼저 近習 무리들의 술수에 떨어져 버린 것이 아닌가 합니다. 그리하여 이들 무리들을 억제하고자 하나 그들의 권한이 이미 무거워져 버렸으며, 公論을 채용하고자 하나 사대부들의 세력은 날로 가벼워져 버린 상황이 되었습니다. 또 무거워진 자들(近習者)은 그 무거운 세력을 끼고 폐하의 권한까지 엿보고 있으며, 가벼워진 자들(士大夫) 가운데 일부의 간사한 무리들은 무거운 자들의 세력을 이용하여 폐하의 총애를 얻으려 하고 있습니다. 그리하여 內外가 상응하여 그 사사로움을 더욱 펼쳐가고 있는 것입니다. 이러한 상황이 날마다 더해지고 다달이 드세어져 천하의 대세를 형성하고 있습니다. 그리하여 국가가 고스란히 그 좋지 못한 영향을 받고 있는 것입니다."[23]

이어 선생은 救荒策 7가지를 조목조목 상주하였다.

淳熙 11년(1184) 浙東으로부터 돌아와서 보니[24] 士人들이 대부분 외부

---

23 『朱熹集』 권13, 「延和奏箚」 2의 내용을 요약한 것이다.

24 朱熹는 孝宗 淳熙 8년(1181) 8월 提擧浙東常平茶鹽公事에 임명되어 이듬해 말까지

의 일에 대해서만 관심이 쏠려 있었다. 이에 學人들에게 언제나 『孟子』의 「道性善」 및 「求放心」 두 章[25]을 보면서 내면의 수양에 힘써서 克己와 求仁을 이룰 수 있도록 하라고 깨우치고, 외면적인 것에 매달리는 잘못을 통렬하게 배척하였다. 선생은 六經과 『論語』·『孟子』를 버리고 司馬遷을 떠받든다든가 혹은 窮理와 盡性을 버리고 世變에만 관심을 쏟는 태도, 그리고 治心과 修身을 버리고 事功을 좋아하는 것 등이야말로 學人들의 心性을 해치는 큰 해악이라고 생각하였다. 선생은 이러한 일을 제자인 呂祖儉 등에게 곡진하게 말해주었다.

또 陳亮에게 보낸 答信에서, 義理雙行과 王霸竝用의 잘못을 경계하였다.[26]

선생은 일찍이 이렇게 말했다.

"海內의 학술 가운데 현재 두 개의 잘못된 줄기가 있다. 江西의 頓悟를 말하는 학설과 永康의 事功說[27]이 그것이다. 만일 이들에 맞서 그 잘못을 극력 爭辨하지 않는다면 이 道가 빛을 발하지 못하게 될 것이다."

11월 孝宗의 소환에 응하여 서둘러 行在로 가서 孝宗을 알현하고 封事를 上奏하였다.[28] 그 대략의 내용은 다음과 같다.[29]

浙東에 체제하였다.

25 『孟子』「告子 上」에 실려 있다.

26 朱熹와 陳亮은 孝宗 淳熙 9년(1182)부터 光宗 紹熙 4년(1193)까지의 전후 11년간에 걸쳐 서신을 주고받았다. 양인이 주고받은 서신은 현재 朱熹가 보낸 것 15통, 陳亮이 보낸 것 8통이 남아 있다. 이러한 서신 왕래를 통해 양인은 淳熙 11년(1184)부터 淳熙 13년(1186)까지 王道와 霸道의 문제, 義와 利의 문제를 둘러싸고 격렬한 논쟁을 벌인다. 이것이 바로 유명한 王霸義理의 논쟁(王霸義理之辨)이다. 이 논쟁에서 陳亮은 王道와 霸道가 雜用될 수 있다는 것, 그리고 義와 利가 병용될 수 있다는 입장을 견지하고, 朱熹는 시종 이에 대해 반박하는 주장을 편다.

27 江西를 중심으로 활동한 陸象山의 心學과 浙東의 婺州(永康)를 중심으로 활동한 陳亮의 事功派 학문을 가리킨다.

"지금 天下의 大勢는 마치 重病에 걸린 사람과 같습니다. 안으로는 심장과 배로부터 밖으로는 四肢에 이르기까지 털끝 하나도 병에 걸리지 않은 것이 없습니다. 臣이 감히 폐하께 天下의 근본 및 오늘날의 시급한 업무에 대해 말씀드려 보겠습니다. 무릇 大本이란 것은 폐하의 마음이며, 시급한 업무는 여섯 가지로서 太子의 輔翼, 大臣의 선임, 綱紀의 재건, 풍속의 개선, 백성 부담의 완화, 軍政의 숙정이 그것입니다.

옛날 聖王들은 政事에 힘쓰며 마음을 굳건히 지켜서 설령 요란한 소동 속에서도 그윽히 안정을 유지하였습니다. 그리하여 정신을 하나로 통일하여 外物을 극복하기를 마치 神明을 대하듯 또 마치 깊은 낭떠러지에 서 있는 듯하였습니다. 그러면서 잠깐 사이에라도 자신도 모르게 실수를 하지 않을까 조심하였습니다. 天子를 가르치며 보좌하는 師保官을 설치한 것이라든지 혹은 諫爭의 직책을 널리 배치한 것도 그 때문이었습니다. 또 음식・酒漿[30]・의복・숙소・什器・재산이라든가 혹은 환관 및 비빈궁녀에 관한 일까지 모두 재상으로 하여금 兼領하게 했습니다. 前後와 左右, 그리고 일거수일투족에 이르기까지 모두 有司의 법으로써 통제하며, 잠시라도 그리고 조그마한 틈에라도 사사로움이 개입하지 않도록 했습니다. 현재 폐하께서 판단의 안정을 유지하며 外物의 개입을 극복함으로써 중심을 지키고 있는 것이 과연 이런 경지에 달하고 있을까요? 또 修身과 齊家를 통해 左右를 바로 통제하고 있는 것이 과연 이런 수준을 보이고 있을까요? 禁中의 내막은 臣이 알 수 없는 것

---

28 이때의 정황에 대해 黃榦은 유명한 「朝奉大夫文華閣待制贈寶謨閣直學士通議大夫謚文朱先生行狀」(『勉齋集』 권36)에서, "又促召. 初 先生入奏事 迫於疾作 嘗面奏 以爲口陳之說有所未盡 乞具封事以聞. 至是再辭 遂併具封事投匭以進"이라 전하고 있다.

29 이것이 바로 孝宗 淳熙 15년(1188)에 올려진 유명한 「戊申封事」(『朱熹集』 권11)이다.

30 술과 飮料.

이므로 차치하더라도, 爵位와 포상이 남발되고 뇌물이 횡행하는 상황에 대해 세간에서는 이미 오래 전부터 공공연히 이야기하고 있는 상태입니다. 그러니 폐하의 修身과 齊家는 아마도 옛 聖王들에 못미친다 해야 할 것입니다.

다음으로 左右의 近習者들이 멋대로 사사로움을 펼치고 있는 것과 이들에 대한 恩遇가 지나친 일에 대해 말해 보겠습니다. 이들은 한갓 문이나 지키거나 혹은 명령을 전하는 심부름을 하거나, 아니면 청소하는 일이나 맡아야 할 존재들입니다. 이들은 長官의 중요한 직위에 임명되지 말아야 합니다. 그리하여 이들이 안으로 사악한 아첨과 술수를 부림으로써 폐하의 마음을 흔들다든가, 혹은 밖으로 권세를 부리는 유력자가 됨으로써 정치의 기강을 뒤흔들지 못하게 해야 합니다. 그런데 王抃[31]이 축출된 이후에도 諸將들의 임명과 除授는 대부분 이들의 손에 의해 좌우되고 있습니다. 대저 폐하께서는 만백성들의 膏血을 거두어 군대 유지의 비용을 대고 있지만 군사들은 따뜻하고 배부른 상태에 있지 못합니다. 이는 모두 장수들이 교묘한 명목으로 군사들의 양식을 포탈하기 때문입니다. 장수들은 近習의 신하들에게 멋대로 뇌물을 갖다 바치며 상위 직위로의 승진을 꾀하고 있습니다. 그리하여 宮中에 드나들며 腹心의 신하들의 환심을 사려하고 있고 또 다른 장수들과 연결하여 함께 폐하의 판단을 흐리게 하고 있습니다. 그로 말미암아 현재와 같은 상황에까지 이르게 된 것입니다. 그럼에도 폐하께서는 정황을 깨닫

31 國信所의 小吏 출신으로서 孝宗의 총애를 바탕으로 孝宗의 治世 후반기 樞密都承知에까지 승진하여 恣橫하던 인물. 王抃의 軍政 장악과 作奸에 대해 『宋史』에서는, "淳熙中兼樞密都承知 建議以殿步二司軍多虛籍 請客募三千人. 已而殿四輒捕市人充軍 號呼滿道 軍士乘隙掠取民財. 帝專以罪殿前指揮使王友直 而命抃權殿前司事. 時抃與曾覿 甘昪相結 恃恩專姿 其門如市"(권470, 「王抃傳」)라 적고 있다.

지 못하고 오히려 그들을 총애하시며, '이들이야말로 내 사람이다'라고 여기고 계십니다. 그래서 재상이라 할지라도 그 임명의 得失을 말할 수 없으며 臺諫이라 할지라도 그 옳고 그름을 논할 수 없습니다. 이를 통해 보건대도 폐하께서 그 左右를 바르게 한다는 점에서 옛 聖王에 미치지 못하는 것이 명확하다 하겠습니다.

太子의 輔翼에 대해 말해 보겠습니다. 王十朋과 陳良翰 이래로 東宮 관료의 선발은 비교적 적절하다는 평판이 있습니다만 그래도 그 직무에 합당한 인물은 여전히 매우 드문 상황입니다. 반면 때로 東宮 관료에는 아첨이나 일삼거나 경박한 자, 그리고 용렬하고 망령된 자들이 뒤섞여 있습니다. 또 講讀이라는 것은 그저 文具에 지나지 않으며 실제로 태자를 깨우쳐 경계하는 실효를 올리고 있다는 얘기는 들어보지 못했습니다. 朝夕으로 태자를 따르며 宴會와 遊樂에 동석하는 자는 모두 환관 몇 사람 뿐인 실정입니다. 무릇 태자를 세워두고 師傅와 賓客을 임명하지 아니하면 스승을 섬기고 친우와 교유하며 德과 義를 尊崇하는 마음을 發揚할 수 없습니다. 반면 다만 春坊[32]의 환관들로 하여금 左右에서 모시게 한다면 음란한 희롱이라든가 방만한 房事를 막을 수 없으며, 사특한 자 및 雜流를 선호하여 기용하는 해악을 경계할 수 없게 됩니다. 마땅히 이전의 典故를 검토하여 師傅와 賓客의 관료를 설치하고 春坊의 환관들을 철수시켜야만 할 것이며, 東宮 관하에 詹事와 庶子들도 復置해야 할 것입니다.

大臣의 선임에 대해 말하겠습니다. 폐하의 총명함으로 미루어 보건대 천하의 대세에 대해 熟知하여 大臣의 직위에 어찌 剛明하고 공정한

32 太子의 宮. 春宮·東宮이라고도 한다.

사람을 임용하지 않으시겠습니까? 그런데 늘 그러한 사람을 임용하지 못하고 오히려 천한 인물로 하여금 대신이란 직위를 차지하도록 용납하는 까닭은, 다만 한순간 그 사사로움을 떨쳐버리지 못하고 近習者의 편안함이 좋다고 생각하기 때문입니다. 그리하여 '만일 剛明하고 공정한 인물을 재상으로 임용하게 되면 내 일을 방해하고 또 내 사람들을 해쳐서 내 뜻대로 못하게 되지는 않을까' 하고 우려하는 것입니다. 이러한 생각 끝에 재상을 실제 임용함에 있어서는 강직한 인물들은 밀쳐서 고려 밖으로 놓아두고, 평소 감히 正色하고 直言하지 못하던 나약하면서도 친숙한 이들 가운데 뽑게 됩니다. 그중에서도 가장 범용하고 固陋하여 결코 방해가 되지 않을 자를 골라 재상에 앉히고 맙니다. 이러하기 때문에 재상 임용이 공표되기도 전에 여러 사정이 빤히 결정되고, 또 재상의 구체적인 이름이 밝혀지기도 전에 天下 사람들은 언제나 그렇듯 天下 一流의 인물은 아닐 것이라 지레 짐작하는 것입니다.

이어 綱紀의 재건과 풍속의 개선에 대해 말하겠습니다. 오늘날 禁中의 지엄한 공간에서부터 천하의 公道가 행해지지 않아 부정한 인물들이 그 사이에서 巢穴을 만들어 웅거하고 있습니다. 설령 그들이 作奸하고 범법 행위를 저지를지라도 폐하께서는 그들에 대한 사사로운 감정을 떨쳐버리지 못하고, 차마 外庭의 議論에 부쳐 有司의 법으로 다스리지를 못합니다. 바로 이러하기 때문에 기강이 무너지지 않을 수 없게 되는 것입니다. 이렇게 위에서 기강이 바로 서지 못하므로 민간에서는 풍속이 문드러져 갑니다. 그러한 근심이 시작된 것은 오래 전부터의 일인바 특히 兩浙에서 더욱 심합니다. 무릇 부드러운 꾸밈새와 아첨하는 모습에 익숙해져 是非를 가르지 않고 曲直을 분별하지 않습니다. 그래서 아래로부터 일이 올라오면 감히 조금도 그 뜻을 거스르지 못하고, 또 위에서 아랫사람을 거느릴 때에도 감히 그 情理를 조금도 제지하지 못하는 것입니다. 이렇게 그 사사로운 뜻에 따라 條理를 맞추고 편의를 봐주어 모든 것이 차질 없이 이루어지게 합니다. 심한 경우 황금 구슬을 수북히 뇌물로 주면서 재상을 꼬일 수 있으면 재상을 꼬이고 近習者에게 통할 수 있으면 近習者에게 연결합니다. 이렇게 무엇이든 챙기며 아무런 염치를 돌아보지 않습니다. 만일 어쩌다 그 사이에 강직하고 정직한 인물이 있어 道理에 따르려 하는 것을 보게 되면, 여러 사람들이 함께 배척하며 '道學'이라 비아냥거리며 '공연히 정직한 체한다(矯激)'는 죄목을 씌웁니다. 십수 년래 이 '道學'이란 두 글자로써, 마치 저 崇寧과 宣和 연간 이른바 '元祐學術'이라 칭했듯이 천하의 賢人 君子들을 옥죄어 왔습니다. 이렇게 배격하고 욕보이며 끝내 그들을 용납하지 않으려 들었던 것입니다. 嗚呼라, 이 어찌 治世의 일이 되겠으며 또 어찌 차마 입에 담을 수 있는 것이겠습니까?

마지막으로 백성 부담의 완화 및 軍政의 숙정에 대해 말하겠습니다. 虞允文이 재상의 직위에 오른 이래,[33] 版曹[34]의 歲入 가운데 징발할 수 있는 것이라면 모두 다 끌어가면서 年末의 잉여라 불렀습니다. 이들 물자는 모두 內帑庫로 흘러 들어갔습니다. 반면 유명무실하든가 혹은 오랫동안 미납인 채로 있는 것, 그리고 장부상으로만 남아 있어 징수가 불가능한 것들은 版曹로 돌렸습니다. 본디 내탕고의 재물이란 후일 不時에 전쟁이 벌어졌을 때를 대비한 것들입니다. 하지만 근 20년 이래 內帑庫의 물자가 얼마나 되는지 알 수가 없게 되어 버렸습니다. 그리고 天子는 私物로 간주하면서 私人을 시켜 관리하게 했으며, 재상일지라도 그

33 虞允文은 孝宗 乾道 5년(1169) 8월에 재상이 되어 乾道 8년(1172) 9월에 罷職된다.
34 戶部의 簡稱. 戶曹・民部・司徒・地官・省部・大農 등이라 칭하기도 한다.

출납을 단속하지 못하게 되었습니다. 版曹 또한 그 장부를 열람하면서 어느 정도의 액수가 잔존하는지 파악하지 못했습니다. 그러는 한편으로 연회 비용으로 시름시름 소모되어 간 것이 얼마나 되는지 모를 지경입니다. 그러니 '이 돈으로 오랑캐들의 모가지와 바꾸겠노라' 하시던 太祖皇帝의 말[35]이 內帑庫에서 어찌 다시 통용될 수 있겠습니까? 내탕고로 흘러들어감으로써 그저 版曹의 경비 부족을 더욱 가속화시킬 뿐입니다. 이렇게 재원이 부족해져서 백성에 대한 독촉이 날로 준엄해지고, 그리하여 祖宗 以來의 破分良法[36]조차 무너져서 전액을 모두 채워 징발하고 있습니다. 징세액이 부족하면 監司로 하여금 郡守들의 실적을 비교하여 추후의 考課에 반영시킨다고 하면서 을박지릅니다. 이렇게 되어 內外에서 바람에 휩쓸리듯 다투어 각박하게 징세에 임하고 있습니다. 이 때문에 民力이 곤궁해진 것입니다.

한편 諸將들은 승진을 꾀하면서 먼저 士卒들을 옥죄어 私財를 마련한 다음, 그것으로써 폐하의 私人들에게 뇌물을 주어 연결을 맺고 그리하여 폐하의 貴將으로 승진해 갑니다. 貴將으로 승진하기 위해서는 諸軍의 하급 장교로부터 차례차례 保明하여 장수의 자질을 갖추고 있다고 인증해 주어야만 합니다. 이러한 保明이 갖추어진 다음에야 폐하께 그 임용에 대한 稟申이 행해지게 됩니다. 그런데 폐하께서는 다만 그 직

---

35 『宋史』 권179, 「食貨 下一」 「會計」에 실려 있는 말이다. 初 藝祖嘗欲積縑帛二百萬易敵人首 又別儲於景福殿.

36 이에 대해 朱熹 자신, "臣伏見祖宗舊法 凡州縣催理官物 已及九分以上 謂之破分 諸司卽行住催 版曹亦置不問. 由是州縣得其贏餘以相補助 貧民些少拖欠 亦得遷延 以待蠲放. 恩自朝廷 惠及閭里 軍民兩足 公私俱便. 此誠不刊之令典也. 昨自曾懷用事 始除此法 盡刷州縣舊欠 以爲隱漏 悉行拘催. 於是民間稅物毫分銖兩 盡要登足. 曾懷以此進身遂取宰相 而生靈受害 寃痛日深"(『朱熹集』 권11, 「戊申奉事」)이란 부가 설명을 덧붙이고 있다.

위를 보고 이어 서류들이 구비되었는지만 살펴보고 나서는, '여럿이서 추천하였으니 적당한 인물일 것이다'라고 생각하십니다. 어찌 唐末의 '債帥'[37]처럼 돈을 내어 산 것이라는 사실을 알 수 있겠습니까? 이런즉 軍政을 숙정하여 士卒들을 격려하고 또 그것을 통해 國勢를 진작시키는 것이 어떻게 가능하겠습니까?

이 여섯 가지 일은 모두 시급한 것이로되, 그 근본은 폐하의 一心에 매어 있는 일이라 하겠습니다. 一心이 바로 선즉 여섯 가지 일 역시 바로 되지 않을 수 없을 것입니다. 반면 조금이라도 人心의 私欲이 그 사이에 介在하게 되면, 설령 온 힘을 다해 이 여섯 가지 일을 바로잡으려 한들 한갓 文具에 지나지 않게 되어 천하의 일은 더욱 어찌할 수 없는 상태로 빠져들어 갈 것입니다."

상주문이 올라갔을 때는 밤이 깊어 효종이 이미 잠자리에 든 상태였는데 다시 서둘러 자리에서 일어나 촛불을 밝히고 끝까지 읽어나갔다. 그리고 이튿날 관직 除授의 명령[38]이 내려졌으나 선생은 극력 사양하였다.

선생이 한 말은 충성과 강직함을 다한 것이었다. 그 封事의 마지막에는 다음과 같은 말이 덧붙여져 있었다.

"세월은 참으로 덧없이 빨리 지나갑니다. 마치 강물이 흘러 가듯 한 번 가면 다시 돌아오지 않습니다. 이제 젊었던 臣도 어언 백발이 되어

---

37 唐 代宗 大曆年刊(766~779) 이래 정치가 부패해져서 將帥를 임명할 때마다 널리 뇌물이 횡행해졌던 것에서 유래한 말이다. 특히 禁軍 將校로서 장수가 되려하는데 家財가 부족할 경우, 富豪로부터 빚을 내어 승진한 다음 管下의 軍民으로부터 재물을 括取하여 償還하는 현상도 드물지 않았다. 이를 두고 민간에서는 '債帥'라 칭하였던 것이다. 『舊唐書』에서, "及瑀之拜 以內外公議 搢紳相慶曰 韋公作相 債帥鮮矣"(권162, 「高瑀傳」)라 하는 것은 그러한 정황의 단적인 기록이라 할 것이다.

38 『宋史』에 의하면 이튿날 주희에게 侍講인 崇政殿說書의 직위가 내려졌으나 固辭하고 다시 外祠職을 맡게 되었다고 한다(권429, 「朱熹傳」).

老境으로 접어들었습니다. 또 삼가 폐하의 얼굴을 뵈오니 역시 예전의 그것이 아니었습니다."

그 충성스러우면서도 간절한 마음이 담겨 있기에 지금까지도 이 상주문을 읽는 자들은 눈물을 금치 못한다. 하지만 그 말한 바들은 모두 당시의 大臣과 近習들을 통렬히 비판한 것이었기 때문에, 孝宗의 신임은 더욱 두터워졌으나 또 그만큼 權勢家들의 시기도 깊어졌다. 그러한 까닭에 단 하루도 조정에서 편안히 있을 수 없었던 것이다.

紹熙 5년(1194) 寧宗은 일찍부터 선생의 명성을 들으면서 講官으로 모시지 못하는 것을 한스러워하고 있었던 까닭에 즉위한 이튿날[39] 侍講職에 除授하여 行在로 불렀다. 선생은 8월 長沙를 떠나[40] 10월 입궐하여 寧宗을 알현하였다. 이 자리에서 먼저 法制에 의거하지 않는 임시조치로 인해 變異가 발생함을 논했다. 이어 학문의 道는 窮理로부터 시작해야 하며, 窮理의 요체는 독서에 있는 바 독서의 방법은 순서에 의거하여 점차 정밀한 것으로 나아가야 한다는 것, 그리고 정밀함에 이르는 근본은 居敬과 굳은 의지의 견지에 있음을 말하였다.

알현을 마치자 寧宗은 선생을 煥章閣待制 겸 侍講에 除授하였다. 寧宗은 手札을 적어 일렀다.

"卿의 깊은 학술이야말로 바로 진정 侍講에 적합한 것이오. 이 직책을 받아들이고 固辭하지 말기 바라오. 그리하여 儒生을 尊崇하고 道를 존중하는 朕의 뜻에 부응하기 바라오."

이에 선생은 황공해 하며 命을 받들었다.

---

39 寧宗은 紹熙 5년(1194) 7월에 卽位하였다.
40 朱熹는 光宗 紹熙 5년(1194) 2월 이래 知潭州에 임명되어 있었다.

寧宗의 즉위시 趙忠定公(趙汝愚)은 長信宮의 太皇太后[41]에게 자신의 뜻을 전달하여 寧宗을 즉위시킬 수 있도록 하기 위해, 중간에서 연결 역할을 할만 한 인물을 구했으나 찾지 못하였다. 그러던 차에 누군가 韓侂胄가 太皇太后의 親屬[42]이라고 말하여, 그를 보내 太皇太后를 뵙게 하였으나 允許되지 않았다. 한탁주는 나오다가 문에서 內侍인 關禮를 만나 자초지종을 얘기하니, 關禮는 혼자 長信宮에 들어가 뵙기를 청하고 울면서 간곡히 한탁주를 한 번 만나 줄 것을 청하였다. 이에 태황태후가 허락하고 다시 한탁주를 불러 들어오라 명하였다. 이렇게 하여 한탁주는 태황태후에게 趙忠定公의 의사를 전달하였고, 그리하여 마침내 寧宗 즉위의 방침이 결정되었던 것이다. 이후 한탁주는 스스로 寧宗 즉위에 큰 공이 있다고 말하며 寧宗의 신임을 배경으로 점차 권력을 휘두르기 시작하였다. 선생은 長沙를 떠날 때부터 이러한 사정을 듣고 근심하면서 상주문에 그러한 뜻을 조금 비친 바 있었다. 行在에 도착하여 進對하게 되어서는 寧宗의 면전에서 거듭 그 문제를 제기하였다. 또 吏部侍郎인 彭龜年과 약속하여 함께 寧宗을 뵙고 그 간사함을 낱낱이 밝히기로 하였다. 하지만 그 직후 彭龜年은 金側의 사자를 護送하며 行在를 떠났고, 한탁주는 더욱 뜻을 얻어 恣橫하였다. 당시 忠定公은 천하에 명망을 얻고 있는 인사들을 모아 國政에 임하고 있었으며, 이에 따라 천하 사람들이

---

41 高宗의 皇后인 吳后를 가리킨다. 太皇太后 吳氏는 당시 慈福이라 불리고 있었는데 寧宗의 즉위 과정에서, "時光宗疾未平 不能執喪 宰臣請垂簾主喪事 后不可. 已而宰執請如唐 肅宗故事 群臣發喪太極殿 成服禁中 許之. 后代行祭奠禮. 尋用樞密趙汝愚請 於梓宮前垂簾 宣光宗手詔 立皇子嘉王爲皇帝"(『宋史』 권243, 「憲聖慈烈吳皇后傳」)라 하듯 결정적인 역할을 한다.

42 韓侂胄(1152~1207)는 北宋의 名臣인 韓琦(1008~1075)의 曾孫으로서 그의 母親은 太皇太后 吳氏와 친자매 간이었으며, 그의 妻는 太皇太后의 姪女였다. 韓侂胄는 太皇太后와 兩重의 친척관계였던 것이다. 이에 대해서는, 虞雲國, 『宋光宗 宋寧宗』, 長春, 吉林文史出版社, 1997), 92쪽 참조.

모두 고개를 내밀고 新政의 전도를 주시하였다. 하지만 당시 이미 중요 정사는 대부분 한탁주에 의해 결정되는 형국이었다. 선생은 이에 거듭 寧宗에게 간언하는 한편, 忠定公에게 문하생 편으로 여러 차례 은밀히 편지를 보내, '韓侂冑에게 공로에 대한 대가의 명목으로 두터운 賞을 주고 정치에는 간여하지 못하게 하라'고 건의하였다. 하지만 忠定公은, '韓侂冑는 쉬이 다스릴 수 있는 인물이니 너무 遠慮하지 말라'고 대답하였다. 선생은 어쩔 수 없이 講論이 끝난 후 거듭 상주하여 한탁주를 극력 비판하였다. 한탁주는 이 사실을 알고 大怒하여 은밀히 그 무리들과 함께 선생을 내쫓을 음모를 꾸몄다. 자신을 비판하는 우두머리만 제거하면 나머지는 쉽게 처리할 수 있을 것이라 판단한 것이다. 그래서 禁中에서 연극을 꾸며서 寧宗의 판단을 흐리게 하였다.[43] 그 직후 선생이 저녁의 講論이 끝난 다음, 이전에 올린 상주문의 시행을 요청하고 물러나오자 바로 선생을 罷職하고 宮觀職에 임명한다는 詔令이 내려졌다. 丞相이 그 不可함을 강력히 제기하였으나 詔令은 內侍를 통해 끝내 조정에 하달되었다. 이어 臺諫 등이 다투어 그 철회를 주장했으나 마찬가지로 받아들여지지 않았다. 결국 선생은 조정을 떠나게 되었다.[44]

寧宗 慶元 元年(1195) 韓侂冑는 趙汝愚를 不軌罪[45]로 모함하여 湖南의 永州로 귀양보냈다. 이에 內外가 모두 크게 놀랐다. 얼마 후에는 '僞學'이란 이름을 만들어 내어 善類들을 모두 내쫓았다. 선생은 수만 글자의 封事를

---

43 이에 대해 葉紹翁은 『四朝聞見錄』에서, "文公居頃 韓諷伶優以木刻公像 爲峨冠大袖於上前戲笑 以熒惑上聽"(丁集)이라 기록하고 있다.

44 侍講에 임명되고 2개월 만인 紹熙 5년(1194) 10월의 일이다(王懋竑, 『朱熹年譜』 권4, 250・251쪽 참조).

45 朝廷의 法度를 지키지 않았다는 罪目.

草하여 한탁주의 간사함과 人主를 가리는 폐단에 대해 극력 간언하고 이어 승상 조여우의 억울함을 호소하려 하였다. 하지만 諸生들이 강력히 만류하여 점을 쳐보니 遯의 卦[46]를 얻었다. 선생은 아무 말 없이 그 封事의 草稿들을 불사르고 스스로 '遯翁'이라 불렀다. 조정에서는 이른바 黨人들에 대한 탄압[47]을 가속화했으며 조여우는 謫配 가는 도중 죽었다.

慶元 2년(1196) 겨울 선생이 諸生들에게 講論하고 있을 때 宮觀職에서 罷職시킨다는 朝報가 도착하였다. 선생은 조금 몸을 일으켜 그것을 보더니 다시 앉아 講論을 계속해 나갔으며 辭色은 和平하기 그지 없었다. 諸生들은 이튿날에야 그러한 조치가 내려졌다는 사실을 알았다.

慶元 6년(1200) 3월의 일이다. 선생에게는 평소 다리 병이 있었는데 그 무렵 마비 증세가 오기 시작하여 醫員들이 아주 많은 약을 쓰고 있었다.

己未日 저녁, 諸生들에게 「太極圖」를 講說하였다.

庚申日 저녁에는 다시 『西銘』을 講說하며 학문의 大要에 대해, '매사에 심사숙고하여 옳은 것을 추구하고 결단코 나쁜 것을 버려라. 이러한 습관이 오래 쌓이게 되면 마음과 理致가 합일되어 자연스레 모든 행동거지에 私曲이 없게 될 것이다. 聖人이 萬事에 응하는 것이나 天地가 만물을 낳는 것이나 모두 올바름(直)에 의거할 따름이다'라고 말했다.

辛酉日, 『大學』의 「誠意章」에 대한 해설을 조금 고쳤다. 정오 무렵 갑작스레 설사가 시작되어 거동할 수 없게 되었다.

---

46 『周易』 64卦의 하나로서 亂世를 피해 은둔함을 뜻하는 卦.

47 寧宗 慶元 2년(1196) 韓侂冑가 朱熹의 학문을 '僞學'이라 규정짓고 그 동료 내지 제자들을 '黨人' '逆黨'이라 몰아서 대대적으로 탄압했던 사건을 가리킨다. 당시 黨人罪에 연루된 인물은 59명에 달하였다. 慶元黨禁은 嘉泰 2년(1202)에 이르러서야 해제된다.

癸亥日, 諸生들이 들어가 문병하자 선생은, '서로 격려하며 열심히 공부하고 굳건히 행동하라. 그러면 진보가 있을 것이다'라고 격려하였다.

甲子日, 선생은 자리를 中堂으로 옮기라 명하셨다. 諸生들이 다시 들어가 문병하며 말했다.

"선생님의 병은 나을 것입니다. 하지만 만일 불행한 일이 생기면 『書儀』[48]에 따를까요?"

선생은 고개를 저었다.

"그러면 『儀禮』에 따를까요?"

역시 고개를 저었다.

"그렇다면 『儀禮』와 『書儀』를 병용할까요?"

그러자 고개를 끄덕이고, 종이와 붓을 찾았다. 하지만 붓을 잡아 휘두를 힘이 없었다. 얼마 후 선생은 붓을 놓고 잠이 들었는데 잘못하여 두건이 비틀어져서 門人들이 바로잡았다. 이후 선생은 부녀자는 가까이 오지 못하게 했다. 諸生들은 인사하고 물러나왔다. 그 한참 후 선생은 평안히 서거하셨다.

이날 큰 바람이 불어 나무가 뽑히고 홍수가 나서 절벽이 무너지기도 했다. 哲人이 세상을 떠나는 것이 어찌 작은 變일 수 있겠는가?

선생은 처음 과거에 及第[49]한 이래 作故할 때까지의 50년 동안, 네 황제를 모시며 불과 9년간 外任을 맡았을 뿐이며 조정에 서서 중앙관 생활을 한 것은 겨우 40일뿐이었다.

48 士大夫家의 의례 형식에 대한 기록 내지 저작, 고래로 數種이 있었으나 현재는 司馬光의 저작만이 전해진다.

49 高宗 紹興 18년(1148)의 일로서 당시 朱熹의 나이는 19살이었다.

처음 福建 建寧府의 崇安縣 五夫里에 살 때에는 공부방의 편액에다가 '紫陽書堂'이라 적어 넣었다. 늘 고향에 대한 그리움이 있었기 때문이다.[50] 이후 建陽縣의 蘆峰 산꼭대기에 집을 지으며 그곳을 '雲谷'이라 이름붙였으며 그 草堂은 '晦庵'이라 불렀다. 그리고 '雲谷老人'이라 自號하였고 또 동시에 '晦庵'이라 自號하기도 했으며 또 '晦翁'이라 칭하기도 했다. 만년에 建陽縣의 考亭에 거주할 때에는 精舍 하나를 짓고 '滄洲'라 명하고, 스스로 '滄洲의 병든 늙은이(滄洲病叟)'라 불렀다. 최후에는 또 '遯翁'이라 칭하였다.

일찍이 科擧에 대해 다음과 같이 논하였다.

"科擧가 사람을 얽매는 것이 아니라 사람이 스스로 과거에 얽매이는 것이다. 만일 高見과 遠識을 지니고 있는 선비가 聖賢의 책들을 읽은 후 그 見識에 의거하여 문장을 짓는다면, 과거에 응시하는 것이 학문 연마에 아무런 문제가 되지 않을 것이다. 이렇다면 설령 매일 과거에 응시한다고 해도 얽매이는 것이라 말할 수 없다. 오늘날 만일 孔子가 다시 태어난다 해도 과거에 응시하지 않을 수 없을 것이다. 그렇다면 어찌 과거가 공자를 얽맬 수 있겠는가? 나는 科擧에 대해 어려서부터 가벼이 여겨 왔지만 처음에는 무엇을 제대로 알고 가벼이 여긴 것은 아니었다."[51]

다음과 같이 말했다.

"처음 屛山(劉子翬)과 籍溪(胡憲)를 스승으로 모시며 공부하였는데, 籍

50 朱熹의 鄕關인 徽州(新安)에 있는 紫陽山에서 따온 것이다. 이에 대해 『朱子年譜考異』에서는, "始居崇安 五夫里 牓所居之聽事堂曰紫陽書堂. 徽州有紫陽山 韋齋先生嘗以刻其印章 用之牓於聽事 識故鄕也"(王懋竑, 『朱熹年譜』 所收, 권1, 287쪽)라 적고 있다.

51 『朱子語類』 권13에 실려 있다.

溪는 胡文定(胡安國)으로부터 배웠으나 또 한편으로 佛老에 대해서도 호의적이었다. 그래서 文定의 학문으로써 治道를 논하는 것은 그럭저럭 괜찮았지만 道에 이른 상태는 아니었으며 佛老에 대해서도 마찬가지로 큰 識見을 지니고 있지는 않았다. 屛山은 젊은 시절 과거에 합격하여 興化軍의 莆田에서 관료 생활을 할 때 불탑 아래에서 승려 하나를 만나 며칠 동안이나 그로부터 감화를 받은 적이 있다. 이후 집으로 돌아가 儒書를 읽다가 불교와 합치된다고 생각하여 「聖傳論」을 저술하기에 이르렀다. 그 후 屛山이 먼저 타계하고 籍溪만 홀로 남게 되었고, 나는 이 道의 공부에 더 이상 얻을 게 없다고 판단하여 延平(李侗)을 찾아갔던 것이다."[52]

또 다음과 같이 말했다.

"내 나이 15, 16살 되던 무렵 불교에 상당한 관심을 가졌던 적이 있다. 하루는 劉病翁(劉子翬)의 처소에서 어느 승려 하나를 만나 함께 이야기를 나누는데, 그 승려는 내 말에 따라 그저 대충 대답만 할 뿐 옳다 그르다는 말을 하지 않았다. 그리고 나서 그는 病翁과 이야기를 나눴다. 당시 나 역시 禪에 대해 약간은 이해를 지니고 있었는데, 이 승려가 무언가 심오한 깨달음을 지니고 있지 않은가 하는 생각이 들어 그를 찾아가 몇 가지를 물어보았다. 과연 그의 말은 극히 훌륭하였다. 이후 과거에 응시할 때 나는 그의 가르침에 의거하여 답안을 작성하였다. 그 무렵 나의 공부는 그다지 세밀하지 않았지만 考官이 내 문장을 좋게 평가하여 마침내 及第할 수 있었다. 그 후 泉州 同安縣의 主簿로 임명되어 갔다. 당시 내 나이가 24살이었는데 처음으로 李 선생(李侗)을 만나뵈었다. 그와 불교에 대해 얘기를 나누었는데 이 선생은 다만 '아니다'라고만 말

52 『朱子語類』 권104에 실려 있는 말이다.

하였다. 나는 그때 이 선생이 불교에 대해 잘 모르고 있는 것은 아닌가 생각하여 거듭 질문해 보았다. 선생의 사람됨은 간결하면서도 엄중하여서 더 이상 깊은 얘기는 하지 않고 다만, '聖賢의 말씀을 보라'고 가르칠 따름이었다. 그래서 禪은 잠시 놓아두고 경전을 읽어가기로 하였다. 하지만 그때까지만 해도 心中에는 여전히 禪이 상당히 자리잡고 있었다. 이로부터 聖人의 책을 펴고 읽어 갔다. 그렇게 독서하기를 하루, 또 하루 지나다 보니 성현의 말이 점점 더 재미가 있어졌고 그에 따라 불교의 논리에 대한 허점이 점점 명확히 인식되어 갔다."[53]

또 다음과 같이 말했다.

"나는 젊은 시절 잘 알지 못하여 일찍이 禪을 공부한 적이 있었다. 그런데 李 선생이 불교의 옳지 못함을 극력 말씀해 주었다. 이후 학문에 정진하며 이쪽(道)이 더 재미 있어졌다. 그리하여 이쪽이 한 푼 쯤 늘어나면 저쪽(불교)에 대한 관심이 한 푼 쯤 줄어들었다. 지금은 모두 녹아버리고 남아 있지 않다."[54]

"전에 李 선생을 뵈었을 때 이렇게 말씀하셨다.

'책을 읽을 때는 모름지기 하나를 완전히 이해(融釋)한 연후라야 비로소 그 다음 것을 이해할 수 있다.'

완전한 이해(融釋)란 말은 참으로 적절한 말씀이다. 이것은 伊川이 말했던, '오늘 하나를 格物하고 내일 또 하나를 格物하여 후일 格物이 많아진다면 저절로 확연히 이치에 통달하게 될 것이다'[55]라는 것과 또한 같

---

53 『朱子語類』 권104에 실려 있는 말이다.

54 위와 같음.

은 의미이다. 이러한 말 또한 그 자신 일찍이 실제로 경험한 것이었기에 이처럼 분명하게 말할 수 있었던 것이다. 만일 지금 하나의 일에 대해 완전히 이해하지 못하고 나아가 그 다음 것을 이해하려고 마음 먹는다면, 그 두번째 것 역시 이해할 수 없을 것이다. 이렇게 하여 萬事에 적용하려 하면 만사를 모두 알지 못하게 될 것이니 무슨 소용이 있겠는가?"[56]

다음과 같이 말했다.

"독서함에 있어 많은 것을 貪讀하는 것은 가장 좋지 않은 습관으로서 종내에는 아무 것도 이해하지 못하게 된다. 한가로울 때, 그리고 읽을만한 책도 많지 않을 때 책 하나를 들고 자세히 읽어 나가 보라. 나는 과거 同安縣 主簿의 임기가 만료되어 泉州로 가서 조정으로부터 새로운 인사명령이 내려오기를 기다렸던 적이 있다.[57] 그때 客館으로부터 『맹자』를 한 책 빌려서 자세히 읽어보았다. 그리고 비로소 그 진의를 제대로 이해할 수 있었다. 처음 이렇게 물었을 때 이렇게 대답하는 것을 보고, 또 그 다음 질문에 대해서는 또 이렇게 대답하는 것을 보았다. 그 문장은 비록 서로 달랐지만 그 의미는 일맥상통하고 있었다. 이렇게 구절구절의 의미가 모두 서로 연결됨을 알 수 있었던 것이다."[58]

선생은 어려서부터 聖賢의 학문에 굳게 뜻을 두었다. 부친인 韋齋 先生(朱松)으로부터 中原의 문헌들을 전해 받고서 河洛의 학문에 대해 알게 된 다음 성현들의 遺意를 대략 이해할 수 있었다. 그리고 매일 『대학』과

---

55 『河南程氏遺書』 권18에 실려 있다.
56 『朱子語類』 권104에 실려 있는 말이다.
57 高宗 紹興 26년(1156)의 일로서 당시 朱熹는 27살이었다(王懋竑, 『朱熹年譜』 권1, 14쪽 참조).
58 『朱子語類』 권104에 실려 있는 말이다.

『중용』을 외우며 致知 및 誠意의 경지에 이르기 위해 노력하였다. 선생은 이른 나이 때부터 이미 그 학설을 알고 마음속으로부터 애호하였던 것이다. 韋齋는 병이 위중해지자 선생에게 이렇게 당부하였다.

"籍溪 胡原仲(胡憲)과 白水 劉致中(劉勉之), 그리고 屛山 劉彦冲(劉子翬) 세 사람은 나의 벗들로서 학문에 깊이가 있어 내 평소 敬畏해 왔다. 내가 죽거들랑 너는 그들을 찾아가 스승으로 섬기도록 하며 그들의 말을 새겨 듣도록 하여라. 그러면 내가 죽어도 여한이 없겠다."

韋齋가 사거한 후, 선생은 그 유언을 받들어 세 君子에게 고하고 학문을 배웠다. 당시의 나이가 14살이었지만 慨然히 道를 구하려는 의지를 지니고, 經과 傳을 두루 섭렵하였으며 當世의 명망 있는 선비들과 두루 교분을 나누었다. 불교에 대해서 또한 그 본질을 공부하여 그 잘못을 바로잡으려 노력하였다. 延平(李侗)은 韋齋와 同門의 벗[59]이었는데, 선생은 同安縣 主簿의 임기를 마치고 돌아온 이래 수백 리 길을 걸어가 延平을 따라 공부하였다. 延平은,

"善을 좋아하고 義를 중하게 여긴다. 이와 견줄만한 인물이 거의 없다"고 칭찬하였다. 또 다음과 같이 말하기도 했다.

"총명하기 그지없으며 실천에도 열성적이어서 두려울 정도이다. 이해하기 어려운 부분에 대해서는 완전히 體認하고 넘어간다."

이렇게 延平을 따라 공부하기 수년간, 정밀히 사고하고 여실히 체득함으로써 학문의 조예는 더욱 깊어졌다.[60]

---

59 李侗과 朱松은 함께 豫章 羅從彦의 문하에서 공부한 바 있다.

60 黃榦, 『勉齋集』 권36, 「朝奉大夫文華閣待制贈寶謨閣直學士通議大夫謚文朱先生行狀」에 실려 있는 내용이다.

그 道는 이러하다.

太極이 있어 陰陽이 갈려 나오고, 그 陰陽이 있어 五行이 존재하게 된다. 만물은 陰陽의 氣運을 받아 생겨나는데 太極의 理는 그 만물 가운데 각각 존재한다. 이렇게 하늘로부터 부여된 것이 命이며 특히 인간에게 주어진 것은 性이다. 인간은 사물에 感應하여 情을 지니게 되는데 性과 情을 統轄한(합친) 것이 心이다. 性에 근원하여 仁義禮智의 德이 생겨나고, 情이 발현되어 惻隱・羞惡・辭遜・是非의 시초(端)가 생겨나며, 나아가 몸엔즉 手足과 耳目口鼻가 갖추어지고 외부와 접촉하며 君臣・父子・夫婦・兄弟・朋友의 綱常이 존재하게 된다. 남을 두고 보면 다른 사람의 理 역시 나와 다르지 않으며, 만물을 본즉 그 만물의 理 역시 사람과 다르지 않다.

이처럼 선생의 道는 古今을 관철하고 우주에 충만해 있으면서 한순간도 단절됨이 없고 어느 틈에라도 비어 있는 데가 없다. 모든 것을 철저히 분석하면서도 극히 정묘하여 흐트러짐이 없었으며 원대하면서도 공백이 없었다. 선생의 道는 可謂 천지를 포괄하면서도 어그러짐이 없고 聖賢의 가르침에 근본하면서도 아무 허점이 없는 구조를 이루고 있었던 것이다.[61]

식사할 때에는 밥과 국이 반듯하게 제자리에 있도록 했으며 수저와 젓가락을 놀리는 것 역시 규칙이 있었다. 피곤하여 쉴 때에는 눈을 감고 조용히 앉아 있었고, 휴식을 위해 일어나게 되면 단정하면서도 천천히 걸어다녔다. 밤이 이슥해서야 잠자리에 들었으며, 잠자다 깨게 되면 이불로 몸을 감싸고 앉아 있었는데 어떤 때에는 그런 상태로 새벽까지 이

61 위와 같음.

르기도 하였다. 단정한 행동거지는 어려서부터 老境에까지 한결같았고, 설령 酷寒이나 심한 더위를 만나도 한순간 흐트러짐을 보이지 않았다. 집안에서인즉, 부모를 모심에 그 효성을 극진히 하였으며 아랫사람을 보살필 때에는 자애로움을 다하였다. 부인과의 사이에서도 내외간에 매우 정숙하였고, 恩義를 베풀 때에는 돈독하여 모두 기뻐 따랐다.[62]

제사를 지낼 때에는 크고 작음을 가리지 않고 모든 일에 정성과 경건함을 다했으며, 조금이라도 儀禮에 벗어난 것이 생기면 종일토록 언짢아 했다. 반면 禮를 어김이 없이 제사를 마치게 되면 아주 흐뭇하게 여겼다. 葬事의 의식에 있어서는 애통함을 충분히 표현하고 음식과 喪服 또한 합당히 갖추었다. 賓客에 대해서는 언제나 흔쾌히 받아들여 집안 사정에 따라 최선을 다해 접대하였다. 친우에 대해서는 사이가 멀거나 가깝거나 간에 우의를 다하였다. 향촌에서는 아무리 미천한 사람에게라 할지라도 늘 공손히 대했으며, 吉凶事와 慶弔事에 대해 모두 어김없이 예를 갖추었고, 구휼이 필요할 때에는 恩義를 충분히 베풀어 주었다. 반면 자신에 대해서는, 의복은 몸을 가리고 음식은 배를 채울 정도면 만족하였으며 거처는 비바람을 겨우 막을 정도였다. 남들은 견딜 수 없는 지경이었으나 이렇게 생활하며 아주 풍족히 여겼다.[63]

---

62 위와 같음.

63 위와 같음.

권13

呂祖謙

「史說」에서 여조겸은 다음과 말하고 있다.

“史書에는 두 가지 體例가 있다. 編年體는 左氏(左丘明)로부터 시작되었으며 紀傳體는 司馬遷으로부터 시작되었다. 그 후 기전체는 班固와 范曄, 陳壽 등의 무리에 의해 계승되어 늘 끊이지 않았으나 편년체는 능히 이어갈 만한 사람이 없었다. 溫公(司馬光)이 『資治通鑑』을 지은 所以는 바로 그러한 左氏를 이으려는 생각 때문이었다. 『左氏傳』의 마지막에서는 知伯이 탐욕스럽고 剛愎스러워 韓氏와 魏氏가 일어나 멸망시켰다[1]고 말하고 있다. 『좌씨전』은 여기서 끝나고 있기 때문에 『통감』 또한 이것으로부터 시작하고 있다.

1 周 威烈王 23년(기원전 403) 晉의 三分을 가리킨다.

하지만 편년체와 기전체는 모두 장단점이 있다. 한 시점의 일을 기록하는 데 있어 기전체는 편년체만 못하다. 반면 한 사람의 始終을 논함에 있어서는 편년체가 기전체만 못하다. 요컨대 이 두 가지는 모두 없애서는 안 되는 것이다.

韓과 魏의 일에 대해 溫公은 상세히 언급하고 있는데 잠시 『통감』을 보는 방법에 대해 논해 보도록 하자. 과거 陳瑩中(陳瓘)은,

'通鑑은 藥山과 같아서 원하는 대로 얻을 수 있다'고 말한 바 있다. 하지만 설령 藥山을 앞에 두고 있을지라도 모름지기 캐는 방법을 알아야만 한다. 만일 캘 수가 없다면 『통감』이란 거대한 자료의 덩어리일 따름이다. 저 옛날 壺邱子가 列子에게 물었다.

'선생님은 여행을 좋아하십니까?'

'남들이 여행할 때는 그 보이는 대로 본다. 하지만 나는 여행하면서 보고싶은 것을 본다.'[2]

이러한 列子의 발언이야말로 史書를 보는 요령으로 삼을 만하다. 무릇 사람들은 史書를 읽으며 治世를 보면 治世라 생각하고 난세를 보면 난세라 여기며, 한 가지 일을 보면 단지 그 한 가지 일만을 알 뿐이다. 이래서야 무슨 쓸모가 있는가? 사서를 볼 때에는 마치 자신이 그 한가운데 있는 것처럼, 어떠한 사건의 利害라든가 어떠한 시대의 근심 등을 읽게 되면 반드시 책을 덮고 조용히 사색하며 자신이라면 그러한 일을 당했을 때 어떻게 할 것인가 생각해야만 한다. 이렇게 史書를 읽어야만 학문이 가히 진보할 수 있으며 지식 또한 가히 높아질 수 있어 유익해질 것이다."[3]

---

2 『列子』 권4에 나온다.

3 呂喬年, 『麗澤論說集錄』 권8, 「門人集錄史說」에 실려 있다. 『麗澤論說集錄』은 呂祖謙의

"史書를 읽을 때에는 먼저 統體를 간취함으로써 한 시대의 綱紀와 풍속의 消長, 그리고 治亂을 종합해내어야 한다. 秦의 폭압이나 漢의 관대함을 읽어내는 것이 그것이다. 이것이 바로 統體이다. 이어 한 군주의 統體를 인식해야 한다. 이를테면 文帝의 관대함이라든가 宣帝의 엄격함 등이 그것이다. 統體란 무릇 大綱이다. 따라서 한 시대의 統體가 관대함이었다면, 그 가운데 한두 명의 군주가 조금 엄하였다 해도 시대의 統體가 관대함이었다는 사실에는 변함이 없다. 또 한 군주의 統體가 엄격함이었다면 설령 한두 가지의 일이 조금 관대하였다 해도 그의 統體가 엄격함이었다는 사실에는 영향을 미치지 않는다. 史書를 볼 때에는 스스로의 안목으로 이해해 가려는 것이 좋다. 이를테면 戰國時代나 三國時代와 같은 때 天下의 統體가 있을 것이고 또 그 내부 各國의 統體가 따로 있을 것이다. 그것이 어떠하였는가 알려 노력해야 하는 것이다. 大要는 우선 한 시대의 通體를 이해하고 그 다음 그 내부 각국의 統體를 보는 것이다. 이 두 가지는 항상 서로 관련되어 있다. 이렇게 統體를 이해하였다면 그 다음으로는 機括을 보아야만 한다. 국가가 盛衰하는 所以, 일이 成敗하는 所以, 그리고 사람이 바르게 되고 또 사악해지는 所以를 그 시초에서부터 살펴가는 것이다. 바로 그 所以를 일컬어 機括이라 한다."[4]

"史書를 볼 때에는 그 成敗에 따라 是非를 논단해서는 안 된다. 또 가벼이 판단하여 議論을 제기하여서도 안 된다. 理致로 헤아려보고 이어 자신이 직접 體認한 이후, 平心으로 면밀히 검토하고 여러 정황을 종합적으로 고려해야 하며 또 그것을 수 차에 걸쳐 재확인해야 한다. 그러한

門人들이 스승의 語錄을 輯錄한 것이며, 呂喬年는 呂祖謙의 從子이다.

4 呂祖謙, 『東萊別集』 권14, 「讀書雜記」 3 「讀史綱目」에 실려 있다.

이후에야 時勢 및 상황에 대해 점차 識別이 가능해지는 것이다."[5]

"伯恭(呂祖謙)이 病中에 쓴 일기를 보니 진실로 하루도 게을리 하지 않고 책을 읽으며 검토해 갔다는 것을 알 수 있다. 날씨가 덥든지 서늘하든지 그리고 草木이 자라든지 시들어지든지 언제나 열심히 독서하였다. 그러니 그의 독서와 考究는 감정의 변화에 따라 달라질 수 없는 것이었다. 이제 伯恭을 다시 볼 수 없게 되었으니 참으로 슬프도다. 하지만 이 일기를 통해 그가 얼마나 학업에 열중하였으며 또 스스로를 얼마나 엄격히 경계하였는지 알 수 있다. 그러니 나에게 伯恭은 죽은 사람이 아니며 그 가르침은 여전히 나를 曲盡하게 깨우치는도다."[6]

누군가 東萊(呂祖謙)의 학문에 대해 물어 다음과 같이 대답하였다.

"伯恭의 학문은 歷史에 대해 극히 자세하다. 하지만 經典에 대해서는 깊은 이해를 지니고 있지 않았다."

그러자 어느 門人이 말했다.

"그 역시 저 江浙 지역에서 유행하고 있는 일종의 史學을 계승하였기에 그러한 것이 아닙니까?"

"史學이란 심히 쉬운 것이며 見識 또한 얇은 것이다."[7]

---

5 위와 같음.

6 『朱熹集』 권82, 「跋呂伯恭日記」에 실려 있다. 이 跋文이 쓰인 것은 呂祖謙(1137~1181)의 死去 1년 후인 孝宗 淳熙 9년(1181)의 일이었다.

7 『朱子語類』 권122에 실려 있는 내용이다.

張栻

張栻은 특별한 자질을 지니고 태어나 대단히 총명하였으며 매우 早熟하였기 때문에 忠憲公[8]이 귀여워하였다. 어릴 때부터 공부를 시작하였는데 배우는 것은 모두 忠孝仁義에 관한 것들 뿐이었다. 장성하여서는 忠獻公의 命을 받고 胡仁仲(胡宏)의 문하에 들어가 程氏의 학문을 배웠다. 胡宏은 張栻이 오자 大器임을 알아보고 자신이 배웠던 孔子의 가르침을 전해주었다. 장식은 배우고 난 후에는 물러나 생각하고, 충분히 이해한 다음 서면으로 호굉에게 질문하였다. 호굉은 그에게 이렇게 말했다.

"이 聖學의 門下에 너 같은 사람이 있다는 것은 다행스러운 일이다."

이후 장식은 더욱 분발하여 옛 성현과 같이 되는 것을 목표로 삼고 「希顔錄」 한 편을 지어 밤낮으로 돌아보며 스스로를 경계하였다. 이렇게 하여 학문의 조예가 상당히 깊어졌으나 스스로 만족하지 아니하고, 사방으로부터 벗을 구해 자신에게 미진한 곳을 보완하려 하였다. 언제나 남들로부터의 講評을 달게 받아들이며 반드시 실천에 옮기려 하였다. 이렇게 끊임 없이 노력하기를 십수 년, 학문은 예전보다 더욱 깊이를 더하였으나 오히려 쉽고 간편한 경지에 다다랐다. 천하의 이치에 대해 무릇 모두 명확히 이해는 하였으되, 완전히 실행하기에는 어렵다고 느껴지는 부분에 대해 용감하고 결단력 있게 임하며 반드시 그 도리의 실천을 지켜내려 하였다. 그가 언제나 군주와 부모에게 충효를 다하고 道義에 대해 어김이 없었던 것은 이러한 노력이 뒷받침되었기 때문이다.

---

8 張栻(1133~1180)의 부친인 張浚(1097~1164). 忠獻은 諡號이며 張栻은 그 長子이다.

孝宗은 즉위하여 慨然히 오랑캐를 정벌하여 그 원수를 갚고 神州의 영역을 회복하는 것을 자신의 임무로 여기며 忠獻公을 발탁하여 都督諸軍事에 임명하였다.[9] 忠獻公은 조정에 상주하여 張栻을 都督府의 書寫機宜文字로 삼았는데 당시 장식은 30살을 갓 넘긴 상태였다. 장식은 이후 안으로는 기밀을 요하는 논의에 참여하고 밖으로는 庶務를 처리하며 언제나 조심하였다. 그리고 군주 및 부친에 대한 임무의 완수에 노력하였다. 이러한 성실하고 면밀한 업무처리는 도독부내 비견될 만한 사람이 없을 정도였다. 또 그 사이 軍務로 인해 효종을 뵙게 되자 다음과 같이 진언하였다.

"폐하께서는 위로는 宗社의 원수를 갚고 아래로는 中原의 백성들을 슬피 여기사 그들을 塗炭에서 구해내려 하고 계십니다. 그러한 마음은 天理를 지니고 계시기 때문에 생겨날 수 있었던 것입니다. 원컨대 폐하께서는 이 마음의 유지에 노력하시고 또 한편으로 賢者를 가까이 하고 古史를 돌아보심으로써 그것을 확충하시기 바랍니다. 그렇게 한다면 今日에 功業을 반드시 이루어내는 것은 물론이려니와 千古의 폐단 또한 모두 혁파할 수 있을 것입니다."

효종은 이 말을 듣고 장식을 남달리 여겼다.

忠獻公이 宰相으로 재직하는 동안[10] 孝宗은 자주 장식을 따로 불러 여러 자문을 구하였으며 上皇(高宗) 또한 장식을 召對하여 위로하며 金帶를 하사하기도 했다. 그 후 忠獻公이 재상을 사직하자 장식 또한 鄕里

9 張浚이 樞密使 겸 都督江淮東西路軍馬에 임명되는 것은 孝宗 隆興 元年(1163) 正月의 일이다(『宋史』 권33, 「孝宗本紀」 1 참조).

10 張浚은 高宗 紹興 5년(1135) 2월부터 紹興 7년(1137) 9월까지, 그리고 孝宗 隆興 元年(1163) 12월부터 隆興 2년(1164) 4월까지 두 차례 재상직에 在位하였다.

로 돌아갔다. 그리고 정권을 잡은 이들[11]이 마침내 北伐을 철회하고 오랑캐와의 和約을 추진하였다. 하지만 오랑캐는 도리어 그 틈을 이용하여 淮南 일대로 침공[12]해 왔고 이에 內外가 크게 두려워하였다. 그럼에도 조정에서는 여전히 소극책으로 임하여 諸將들에게 오랑캐들과 정면으로 大戰을 벌이지 말라고 명령하였다. 당시 忠獻公은 이미 세상을 떠난 상태였는데, 장식은 居喪중임에도 불구하고 상주문을 올려 다음과 같이 말했다.

"우리와 金의 오랑캐는 하늘을 같이 할 수 없는 사이입니다. 지난번 先親으로 하여금 군대를 내어 金을 공격하게 하면서도 한편으로는 玉帛의 사신[13]을 왕래시켰습니다. 이처럼 和議와 攻伐의 방침이 확정되지 않고 마음속에 뒤섞여 있었던 까닭에, 하늘과 인간 모두에게 至誠스런 감화를 받지 못했던 것입니다. 바로 이 때문에 정벌의 군대가 패배하고 功을 이루지 못했습니다. 오늘날 여러 간사한 무리들에 의해 호도되어 지금과 같은 상황에 이르렀지만, 과거의 일을 거울 삼아 깊이 헤아려서 심중에 확고한 판단을 내리시기 바랍니다. 그리고 티끌 만큼도 의심이 생기지 않게 되었을 때, 內外에 명확한 詔令을 내려서 賞罰을 공정히 하고 군대 및 백성들의 憤함을 분발시키시기 바랍니다. 그러한즉 오랑캐는 반드시 깨트릴 수 있을 것입니다. 이렇게 오랑캐를 깨트린 다음에도 그러한 마음을 더욱 견고히 유지하면서 결단코 和議를 입에 올리지 마십시오. 오

11 재상 湯思退와 參知政事 王之望 등을 가리킨다.

12 隆興 2년(1164) 10월 紇石烈志寧이 지휘하는 대규모의 金軍이 남송에 대하여 講和를 압박하기 위해 楚州 일대로 남침한 것을 가리킨다. 金軍이 11월까지 楚州와 濠州, 滁州 등을 함락시키자 남송 조정도 12월에 이르러 어쩔 수 없이 金과의 和約을 체결하기에 이른다. 이 和約은 당시의 연호를 따서 '隆興의 和議'라 부른다.

13 玉帛之使. 玉帛은 諸侯가 朝聘時나 혹은 會盟時 사용하던 禮物로서, 玉帛之使는 盟約締結을 위한 사신을 가리킨다.

로지 自强에 힘쓰며 설령 온갖 고초가 있을 지라도 굴하지 않고 그 마음을 온전히 유지해 가시기 바랍니다. 그리함으로써 上下가 한 마음이 되어 기다린다면 무슨 功業인들 이루지 못할 까닭이 있겠습니까?"

宰相 虞允文이, '金의 세력이 쇠약해져 北伐할 수 있다'고 말하며 군대를 일으키려 했다. 이에 士大夫들은 준비가 안된 채로 전쟁을 벌이는 것에 대해 우려하며 모두 반대하고 있었다. 이러한 때 장식이 孝宗을 알현하였다. 효종이 말했다.

"현재 오랑캐 땅에 連年으로 기근이 들고 도적이 사방에서 일어나고 있다 하오."

"臣은 오랑캐의 일에 대해서는 잘 알지 못합니다. 하지만 우리 경내의 일이라면 상세히 알고 있습니다."

"무슨 말이오?"

"근래 각 지방에 기근이 들어 백성들이 빈궁하고 군대 또한 약하며 재정은 부족한 상태입니다. 더욱이 大小의 臣僚들은 모두 허망하여 믿고 의지하기에 부족합니다. 그러니 오히려 저들 오랑캐들이 정작 우리를 엿볼만한 때이지 우리가 저들을 공략할 시기는 아닙니다."

이 말을 듣고 효종은 아무 말 없이 오랫동안 잠자코 있었다.[14]

"아! 나와 兄[15]은 뜻도 동일하였으며 마음도 맞았다. 그래서 같이 마주보고 애기할라 치면 끝이 없었으며 편지도 쉴 새 없이 주고받았다. 때

14 孝宗 乾道 6년(1170) 6월에 있었던 일이다(『宋史全文』 권25 上, 「宋孝宗」 3, 乾道 6년 6월 乙亥 참조).

15 朱熹(1130~1200)와 張栻(1133~1180) 간의 실제 나이는 朱熹가 3살 연상이었다. 여기서 兄이라 하는 것은 同輩끼리의 상대에 대한 謙稱이다.

로는 내가 옳다 하는 것에 대해 兄이 아니다 말하는 경우도 있었으며 또 때로는 兄이 옳다고 하는 것에 대해 내가 이의를 제기하기도 했다. 또 처음에는 서로 같이 하다가도 종내에는 서로 다른 편으로 가 있기도 하였으며, 또 처음에는 서로 의견을 달리 하다가 만년에는 뜻을 같이하기도 했다. 이렇게 서로 얽히며 왕래한지가 어언 수십 년이 되었다.

兄은 명문가 출신이되 나는 빈한한 가문 출신의 천한 선비이며, 兄은 高明하고 宏博하되 나는 속 좁고 迂闊하였다. 그렇기에 나는 항상 兄에게 마땅히 세상에서 뜻을 펼쳐야 한다 고 말했으며, 형은 또한 나에게 後生들을 지도하여야 한다고 말했다. 비록 세상에 나가 벼슬을 하고 혹은 隱逸하였다는 등의 점에서 兄과 나는 다르기도 하였으나 실은 서로 간 의지하며 함께 세상을 살았다."[16]

---

16 『朱熹集』 권87, 「又祭張敬夫殿撰文」의 일부이다.

권14

魏挺之

일찍이 浙東 衢州의 知州 章傑의 집에 客으로 머문 적이 있었다. 그 무렵 옛 宰相 趙忠簡公(趙鼎)이 海上에서 死去하여 常山에 장사 지내었는데,[1] 章傑은 평소 趙忠簡公에 대해 원한을 지니고 있었던 데다가 秦檜에게 영합하기 위해 그 가족들을 모두 체포하여 구금하고는 심하게 치죄하였다.[2] 이를 보고도 사람들은 그 흉악함 때문에 감히 이의를 제기하지 못하였다. 하지만 위정지는 홀로 慨然히 글을 지어 章傑을 질책하고는 서둘러 고향인 福建의 建陽縣으로 돌아갔다. 그래서 章傑 역시 해를

---

1 趙鼎(1085~1147)은 高宗 紹興 17년(1147) 유배지인 廣東 吉陽軍(현재의 海南省)에서 작고하여 유언에 따라 浙東 台州의 常山에 安葬된다.

2 이 전후의 사정에 대해 『宋史』에서는, "趙鼎以謫死 其子汾將喪過衢. 乞雅憾鼎 又希秦檜意 遣尉翁蒙之領卒掩取鼎平時與故舊來往簡牘. 蒙之先遣人告汾焚之 逮之一無所得. 傑怒 治蒙之 拘汾于兵家所 且以告檜"(권459, 「魏掞之傳」)라 기록하고 있다.

입힐 수 없었다.

젊었을 때부터 當世에 큰 뜻을 품고 있다가 晩年에 발탁되어 조정에 서자 가히 그 학문을 펼칠 수 있으리라고 생각하였다. 하지만 그 仕宦은 뜻이 맞지 않았던 관계로 반년이 못되어 그만두고 鄕里로 되돌아올 수 밖에 없었다.[3] 그는 이따금 탄식하며 말했다.

"폐하의 은혜가 이토록 깊고 두터운데도 내 학문이 모자라 보답할 수 없었다. 내 죄가 크도다."

3 魏挺之(1116~1173)는 그 53살 되던 해인 孝宗 乾道 4년(1168) 12월 遺逸의 推擧 형식으로 守太學錄의 직위에 임명되었다가 이듬 해 사직하고 落鄕한다. 상세한 사항은 『朱熹集』 권91, 「國錄魏公墓誌銘」을 참조.

권15

陸九齡

형제들이 모두 학문을 좋아하여 閑居하며 유유히 道義를 講論하였다. 함께 화목하며 친하게 지냈으나 뜻을 어기며까지 서로에게 동조하지는 않았다(和而不同).[1] 따라서 형제간에 師友와 같은 관계가 되었다. 선생이 學德을 이룬 것은 스스로의 노력과 정진이 상당한 영향을 미치기도 하였지만 그 대부분은 이렇게 가정에서 함께 공부하여 彫琢한 결과였다. 또 틈이 나면 제자들과 뜰에 나가 활쏘기를 익히며 말했다.

"이야말로 진실로 남자의 일이다. 예로부터 향리의 선비들은 활쏘기

---

1 이들 江西 撫州 金溪縣의 陸氏 가문은 累歲同居로 유명하다. 『宋史』에서는 이러한 陸氏 가문의 同居에 대해, "其家累世義居 一人最長者爲家長 一家之事聽命焉. 歲遷子弟分任家事 凡田疇租稅出內庖爨賓客之事 各有主者. 九韶以訓戒之辭爲韻語. 晨興 家長率衆子弟謁先祠畢 擊鼓誦其辭 使列聽之. 子弟有過 家長會衆子弟責而訓之 不改 則撻之 終不改 度不可容 則言之官府 屛之遠方焉"(권434, 「陸九韶傳」, 第37冊, 12879쪽)이라 기록하고 있다.

를 武夫들이나 하는 천한 일로 여기지 않았다."

孝宗 淳熙 2년(1175) 湖南에서 茶寇[2]가 발생하여 인근 지역을 위협하자, 각 지방에서는 백성들을 동원하여 자위태세를 구축하였다. 撫州에서도 대비를 갖추며 선생에게 그 지휘를 요청하고 선생이 말하는 대로 조치를 취하였다. 하지만 門人들 가운데는 이러한 행동에 대해 내키지 않아 하는 자도 있었다. 선생이 말했다.

"옛날 선비는 鄕里의 長者였으며 동시에 군사도 지휘하였다. 만일 선비들이 이러한 행동을 수치로 여긴다면 武斷하는 豪俠들이 군사를 전담하게 될 것이다. 더욱이 지금 郡衙로부터 公文이 내려와 병사들을 소집하고 대규모 군대를 편성하였는데, 그렇다면 반드시 이러한 군대를 지휘하는 자가 생겨날 것이다. 만일 그가 그 軍勢에 의거하여 지역에서 위세를 부릴 경우 그 폐해가 얼마나 크겠느냐? 설령 도적들이 우리 경내에 들어오지 않는다 할지라도 사대부가 무예를 훈련하고 군사를 지휘하는 일은 이후에도 지속되어야만 한다."

東萊(呂祖謙)가 晦庵(朱熹)에게 편지를 보내 말했다.

"子壽(陸九齡)가 얼마 전 이곳(婺州)에 와서 20여 일 묵다 갔습니다.[3] 그런데 생각을 완전히 바꾸어 鵝湖의 만남 이전의 견해가 심히 잘못되었다고 인정하고, 착실하게 讀書하고 講論하며 心氣를 겸허히 추스렸습

---

2 賴文政이 중심이 된 농민반란을 가리킨다. 이들의 세력은 湖北에서 일어나 한때 湖南과 江西, 廣東 등지에까지 진출할 정도로 강력한 세력을 형성하였다. 이러한 정황에 대해 『建炎以來朝野雜記』에서는, "江南產茶既盛 民多盜販 數百爲羣 稍詰之 則起而爲盜. 淳熙二年 茶寇 賴文政反於湖北 轉入湖南 江西 侵犯廣東 官軍數爲所敗"(권14, 「江茶」)라 기록하고 있다.

3 陸九齡이 呂祖謙을 찾아간 것은 鵝湖의 會(1175) 이후 4년 만인 淳熙 6년(1179) 9월의 일이었다(束景南, 『朱子大傳』, 福州, 福建教育出版社, 1992, 430쪽 참조).

니다. 지금까지 알고 지내오면서 일찍이 그러한 적이 없었습니다."[4]

晦庵(朱熹)이 답장을 보내 말했다.

"子靜(陸九淵)은 아직도 이전의 생각을 견지하고 있는 듯합니다. 子壽가, '그가 비록 점차 생각을 바꾸어가고 있다 하나 아직 완전히 변한 것은 아니다. 하지만 그 추세로 보건대 얼마되지 않아 반드시 바뀔 것이 분명하다'라고 말했다고 합니다. 예전 鵝湖에서 논쟁할 때의 기세를 돌아본다면 지금도 이미 7, 8할 정도는 돌아섰다고 할 수 있을 것입니다."[5]

陸九淵

淳熙 8년(1181) 2월 白鹿洞書院에 들러, '君子는 義理를 좋아하고 小人은 이익을 좋아한다(君子喩於義 小人喩於利)'[6]는 주제로 다음과 같이 講論을

---

4 呂祖謙, 『東萊別集』 권8, 「與朱侍講」에 실려 있다.

5 『朱熹集』 권34, 「答呂伯恭」에 실려 있다. 鵝湖의 會 이래 비교적 냉랭하던 朱子와 二陸 사이의 관계는 孝宗 淳熙 5년(1178)을 기점으로 점차 변화하여 우호적인 것으로 되어 갔다. 이후 二陸의 門人이 福建 崇安縣의 朱熹에게 방문하기도 하고, 또 陸九齡 자신이 朱熹를 來訪하여 사흘간 談論을 하기도 하였다(淳熙 6년 3월). 이러한 과정을 통해 陸九齡은 그 사망(淳熙 7년, 1180) 이전까지 사실상 朱學으로 완전히 傾倒하였으며, 陸九淵 또한 本文에 적혀 있듯 朱學에 상당히 호의적으로 접근하였다. 물론 양 진영의 교류는 朱熹에게도 상당한 영향을 미쳐 尊德性과 실천에 훨씬 관심을 지니게 하였다. 이러한 양진영의 접근과 우호가 淳熙 8년(1181) 2월 陸九淵의 白鹿洞書院 방문과 講論으로 이어지게 되는 것이다. 하지만 양진영 사이의 우호에 결정적인 영향을 미쳤던 陸九齡의 死去(淳熙 7년 9월)를 기점으로 그 관계는 점차 소원해지기 시작하여, 白鹿洞書院에서의 講演 이후 양진영은 사실상 완전히 결별하고 陸九淵의 朱學에 대한 접근도 정지되기에 이른다. 朱熹와 陸九淵 양인도 이후 다시는 회합하지 못하였다. 束景南, 『朱子大傳』(426~440쪽)을 참조.

하였다.

"학인들은 의리와 이익에 대해 자신의 뜻을 확고히 분별해 두어야 한다. 사람들은 평소의 습관에 따라 무엇을 좋아하게 되는 것이며 습관은 또 그 뜻에 달려 있다. 의리에 뜻을 두게 되면 언제나 의리를 지키는 것에 습관이 되며, 의리에 따르는 습관이 정해지게 되면 의리를 좋아하게 되는 것이다. 반면 이익에 뜻을 두면 언제나 이익을 좇는 것에 습관이 되며, 이익에 따르는 습관이 정해지게 되면 이익을 좋아하게 되는 것이다. 그러므로 학인들은 그 뜻을 가꾸는 데 힘써야만 한다.

현재 과거로 관료를 선발하는 것이 이미 오래 되었고 이름난 선비라든가 名臣들 또한 모두 이를 통해 立身하였다. 그러니 오늘날의 선비들이 과거에 응시하는 것은 불가피한 일일 것이다. 그러나 과거의 當落은 세세한 문장의 기교라든가 혹은 考官의 好惡에 따라 결정될 따름이며 君子나 小人의 구분에 의해 결정되지는 않는다. 따라서 오늘날의 時勢는 모두 문장의 기교 및 考官에 대한 附會에 맞추어져 있으니 그러한 풍조로부터 자신을 면밀히 경계하지 않으면, 설령 종일토록 聖賢의 책을 들여다본다 할지라도 사실상 그 본질은 성현의 뜻과는 전연 무관하며 오히려 정반대의 길을 가는 것이 되고 만다. 나아가 이렇게 되면 급기야 오직 직위의 높고 낮음이나 俸祿의 많고 적음에 대해서만 관심을 지니게 될 것이니, 어떻게 國事와 백성에 대해 마음과 힘을 다해 天子의 뜻에 부응하는 존재가 될 수 있겠는가? 오늘날의 이익만 좇는 풍조에 물들어 오랫동안 그러한 일에 익숙해지게 된다면 어찌 이익을 좋아하지 않게 될 수 있겠는가? 그렇게 되면 의리에 대해서는 종내 아랑곳하지 않게 되고 말 것이다. 그러니 진실로 자신의 몸

6 『論語』 第 2, 「八佾」에 나온다.

을 깊이 돌아보아 小人들 무리에 휩쓸리지 않게 해야만 하며, 이익만을 좇는 習俗에 대해서도 늘 통렬히 마음을 경계해야만 한다. 그리고 오로지 의리에 대해서만 뜻을 두며 날마다 힘써서 실천해야 한다. 이러한 마음가짐과 學業을 지니고 과거시험장에 임하게 되면 그 문장은 반드시 평소의 학업정신 및 마음속의 수양을 담게 될 것이고 또 성인의 가르침을 저버리지 않게 될 것이다. 또 그렇게 하여 仕宦하게 되면 그 임무 수행 또한 성실히 국가와 백성을 돌보는 데 마음을 쏟고 자기 일신만을 돌보게 되지는 않을 것이다. 그러하다면 이야말로 진정한 君子가 아니겠는가?"[7]

朱子는 이에 대해 다음과 같이 跋文을 붙였다.

"나는 동료 및 제자들을 이끌고 함께 白鹿書堂에 가서 子靜(陸九淵)에게 學人들을 깨우칠 수 있는 한마디 말을 해달라 청하였고, 子靜이 그러한 요청을 흔쾌히 받아들여 강연하였던 것이다. 그 강연하여 일깨운 내용은 간절하면서도 명백하였고, 近日 世人들에게 내밀히 잠재하여 고질화되다시피 한 병폐를 통렬히 지적하는 것이었다. 그리하여 듣는 사람들은 누구나 감명을 받아 자신을 돌아보게 되었다. 이러한 마음가짐으로 자신을 깊이 경계해 간다면 가히 틀림없이 德을 이루는 길로 들어설 수 있을 것이다."[8]

貴鷄에 산이 하나 있었는데 선생은 자주 이곳에 올라가기를 즐기셨으며 그 정상에 초가 하나를 짓기까지 하였다. 그 산의 모양이 코끼리와 비슷하였으므로 선생은 '象山'이라 이름 붙이고 스스로도 '象山翁'이라 號하였다. 사방으로부터 수많은 學徒들이 운집하여 수백 명에 이르기도 하였는데 모두 차분히 道를 익혔다.

---

7 『陸九淵集』 권23, 「白鹿洞書院論語講義」에 실려 있다.

8 『朱熹集』 권81, 「跋金谿陸主簿白鹿洞書堂講義後」에 실려 있다.

다음과 같이 말했다.

“四方과 上下를 宇라 하고 옛날로부터 지금까지를 宙라 한다. 宇宙는 곧 내 마음이고 내 마음이 곧 우주이다. 千萬世 이전에 성인이 출현했다면 이 마음과 이 理를 같이 지니고 있었을 것이고, 千萬世 이후에 성인이 출현한다 해도 역시 이 마음과 이 理는 같이 지니고 있을 것이다. 마찬가지로 東海에서 성인이 출현한다 해도 이 마음과 이 理는 같이 지니고 있을 것이고, 西海에서 성인이 출현한다 해도 이 마음과 이 理는 같이 지니고 있을 것이며, 南海에서 성인이 출현한다 해도 이 마음과 이 理는 같이 지니고 있을 것이고, 北海에서 성인이 출현한다 해도 이 마음과 이 理는 같이 지니고 있을 것이다.”[9]

“사람의 마음은 지극히 영험하며 이 理는 지극히 밝다. 사람은 모두 이 마음을 지니고 있으며 마음은 모두 이 理를 갖추고 있다.”[10]

陸九淵과 마지막 형[11]인 復齋(陸九齡)는 理學에 통달하여 ‘江西의 二陸’이라 불렸다. 그 학문은 本原을 밝히는 것에 힘쓰고 章句의 訓詁는 돌보지 않았으며 다만『맹자』만을 崇信했을 따름이다. 대략, ‘이 마음의 선량함은 하늘이 내게 부여한 것이다. 능히 선량한 마음의 상태에 도달할 수 있다면 우주 안에 지극한 理致가 아닌 것이 없으며 성현과 나는 同類이다’라고 말하였다.

---

9 『陸九淵集』 권22,「雜說」에 실려 있다.

10 위와 같음.

11 陸九淵(1139~1193)의 형제는 모두 여섯인 바, 陸九淵이 末子이고 陸九齡(1132~1180)은 第五子이다. 이들 二陸에 그 위의 陸九韶를 더하여 ‘三陸’이라 칭하기도 한다.

"子壽(陸九齡) 형제의 氣象은 매우 좋다. 하지만 講學을 모두 버리고 실천에만 전념하는 것은 옳지 못하다. 그들은 실천의 과정 속에서 사람으로 하여금 自我를 省察하게 함으로써 本心을 깨닫게 한다고 한다. 이는 큰 잘못이다. 삼가는 태도를 견지하면서 內外가 하나가 되게 노력한다는 점에서 그들은 남다른 데가 있다. 하지만 너무 자신감이 지나치며 그릇이 너무 작아 남의 장점을 받아들이려 하지 않는다. 장차 異學으로 흐를 가능성이 다분함에도 그들은 깨닫지 못하고 있는 것이다."[12]

"陸氏의 학문은 근년 경박하고 議論에만 치우친 세태 속에서 아주 돋보이는 것이다. 그들은 함께 학문에 노력하여 그 一身을 수양하고 그 가문을 다스리며 나아가 天下의 政事를 지향한다. 하지만 그 宗旨는 본래 禪學에서 온 것이라서 그로 말미암은 병폐를 가릴 수 없다."[13]

"子靜(陸九淵)의 학문은 분명히 禪이다. 그러나 德業에 하나의 門戶를 이루었으며 나름대로 그 근거를 갖추고 있다."[14]

曾祖道가 말했다.
"근래 象山을 만난 적이 있습니다."
晦庵(朱熹)이 웃으며 말했다.
"그것 좋은 얘깃거리로군요. 象山에 대해 어떻게 생각하오?"
"象山의 학문에 대해 저는 잘 모릅니다만 따라 공부할 수는 없는 것

12 『朱熹集』 권31, 「答張敬夫」에 실려 있다.
13 『朱熹集』 권63, 「答孫敬甫」에 실려 있는 朱熹의 評이다.
14 『朱子語類』 권123에 실려 있다.

이라 생각합니다."

"왜 따라서 공부할 수는 없다고 생각하오?"

"象山은 제게 이렇게 말하더군요.

'눈으로 볼 수 있고 귀로 들을 수 있으며 코로는 향기와 악취를 분별해 낼 수 있습니다. 또 입으로는 맛을 알 수 있고 마음으로는 생각할 수 있으며 손발을 통해 운동할 수 있습니다. 그런데 무엇 때문에 誠과 敬을 유지하려 더 노력할 필요가 있고 또 사물을 하나씩 하나씩 이해해 갈 필요가 있겠습니까? 이러한 번잡한 것은 필요 없습니다. 自然을 벗 삼아 노래하며 즐기는 것이야말로 우리의 學風입니다.'

그래서 제가 말했습니다.

'그렇다면 거기에도 나름대로의 이치가 있는 것이겠지만 초학자가 따라할 수는 없는 것이 아닌가 생각합니다.'

그러자 象山이 다시 말했습니다.

'사람들은 모두 그렇게 할 수 있습니다. 하지만 나의 마음이 아닌 外物을 근본으로 삼으려 하니 안타까운 노릇이지요.'

'그러한 경지는 아마도 선생만이 이른 것이 아닐까 생각합니다. 만일 내가 그와 같이 하려 하다가는 필시 망령되이 행하다 혼란에 빠져버릴 것입니다.'

이에 象山은, '그러한 생각은 마치 함정에 빠지듯 舊習에 얽매어 종내 벗어나지 못하기 때문입니다'라고 대답했습니다."

晦庵이 말했다.

"子靜의 학문은 분명히 禪이오."[15]

---

15 『朱子語類』 권116에 실려 있다.

권16

陳亮

陳亮의 天稟은 凡人과 달라 세상을 굽어보며 늘 천하의 經綸을 자신의 임무라 여겼다. 그러다 장년이 되어서야 과거에 응시하여 빼어난 성적으로 급제[1]하였고 이후 太學博士에 임명되었다. 그 평생의 論議는 오랑캐에 대한 國恥를 설욕하는 것에 집중되어 있어서, 여섯 차례에 걸쳐 상주문을 올렸는데 그 모두 華北의 강역을 회복해야 한다는 내용이 중심이었다. 及第 후의 謝恩詩에서,

"오랑캐에 대한 복수야말로 내 평생의 뜻,
儒臣의 머리가 세었다고 아직 흉보지 말라."[2]

---

1 陳亮(1143~1194)은 53살 되던 해인 光宗 紹熙 4년(1193) 과거에 狀元으로 及第한다. 당시의 정황에 대해 『宋史』에서는, "時光宗不朝重和宮 群臣更進迭諫 皆不請 得亮策乃大喜 以爲善處夫子之間. 奏名第三 御筆擢第一"(권436, 「陳亮傳」)이라 기록하고 있다.

2 『陳亮集』 권39, 「及第謝恩和御賜詩韻」의 일부이다.

라는 구절이 있는 것도 그 때문이었다. 진량의 품성은 충성스럽기 그지 없었는데 노년에 이르러 더욱 돈독해졌다.

晦翁(朱熹)은 道學으로써 一世의 師表가 되었는데 진량은 그와 반복하여 논전을 벌이며 조금도 위축되지 않았다.[3] 심지어 다음과 같이 말하기도 하였다.

"義理를 정치하게 연구한다거나 古今의 異同을 辨析하는 일, 그리고 아주 작은 일에 마음을 두며 자잘한 禮에 얽매이는 것, 또 나아가 이러한 공부를 거듭 쌓아가는 일이라든가 덕성을 함양하는 일, 그리하여 바깥으로 온후한 외양을 만들어 가는 것이라면, 나는 진실로 諸儒에 미치지 못합니다. 하지만 당당히 깃발을 세우고 위용있는 진용을 갖추어, 비바람이나 천둥 번개가 몰아칠 때라든가 혹은 용과 뱀·호랑이·표범 따위가 어지러이 출몰 가운데 세상의 賢者와 勇者를 이끌고 맞서 萬古의 근심을 제거하는 일이라면, 내 감히 어느 정도 장점을 지니고 있다고 생각합니다."[4]

3 朱熹와 陳亮 사이의 王覇 논쟁에 대해서는 4책, 293쪽의 주 26)을 참조.
4 『陳亮集』 권28, 「又甲辰秋書」의 일부이다.

권17

蔡元定

慶元 2년(1196) 御史 沈繼祖가 상주문을 올렸다.

"주희는 張載와 程頤의 학설을 표절하여 여기에 喫菜事魔의 妖術[1]을 덧붙이고 이로써 後學들을 현혹시킨 다음 허황한 말들을 유포시키고 있습니다. 또 사사로이 人物評을 하는 한편 사방에서 불량한 무리들을 불러모아 그 黨與를 키웠습니다. 그리고 서로 어울려 거칠고 소금기 없는 음식을 먹고 소매 긴 儒服을 입기도 하며, 때로는 그 무리들을 江東 信州의 鵝湖寺에 집결시키기도 하고 때로는 長沙의 岳麓書院에 몸을 드러내기도 합니다. 이렇게 몸을 숨기고 여기저기 출몰하는 것이 마치

---

1 송대 국가권력의 摩尼教에 대한 호칭. 마니교 교단이 반란조직으로 발전하는 사례가 많았던 데다가, '摩'와 '魔'의 발음이 유사하여 국가권력에 의해 '魔教'라 誣稱되었던 것에서 유래한다. '食菜事魔'라고도 칭해지며, 때로 邪教 집단에 대한 汎稱으로 사용되기도 했다.

귀신이나 도깨비와 같습니다. 그 무리 가운데 하나인 蔡元定은 그 妖術을 돕는 핵심 인물이니 다른 곳에 보내 編管시키도록 하십시오"[2]

郡縣에서 채원정을 매우 급하게 체포하였지만 그는 전연 안색이 변하지 않은 채 의연하게 여행길에 올랐다. 晦翁(주희)은 제자들 100여 명과 함께 淨安寺로 가서 그를 송별하였다. 무리 가운데는 감정에 복받쳐 눈물을 흘리는 자까지 있었으나 회옹은 평시와 다름없이 채원정을 만나 다음과 같이 말했다.

"친구 간에 서로 아끼는 마음, 그리고 季通(채원정)의 좌절하지 않는 기개 모두 가상한 일이로다. 季通은 길을 떠나며 전연 동요되는 기미가 없으며 또 丘子服은 이를 보내며 하염없이 눈물을 흘리는데 이 또한 事變에 당하여 친우를 걱정하는 것이니, 모두 가상하도다."[3]

西山(蔡元定)은 가장 오랫동안 晦翁을 따라 공부하였다. 많은 가르침을 들은 점이라든가 혹은 정밀한 이해 등의 면에서 同輩가 모두 미치지 못할 정도였다.

---

2 경원 위학의 금에 대해서는 4책, 304쪽의 주 47)을 참조.

3 寧宗 慶元 3년(1197) 正月의 일이다(『續編兩朝綱目備要』 권4, 慶元 2년 12월의 注 참조). 蔡元定(1135~1198)은 荊湖南路 道州로 謫配 가서 이듬해 貶所에서 作故한다.

송명신언행록 4 | 찾아보기

…… 인명

ㄱ

ㄴ

ㄷ

ㅁ

ㅂ

ㅅ

ㅇ

ㅈ

ㅊ

ㅌ

ㅍ

ㅎ

기타

ㄱ

ㄴ

ㄷ

ㅁ

ㅂ

ㅅ

ㅇ

ㅈ

ㅊ

ㅌ

ㅍ

ㅎ